北京文学月刊社 选编

2016

北京文学
年度散文集

光明日报出版社

文化读物正处在一个让人欢喜又让人忧的时代。

一方面，互联网时代和文化的多元，让读者置身于琳琅满目、应有尽有的文化大超市中；另一方面，当代社会生存压力日渐加大，生活节奏日益加快，八小时之外的有限时间，读者面临阅读选择的困难。如何在浩如烟海的网络信息和汗牛充栋的纸质图书中寻找到有价值的读物，以节省为数不多的业余时间，已成为读者面临的共同课题。

创刊于1950年的《北京文学》，迄今已走过了一个多甲子的光辉历程。50年代，《北京文学》因发表新编历史剧《海瑞罢官》而引发了全社会的广泛关注。"文革"之后，《北京文学》佳作迭出：汪曾祺的《受戒》和《大淖纪事》，张洁的《爱是不能忘记的》和《从森林来的孩子》、邓友梅的《那五》、陈建功的《丹凤眼》和《飘逝的花头巾》、余华的《现实一种》、刘震云的《单位》、刘恒的《伏羲伏羲》和《贫嘴张大民的幸福生活》等等，均成为广受传播的文学名篇。新世纪以来，《北京文学》锐意改革，本着刊物为读者办、编辑为读者着想的宗旨，贴近生活，关注时代，直面现实，体味人生，不断推出文学的精品力作，作品被转载率和被关注度一直在全国文学期刊中名列前茅，受到了社会各界尤其是广大读者的广泛欢迎。

为了让广大读者在有限的时间里阅读到《北京文学》每年发表的精品力作，领略《北京文学》的神韵与作品精华，我们决定编辑出版《北京文学》年度作品精选系列图书。

这套年度作品精选共四册，荟萃了2016年度《北京文学》发表的中篇小说、短篇小说、报告文学和散文随笔精品。作者阵容强大，既有名声显赫的众多著名作家，也有一批锐气逼人的文学新秀；作品风格各异，题材多样，内容精彩纷呈，一定程度反映了《北京文学》"中国文学的精品阵地，社会焦点的文学视窗"的刊物特征，相信是广大读者值得一读的年度优秀文学选本。

以后，我们每年都将编辑出版类似的优秀作品年选。期待广大读者的关注、阅读，同时也期待广大读者的建设性批评与建议。

北京文学月刊社

2017 年 4 月

目录
contents

时空中的一个坐标

陈启文

一

北京东城，府学胡同 63 号，听起来有某种阴森的神秘感，像一座深藏着无数秘密的王府。当我问路时，哪怕是老北京，一下也反应不过来。一个坐在小板凳上的北京大爷朝我翻了翻眼皮，以一种近乎警惕的神情问，您说的那是啥地儿？

但顺天府学很多人都知道，不知道府学的也知道孔庙。去那儿，先要穿过一条苍老而瘦小的胡同，这条胡同只因有一座顺天府学而得名。岁月中有太多的阴差阳错，而偶然又往往变成必然。顺天府学的前身据说是元末的一座报恩寺，寺庙刚刚盖好，连佛像还来不及安放，明军便一举攻入元大都。报恩寺僧人在兵荒马乱中生恐寺院被明军强占。而和尚出生的朱元璋对佛庙之类满不在乎，却特别在乎孔孟等圣贤的庙堂，严令明军不得擅自闯入。众僧在惶急之中便将一尊孔子像置于庙堂，一座佛庙由此而变成了孔庙，再也改不回来了。永乐元年，在燕王朱棣以其"圣武神功"夺得天下后，升北平为顺天府，孔庙又成为顺天府学，而一条府学胡同，穿越 600 年岁月，从明朝一直贯穿至今。

我来这里，不是来拜谒一座孔庙或府学，而是来拜谒一座比府学还早一百多年的前身，一座几乎处于遗忘状态的土牢。在宫殿、王府和大夫第此起彼伏的老北京，眼前出现的是一座看上去很不起眼的建筑，一座寂静的门楼连接着一座坐北朝南的老宅院，土灰色的墙，土灰色的瓦，连北京深秋的阳光看上去也是土灰色的，愣愣地照着这土灰色的一切。它的表情是安详的、自在的，仿佛天生就是这个样子。

我瞅了瞅那个门牌号码，如同历史的指证，就是这里了。

没有丝毫震惊，也没必要仰望。走进大门，一目了然，远没有我想象的那样阴森神秘、深邃复杂，在一棵枣树向南倾斜的稀稀疏疏的树影下，大门、前殿、后殿，以安稳的节奏不紧不慢地展开。穿过一道狭长的过厅，如同穿过一个人的一生一世。这是一种设计，人类真是充满了智慧，他们可能连想也没想就这样决定了，用这样一道过厅来展示一个人的平生，这让一个人和一段历史有了一条不再拐弯抹角的捷径，也让一个人走进历史的途径变得直接而简单。然而，走过这段历史的过程还是比我预料的要漫长得多。

除了我，这院子里几乎没有别的人。这其实很适合一个历史旁观者在这里旁若无人地游走与遐思。回忆中的岁月如同倒流，与其说是回忆又不如说是想象。但无论如何想，还是难以想象，这里曾经是一座一半在地下一半在地上的土牢，这土牢隶属于元朝兵马司，又称兵马司土牢。一个王朝的开国皇帝，就是用这样一座土牢来囚禁另一个王朝的末代丞相，这让一座土牢成为时空中的一个坐标，既是历史的开端，也是历史的结局。但要找到那座兵马司土牢已经不可能了，连一座当年的元大都如今也剩残余的土城遗址。不说元代建筑，哪怕要寻找一座能完整地保存下来的明代古建筑也是一件奢侈的事。但我还是情愿相信，一个王朝最后的守望者，他生命的最后岁月，就是在这里度过的。

二

文天祥被押解到元大都的确凿时间，是元世祖至元十六年（1279年）十月。当他从广州上路时还是春夏之交，抵达大都时已是深秋，秋风拂过枯败的黄叶，连同那薄如叶片的时光，从一个俘虏身上纷纷掠过，犹在我走过来的这条胡同里无声地飘飞。一个王朝灭亡了，这个秋天多么寂静，但还有一些前尘往事并未尘埃落定。

接下来的历史，只能按元朝的纪元来进行。这样意味着，又一个由北方少数民族入主中原的王朝，已被中华民族奉为了一个正统的王朝。对文天祥而言，这无疑是一件非常尴尬的事，而他接下来的存在，事实上已是时空中的一个悖论。从胜利者来看，在征服了一个王朝之后，接下来要征服的是人心，而要征服南人之心，最好的方式就是从一个人心所向、众望所归的代表性人物开始。这其实就是文天祥最后剩下的利用价值，而眼下，他们俘虏的还只是文天祥的躯体，若要利用这个俘虏，还必须俘获他的心灵。

换一种视角，从文天祥来看，一个王朝已经灭亡，一个忠贞不渝的忠臣事实上已丧失了忠诚的对象。这样一个事实，在文天祥被押到广州时，那位俘获他的元将张弘范就及时点醒过他："南宋灭亡，忠孝之事已尽，即使杀身成仁，又有谁把这事写进国史？文丞相如愿转而效力大元，一定会受到重用。"但文天祥却执迷不悟："国亡不能救，作为臣子，死有余罪，怎能再怀二心？"张弘范微微一笑，不复再言。按张弘范的想法，他是不想带着这样一个累赘上路的，从他与文天祥打交道的过程中，他也知道这个人的愚忠已到了无可救药的程度。既然留着这没用的东西，那就不如干脆杀掉，兴许还能让南宋那些依然心存幻想的人们，在绝望中死心塌地归顺大元帝国。但张弘范还没有权力擅自杀掉一个亡国的丞相，决定文天祥生死的是元世祖忽必烈。忽必烈在灭宋之后突然变得仁慈了，慨然道："谁家无忠臣？"他命张弘范对文天祥以礼相待——这实际上又反映了统治者的另一种心机，善待另一个王朝的忠臣，说穿了也是对本王朝忠臣的一种激励。

有了元世祖殷切的关照，一个走在穷途末路上的亡国丞相一路上都受到了优待。抵达大都，他仿佛不是一个俘虏，而是上宾，他被安置在朝廷专门接待宾客的会同馆里。当然，接下来便有人来劝降招安了。第一个来劝降的是留梦炎。此公和文天祥一样，也是状元出身的南宋丞相，他于宋端宗景炎元年（1276 年）降元后，命也保住了，官也保住了，从礼部尚书迁为翰林承旨，后又拜相。从南宋丞相到元朝丞相，可见这个人是何等的识时务，识时务者方为俊杰。而他也的确为元朝立下了汗马功劳，在宋元交战之际，他为元朝招降了一大批"弃暗投明"的宋臣宋将，让蒙元大军兵不血刃就占领了大片大宋江山。现在，他以自己的现身说法来规劝文天祥，很谦恭，很真诚，很有说服力。但文天祥一见留梦炎就没有好脸色，搞得留梦炎只好"悻悻而去"。紧接着吕师孟又来了，此人原为南宋兵部尚书，德祐二年（1275年）正月，文天祥奉命与元军谈判，双方在谈判桌上正相持不下，吕师孟竟提前向元军献上降表。这让文天祥还怎么谈呢？回朝之后，文天祥立马上书请斩吕师孟，而吕师孟却干脆投降了元军。此时，作为降将吕师孟穿着一身元朝的官服，大摇大摆地走到了文天祥的面前。他就没有留梦炎那样谦恭了，一开口就挖苦文天祥："丞相请斩叛逆遗孽吕师孟，现在我来了，丞相为何不杀了我呢？"文天祥厉声呵斥："你叔侄都做了降将，没有杀死你们，是本朝失刑。你无耻苟活，有什么面目见人？"吕师孟讪讪地说了声"丞相骂得痛快"，便转身走了。

眼看着一个个降臣降将的现身说法都未奏效，忽必烈又把一个投降的皇帝请出来了。文天祥不是南宋的忠臣吗，宋朝灭掉了，但皇帝还在。应该说，在对待南宋君臣上，元世祖忽必烈还真是表现出了一个胜利者足够的仁慈，只要投降，一律予以善待。文天祥尊敬的谢太后在归降之后被封为寿春郡夫人，文天祥所效命的天子宋恭宗（或称宋恭帝）赵也被封为瀛国公。在宋元交战的最后几年里，这老太后与小皇帝也被屡屡恭请出来，以规劝他们的臣民放弃抵抗，让天下归心，而天下自然是元朝的天下。这样的劝降很有效果，与其说是来自一个老太后、一个小皇帝的号召力，弗如说是让那些在降与不降中挣扎的臣子们有了一种伦理上的解脱。既然太后和皇上都归降了，他们的归降就不能说是叛国投降，而是对太后和皇上的忠诚追随。从后世对谢太后是非功过的评价看，也并未把谢太后简单地看成投降派卖国贼，并且对她最后下诏降元抱有情有可原的体谅。从历史的实际出发，对于南宋末年那样一个孤儿寡母式的残破危局，这位太皇太后选择降元实在有太多的无奈，后世也实在不能苛求她抗战到底。又从历史大势看，汉民族可以接受异族的统治，却不能接受分裂，谢太后能舍半壁江山，求一统天下，与其说是投降，不如说是主动接受国家的统一。这就不是什么投降卖国了，这是一种政治智慧，有着更深远的历史眼光。谢太后在灭国之后又活了7年，享年74岁，也算是寿终正寝了。

宋恭宗 5 岁随太后降元，元世祖让他来劝降文天祥时，还是一个七八岁的孩子，又知道什么呢？他甚至连自己当过皇帝都懵懂无知。但在文天祥眼里，这孩子却依然是天子、圣上，一见赵，他便北跪于地，痛哭失声，又深深地叹了一口气，对赵说："圣驾请回！"——关于赵，还有一段后话：他18 岁那年，忽必烈忽然赏给他许多钱财，叫他去西藏萨迦寺当喇嘛，法号和尊。他很有悟性，也很有佛性，在萨迦寺学会了藏文，还曾将《百法明门论》《因明入正理论》这两部汉传佛教经典翻译为藏文，在藏传佛教中影响很大，他也成了藏传佛教的高僧。据说，直到元英宗至治三年（1323 年），他年过天命时，才知晓自己从前的皇帝身份，在悲哀与惆怅中赋诗一首："寄语林和靖，梅花几度开？黄金台下客，应是不归来。"然而，一个人知道了自己天命中的秘密，也就天命将尽了。他这首对自己的命运颇有些不甘心的绝句，很快就成了生命的绝唱。其时已是元英宗当政，英宗读了他的诗，遂下令赐死。赵死时 53 岁。关于这位亡国之君的结局，在正史中没有记载，但在汉文《佛祖历代通载》有这样一句："至治三年（1323 年）四月赐瀛国公合尊死于河西，诏僧儒金书藏经。"

从南宋的灭亡到宋恭帝最终的命运，说穿了也是一种难违的天命。换句话说，这是历史大势之下的一种必然宿命。从长远的历史眼光看，当忽必烈从一个入侵的强寇，成为君临天下、为天下人所尊奉的大元帝国开国皇帝，当蒙古人建立的大元帝国被汉民族视为一个正统的王朝，当中华民族甚至以这样一个在开疆拓土上表现出巨大能量的王朝而倍感荣耀和自豪时，文天祥的忠诚和坚守是否还有意义？他忠诚的对象又到底是什么？对文天祥的忠诚是非常有必要解读的，这其实也是解读中国历史上那些爱国英雄、民族英雄的一个难解的症结，又正是这样一个难解的症结，一直支持着文天祥。我等后世，也只能基于历史事实来揣测他当时的心理。从士大夫的伦理看，摆在第一位的是忠君，宋恭帝投降前，他起兵勤王，可以说是忠君的具体表现。而宋恭帝投降后，他没有跟着投降，坚持"君降臣不降"，又追随一个南宋小朝廷而赴汤蹈火，这就不是忠君而是效忠于朝廷了。而当南宋小朝廷在大海里沉没，他所有的忠诚对象都已丧失，他忠于的又到底是什么呢？按照孟子"民为贵，社稷次之，君为轻"的正统儒家信仰，此时他效忠的应该是社稷了。一个王朝灭亡了，但国破山河在，社稷还在，只是改朝换代了，如果他效忠于元朝，并没有改变他对社稷的忠诚。经过这样一番推理，他所忠诚的对象，就只剩下民族与人民了。而当宋朝的臣民一变而为元朝的臣民，也不会改变他对人民的忠诚。而最后剩下的就是对民族的忠诚了，这也正是他最后忠诚的对象——汉民族。他忠贞不渝的唯一意义，就是对汉民族的绝对忠诚。这就是他的历史意义和历史形象，他是一位民族英雄，一位汉民族的坚贞不屈的英雄。而当中华民族成为一个包括了蒙古族等众多少数民族组成的伟大民族，一个汉民族英雄也就失去了伟大的意义，而文天祥也就完全沦为一个狭义的汉民族英雄。

历史逻辑严谨而残酷，但我不想做模糊处理。基于这一历史逻辑，重新审视这一历史形象，我不得不问，他对历史大势是否出现了误判？文天祥被俘时才40出头，若能归顺元朝，还大有出头之日。而以元世祖对他的敬重和器重，甚至三番五次要拜他为丞相，而以元朝的天下之大，作为一国之宰相，也有足够的空间让他来施展自己的政治抱负。若按他为南宋设计的政治思路，他非常有可能成为一个利在当代、功在千秋的政治家，而这样的选择，是否比成为一个狭义的民族英雄更有政治家的远见卓识，对天下百姓更有实用价值？他的历史意义乃至接下来的整个历史是否可以重新改写？但在文天祥的坚守之下，历史注定已经无法改写。

由于多次派人劝降不成，元世祖终于忍无可忍，对文天祥"遂用酷刑"。文天祥从会同馆原本还算优待的软禁状态，带着一身受刑后的伤口与血痕被关进兵马司监狱。从此便被囚禁在这一半在地上一半在地下的土牢里，而他生命的最后一段岁月，也就处于这种半活埋的状态。对七百多年前的那个现场，我只能根据历史的残片来拼凑还原。那是一间如同墓穴般的土牢，冬天冷得像一个冰窖，春夏又潮湿闷热，由于不通风，空气恶浊，臭秽不堪。一个囚徒，戴着沉重的枷锁和脚镣手铐被狱卒呼来喝去，还要经受住一次又一次酷刑的折磨，哪怕一个铁打的汉子，也经受不住这炼狱般的痛苦。这样你就理解了，为什么他要一心求死，实在是生不如死。他在狱中绝食过，自杀过，然而，当一个曾经主宰天下的宰相一旦沦为囚徒，连死也不能自作主宰了。

只要文天祥一天不死，元朝统治者就不会放过他。在经历了一段时间的折磨后，文天祥又被押到枢密院大堂，这一次是大元帝国丞相孛罗亲自审讯他。此时他已经一身是病、形销骨立，却依然昂然而立。进门时，他只对孛罗抱了抱拳，就算打过招呼了。孛罗这次是来硬的，他喝令左右强迫文天祥跪下，他拼命挣扎着，哪怕被按倒在地，他也没有跪下。而经历了这样一番折腾，被折腾的好像不是文天祥，而是孛罗，那故作高深的一张脸，此时连青筋都暴出来了，他用低沉而疲倦的语气问："你现在还有什么话可说？"

文天祥平静地说："天下事有兴有衰。国亡受戮，历代皆有。我为宋尽忠，只愿早死！"

孛罗立马露出一副强盗般的凶相，咬牙切齿道："你想死，我偏不让你死！"

对这样一个认死理的人，无论是丞相孛罗，还是元世祖忽必烈，还真是无计可施了。一个看上去那么文弱的书生，他的骨头、他的脑袋，竟然比岩石还硬。你越来硬的，他越是坚硬无比。忽必烈只得下令解除了他的脚镣手铐，过了半个多月，才给他卸去枷锁。又一轮优待开始了，狱卒奉命给他端来了香气扑鼻的饭食，文天祥已有很长时间没有吃过一顿饱饭了，一个饥饿的囚徒，痴痴地望着那精心烹制的鱼肉，拿起筷子忽然又放下了，"我不吃官饭数年了。"这下，轮到那狱卒痴痴地望着他了。在一个狱卒眼里，这是一个他永远也难以理喻的囚徒。

文天祥在这间土牢里被关押了四个年头，从劝降、逼降到诱降，元朝君臣倍感让一个囚徒俯首称臣，要比让一个王朝俯首称臣难得多。他们为此而绞尽脑汁，几乎把各种软的、硬的，能够想出来的手段使尽了，无论是参与劝降者之多、威逼和施暴的手段之狠，还是许诺的条件之慷慨优越，都远远超过了其他被俘或投降的宋臣，如此无所不用其极，达到了一种令人惊叹的地步。从囚禁的时间来看，还没有哪个王朝有这样长久的耐性，居然把一个誓死不降的人关押了三四年之久。时间也是一种逼人就范的力量，很多一开始誓死不屈的宋臣，后来纷纷被时间打败。这其实也是最狠的绝招，很多人可以在某个瞬间壮烈献身，却难以忍受这长时间的、缓慢的、如同凌迟的身心折磨，而一个人在长时间的孤独中感受着自己时，又会蹿出多少各种各样的念头？而人生也好，命运也好，往往就在一念之间决定了。

三

此时，我依然在一条狭长的过厅里踟蹰，窗外依然是北京灰霾密布的天空，我的脑子里也有各种念头频频闪现。在历史的背后，还有多少我们看不见的存在。当暗淡的阳光在土灰色的墙壁上照出我恍惚的身影，我的眼光下意识地瞟向了那个看不见的深渊，不止一次蹿出一个疑问：文天祥是否动摇过？又是否对自己的信念产生过怀疑？

我相信有过。这让我充满了道德的焦虑感。我一直在寻觅，又一直在排除这种发现的可能，而一个载于《宋史·文天祥传》的证据又是难以排除的，其中记载了文天祥的一段自问："国亡，吾分一死矣。傥缘宽假，得以黄冠归故乡，他日以方外备顾问，可也。"所谓"以黄冠归故乡"，也就是回故乡当道人。当时，一些降元宋臣也曾奏请忽必烈，在生死两端之间给文天祥第三种选择，恩准他回庐陵当道士。又有史载，在文天祥被囚期间，曾有一个叫灵阳子的道人来狱中跟他论道，这也勾起了他对三十多岁时那段隐逸生活的忆念。"谁知真患难，忽悟大光明，日出云俱静，风消水自平。功名几灭性，忠孝大劳生。天下惟豪杰，神仙立地成。"——这是文天祥写给灵阳子的一首赠诗，让我们看到了时空中还真有两个文天祥的存在，一个是以一曲《正气歌》抒发其舍生取义、正气凛然的文天祥，一个是在佛道中徘徊的文天祥。设想一下，如果忽必烈能放文天祥归山做道士，让他重返隐逸林泉的生活，从此一生不问政治，他也是能够接受的，也是情有可原的。这是一种寻求解脱的囚徒心态，也是中国士人"邦有道则仕，邦无道则隐"的传统，而佛道就是最好的隐逸之境。然而，在文天祥对道士表示"可也"的同时，紧接着还有一句"他日以方外备顾问"，这个意思很明显，也很危险，他若答应将来以"方外之人"来充当元朝顾问，对他忠贞不屈的形象无疑是一次重创，这虽不是投降，但至少有变节之嫌，一个完美的英雄形象，至少有了瑕疵。当然，这一切都是假设，忽必烈最终也没有给文天祥第三种选择，那个第一个来劝降的留梦炎及时点醒了他："文祥出，复号召江南，置吾十人于何地！"就是这句话，彻底了断了文天祥在生死两端之间的另一线可能的生机，把文天祥的命运推向了生死抉择，一端是投降归顺以求生，一端是坚贞不屈而就死。而无论有多少种选择，我深信文天祥只有一个前提，那就是无损一个士人的大义与名节。

从文天祥留下的诗文看，他在内心里挣扎过，也在选择上彷徨过，但他从未动摇自己的底线，那就是他恪守的大义与名节，他看得比生命还要重。这也正是他超越了一切的信仰或信念，"人生自古谁无死，留取丹心照汗青"，就是他给历史留下的证词。但对此，他也同样有过疑虑。当他被押到大都后，就在另一首诗中发出了对自己的疑问："亡国大夫谁为传，只饶野史与人看。"他以自问自答的方式，表达了自己选择舍生取义却未必就能"留取丹心照汗青"，这种担心其实是他在理智上表现出来的另一种清醒。所有历史都是胜利者写的，成者英雄败者寇，而作为胜利者的元朝又会公正书写一个誓死抗元的志士吗？他们很可能会篡改和歪曲事实，是故，文天祥断定自己身后"只饶野史与人看"。而劝降者对他这种"留取丹心照汗青"的信念也一再予以打击："国亡矣，忠孝之事尽矣。正使杀身为忠孝，谁复书之？"他们以为，这是文天祥唯一的信念，只有把这一信念打消之后，文天祥自然就豁然顿悟了。那个熟谙"良禽择木"之术的宋降臣王积翁，还苦口婆心地写信劝解文天祥。但文天祥的回信却未给他留下任何余地："管仲不死，功名显于天下；天祥不死，遗臭于万年。"从"留取丹心照汗青"到"只饶野史与人看"，再到"天祥不死，遗臭于万年"，一步一步地让后世看出，文天祥在一步一步地设想之后，对所谓青史留名已作了最坏的打算。这既表明了他誓死不降、时刻准备殉命的意志，也表明他已清醒地意识到了历史的另一种评价，如此坚守，不一定是青史留名的结局，也有遗臭万年的可能。这也澄清了后世对他的误解与偏见，以为他最后的坚持只为身后名。好在文天祥以异常坚定的方式提前回答了："殷之亡也，夷齐不食周粟，亦自尽其义耳，未闻以存亡易心也。"他是为信仰和信念而殉命，而绝非为了博得一个名垂青史的身后名。

当一座土牢将一位孤臣置于与世隔绝的绝境，在漫长而孤寂的囚禁生涯中，最考验一个人的还是骨肉亲情。文天祥膝下有二子六女，原本是一个洋溢着天伦之乐的大家庭，后在"毁家纾难"中家破人亡，只剩下了夫人欧阳氏和柳娘、环娘两个女儿。当文天祥率勤王之师奔赴临安时，两个女儿还只有十来岁，一别之后，从此永别。三年里，他给两个女儿写了很多诗，不只是悲切的思念，还有不尽愧疚。如《二女第一百四十八》："床前两小女，各在天一涯。所愧为人父，风物长年悲。"就在他思念着妻子女儿时，他竟在狱中收到女儿柳娘的来信，得知妻子和两个女儿也被元军掳至大都，如今都在宫中为奴。而柳娘的信能到他手上，自然也是元朝统治者使出的又一招数。他知道，只要他一句话，哪怕点一下头，一家人就可以重新团聚，然后过上一个士大夫之家应有的生活。但肝肠寸断的文天祥却又心如铁石，他在写给妹妹的一封信中倾诉："收柳女信，痛割肠胃。人谁无妻儿骨肉之情？但今日事到这里，于义当死，乃是命也。奈何？奈何！……可令柳女、环女做好人，爹爹管不得。泪下哽咽哽咽。"当一个人连骨肉亲情都能割舍，除了等待死神降临，他已没有了任何牵挂。他只是从容地等待着死神，却没有主动扑向死神。他没有自杀，而是一直安顺守命地在这土牢里读书、写字、吟诗，或透过一线微弱的天光辨认着南方的季节……

春去秋来，季节深处已经历了七百多载轮回，当年的土牢之上，如今已是一座隔世的祠堂，当往事化为虚空，便有了一种禅意——空和静。这让我谛听到了来自另一个世界的声音，那是一个囚徒在纸和笔之间发出的声音，如同那时间深处发出的隐秘的回声。当一抹斜阳或一盏青灯勾勒出他的侧影，他又在伏案疾书。在这元朝的土牢、明朝的祠堂里，还保留着文天祥的一些遗物和手迹，他的《指南后录》第三卷、《正气歌》等，据说都是他在这土牢中写的。不看别的，只看这些文字，这些墨迹，就能理解，为什么忽必烈那样敬重他的人品与才学。我深信这样的敬重是真实的，也是真诚的。

历史没有遗忘这样一个细节：某日，忽必烈忽然问左右大臣："南方和北方的丞相，谁最贤能？"他这样问，其实是明知故问，而群臣心中似乎也早有答案："北人无如耶律楚材，南人无如文天祥。"这个答案，似乎也是一生杀人如麻的忽必烈，一直对文天祥迟迟下不了杀手的原因之一。在文天祥就义的前一天，忽必烈决定再做一次努力，他要亲自劝降。他知道，这是最后一次了。文天祥也知道，这是最后一次了。文天祥依然是彬彬有礼，对元世祖长揖而不跪。元世祖倒也没有强迫他下跪，只是说："你在这里的日子久了，如能改心易虑，用效忠宋朝的忠心对朕，朕可以在中书省给你一个位置。"这已不是转述，而是元世祖对一个俘虏的当面许诺，所谓中书省的位置，不是丞相就是枢密使。但文天祥又是淡然一笑："我是大宋宰相，国家灭亡了，我不当久生，但愿一死足矣！"元世祖摇了摇头，又挥了挥手，随即下了处决令。一个不可一世的帝王，可以战胜一个王朝，甚至可以征服大半个世界，但他最终却无法战胜一个手无寸铁的南宋士人，这让忽必烈多少有些悲哀。在经历了三四年的较量之后，那即将喷溅的鲜血，最终将见证一个帝王的失败。在忽必烈叱咤风云、纵横捭阖的一生中，还很少有这样的挫败感。

四

北京东城，府学胡同63号，那被土灰色的背景衬托着的两扇厚重的朱漆大门，关不住一棵苍老而遒劲的枣树，传说此树为文天祥手植。所有树木都会朝着天空生长，但这棵树的枝干却向南倾斜，一根根硬得像黑铁一样。我小心翼翼地看着它，谛听着，这北国的枣树仿佛听见了来自遥远南方的召唤。然而，哪怕真的还能听见700年前的马嘶、3000里外的潮汐，那也是非常渺茫而又极其可虑的消息。又想，当一个王朝的丞相，被另一个王朝的皇帝囚禁在这里，他用了多少年时间才能栽活了这样一棵树，又是否看到了一棵枣树开花、结果？我情愿相信，他曾亲口品尝过自己亲手种出来的枣子，这该是一个生命最后品咂到的滋味儿。然后，就在忽必烈劝降的第二天，他以一个士人的优雅姿态擦擦嘴，穿上一身宋臣的官服，迈开一个宋臣的脚步，一步一步地走出这囚禁了他多少年的院落，沿着这枣树的枝干指引的方向，在元朝的天空下去完成一个大宋国士的献祭。

那是一个必将载入史册的日子，至元十九年十二月初九日，公元1283年1月9日，一个王朝最后的丞相，被押到府学胡同西口的柴市，那里将成为他的祭坛。那一天，兵马司监狱内外，布满了戒备森严、如临大敌的元兵。数以万计的市民听到文天祥就义的消息，早早就伫立在胡同两侧。从监狱到刑场，文天祥走得神态自若，如同最后一次上朝。行刑前，文天祥再次辨认了一下南方的方向，随即向着空茫的南方拜了几拜。

监斩官问："丞相有什么话要说？回奏尚可免死。"

文天祥淡然一笑说："吾事已毕，心无怍矣。"

这个人一直到死都文质彬彬，他没有像岳飞那样发出怒发冲冠的呐喊，也不像辛弃疾那样血脉贲张地仗剑疾呼。作为一介书生，他似乎一直缺少这样的英雄气概，只有永远的微笑和一身的书卷气。他以一个读书人的形象，完成了一个民族英雄的另一种造型，一个引颈就戮的过程，对于他，仿佛是一次深呼吸。当一颗头颅坠地，一腔热血飞溅，瞬间让你觉得，这个人的生命能量是在最后一刻爆发的。又一次验明正身，刽子手在身首分离的血腥中翻捡着一个士人的身躯，在他被鲜血浸透了的衣服中，有一片如同偈语的《衣带赞》："孔曰成仁，孟曰取义。唯其义尽，所以仁至。读圣贤书，所学何事？而今而后，庶几无愧。"这是一个大宋国士以47年人生书写的一段生命偈语。

三年前，当文天祥被押往大都途经故乡吉州庐陵时，有个曾追随他起兵勤王的庐陵人王炎午，且深受他器重，本拟留军重用，但此人以父死未葬、母又病危辞谢而归，既当了逃兵，还博得了一个至孝的好名声。当他听说文天祥被俘后将押往大都，便在他的必经之路上张贴了数十张《生祭文丞相文》，这是历史上少有的活祭，每一张祭文都在催命，催促文天祥舍生取义。

文天祥何尝不想死，死是他铁了心的念头，"惟可死，不可生。"他一路上服毒，绝食，却又怎么也死不了。在一种求死而不得、欲逃又不能逃的状态下，他只能一步一步走向自己最后的归宿。如今，文天祥终于死了，那个像催命鬼一般的王炎午终于如愿以偿了，又从活祭变成了死祭，而一篇《生祭文丞相文》也变成了《望祭文丞相文》。他赞颂文天祥之死使"山河顿即改色，日月为之韬光"，此举又让他博得了一个"忠肝义胆，凛然如秋霜烈日"的英名。而王炎午自己却在大元帝国的天空下一直活到了 73 岁才寿终正寝，并于明嘉靖年间，受祀大忠祠，至今仍与文天祥一样作为庐陵先贤享受着后世的祭祀。若这样的人也可以作为爱国志士、民族英雄，文天祥也死得太不值了。

在文天祥死后四十年，他终于魂归少年时代瞻仰过的吉州学宫的先贤堂里，在"庐陵五忠"之列又多了一座肃然端坐的国士，他与欧阳修、杨邦乂、胡铨、周必大、杨万里合称为"五忠一节"，一个少年见贤思齐的意念，从此化作永世的祭祀、永恒的存在。在他死去一百多年后，明洪武九年（1376 年），一个隔代的王朝，又为一个隔代的丞相，在当年的土牢上建起了一座文丞相祠。而后世对他的评价，一种是比较低调但也比较公正的："事业虽无所成，大节亦已无愧。"他一生的意义，其实不是作为一位名相，而是以名相而成为烈士。对此，还有一种更崇高的评价："名相烈士，合为一传，三千年间，人不两见。"

在一个囚徒远逝七百余年后，我突然想来这里看看，来了之后我才发现，这是一个由来已久的年头。那个一半在地上一半在地下的土牢，我已无从进入，我能走进来的，是一座模棱两可的老宅院，既像是一座宅院，又像是一座祠堂。而一个被捆绑住了双手、戴着枷锁和镣铐的囚徒，已经冠冕堂皇地端坐于庙堂之上。看着他，像他，又不像他。

天下有太多的文丞相祠，但我觉得北京这一座最有纪念意义。毕竟，这是他最后的归宿。而每一个王朝的最后，都会有这样一个绝望而忠诚的守望者来为之送葬。这个人，既是一个王朝的最后守望者，其实也是一个王朝真正的尾声。一个王朝虽已灭亡，一个亡国之臣最终血祭的方式化作一座永生的大都之魂。从大都到北京，无论改朝换代风水流转，在一座京都的骨骼与经络之间都不能缺少这样一个灵魂，而时空中的一个坐标，也从此成为一个灵魂的坐标。在这里，北京东城，府学胡同 63 号，一个日渐丧失自身、越来越看不清自己的游走者或旁观者，在这里寻寻觅觅，又能寻觅到什么呢？

秋风骤然猛烈起来，我突然感到了自己的多余。

"定远"的碎片

祝勇

一

即使是有备而来，我仍然难以把那座和式房屋和"定远"舰联系在一起。

自从"定远"舰被北洋舰队自己的鱼雷悲壮地击沉，我们就再也没有这艘军舰的消息了。这艘曾经傲视东亚的超级战舰，从此与我们"失联"，变成一张只能凭吊的照片，以及历史教科书里的只言片语。当我听说在日本福冈，一座传统的木构房屋保存着"定远"舰的部分残件时，我感到无比诧异。那时就很想去福冈，看看能否与那艘消失了120年的战舰相遇，哪怕只是一点少得可怜的残骸。

我们此行目的是为中央电视台拍摄26集大型历史纪录片《历史的拐点》，其中有6集的《甲午战争》，专门赴日拍摄日方史料和遗迹。同时，我还在写作《隔岸的甲午》一书，试图通过日本视角看甲午战争，交东方出版社出版。

从广岛向西南，从下关过关门海峡，就到了福冈县。我们目标中的那座建筑，就位于福冈县太宰府二丁目39号，紧邻天满宫。天满宫是一座神社，祭祀平安时代的被崇为"学问之神"和"书法之神"的著名学者菅原道真。这里有点像中国的文昌阁，所有渴求金榜题名的考生都要来此祈求，把自己的愿望写在神社前的小木板上。本殿的前面有两株古梅，一株是"飞梅"，开白花；另一株是"皇后梅"，开的则是红花。在春天里，红白两色的梅花就在这两株古梅树上繁密地盛开，与神社主殿流溢的金光交织在一起，与平安时代的华丽相呼应，天衣无缝地依次充填。

在天满宫的左前方有一个停车场，我们所说的"定远馆"就在这个停车场的内部。那是一个平淡无奇的小院，院墙不到一人高。停车场的两边有住户和店铺，一家店幌上写："自家制紫苏渍梅"。

"梅枝饼"是用糯米做皮、红豆做馅的一种烘烤甜点心，表面上印有梅枝图案，所以叫"梅枝饼"。这种太宰府的特产，几乎家家会做。门面后面，是匹夫匹妇憨厚的笑容。

停车场空无一人，虽是游人如织的旅游旺季，却也并未停满。阳光洒满庭院，时间在空气中暗自流动，就在那一刻，消失的"定远"舰，在泅渡了时光之海后，又悄悄地浮现出它的一角。

陪同的叶老师对我说："你注意到那两扇门没有，它们就是'定远'号的装甲板。"

我这才注意到那两扇铁板门，年深日久的锈迹在上面涂上一层层酱黄的颜色，门板粗糙，吸收着大片的阳光。上面整齐地分布着螺钉的孔眼，暗示着这两块装甲与那个巨大的整体之间的联系，但更醒目的，却是上面洞穿的弹痕。遇难的"定远"舰，带着120年前的伤痕，突然出现在我的面前，令我猝不及防。它在太宰府春日光景里显得那么微不足道，它们的存在略近于无，但对于我们来说，却是那么的重要，再繁华的景象，也遮掩不了它们的身世。

二

那个名叫小野隆介的富豪是从日本军方手里购得这批残骸，并在太宰府建起这座"定远馆"的。"定远"舰被炸沉后，日军肢解了它的残骸，作为胜利的象征，运回日本。一年以后，小野隆介以两万日元（相当于今天的两千万日元）的价格从日本海军手中购得这批残骸，已化成碎片的北洋舰队也从此拥有了商业价值。小野隆介是香川县知事，更是间谍组织玄洋社成员。或许正是这样的身份，让他捷足先登，成了这批遗物的主人。他用这批残骸建起了一栋漂亮的木构房屋，起名"定远馆"，作为他招待客人的客房。日本舰船模型协会理事秋山红叶1961年发表《定远馆始末记》中透露，"定远馆"

落成以后，有人到那里住宿，半夜里却隐隐看到走动的人影，一律穿着中国水兵制服；有盗贼进到这栋房子里时，居然听到空荡荡的房子里传来的说话声，语气严厉地问："税！"后来人们才知道，这个"税"的发音，就是中国胶东话里"谁"的发音。

据说，在离开这栋房子的最后那个夜晚，他们去取东西时，迎面撞上身穿中国水兵制服的鬼魂，吓得魂飞魄散。

秋山红叶在文章中说："定远舰当初负伤阵亡的官兵就是倒在这些材料上，他们都是死战到最后的勇士，这样善战的定远舰的后身，有如此怨灵的传说，不是正常的么？"

三

实际上，在前往福冈寻找"定远馆"之前，我们就在长崎，触到了"定远"舰的一只舵轮。

最早探听到这只舵轮下落的，是中国海军史学会会长陈悦先生。他曾经在一篇文章里说，他是从台湾的一个网站上看到北洋舰队旗舰"定远"舰的一只舵轮至今尚在，被日本人改造成咖啡桌。后来，陈悦先生通过在日本的萨苏先生查询它的下落。终于，那只脱离北洋舰队已久的舵轮，重新返回了我们的视野。

此刻，它正隐身在港湾边的山坡上一栋房子里。中国驻长崎总领事李文亮先生亲自驾车，沿着漆黑陡峭、七弯八转的山路，悄悄地进庄，把我们送达山顶。那时已是深夜，四周黑压压的什么也看不见，只有长风寥廓，在耳畔呼呼作响。李文亮先生把我们带到一个高度上，定睛远望，立刻有大面积的灯光映入眼帘，自海港一直蔓延到对面的山坡上，像一场流星雨，洒落进幽深的海底，壮丽玄幻，让我胸中溢满了星沉海底、雨过河源的浩荡。

回到酒店美美地睡了一觉，天亮时分，我们重新上山。那时，漆黑的山林已然显现出另外一副光景，光鲜亮丽，仿佛一座植物园，植被旺盛、花朵风流。它实际上就是长崎市的一处公园，名字叫哥伦巴花园。

哥伦巴是人名，是明治维新时期的一名英国军火商，李文亮先生介绍了他的身世，但我差不多一点没记住，只记住了这个美国人与一位日本艺伎的爱情故事，后来被改编成歌剧，名字叫《蝴蝶夫人》。山上有这出著名歌剧的男女主角——哥伦巴和三浦环的青铜雕像，密密麻麻的游人穿梭而过，我想许多是为"蝴蝶夫人"而来，只有我，心里牵挂的只有那只消失已久的舵轮。

哥伦巴，就是那只舵轮的收藏者。他为那只圆形的舵轮加了一层玻璃，作为咖啡桌，摆在他山中别墅的餐室里。我们找到了他的别墅，但没有看见舵轮。餐室的中央，摆着一张木制圆形餐桌，那显然是一只替代品。李文亮先生说，长崎市已经意识到那只舵轮的文物价值，把它收存到一间库房里。

那是长崎传统艺能馆的库房。由于近年不断有来自中国的历史学家探访这只舵轮，长崎市已经把它收存起来，不轻易示人。这次能够如愿拍摄到这只舵轮，全凭李文亮总领事的面子，这也让我们充分感受到有"组织"的好处。

我们跟在李文亮先生和长崎市政府一名工作人员的身后，轻轻走进艺能馆，从一间巨大库房中码放的各种民俗艺术品中小心翼翼地穿过。管理员打开里面的房门，我们恭恭敬敬脱鞋进入，在靠墙的位置，那只舵轮赫然在目。

表面上看，那只是一张蒙着桌布的餐桌，待艺能馆的管理员将桌布轻轻拉下，就像拉开遮蔽岁月的帐幔，那只阔别已久的舵轮终于显现出它原有的形状。

那是一只12柄的舵轮，直径超过两米，用上等非洲柚木制作，呈深棕色，平铺在三条腿的桌架上。手柄结实圆润，弧度与掌心刚好契合，手握上去，北洋水兵的手温似乎还在，仿佛只要我能转动它，那艘七千余吨的铁甲巨舰就会悄然掉转它的航向。

根据海军史专家陈悦先生的判断，这只舵轮是"定远"舰上的备用舵轮。他说，19世纪军舰上的正常舵轮都有液压系统来助力，一个人就可以操控，所以一般为8个手柄。但考虑到在战斗中可能被击坏，所以通常在军舰尾部的露天甲板上，装置这样的备用舵轮。备用舵轮没有液压系统，全凭手力操纵，所以需多人合力，因此设计成12柄。当两个人也无法转动时，便会设计

2~4 个舵轮串联的形式，由 4~8 个人合力转动。

陈悦先生说，这只备用舵轮，就装置在"定远"舰尾部的露天甲板上，是三片串联的式样。黄海大战后，当时在远东观战的美国海军情报部军官沈威廉在"定远"舰上拍摄一幅照片清晰地显示，这三只舵轮中，已有两只被打碎，只有一只完好。这只完好的舵轮，几经流转，此刻就在我们的身边。

那艘亚洲最大的战舰消失了，我们对它的所有想象，都凝聚在这只舵轮上。它横亘在我们和历史之间，成为我们探问过去的媒介。那一刻我突然觉得，身穿现代服装的我们，站在这只舵轮前是那么不谐调，它只属于刘步蟾、邓世昌。电影里的邓世昌，就是手握舵轮，把大辫子往脖子上一甩，亲自驾驶"致远"舰找"吉野"舰拼命的。他的军舰沉没了，但他的表情没有沉没，或许，那份从容不迫和视死如归，才是那场战争留下来的最大的遗产。

四

"定远"舰上的水兵们死去以后，他们的灵魂据说一直没有离开过它的碎片，在福冈这座布满记忆残片的"定远馆"里徘徊不去。很多年后，加来先生从天满宫手里租来了这栋空寂了许久的房子，用来堆放他收藏的日本各时代的玩具。2010 年，当萨苏和陈悦来到这里时，天花板和墙上贴满了女明星的照片，有表情凄迷的山口百惠，也有笑容甜美的邓丽君。这些国籍不同、时代有异的美女们济济一堂，使这座神异的老屋即使在荒寒的夜晚也温暖如春。不知她们是否曾与北洋舰队的冤魂在冰冷的夜里相遇？她们的笑容，是否会慰藉他们凄苦的灵魂？

2014 年 5 月，当我穿过那两扇铁锈斑斑的院门，走进停车场，打量这座漂亮的房屋时，加来先生也已经离开这里。我不知他离开的原因，此时面对的，只有一栋空荡荡的旧房子。房子白墙黑瓦，飞檐翘角。白墙已有裂痕，白墙下的木墙裙也已现出古旧的木色，显露出时间的痕迹。房屋正门面对停车场，两侧和背后则已荒草萋萋。

日本人重视历史遗址，国土上保留着许多"史迹"，但"定远馆"不是。

时间湮没了它的神秘身世，即使离它最近的居民，也未必知道它的来历。从"定远"舰拆下的海兽木雕，镶嵌在门口，被风雨剥蚀，已经开始腐烂。日本传统木构房屋是被架离地面的。我迂回到房子侧面，俯下身去，支撑房子的矮柱之间，横向固定着两根长长的木头，那就是"定远"舰长艇的划桨，早已脱离了海水，被春天里旺盛的杂草所吞没。

因为没被政府列为"史迹"，也就无人看护。我们透过门扇的缝隙向内观望，发现屋内无人，屋子中间的地板也被掀起一部分，于是轻轻拉开门扇，脱掉鞋子，蹑手蹑脚走进去。房子大约有一百多平方米，由于内部的门扇全部拉开，所以显得十分的通透敞亮。在房间里缓慢地踱步，在木板的地面上留下一串串浅浅的脚印。曾经遍布房间的女明星照片去向不明，只有"定远"号的印迹，像海水带不走的礁石，只要仔细观察，就会一层层地浮现上来。最靠近我们进去的门扇的，是一道狭窄的隔扇门，竟是"定远"号的水密舱门。壁橱的壁板是"定远"号船底板的一部分，上面密密匝匝地挤满了贝壳，记录着这艘巨舰的水下时光。窗框上的支撑梁，用的是"定远"号的两根桅杆横桁，上面的弹痕清晰入目。壁橱的框梁有火烧的痕迹，那也是战争的伤疤。

萨苏曾说，"定远馆"曾经有浴室和卫生间，都是从"定远"舰上整体移来的，浴室甚至使用了"定远"舰弹药库的大门，但因为年久失修，这部分构件已经在上个世纪末被拆毁重建了，拆卸下来的部分被当作垃圾处理了。所以我这次来时，没有看见它们，而且，永远也看不见了。

在屋墙上，我看见一副花格子窗，那不是"定远"舰的遗物，而是从丁公府拆下来的。公元1895年2月，丁汝昌就是在这扇窗下，饮鸩自尽。

五

寻找"定远"舰遗物的旅程并没有至此为止。在"定远馆"的旁边几十米处，有一家"光明禅寺"。这是一座清寂幽静的寺庙，山门外立着一条石碑，上刻："石庭苔院 一滴水之庭"。

就像这个脱俗的字所提示的，这座禅寺明净而清幽，与佛号如雷、香烟如雾的中国寺庙绝然不同。一进山门，就看见庭院里的"枯山水"，用精巧叠石的造型石，和细细耙梳的白色细砂，勾勒出世界的宁静与深邃。

但我没有忘记此行的任务。我知道，"定远"管带刘步蟾用过的办公桌，此刻就摆在"光明禅寺"主殿的门内，我一进来就看到了它。但我不能暴露自己的用心，便以游客的身份，把寺庙的前前后后打量了一圈，才假装漫不经心地回到它的面前。叶老师告诉我，一家卫视来拍摄时，在这张小桌子前大张旗鼓地进行直播，引起了寺内僧人的强烈反感，强行阻止了拍摄，叮嘱我拍摄这张桌子时，要格外小心。幸好，此时的寺院空空荡荡，夕阳正向寺院投来最后一缕光线，为这座形体优美的建筑勾勒出一道明亮的轮廓。站在幽黑的殿堂内部，开敞的门扇犹如取景框，框住一幅幅美丽的画面——画框中，树影参差，苍藓盈阶，将我略微紧张的心情导向缓慢、放空。我看寺内无人，就回到门口，匍匐在干净的木板地上，迅速拍下一组照片。

整个过程流畅自如，像是一个惯犯，在从事某种见不得人的勾当。其实不过是对这张办公桌表达一种敬意，留下几张照片而已。日本人一定无法理解，这张破旧的办公桌究竟有什么样的魔力，引得中国人千里迢迢前来拜谒，让这座寺院不堪其扰。

那是一张欧式办公桌，小巧典雅，刚好适于放在狭小的舰长室内。根据日方记录，这张办公桌原本放在"定远"舰，被日本军方打捞、运至日本后，同样被小野隆介购得，后来捐给了"光明禅寺"。桌身上"定远"二字，也是它特意刻上去的，以表明这张办公桌的来历。可惜光明禅寺对办公桌的身世并不感兴趣，看它木质不错，桌身也还结实，就锯短了四条腿，变成一张矮矮的供桌，在上面放置香火钱箱，箱上写着"拜观"二字，再上面立着一块木牌，提示香客，香火钱（拜观料）为每位二百（日）元。

对于中国人来说，那却是一件勾起痛苦记忆的遗物。就在丁汝昌、刘步蟾下令炸毁"定远"舰的那天下午，刘步蟾面色凝重地步入卢毓英的住处，看见枪炮大副沈寿堃伏在书案上，挥笔写下："千古艰难惟一死"。刘步蟾淡然一笑，吟道："伤心岂独息夫人？"这是清代诗人邓汉仪的诗句。念毕，刘步蟾飘然而出。当晚，服毒自杀。

我们静静地拍摄。不知是否得到刘步蟾在天之灵的保佑，拍摄进行得无比顺利。这个安静的空间，就像是我们自己的拍摄场。摄像机平稳地转动，而办公桌后面的空位置上，仿佛映现出刘步蟾端坐如仪的神态。我突然感觉北洋的将士们都未曾走远。那是我们民族一个时代里的精英，他们的肉体消失了，但他们的目光、呼吸和神态仍在。他们的仪容定格在北洋舰队的黄金时代里，雄姿英发，威风凛凛。

我们的虚拟世界

王大智

楔子

大约在世纪交替时候，一种新的科学技术出现。那种新技术，叫作虚拟现实（virtual reality），也翻译成虚拟实境等等其他名称。不少人不喜欢虚拟二字，认为有真假不分的感觉。其实英文 virtual 就是假的意思。翻译成虚拟，还是客气的，还是"信雅达"兼备的。

虚拟现实，是利用电脑合成技术，提供一个电子的三度空间。在那个空间里，人可以感觉到模拟的视觉、听觉、触觉，甚至嗅觉、味觉。中国有一句成语，叫作"身历其境"，最能表达那种状态。事实上，那种状态不真实。它是由机器合成的虚拟感觉——假感觉。换句话讲，虚拟现实是利用机器作假，欺骗我们的感官（眼、耳、鼻、舌、身），误导我们的感觉（色、声、香、味、触）。

虚拟现实可以造成假感觉，因为它能令人产生"4I 反应"：immerge — implicate — interact — imagine；四个 I 开头的反应。如果不要求精确，可以翻译为：沉浸—暗示—互动—想象。机器令人产生的反应，不就是催眠术（hypnosis）所使用的诱导反应么？催眠术，可是历史悠久的东西了。人类文化中，类似催眠术的东西，极为丰富。制造虚拟世界，根本是人类驾轻就熟的老把戏。这个老把戏，从艺术说起，最容易明白。

虚拟的娱乐——说艺术

艺术世界，是绝对的虚拟世界。但是，为什么把形象高尚的艺术，定义为娱乐呢？因为就创作而言，艺术或许严肃；但是就欣赏而言，艺术仅仅是一种娱乐，一种可以转换情绪的娱乐。复杂的心灵，需要细致的情绪转换；简单的心灵，需要粗略的情绪转换。艺术没有高下之分，只是提供不同欣赏者以不同的娱乐而已。现实生活，枯燥辛苦。人类渴望虚拟的东西来娱乐自己、催眠自己。这大概也是万物之灵的特色之一吧。

艺术这种虚拟的娱乐，可以分为美术、音乐、舞蹈、戏剧四个项目。这四种艺术，都是感官虚拟，都需要透过我们的视觉、听觉等器官去感受。艺术上的感受称为共振 resonance（也叫作共鸣）。共振本是物理名词——振动频率相同的物体，一个发生振动，另一个也发生振动。在艺术活动中，心灵之间也会发生共振。这种振动，可以称为感动，可以称为催眠，也可以称为被艺术动摇了心智，分不出真假了。共振，是虚拟世界的核心部分。无论虚拟现实、催眠术还是艺术，都需要共振——需要施术者与受术者、诱导者与想象者间的心灵共振。

艺术虚拟，是明显的事实。其中，美术虚拟最简单。美术是单纯的视觉虚拟，也是静态虚拟（时间静止的虚拟）。美术家画一棵树，树不会动；塑一个雕像，雕像不会动。这种时间静止的虚拟，不存在于现实世界。因此，美术并不容易让一般人产生共振（容易看穿其假）。静态的特性，使得美术成为时间上的片断虚拟，而非连续虚拟。在艺术的虚拟世界中，美术的技巧比较初级。再者，美术不是表演艺术（performance art），它的创作与欣赏不同步。美术家不是表演家，不需要面对欣赏者；所以美术也没有"4I 反应"中的互动关系。互动，是施术者加强暗示的重要机会，可以将受术者导入深层想象。美术没有这一部分。

从时间连续的角度而言，音乐比美术复杂。音乐是单纯的听觉虚拟，但是音乐不是静态的。音乐中包含着时间的因素——需要三分钟、五分钟或者一小时去欣赏。时间，让音乐成为动态虚拟。时间和动态，是一而二与二而一的事情，是感觉变得真实的重要基础。随着旋律和时间流动，完整的沉浸－暗示－互动－想象过程出现了。欣赏者陶醉在音乐虚拟的世界中；感觉着《月光》《四季》甚至《命运》。音乐的动态虚拟，比美术的静态虚拟更容易催眠我们，更容易让我们进入忘我的状态。《论语·述而》中的"子在齐闻《韶》，三月不知肉味"，应该看作是音乐虚拟的经典注脚。

继之再说舞蹈。舞蹈比音乐又复杂一点。传统舞蹈，多喜欢伴之以音乐。因此欣赏舞蹈，需要视觉、听觉两种感官。并且，传统舞蹈有情节故事。面对这种有叙事性的艺术，可以说是在看舞蹈、听音乐，也可以说是在欣赏一个故事。有了音乐和情节故事，让舞蹈成为综合性的高级虚拟。然而，因为音乐和叙事相伴，传统舞蹈很类似戏剧——很类似一种肢体夸张的戏剧表演。因此，舞蹈和戏剧置于一处，舞蹈就难免相形失色（20世纪的现代舞，是试验性很高的艺术。它的试验，即是去掉叙事部分，甚至音乐部分。目的是使舞蹈远离戏剧，使观众专心于舞蹈的本质——肢体动作）。

最后看看戏剧，戏剧可说是最复杂的虚拟艺术。它不但虚拟故事情节，还虚拟心理情境。情境虚拟（讲心理）比情节虚拟（讲故事）更贴近真实人生。戏剧透过演员的演技，把虚拟世界和真实世界绾合在一起（不容易看穿其假），让人随着演员的诱导，而喜怒，而哀乐，被催眠至最深沉的想象之中。在那个虚拟的世界里，我们分不清楚真假，失去自我。"看戏的是傻子"那句话，便是此意。至于"演戏的是疯子"那句话，是指演员在虚拟（表演）过程中，弄到自己也分不出真假——不辨戏里戏外。所谓"不疯魔不成活"，是演员在真假虚实间的挣扎写照。那可真是个"真真假假真亦假，假假真真假亦真"的虚拟世界啊。

艺术的虚拟，是有程度的：由静态而动态，由讲故事而入情境。越虚拟的艺术，越为人喜爱。因为越虚拟的艺术，越有娱乐与催眠效果——越能令人转换情绪。四种艺术项目中，戏剧居于王者地位，是没有问题的。人类是容易催眠，喜欢虚拟的动物；通过各种虚拟的艺术来娱乐自己，早就成为了习惯。有这种认知后，再去观照更为复杂离奇的人类文化，便不至于惊异。

虚拟的未来——说宗教

　　人类的离奇文化众多，首先看看宗教。宗教的起源，是个有趣的问题。基本上，宗教像是艺术一般的虚拟了"死亡世界"。那个世界之所以被虚拟，是因为人们恐惧死亡。"死亡世界"的出现，让人们相信死亡是道门槛；通过那道门槛，便进入另外一个世界。"死亡世界"的存在，使人们不再恐惧死亡；乐观地，认为死亡是生命形式的转换枢纽（由生人而鬼灵）。然而，那个世界的虚拟，兹事体大。生死之事，岂可像艺术一般的随便虚拟，就能相信？所以，为了证明"死亡世界"存在，宗教又虚拟了各种神明（祖灵、神祇、上帝），由他们掌管那个世界。"死亡世界"和神明，是宗教虚拟的两个基本支架，缺一不可。

　　宗教创造"死亡世界"和神明，有互证二者存在的作用（神明掌管该世界，该世界由神明掌管）。但是，两种未知的事物互证存在，也未免不合逻辑。如果先证明其一的存在呢？互证问题就说得通了。"死亡世界"的存在，难以证明。但是，神明的存在，证明起来并不困难。因为，宗教家的工作，就是证明神明的存在。宗教家可以与神明沟通，可以与神明说话。他们神秘的沟通能力，是宗教虚拟的起始。只要信众相信神秘能力，诱导便已成功，信众的想象就会渐渐出现；神明和"死亡世界"的形状，就会渐渐具体。因此，与其说信众接受宗教，不如说，信众信任了宗教家的神秘能力。宗教家利用这种信任，让信众自行在想象中去作推论。宗教，利用信众的想象，控制着不可知的未来世界。

　　宗教的虚拟过程中，宗教家居于引导地位；其他部分，要靠信众的推论与想象。宗教和艺术、催眠、虚拟现实一样，虚拟一旦启动，信众便驱使自己进入那个想象世界。从现今各种宗教看来，越原始的宗教，越纯熟于演员式虚拟诱导（例如神明上身）。越进步的宗教，越纯熟于剧场式虚拟诱导（例如法会仪式）。不同的场景中，宗教家在信众面前，或者奇形怪状地，或者神圣庄严地，与神明进行交流。也许有人说，很多降神场面，看来很真实呢。

很多仪式场面，令人很激动呢。这是宗教有异于艺术（戏剧）的地方。宗教的互动与暗示，远远超过戏剧。看戏的时候，大家或哭或笑，总是保持着观众身份。但是宗教具有的互动特色，却使观众也成了演员。信众随着宗教家的暗示，手舞足蹈，陷入疯狂境地。前面提过的"不疯魔不成活"，在宗教中，再次得到具体验证：越是分不清真假虚实的演员，越是好演员；越是分不清真假虚实的戏，越是好戏。宗教的虚拟世界，是人类文化上，深具影响的精彩大戏。宗教家与信众，同为施术者与受术者。他们相互催眠，在虚拟的世界中，寻求恐惧的栖身之地。

虚拟的现世——说政治

古代的情况

人类恐惧死亡的想法，很是普遍。宗教靠着虚拟未来世界，长久控制人心。因此，自从宗教出现后，人类社会便有两种领袖。一是掌握现实的政治家，一是掌握心灵的宗教家。前者看似高调，其实难得人心；后者看似低调，其实大受欢迎。我们只要看看，两者对于社会上财力、人力的掌握，就可以明白大概。

平心而论，古今中外，没有人愿意对政治出钱出力。政治要靠法律作后盾，才能够征集到钱与力（税与役）。但是宗教要求信众出钱出力（乐捐与服务），结果可就大大不同。信众不但甘之如饴，还怕奉献太少，落人之后。对于政治与宗教，人心的向背取舍，竟然这样明显突兀。无怪政治对宗教深具戒心，唯恐其坐大超越。

政治不让宗教坐大的办法，其实很简单，就是"政教合一"；就是以行政权力，涉入宗教的虚拟世界，占据对神明的主祭地位。政治一旦获得这个地位，便与宗教分享虚拟。不但也有沟通神明的资格，也有与信徒相互催眠的资格；并且在祭祀场合中，常常令宗教沦为配角（在中国，大到帝王祭天，小到家长祭祖，都可以看见这个现象）。"政教合一"是政治侵夺宗教的权力斗争："死亡世界"可以继续让宗教家管理，但是神明——特别是神明与政治人物间的特殊连结，必须留给自己。因此，在历史上，通过种种政治"造神运动"（apotheosis），一批奇异的新神祇出现了。古巴比伦自汉谟拉比始，即有君权神授的说法，中国自周代始，即有王即天子的说法。巴比伦的君权神授说，让宗教成为神人间的权力中介者。中国的天子说，则以血统关系，把宗教彻底赶出权力核心。

借用宗教虚拟而建立的政治虚拟，是"假戏真做"的虚拟。这种"假戏真做"不是艺术表现，而是权力意志表现。原本只在"死亡世界"活动的神祇，开始在人间活动。原本只是信徒的虚拟想象，变成所有人民的共同负担——如果违反人间神祇的意志，会受到法律与军队的惩罚。那种惩罚，实实在在，一点戏剧成分都没有，一点虚拟成分都没有。宗教虚拟，是为了免除离开现世的恐惧；政治虚拟，却使现世本身成为恐惧渊薮。政治家比宗教家更懂戏；更懂得如何跨足虚拟与真实，台上与台下。政治，利用虚拟获得现实利益；利用虚拟，控制了人的现实世界。

现代的情况

人类有社会组织，将近一万年。其中百分之九十五的时间，宗教与政治分享着那个虚拟世界，控制着人的未来和现世。然而，在历史的逐步进化潮流下，宗教终于露出了疲态。500年前的文艺复兴，令科学兴起宗教式微。依附宗教的人间神祇，也受到身份与血统的质疑。政治，开始与宗教渐行渐远，现代的民主立宪国家，于是焉出现。长时间享受虚拟果实的政治人物，完全了解虚拟的重要。在撇清神祇血统以后，他们发现了与宗教同等虚拟的宝贵东西。那种东西，叫作政见。一种讨论现世生活的乐观蓝图。

这种乐观蓝图的出现，延续着虚拟的历史逻辑：既然，对未来不能再以宗教想象之，那么退一步，对现世以乐观蓝图想象一番，总是可以的（想象的理想性消失了，或者可以称之为颓废的想象？）。"政教合一"时代的政治人物，靠武力得到权力，靠宗教巩固权力。民主社会的政治人物，相对简单：靠政见得到权力，靠政见巩固权力。他们摆脱宗教，直接跃上舞台，靠着勾勒现世美景，建构虚拟新世界。现代的民主政治，政治家是猎人，选民是猎物，政见是诱饵。猎人只要取得猎物,不会回头计较诱饵的真实。蓝图式的虚拟,是政治控制的新方式,并且方兴未艾。这种短暂而不计后果的政治虚拟,使政治人物和真正演员,越来越接近。政治的虚拟世界里,假神祇退场,真演员进场。他们轮流上台,口沫横飞地描绘着各种关于现世的乐观蓝图。

民主政治,本是商人政治(各种代议士,并不代表社会普遍民众,而是代表社会利益团体)。代议士以及准代议士,为了替商人争取发言权,广泛运用商业宣传手法:以"贩卖"政见,引起"购买"为唯一原则(其过程称为政见发表和投票活动)。中国有"士农工商"的说法,政治和商业,距离最远。如今政治商业化的潮流,让政治人物放下身段,甘愿做商人的傀儡。傀儡是一种戏剧的名字:一种拴着绳子,由人幕后操纵,给小孩子看的偶戏。现代的政治,不需要拉着宗教,演什么神圣大戏。政治人物由商人在背后操弄,演着可笑的偶戏——让小孩子们围观。最后,小孩子们兴奋起来了,随着偶戏起舞。这种政治虚拟,很有一点《老子》"百姓皆注其耳目,圣人皆孩之"的味道。

西元 1981 年,一位职业戏剧演员,跃身成为世界级的政治领袖。在文明文化史上,这是值得注意的一件事情。

虚拟的过去——说历史

宗教和政治,掌握着虚拟的未来与现世。它们的运作方式,和艺术中之戏剧最接近;以类似催眠的沉浸—暗示—互动—想象过程,使受术者接受施术者的意图,以假为真。在过程与意图上,政治都较宗教更为严峻残酷。政治除了依靠虚拟,掌握现世,它还要依靠虚拟,掌握过去。因为,过去是现世的基础;今日权力的合理(合法)性,由昨日权力的合理(合法)性而来。所以,中国古代有巫史的设置(同时掌握宗教与历史的官员)。让政治可以一手抓宗教,一手抓历史;一手抓未来,一手抓过去。

过去的事情,早已淹没;要靠史家纪录才能窥见。事实上,过去和未来有相像的地方。它们一个在现世的后面,一个在现世的前面。飘荡于时间的朦胧之中，看不见也摸不着。朦胧不清的东西，最为适合虚拟。

政治掌握历史的目的，是要替当下的权力背书；证明自己没有靠着不好的手段窃取权力。换言之，历史对政治而言，就是要替当政者说好话，说自己是一个好人。而其他的政治对手，都是坏人，都是注定要失败的。因此，历史应该是科学，应该是客观记录，但是历史是艺术，一种文字艺术，一种"准剧本"的撰写。中国"文史不分"那句话，把历史的特性说得很露骨；客观的历史纪录里，充满了主观的文字偏见。历史向艺术靠拢，是历史虚拟的主要原因（史家纪录，要靠文字。文字是思想语言的延伸。文字记录是真实的记录吗？这个问题很难回答。因为文字是人写的，而人是有立场的；所以，文字是一种主观的记录。今日，即便出现了摄影录像，仍然是主观记录。不同立场的人，拿着摄影机记录事件，绝对呈现出立场不同的画面。所谓的真实与客观，经过人手，竟然并不存在）。

历史中的主观偏见部分，由政治所刻意主导。过去世界，必须合于现实政治的需要。为了需要，过去可以虚拟；为了需要，过去可以由史家艺术地创造，创造各种有利现实的过去。当下的政治继承者，可以替被继承者讲好话，也可以讲被继承者的坏话；端看是顺势继承，还是逆势继承。在这个基本原则下，历史像是连续剧一般，一段一段地虚拟，一套一套地编故事、写剧本。反正在古代，史家都是御用史家。政治要历史说什么，它就说什么。不肯迁就政治的，犹如凤毛麟角。民国梁启超，说中国历史是"帝王家谱"，就是这个意思。

文字是戏剧的文本，而非戏剧本身。谁是好人坏人的虚拟历史，也跟一般人不发生关系。但是，好人坏人的斗争故事，却永远受到欢迎，永远是流行戏码。因此，这种虚拟的历史（或者可以直接称为历史小说？）广为搬上舞台；在当政者的意旨下，传播于民间，成为全民的共同虚拟记忆。只要权力的传承关系为大众接受，现世政治，便会因为过去的虚拟支撑，而增加了力量。

结语

科技上的虚拟现实（virtual reality），真是可惊异的么？在催眠状态的虚拟世界中，惊异和警醒的意思差不多。凡是不能让人惊异、警醒的虚拟，才是完美的虚拟。人类在宗教、政治和历史上，利用艺术（戏剧）手法，成功地创造了未来、现世与过去几个舞台——演着让人无法警醒的虚拟大戏。

经济学上有所谓供需理论，出现什么产物，因为有什么需要。虚拟科技的出现，绝非偶然。人类是长于虚拟——喜欢催眠与被催眠的动物。当旧有的虚拟逐渐幻灭的时候，新的文化虚拟自然填补取代。所谓"新瓶装旧酒"，或者即是此意。

佛陀说"凡所有相，皆是虚妄"，庄子说"大惑者，终身不解"，屈原说"众人皆醉,我独醒"。这些两千年前的圣者贤者，都是最擅于观察人类文化，最了解虚拟意义的人物吧。

侠士梦

胡学文

一

和朝鲜族老人柳惠淑会面是 2014 年春天的一个上午。那天，马航 MH370 失联超过 100 小时，乌克兰局势持续动荡——克里米亚尚未并入俄罗斯版图。世界鲜有平静的时候，过去如此，现在依旧。我没有能力预料世界局势的变化。我看不清未来，所以更愿意回望过去，触摸老旧的时间和尘埃。

柳惠淑是前一晚从哈尔滨飞过来的。哈尔滨的空气新鲜如黑龙江里的大马哈鱼，我担心已经 76 岁的她被石家庄的空气熏倒。惊喜的是，肆虐多日的雾霾一夜之间突然散去，天空终于现出本来面目。我带了一盒蔚县剪纸，当作给柳惠淑老人的见面礼。前往桃林春饭店的途中，我忽然想，给老人最好的礼物其实是碧蓝的天空和灿烂的阳光。

柳惠淑个儿不高，圆脸，短发，精神矍铄，比实际年龄年轻许多。我想起自己的母亲，心头掠过一阵酸楚。她牙齿也很好，采访间隙，她多次从盘里拣坚果吃。柳惠淑兄妹五人，大弟和二弟已经过世，后来，我见到了柳惠淑的小弟柳俊秀、小妹柳明淑，以及她的大弟媳妇。他们都是我的采访对象，但主角不是他们，而是他们的祖父柳基东。

柳基东是一位侠士，行刺日本特别刑事警察部部长国吉定保的侠士。

二

一个很偶然的机会，我结识了柳春琳女士。交谈中，她讲到她的曾祖父。她在叙述中提到几个词，抗日、刺杀、东北。还有，她的曾祖父被韩国政府授过勋章。正是这些词引起我的兴趣。当她问我愿不愿意写写她的曾祖父时，我说愿意试试。写乡村小说多年，我担心目光迟钝，审美疲劳，正想寻找陌生的素材，即便掘不出新鲜东西，暂时换换方向也好。我想，这或许是个机会。

显然，柳春琳对曾祖父的故事并不是特别清楚，总是说，我姑姑知道得更多。她也是担心自己说得不确切吧。

采访柳惠淑前，我从亚马逊买了二十多本关于东北抗联的书，疯狂补课。对那段历史我当然不陌生。但是作为写作素材的储备来讲，只是不陌生肯定不行。我以为，柳基东与抗联有关系。

与柳惠淑见面那天，当她把柳基东少得可怜的资料摊在我面前，说她的祖父 1924 年牺牲于哈尔滨道外区十八道街信记账户二楼时，我才意识到，自己先前的功课做偏了。

当然，采访没有中止。那天晚上，我紧急从网上买了与大韩独立相关的书籍。如果不是这样的缘由，我可能永远不会关注那段历史，也永远不会知道，在中国的东北，曾经活跃着那样的武装力量，有那样一个群体存在。

三

中文的"朝鲜"一词有多重意思。既是中华人民共和国官方和民间对朝鲜民主主义共和国的简称，在涉及历史地理语言学人类学等方面专有名词时，又是包括朝鲜和韩国在内的整个朝鲜半岛的称呼。需要说明的是，我笔下的朝鲜和韩国均指后者，即整个朝鲜半岛，不是当代国家概念。说得再确切一点，是日韩合并时的朝鲜半岛。

我一次次站在儿子的卧室，凝视墙上的地图，寻找朝鲜半岛，寻找那些生涩的地名，大致计算彼此的距离。相比地名背后的历史风云，这些都简洁容易得多。

朝鲜半岛的历史，布满累累伤痕。

公元 1 世纪后，朝鲜半岛形成高句丽、百济、新罗三个古国。公元 7 世纪中期，新罗统一朝鲜。公元 918 年，朝鲜国王王建定国号为高丽。1392 年，高丽三军都使李成桂废除高丽第三十四代王，自称国王，改国号为朝鲜。当时，李成桂拟了两个国名，另一为"和宁"，请求当时明朝皇帝朱元璋选定，朱元璋选了"朝鲜"。1896 年，朝鲜高宗宣布朝鲜独立，改国号为大韩帝国。1910 年，韩日合并后，日本恢复"朝鲜"的名称，并设立朝鲜总督府，而在中国上海成立的朝鲜民族流亡政府则自称为大韩民国临时政府。自然，"大韩民国"的国号来源于"大韩帝国"。朝代更迭是用无数尸体换来的，哪个国家都如此。

柳基东是公元 1917 年来到中国东北的，正是日韩合并期间。

朝鲜半岛屡屡受伤，日本出力很多。用我老家的话说，日本就是一祸事油子，最见不得邻居过得好，过阵子不闹出点事，就寝食不安。1591 年，日本关白丰臣秀吉率兵 20 万入侵朝鲜，一度占领平壤，若不是中国明朝派兵干预，朝鲜早就被日本吞并了。丰臣秀吉长相极丑，外号秃鼠，但颇有才能。平民出生，官至关白，冲这经历也是狠角色。中朝联军用了八年时间方把日本兵赶回老家。我想到中国的抗日战争，也用了八年。用老家的话说，别看小，狗日的挺难对付。那场战争，光大明朝就消耗了八百万两白银，朝鲜损失了名将李舜臣，中国损失了名将邓子龙。现代中国称之为"万历援朝战争"。另一个可以说明的事实是，中国与朝鲜半岛合作抗战几百年前就已经开始。

日本当然不甘心，其民族心理两个词就可以概括：嫉妒、觊觎。邻居的好日子让整个日本都陷入癫狂状态。日本于 1910 年吞并朝鲜半岛，当然，其虎狼之心绝不是 1910 年的临时起意，而是蓄谋已久。日本先是让朝鲜成为自己的"保护国"，随后设立"统监"府，把朝鲜政权架空后，朝鲜已如囊中之物。

覆巢之下，安有完卵。国破家亡，每个人都面临选择。无论主动还是被动。

柳基东也不会例外。

四

柳基东，原名柳东范。1891 年出生于韩国庆尚北道安东郡临东面水谷洞。洞，相当于汉语中的乡镇。1924 年，柳基东牺牲于中国哈尔滨，不足 34 岁。

柳基东为什么要到中国？我想从柳惠淑那里寻求一个特别的答案，就算一个曲折的故事也好。她说不上来，这确实为难。她生于1938年，她的祖父已经牺牲十多年。她能说上来的也就那些，与带给我的资料没有多少区别。抗日，她如是说。我明白，这是过硬坚实的理由。但我更清楚，在这两个字背后应该有更丰富的故事。她帮不上我，我只能自己寻找。无论那是什么样的故事，肯定与当时的大背景息息相关。

日本吞并朝鲜后，设立了总督府，总督由陆海军大将担任，直属天皇，独揽朝鲜的立法司法和军政大权。首任总督寺内正毅和后来的东条英机一样，是战争机器，基本是用子弹和刺刀统治。取缔集会言论和出版等民主自由权利，还没收朝鲜民间的武器。唯一留下的铁器是菜刀，几家合用一把，还用铁链子拴在案板上。

与武力统治相比，日本总督府进行的土地调查更像不对等的游戏。土地调查包括土地所有权调查、土地价格调查和军事地形调查。自己拥有的土地要向外族人报告，朝鲜人很是不安。加之对土地登记的程度也不了解，许多农民没有及时进行土地登记。也可能他们怀抱侥幸，不登记或许不会掉进陷阱。恰恰相反，登记是陷阱，不登记是更大的陷阱。没有登记的土地被总督府没收，以前拨给官府的宫庄田和驿站的驿屯田则自动成为总督府的财产。游戏结束，结束得悄然无声。赢家自然是总督府，其占有的农林土地面积几乎是朝鲜全国土地的一半。大批农民一夜之间成为赤贫，逃离家园也实属无奈。一部分逃往日本，另一部分逃往中国东北。至上世纪40年代初，逃到中国东北的朝鲜人近150万。

那个时候的东北活跃着朝鲜的抗日武装。除了迫于生计逃到中国的失地农民，另一部分人则完全是投奔抗日武装来的。一些农民原本只为逃荒，到东北后成了抗日武装的一分子。其实，彼时的抗日武装基本是半农半军的性质，半日耕作，半日练兵。

东北似乎是难民和移民的天堂。在中国历史上，闯关东和走西口、下南洋一样，烙着梦想和伤痛的双重印记。

闯关东始于清末。清朝建立之初,严禁汉人到关外。天下来得太过容易,龙椅上的清朝皇帝仍然怀疑其真实性。尤其顺治,更愿意相信老天,而不是本朝的实力。关外被清朝视为龙脉。既是龙脉,自然容不得外族进入。到清朝中期,东北人烟稀少,极其荒凉。那个时候,一些游手好闲的沙俄痞子、逃犯常到东北抢掠。三五个人就是一支队伍,沙俄政府多有纵容甚至嘉奖。

清朝政府的移民运动也是形势所致。只有土地没有居民,彼时的东北和现在许多地方的鬼城类似。那时的移民,山东人最多,我的许多东北朋友,籍贯一栏都写着山东。移民和难民作为社会群体和社会现象,过去有,现在依然存在,将来也不会消失。环境所迫也好,条件许可也罢,遵循的都是树挪死人挪活的原则。卡勒德·胡赛尼的小说《追风筝的人》写的就是阿富汗难民。我曾经看过有关阿富汗难民的资料,数字忘记了。另一个群体的数字倒是记住了,即中国的海外移民。中国社科院 2010 年发布的研究报告显示,中国是世界上最大的移民输出国,约 4500 万华人散居世界各地;而《中国国际移民报告(2012)》蓝皮书显示,在中国,"个人资产超过 1 亿元人民币的超高净值企业主中,有 27% 已经移民,47% 正在考虑移民"。在时间的分岔点上,移民和难民的身份有时会重合,有时则恰恰相反。我家的信箱常有广告单、售楼的、超市促销的、保洁的,首次看到关于海外移民的咨询广告时,还稍稍愣了一下。再收到类似的广告,我不再新奇,移民已是世界现象。

五

韩国第一个海外抗日武装基地叫韩兴洞。从字面推断,寓意是韩国复兴。韩兴洞位于中俄边境兴凯湖周边密山府蜂密山地区,有数百里未开垦的沃土。当时,已有零星的韩人居住。1909 年秋,庆尚道人李承熙与移民团一起在蜂密山下购买了 345 方土地。购买土地的资金,一部分在中国东北募集,一部分是在朝鲜国内筹措的。韩兴洞也是白泡子地区的第一个屯,人称高丽营。

柳基东的老家安东在朝鲜半岛南部,从安东到中国东北路途遥远,行程艰难，但他仍然选择了到中国东北。可以肯定的是，他必须离开。他何以做出这样的选择？

一个缘由是他像大多数失地农民那样难以生存。他离开安东的时候带着丈人一家及弟弟柳东落和儿子柳世勋，基本是举家逃亡。他的两个妹妹已经成家，没有跟随，或许，他没有足够的能力带所有的家人离开。离开前那晚，他独自去了妻子的坟地，和她说了半天悄悄话。他得走了，但他发誓会回来，不会让她孤零零地躺在那儿。生命耗尽，他会和她在一起。并非宽慰天国的妻子，他认为自己肯定会回来，虽然不知是哪天。因为，这里才是他的家。

另一个缘由是他虽然能苟活，但没有尊严。他想到中国东北寻找韩国抗日武装，他想成为他们的一分子。他是朝鲜人啊。当然，他要带上家人，他们不会成为他的累赘，只让他的决定更坚定。

还有，与他的妻子金氏有关。妻子娇小可爱，温柔贤惠。日子虽然艰苦，但夫妻感情很好。突然有一天，妻子去棉花田的途中遇上日本人。他把妻子背回家，妻子已经奄奄一息。复仇成为他生命中的关键词，中国东北有他的同伴，也有更多的日本人。他对天堂的妻子说，我得走了，你等我。

除了这些缘由，还有没有别的可能？

如果要我说，可能与柳基东的梦有关，他始终揣着侠士梦。

六

我也有一个侠士梦。

我的侠士梦起源于电影。我读初中时，电影《佐罗》风靡中国大地。不看《佐罗》，一辈子白活。这是我听到的最简单最直接也最有效的广告词。我承认，这样直白的广告词对我有足够的震撼。彼时，广告对多数中国人来说还很陌生，至少在乡村如此。《佐罗》的导演恐怕不会知道，在遥远的国度，数以万计的人为影片做着口头广告。

《佐罗》终于来了。下了晚自习，已是10点多，宿舍十几个男生全体出动，冲向那个叫富河的村庄。富河距中学所在地十几里，到那儿都半夜了。村庄的空地上挤满了人，但并没放映电影。问过，得知《佐罗》此时正在另一个村庄放映。放映机只有一台，胶片只有一部，只能等。看完《佐罗》，一干人出了村庄一路狂奔。并不是怕误了上课，离天亮还早，而是太过兴奋。电影尚未结束，侠的种子就已经植入心中。日后，这枚种子迎着风雨，生根发芽，但始终没有开花结果。我不是侠，今生也不可能成为侠客，但侠客梦伴我至今。

我一度是金庸迷，金庸的武侠小说几乎全部读过。我喜欢金庸小说里的许多人物，郭靖、杨过、令狐冲、萧峰……某些方面，某种程度，我不可救药。距知天命还有几年，我仍不时幻想，有朝一日……我一次次虚构自己。虚构的次数多了，那些情节进入梦境，我数次与人交手，包括日本人。诡异的是，被我击倒的日本人，哪怕中了一百枪，最终仍然会站起来。我须不停地搏斗。

一百年前，远在朝鲜半岛的柳基东不可能做与我相同的梦。但主题不会有差别。

侠士梦的主题永远同一。如果让柳基东说出他敬仰的英雄，我相信，他会毫不犹豫地说，安重根！

七

上百万的朝鲜人背井离乡，与一个叫伊藤博文的日本老头有关。

我在网上搜到几张伊藤博文的照片，照片上的伊藤博文不可思议地慈祥，与邻家老爷爷没什么区别。在别人的描述中，伊藤博文身材矮小，其貌不扬。就是这样一个慈祥矮小的人，却涂炭了数万人的生命。伊藤博文曾任日本枢密院院长、贵族院院长，四度出任日本首相，是中日甲午战争的元凶。早在1906年，伊藤博文作为日本特派大使，与朝鲜签订了《日韩协约》，日本吞并朝鲜半岛，伊藤博文绝对是头功。而对流离失所的朝鲜人来说，伊藤博文则是祸首。

1909年10月，伊藤博文到哈尔滨，与俄国财政大臣可可夫切夫商谈有关吞并朝鲜、划分日俄在中国东北的势力范围等事项。欢迎他的，除了俄国的仪仗队，还有安重根的子弹。

安重根，朝鲜黄海道海州邑广石洞人，祖父曾任李朝镇海县监，父亲为李朝进士，算得上官宦之家。安重根出生时，前胸有 7 颗黑痣，状如北斗，家人认为是应北斗七星精气所生，取名七黑子。后来祖父和父亲给他更名"重根"，希望他性格稳重。安重根生于乱世，自幼习武。1905 年，安重根第一次到中国，联结烟台威海上海等地的韩人，遭到冷遇。1907 年，安重根第二次到中国，在东北招募义兵数千人，渡江回国作战，结果惨败。但安重根并未消沉，伤未痊愈，便重返纳沃基耶夫斯克，与另外 11 名韩人结成断指血盟，安重根被推举为盟主，计划再次招募义兵。就在这个时候，安重根得到伊藤博文到哈尔滨的消息。

多年前，我读过阿成的小说《安重根击毙伊藤博文》，特别喜欢。喜欢，很大程度与小说的人物有关。后来，又读过不同作者写的安重根传记。

我在脑海里不止一次地回放那个历史镜头：伊藤博文乘坐的专列驶进哈尔滨车站，安重根混入欢迎队伍中。队伍里有俄国士兵和警卫，各国领事和观光团。伊藤博文在可可夫切夫陪同下检阅俄国仪仗队。安重根认定身材短小的老头是伊藤博文，掏出勃朗宁手枪，连发三枪。三发子弹击中伊藤博文的胸部及腹部。十几分钟后，数次战争的元凶伊藤博文命绝车厢。

次年二月，安重根被日本旅顺法院判处死刑。

章太炎称安重根为"亚洲第一义侠"，安重根不仅属于朝鲜半岛，他还属于世界。他刺杀的人固然身份特殊，但更重要的，他的行为其实向世人宣告：侠士梦不仅仅是梦。

八

1917 年春天，柳基东带着家人踏上中国东北的土地，彼时，冰雪尚未消融，春寒料峭。柳基东却阵阵发热，是从心底涌上来的，一波又一波。这是完全陌生的国度，但这里有熟悉的乡音，更重要的，这里有更多的可能。

彼时的东北有多少韩国抗日武装？我查阅了许多资料，数量颇多，但并无确切的数字。粗略估算有七十多支。其中有代表性的，有金佐镇的北路军政署军、洪范图的大韩独立军、李相龙的西路军政署军。柳基东参加的兴业团后来并入西路军政署军。李相龙在其所著的《石洲遗稿》中，写有《三义士合传》，其一为柳基东，另外两个是与柳基东一同牺牲的金万秀和崔炳镐。

其实都不是正规军，游击队而已。活动空间也限于中韩中俄边境地带，但仗没少打。我查到的资料，仅 1907 年至 1909 年间，义军就进行了 2600 余次战斗，规模都不大，属小打小闹型。当然，小闹也让日本不舒服。

珲春一战算是有影响的。1920 年 10 月 2 日，韩国一抗日武装从俄国境内的双城子潜入珲春，焚毁日本领事馆及街市，击毙日本警察 10 多人。这一战遭到日军的疯狂报复。日军出动一万兵力，占领珲春和宁安五县，焚烧韩国侨民住宅 1000 余间，残杀侨民 2100 多名，华人 200 多名。日本也趁机在各地设立了警察署。在北平政府的一再交涉下，日本答应撤兵，却没有撤除警察署。珲春事件已经暴露出日本的野心，可惜！

韩国的抗日武装不想给中国政府添麻烦，再次选择迁向深山。虽然仍在中韩中俄边境进行抗日，但影响明显弱下去。

不是所有的人都随部队撤离。留在中国境内的人很多，柳基东只是其中一个。

九

柳惠淑说她的父亲柳世勋是个沉默寡言的人，很少提到她的祖父。柳世勋不讲父亲的事与性格有关，但绝不止这个原因。没必要妄猜，反正他没讲。所以，相当长一个时期内，柳惠淑姐弟并不知道祖父是韩国功勋，也不知道大韩民国总统朴正熙在 1963 年授予祖父建国功劳勋章，更不知道韩国政府一直在寻找包括柳基东在内的所有侠士家人的下落。

公元 2000 年，柳惠淑的姑姑柳顺熙，即柳基东弟弟柳东落的女儿，到韩国旅游，一个偶然的原因，她在韩国独立运动纪念馆建国功勋名单上看到柳东范的名字，大为意外，这不是自己的伯父么？已然模糊的柳基东就这样从时间里走出来。

柳惠淑的资料并不多，除了《滨江时报》，另有《石洲遗稿》的《三义士合传》。

《滨江时报》创刊于 1921 年，创办人是范氏兄弟。范氏兄弟在警界任职多年，靠山很硬。除了在哈尔滨开设贷庄、赌场，还贩卖鸦片，涉足很广。在办报上面，范氏兄弟的方针则圆滑许多，看奉系的脸色，又看日本人的脸色，基本是双方不得罪。

1924 年 3 月 4 日六版登了两则与柳基东有关的新闻《日本武官捕拿韩党殒命情形》《国吉刑事官殉职及捕党》。自然是从日方立场写的。日本人是范氏兄弟半个靠山，而柳基东三人是韩国人，基本与中国当局无涉，所以很容易理解新闻的语气和措辞。那个过程，新闻里写得很清楚。柳基东三人在哈尔滨道外十八道街信记账房二层，被日本警察围捕。为首的是从大连派遣来的日本特别刑事警察部长国吉定保，另外还有刑事官木山、水泽、吉井、大圆、岛田、三井、林田等，中国方面有曲翻译、警察署长何家昌、保安警察队长张便生等。何、张二人被日方胁迫，或许被收买也说不定。三人拒不投降，拼死抵抗。对射中，国吉定保毙命。那一战持续时间甚长。第二天午后，日本警察揭开房瓦，投掷了炸弹，三位侠士壮烈牺牲，新闻用的是"殒命"。

李相龙在其所著的《石洲遗稿》中，对那个场面进行了还原和补充。柳基东三人本来要刺杀国吉定保的，这家伙没少祸害韩国侨民，没料走露了风声。不过，终是把国吉定保打死了，是不幸之幸。

大韩临时政府 1919 年在中国上海成立，到 1945 年，走马灯似的换过 13 位总统。李相龙曾任大韩临时政府第三任总统，1925 年 9 月至 1926 年 1 月，差不多 5 个月时间。之前，李相龙曾领导西路军政署军，柳基东与崔炳镐、金万秀均在其麾下。三人牺牲的消息传到李相龙那里，李相龙的《三义士合传》该是那时写就。《三义士合传》篇幅不长，但文采极佳。老实讲，我很惊讶。

十

我第一次到哈尔滨是参加《北京文学》的一个活动，到哈尔滨是为了从那里转乘飞机，只有半天时间。参观了圣索菲亚大教堂，走了一趟哈尔滨中央大街，顺便吃了一支老冰棍。老冰棍味道很好，在别处真没吃过。还品尝了哈尔滨的包子，味道也不错。

那时，安重根纪念馆还没建成，不然，一定会去的。

安重根殉国是在三月，东北依然寒冷。日本旅顺法院审了5个月，单是公审就达11次，只要安重根承认击毙伊藤博文是"误解"，便可得到宽大处理。但安重根坚决不承认。刺杀就是刺杀，绝对不是误解。

生命对任何一个人都至为宝贵。

安重根舍生取义。

安重根安然就义的时候，并不知道柳基东会追随他。柳基东牺牲的时候，同样不会知道，还有那么多韩国人前赴后继，比如金若山领导的朝鲜义烈团，金九领导的韩人爱国团。我想到中国的锄奸队，目标及宗旨不同，但性质没有太多区别。侠者生活在面具下，生活在暗杀和刺杀中。

尹奉吉也是一位了不起的侠士。

尹奉吉是韩国忠清南道人，16岁自学日文，一年后即可用日语对话。用今天的标准，是典型的学霸。他到中国时，结婚没多久，他没有和年轻美丽的妻子道别，只留下一封书简。并非妻子不重要，选择这样的方式道别，有些自断后路的意思。尹奉吉想干大事，也果然干成了大事。1932年4月29日，尹奉吉在上海虹口公园炸死了侵华日军总司令白川义则。几个月后，尹奉吉在日本金译郊外三小牛兵工工地从容就义，时年25岁。

我曾看过一个科普节目，说爆炸本身并不可怕，威力在于冲击波。尹奉吉的威力不在于炸死白川义则，而是引起了极大的冲击波……

十一

风萧萧兮易水寒

壮士一去兮不复还

……

公元 227 年，荆轲带着燕国督亢地图和被秦国通缉的樊於期的头颅前往秦国首都咸阳刺杀秦王，燕国太子丹着白衣率众在易水河畔送别，荆轲如此吟唱。真正的千古绝唱。

督亢系现在河北涿县、易县、固安一带，土地肥沃，秦国垂涎已久。而樊於期是秦国重金悬赏的通缉犯。礼物不在其价值几何，而在于是否需要。荆轲为顺利入秦，显然做了很多功课。那一刻，荆轲被历史推到灯光下。其实，荆轲背后不止一人，比如田光。荆轲是田光推荐给燕太子丹的。太子丹原本有意让田光去行刺秦王，田光说自己不能胜任。荆轲答应会晤太子丹，田光拔剑自刎。目的是让太子丹放心，秘密不会泄露。

另一个被荆轲罩住的人是樊於期。樊於期被秦国通缉，一种说法是樊於期打了败仗，畏罪逃到燕国。另一种说法是樊於期知晓秦王的身世，秦王没有杀樊於期是觉得还有用处。樊於期逃亡燕国，秦国慌了，由慌而恼，由恼而怒。无论什么原因，秦王杀樊於期家人是真的，千两黄金万户封邑，置换樊於期的头颅，也不容怀疑。荆轲说要借樊於期的头颅进献秦王，并乘机刺杀，樊於期毫无条件地奉上天下最值钱的头。在樊於期心中，生命并不是最重要的。

易水从河北易县发源，往南注入拒马河。易水河流不是很阔，与黄河没有可比性，与长江更没有可比性。因为灯光下的荆轲，易水不再是普通的河流。时间穿越上千年，易水河畔，依然激荡着英雄气概。

荆轲刺秦王，有多少胜算，燕太子丹及荆轲本人未必有把握。但无论结果如何，荆轲都是一去不返，谁都明白的。侠者的路注定没有归程，古往今来，概莫能外。

其实，还有另一条路。算不上大路，更像岔路，是世人的幻想，比如蜘蛛侠。

我喜欢佐罗，但对美国人幻想出来的蜘蛛侠没什么兴趣。我并不讨厌蜘蛛侠，对世界上任何一个角落的侠，都充满敬意。《蜘蛛侠4》已经上映，票房自然不俗，说明喜欢蜘蛛侠的不在少数。"不在少数"包括我的儿子，有一次，我与儿子探讨蜘蛛侠，他不屑地说，你根本不懂。这就是代沟吧。总是感觉，与中国人幻想出来的大侠孙悟空比，蜘蛛侠太过浅嫩。超现实版本的侠，还没有谁能颠覆孙悟空在我心中的地位。

十二

我特别喜欢影视中的一个情节，虽然那是很滥的桥段。侠在酒馆吃过饭，总是豪爽地把银子拍在桌上，说不用找了，随后扬长而去。特别是那些衣衫褴褛被店主小瞧的江湖行者，那样的举动何等痛快。

其实，侠的日子并不好过。

安重根到中国的路线如下：自韩国京城南大门乘坐京釜火车至釜山，再从釜山乘船至元山，从元山换乘"俊冒号"轮船到中国东北的延吉地区。

柳基东是怎么到中国东北的，谁也不知道。在桃林春饭店二楼，我让柳惠淑及她的弟媳猜，柳基东会乘何种交通工具到中国。好一阵子，还是柳惠淑给出个模棱两可的答案，可能坐火车，也可能乘船。我从她们的眼神中读出疑问和不解：这很重要吗？确实没那么重要，但我确实想知道。好吧，就算乘船或者火车吧。到了东北，柳基东应该已经身无分文，像多数逃亡的韩国农民一样。

柳基东初期活动地点已无可考证，后来在抚松县参加了抗日组织兴业团。从李相龙所著《石洲遗稿》推断，柳基东是 1919 年编入西路军政署军的。柳基东在兴业团和西路军政署军的日子没有详细记载。水珠滑落河流，我们看到的只是河流。

珲春事件发生在 1920 年 10 月，1921 年韩国独立军各部进入西伯利亚南部休整。柳基东是 1924 年初从桦甸搬到哈尔滨的。时间吻合。1921 至 1924 这三年，柳基东以自己的方式抗日。在大规模行动难以为继时，刺杀和暗杀无疑是最好的方式。如果柳基东写日记就好了。当然，即使有记录也未必会保存下来。柳世勋曾藏了父亲牺牲场地的照片，也在时光的流转中不知所终。

柳基东的弟弟柳东落 1952 年去世。关于哥哥柳基东，柳东落只留下只言片语。从桦甸往哈尔滨搬家时，柳东落悄悄看过哥哥的木头箱子，里面藏有手枪和子弹。

见柳基东最后一面的正是柳东落。在南岗韩人墓地，柳基东牺牲三天后了。听到消息，柳东落完全不能接受，几天前和他一起吃饭的哥哥彻底离去。三天后的傍晚，柳东落带着亲戚李承武、朴姓邻居把墓挖开。哥哥早已面目全非。柳东落注意到棉衣上那两块补丁，是几天前柳东落的妻子替柳基东补的。两块补丁成为识别符号，柳东落终于相信哥哥已经不在。《滨江时报》有时候也是很靠谱的。

十三

柳基东再未回到朝鲜半岛陪伴亡妻。另一位侠士安重根，被日本秘密埋葬，据说在旅顺，但至今未确认地点。近几年，不少人在努力寻找安重根的遗骸，始终无果。

柳基东最不能释怀的，应该是他的儿子柳世勋。柳基东牺牲时，柳世勋12岁。柳世勋也是一个传奇。在私立医院做清洁工时，竟然和院长的千金成为恋人，几经周折，两人终成正果，柳世勋也成为一名医生。1945年，柳世勋参加中国人民解放军，作为军医，随部队转战大江南北，转业后到鸡岭林业局任卫生所长至退休。

柳世勋夫妇育有三子二女，人丁兴旺。

他们并不知道自己是侠士的后代，如果柳东落的女儿未到韩国，到韩国未去参观独立运动纪念馆……但无论怎样，他们知道了，而且，韩国政府没有忘记他们，始终在寻找。不被遗忘，其实是对侠者最好的告慰。

十四

我写下这些文字时，马航MH370去向仍然成谜，克里米亚已经并入俄罗斯。另一架马航飞机MH17在乌克兰坠毁，298人全部遇难。

年纪很小的时候，就被灌输一句话：命运掌握在自己手中。其实很多时候，人根本无法掌握自己的命运。命运在无形中。明白这点，我早已年过不惑。

就算弄明白了，也不会轻易低头。如果低下头，坍塌的不只是身躯。任何一个普通人都会和命运抗争，而侠者的抗争绝不仅仅是为自己，侠者心中揣着国家、民族、正义和信仰。

　　我注定成不了侠者，但仍然经常做梦，在梦里一次次成为侠客。不成功，也不成仁，充其量是一个普通人对侠者的致敬。

册页晚（外二篇）

雪小禅

册页，多么空灵的两个字。读出来有氤氲香气。似本来讷言女子，端坐银盆内，忽然张嘴唱了昆曲，她梳了麻花辫子，着了旗袍，她素白白的眼神，有着人世间的好。在她心里，一定有册页，她一页页过着，每一页都风华绝代。

车前子有书《册页晚》，这三个字放在一起更美，是天地动容，大珠小珠落玉盘。魏晋之风了。一个晚字，多么寂寥刻骨。人至中年，所有调子全轻了下来，喜欢守着一堆古书、几方闲章、几张宣纸、一方墨过日子了；MP4里放着的是老戏，钢丝录音的效果裹云夹雪，远离了圆滑世故，是一个人仰着头听槐花落、低着头闻桂花香了。

闲看古画，那些册页真端丽啊。八大山人画荷，每张都孤寂，又画植物，那些南瓜、柿、葡萄、莼菜……让人心里觉得可亲，像私藏起来的小恋人，总想偷吻一口。

册页是闺中少女。有羞涩端倪。不挂于堂前，亦不华丽丽地摆出来。它等待那千古知己。来了，哦，是他了！不早不晚，就是这一个人。

那千年不遇的机缘！册页，深藏于花红柳绿之后，以暗淡低温的样子有了私自的气息。

多好啊。最好的最私密的东西都应这样小众。

去友家品册页。

极喜他的书法。深得褚遂良真味。那书法之美，不在放纵在收敛，那起落之间，似生还熟，有些笨才好，有些老才好，有迟钝更好，最好的书家应该下笔忘形、忘言，浑然天成。

他打开册页刹那我便倾颓。

那时光被硬生生撕开了。似京胡《夜深沉》最高处，逼仄得几乎要落泪。

行书。柳宗元《永州八记》。

仿佛看见柳宗元穿了长袍在游走，他放歌永州，他种植、读书、吟叹……那册页被墨激活了，每一页都完美到崩溃。我刹那间理解李世民要《兰亭序》殉葬，吴洪裕只想死后一把烧了《富春山居图》，他们爱它们胜过光阴、爱情、瓦舍、华服、美妾……它们融入了自己的魂灵于《兰亭序》和《富春山居图》。

那自暴自弃有时充满了快意。

屋内放着管平湖的古琴声。茶是老白茶。屋顶用一片片木头拼接，像森林，老藤椅上有麻披肩。黄昏的余晖打在册页上。

要开灯么？

哦，不要。

这暗淡刚刚好。

这水滞墨染，这桃花纷纷然，这风声断、雨声乱，这杜鹃啼血。车前子说得对，册页晚。

看册页，得有一颗老心。被生活摧残过，枯枝满地、七零八落了。但春又来，生死枯萎之后，枯木逢春。那些出家的僧人，八大、渐江、石涛……他们曾在雨夜古寺有怎样的心境？曾写下、画下多少一生残山剩水的册页？

在翻看他们的册页。看似波澜不惊，内心银瓶乍裂——他们的内心都曾那么孤苦无援，只有古寺的冷雨知道吧？只有庭前落花记得吧？

满地黄花堆积，憔悴损，守着窗儿独自怎生得黑？

那册页，有金粉寂寞，簌簌而落，过了千年，仍闻得见寂寞。

他们把那些寂寞装订成册，待千年之后遇见知音把玩，也感慨，也落泪，也在纸墨之间看到悲欢、喜悦、落花、流水、光阴碎片。同时闻到深山古寺流水声、鸟语、花香，那古树下着长衫的古人面前一盘棋，我只愿是他手上那缕风，或者，棋上一粒子。足矣。

那泛黄的册页，被多少人视为亲人？徐渭的册页让人心疼。那些花卉是在爱着谁呀？疯了似的。没有节制地狂笑着，它们不管不顾了，它们和徐渭一样，有着滚烫的心，捧在手心里，然后痴心地说：你吃，你吃呀。

本不喜牡丹。牡丹富贵、壮丽，一身俗骨。怎么画怎么写都难逃。众人去洛阳看牡丹，我养瘦梅与残荷，满屋子的清气。

但徐渭的牡丹会哭呀。那黑牡丹，一片片肃杀杀地开，失了心，失了疯，全是狂热与激荡，亦有狠意的缠绵——爱比死更冷吧，他杀了他的妻。痛快淋漓。失了疯的人，笔下的牡丹全疯了，哪还有富贵？

金农的册页里，总有一个人。一个女人。一个人心里有暖，笔下才有暖。金农的哑妻是他的灵芝仙草，点染了他册页中的暖意。哦，他写的——忽有斯人可想。这句真是让人销魂，金农，你在想谁？谁知！

谁知！

这是黄庭坚在《山谷集》卷二十八《题杨凝式书》中夸杨凝式的——谁知洛阳杨风子，下笔便到乌丝栏。

此时，正听王珮瑜《乌盆记》，那嗓音真宽真厚，那京胡之声便是乌丝栏，约束着余派的声音，停顿之处，全是中国水墨画的留白。谁知白露写下册页晚？谁知晚来风急心平淡？

看册页要在中年后。

太早了哪懂人间这五味杂陈的意味，看晚了则失了心境。

中年看册页像品白露茶。

春茶苦，夏茶涩，及至白露茶，温润厚实，像看米芾的字，每一个字都不着风流，却又尽得风流。风樯阵马，每一朵落花他全看到此中真意，每下一笔，全有米芾的灵异。

翻看册页的秋天，白露已过，近中秋了。穿过九区去沃尔玛，人头攒动的人们挑选着水果、蔬菜，这是生活的册页，每一页都生动异常，每个人脸上表情都那般生动；身上衣、篮里菜，瓜菜米香里，日子泛着光泽，这生活册页更加可亲，一页页翻下去，全是人世间悲欣交集、五味杂陈。

走在新开路，总以为是那个冠盖满京华、斯人独憔悴的人，灯火阑珊处，猛一回头，看见斑驳的光影中，早已花枝春满。

在那一页写满我姓氏的册页里，我看到蒜白葱绿、红瘦黄肥，看到人情万物、雪夜踏歌，亦听到孤寂烟雨、禅园听雪，而我在一隅，忽有斯人可想，可怀。

此生，足矣。

归去来辞

午后。观黄庭坚《花香熏人帖》。这两句真好：花香熏人乱禅定，心情其实过中年。

彼时，七月半。鬼节刚过，沏了龙井茶和阿里山高山茶，给残荷洗尘，又洗了绿萝，窗外蝉鸣叫，但热烈减了很多，有了远意，阳光有了秋意，泛金属光泽。

我隐居于故乡小城。黄庭坚说得多好，心情其实过中年。我已是，中年后。人到中年，节奏慢下来，朋友在楼顶种花，梁姐花钱包了一分地，自己种园子，她每天早晨去种园子，中午回来时，采摘了黄瓜、西红柿、豆角、南瓜、玉米……还有月季花。她晒得黝黑。那些蔬菜没有农药，她自种自采，复返得自然。

苏东坡最慕陶渊明，其实也许本没有桃花源。桃花源在心里，归去来辞，此中有真意，欲辨已忘言。心灵的归来更重要。

闲时，我与韩姐聊天。看她做十字绣，有时我们包饺子，她包的饺子真好看，像小鸽子一样，也好吃——把木耳、韭菜、粉条、鸡蛋、茴香籽拌在一起，聊着天，说些家长里短，她说霸州比阳泉热太多了，又说阳泉的面好吃……她笑起来像个孩子。

我偶尔与父母发呆。父亲依然不闲着，或者如木匠一样做一些小物件，或挂在淘宝上买东西，他仍然研究宇宙，对世事不关心。母亲打麻将，热心帮助别人。院子里的晚饭花和马齿苋开得正旺。母亲说这里就要拆迁了，要赔两套楼房。她难过得很，住了一辈子这个院落，实在不要搬到楼房去住。何况还有猫。

猫更肥了。是侄女的最爱。她把猫养大，给它喂食、洗澡，和猫聊天。侄女已经从兰州大学毕业，备战研究生。仍然朴素得像个未谙世事的孩子。倔强、直率、纯粹。简直像五十年代的女子，保持难得的干净和天真。仍然是如我一样个子瘦高，一米七三，谈了两次恋爱，未果。她倒不急，只催着爷爷奶奶去办护照，她要带他们去游遍全世界。有一天她极郑重和我说：有一天猫死了，我便不活了。

侄女偷了我妈买的虾给猫吃，猫吃得极肥。我的母亲便责怪侄女，侄女便嘿嘿地笑——每次回家，父亲、母亲、侄女、猫，相依为命地活着，恬淡知足，只是粗茶淡饭，却有惊天动地的满足。侄女生日，父亲给她发短信：爷爷奶奶及猫祝贺。有一天侄女和我说：姑姑，我可怕爷爷奶奶死了……我没有说话，给她梳着长发，她的长发到腰际了，又黑又密又长。她说要养得和娇娇一样长。娇娇是她从小一起长大的朋友。快结婚了。

侄女说要离开霸州：越远越好。她的朋友全在北上广。我想告诉她，我年轻时也是这么想的，但年纪越长越想回到家乡，守着故土和爹娘，无论走得再远。

但我没说，因为我知道，小鸟儿要先飞出去再飞回来，那是她的生命历程，不可或缺的欢喜和疼痛。

《圣经·传道书》中说：万事都是虚空，都是捕风。在虚空之前，我们要捕风，要追风。及至倦了，及至中年后，归去来辞，辞了那些光阴，然后颔首，向命运臣服，繁华、富贵、寂寥……该去的总会要去。

这是每个人的归去来兮辞。

隐于小城而终老，这是我的归去来辞。

手卷

人到一定年龄，是往回收的。收到最后，三两知己、一杯浅茶、一段老戏，或许再养条狗儿、猫儿，就着那中国的水墨，把生活活成自己的生活样。而这中国书法或绘画最好是手卷，那私密性极高的手卷。

多美啊！手卷！

中国式的大美，沉稳、安定、老到，散发出低暗无声的光芒。

高不过三十厘米，长度是任意的，十米、二十米，那里面，写满了一个人的心思，画满了一个人的心情……也许因为过长了，那舒展的意味更让人欢喜了。

最撩人心处便是一边打开一边卷起，最好是落雨的夜晚，一个人。哦，或者两个人吧。已经知己到不能再知己了，他们双双站立在迷幻的灯前，烛影正好，此时，他一寸寸打开手卷，像一寸寸打开她……都舍不得看了。连呼吸都停了，是一坨一坨的了。

他们不敢惊动了手卷，那里面藏着浮生六世的好。

他手持手卷的样子可真好。

那么娴熟地打开着手卷——只给她看。有些东西只能给一个人看。那是她们之间的孤意与深情。

那手卷，是被怜惜的处子，小心打开每一寸时，都有浓艳得化不开的情绪。

去友家，众人喧哗。欣赏着斗方、条屏甚至册页。

及至酒后，众人失散了。

她忽然小声对我说：你慢走一步。

我留下，与她饮茶。

女书家一般难逃小女儿态，但她有中性之姿，抽烟、盘腿、汉服、举手投足间，是汉人风范。

先喝白茶，又红茶，最后一泡是太平猴魁。

茶亦醉人。

她起身，去紫檀箱子中取东西。

是手卷。

"不给他们看。"她忽然露出小女儿态。

那手卷，是她用心写了的。

她抄写经卷《金刚经》《心经》《地藏菩萨本愿经》。

那一字字，全是一脉天真。人书俱老好，但人至中年有天真气亦好。

"写了十天才写完。"

那是多美多安静的十天呢。

她净了手，铺了陈宣，染了旧墨，一字字写。连佛教音乐和风的声音都写上了。那手卷里，有一个人的沉静似水，有孤意，有枯瘦，有欢喜。看多了这样的手卷，会多了些宽放的东西。一个女子，经过时光淬炼，对人世、方物有了审视与判断。她闻得到纸上的竹香、字里的孤独。她在一个人看手卷时有了自我的肯定与满足。

因为，我知道，有些东西宁可老死在其中，不能说，一说就破。因为有些方物，本身就有来路不明的美。

见过一卷残破手卷。被火烧过了，那残缺更添加了它的丰泽与骨感。纸张十分薄脆了，仿佛不堪一击，却与我魂魄相连。

有时觉得，那人生何尝不是手卷？一寸寸打开，不知未来。当身体的残山剩水和命挣扎时，其实已经看到了未来。

病入膏肓的Z，每天输血、输液。瘦弱到连说话都是艰难。因耻骨长了肿瘤，坐不了，亦躺不了，只能斜斜坐着，连眼神都是微弱的。

为她煲汤。马小强从青海带来的牦牛肉，放了枸杞、红枣、萝卜、核桃仁、薏米、小麦……她喝不了两口，便用力咳了起来，那纸杯里，是一口口的血。

她亦落泪——落泪亦费力，那眼泪似没有温度了。我与马小强几乎不当她面落泪，在走廊里放声号啕。

这人生的手卷已到了头。Z的眼神中，全是不舍——很多的时候，人生尽是不甘，那不甘里，有孤傲亦有认命。

临中秋了，超市里人头攒动。我买了水果和蔬菜往回走。Z问我，雪，你变了，你不再有从前那种一意孤行的生活了么？

我与Z说起了祖母，她们并不识字，一生幸福、安宁，寿终正寝。在每个春天来的时候，把榆钱夹到面里做成好吃的面食吃。

而萧红、张爱玲那样凄苦的人生于艺术是难得，于生活而言，是深不可测的悲凉。

我不要。

人至中年，我展开自己的手卷，愿意平淡富足，每一天都平淡似水，每一天都刻骨铭心。

管道局医院的太阳仿佛有重量，砸在Z的头上——她那么要强的人，已经多日不洗发，一件男士衬衣披在肩上，我坐在台阶上陪她晒太阳。说一些高兴的事。

M在结婚之前，我多次反对她结婚。她结婚之后，我又反对她生孩子，说她不适合做母亲。她做了母亲之后，我说，再生两个孩子吧，一辈子有三个孩子是幸福的。她开始穿裙子，母性之光蔓延得到处都是。在M自己的手卷上，开始的狂野、放纵、任性变得湿润、澄澈、明了、从容。"他叫我收余恨、免娇嗔、且自新、改性情，休恋逝水，早悟兰因……"蓦地里想起《锁麟囊》中这句戏词，恰是收稍。

中秋去看姑姑。她拿出爷爷的书法赠予我。姑姑六十岁，瘦，身体不好。她还喜欢弹钢琴，穿漂亮衣服。她趴下，拉开柜子最后一个抽屉。在抽屉的最里面，她拿出了一幅书法作品。

那是爷爷唯一留世的书法。他本来不想留一个字，是父亲执意裱起来，爷爷去世前给了姑姑，只说，"留个念想"。

我家原本姓刘不姓王。祖籍山东济南。爷爷几岁时随母亲改嫁到霸州王家，遂姓王。这是我中年后才知晓的。只觉得隆重。

姑姑送我出来时落了泪。她是舍不得爷爷的这书法作品。她自然不懂书法，却想着这是父亲留给她的念想。

我在深秋的夜晚打开。

"华夏有天皆丽日，神州无处不春风。"这是爷爷唯一留世的书法作品。他写了一生，并无知己，沉浸在自我世界中，从不想自拔。

我忽然想落泪，又觉得眼泪多余。在爷爷一生的手卷中，尽是孤独。他无一个朋友，也不要。每日只是写字，字是他唯一情人。那延伸在血脉中的孤寂，早已蔓延给他孙女。

爷爷去世时八十。只对母亲说：我今日不吃饭了，不舒服。第二日，溘然长逝。我对这种离世方式，充满羡慕与向往。

老子说，知其黑守其白。人生手卷参差太多，涂涂抹抹亦多，山河岁月中，都寻找着圆满，却在支离破碎中找到花枝。

是夜，打开友送我的手卷。上面是一笔一画的《心经》，胡兰成有书《心经随喜》，随喜二字好。

色不异空，空不异色。

不生不灭。

乃至无老死，亦无老死尽。

这卷手卷，我看至天明。

来年枕着馒头睡

冯德斌

70 年代，我住在鱼米之乡的淮河边上，那是一个有着两千多口人的村子，村庄的名字叫陶桥。那时候，我大概是上小学三年级。

学校在村子的中心。四五个村庄像四五颗棋子，以学校为中心撒落在"棋盘"上。通往每个村庄的土路，细瘦得像一根根曲里八拐的藤蔓。村庄就像结在藤蔓上失去了水分的苦瓜。村庄里的房子是清一色的土坯墙，两檐下垂的麦秸顶盖。土墙的泥坯由于长期的风吹雨淋，留下岁月苍老的刻痕。两檐的麦秸早被岁月打磨得失去了光泽，恢复了本真的灰土色，像病恹恹的企鹅垂下的两只翅膀。

那年的一个冬日中午，放学时，我踩着苦瓜藤走向村庄。

早晨上学前喝了三碗清汤寡水可以照见人影的稀饭，走起路来像风打黄河的浪，在肚里逛来荡去。到了学校，要不时地上厕所，两趟厕所一跑，肚子早像泄了气的皮球，凹得贴在了腰上。头似有千斤重，两个肩膀怎么也扛不起来，还要靠手掌托着下巴才勉强将头撑起来。至于老师在黑板上讲些什么，半天也没听清楚一个字。

村庄是个顽皮的孩子。我前进一步，它就后退一步。走了老半天，感觉村庄离我还是那么远。脚就像踩在棉花上一样，软软的，抬不起来，也踩不着地。

天空阴沉得像结了一层厚厚的冰，没有阳光，也没有风。吸进鼻腔里的空气把鼻子冻成个红蒜头，跟冰锥子似的，又硬又痛。就是这漏风的鼻子却闻见了米饭的香气。我看见母亲把一碗热气腾腾的干饭盛到了桌上。在母亲身后，煮着满满一大锅晶莹剔透的白米干饭。那一浪浪的热气弥漫了整个黄泥小屋。母亲来到门前，手搭凉棚向我归家的方向张望。我看见一缕缕饭香像流动的七色云彩，从母亲身后的黄泥小屋飘过来。此时，我的胃像一只百灵鸟，欢快地歌唱起来，我不停地吞咽着饭香的气息，迈开柳枝般柔软的双腿，腾云驾雾一般来到了家门口，我高兴地大声喊道："妈，我回来了！"

手搭凉棚的母亲不见了。两扇老式的旧木门像豁牙老太的嘴，紧紧地关闭着，屋顶上的烟囱像杵在风中的麻秆，没有一丝的炊烟。我打开吱呀呀的老木门，扑到锅台前，一把揭开锅盖。我的小眼睛瞪到了极致。

锅里干干净净的，连一口涮锅水都没有。从锅里冒出的丝丝寒气，扑面而来，让我打了个冷战。我茫然环顾屋内，看见那只篾篮子高高地悬挂在房屋的睡梁上。这是一只平时放吃食的篮子！我找来一条板凳，爬到板凳上，踮起脚尖将那只篮子够了下来。映入眼帘的是横平竖直的篾篮的底子。它们正瞪大惊奇的眼睛望着我，仿佛在责怪我说，你难道不知道我是空的吗？还要多此一举劳神费心地把我够下来，这样做有意思吗？

我仍不灰心，老鼠似的，又掏了几处，终究什么吃的也没掏到。我想躺下歇会儿，但肠胃不停地对我进行疯狂的扫荡，使我不得不奋起进行自卫。

我紧了紧麻绳裤带，咽了几口吐沫，然后关上门，来到村子中央的路上。这里已经聚集了几个和我年龄相仿的孩子，他们和我一样，父母不在家，家里又找不出什么可充饥的东西。不一会儿，又来了几个。我们或站或蹲，或坐在地上，低垂着头，上眼皮耷拉着，一句话也不想说，也不知该说什么。这个中午的时间可能和我们的胃较上劲了。我们的胃越是抗议，时间就走得越是漫不经心，仿佛要将这个中午带入永恒。

一个小伙伴实在拗不过这傲慢无礼的时间，闭着眼睛说："我们在这里坐着也是坐着，不如到工地上去，反正到下午上课的时间还早着呢。"他的声音不像是从嘴里说出来的，倒像是被绳子勒住脖子从喉头挤出来的。我们都知道他说这话的意思就是到工地上去蹭饭吃。其实我们也有这想法，只是我们实在懒得动了。同时，去了也不一定就能蹭上饭。他现在这么一说，还是刺激了我们兴奋的神经，一下子就站了起来，跟着他往工地走去。

那年头，一到冬天，在村里听不到鸡鸣狗吠声，也看不见袅袅炊烟从屋顶上升起。人们为了一天能吃上一顿饭，都到冬修水利工地上去了。那些年轻力壮的整劳力都到离家很远的冬修工地去了。他们吃在工地，住在工地，是不回家的。工地一般会就着地势搭起一个大棚子，棚子里的地上铺上一层厚厚的稻草和麦秸。男男女女，同吃一口大锅饭，同睡一张大地铺。有条件的，从家带床被；没条件的，晚上就滚进稻草铺子里。那些有被子的也不一个人独盖，几乎每床被子底下都挤着四五个人。白天歇工时，男人们坐在坝坡上，撩起棉袄捉虱子，女人们则找一个背风的低凹处坐下来，脱下身上的棉袄，迎着刺眼的阳光将棉袄里的虱子一个一个地捉起，掐死。那些晚上要回家照顾孩子的妇女，还有老人和十四五岁能将就抬点土的孩子，就到离家比较近一点的工地上去抬大土，挣口饭吃，度过漫长的冬天。一旦到了春天，野菜露头了，田野有了春意，大家的心里便稍稍踏实了些。总而言之，春天是一个值得期盼的季节，她可以支撑着人们走进夏天的季节里。

我的母亲就在离家两华里的撒洪渠上抬大土。我们像一群离开牧人的羔羊，一路叫着，寻找着，来到了工地。

工地上还没有放工。民工们正打着号子，抬着土，穿行在渠上渠下。母亲身上冒着热气，她穿着棉袄却敞着怀，头发被汗水打得湿漉漉的，像一块布，裹在头上，缠在颈上。

在工地的一角，有一个能容下两三个人的小窝棚，这是工地上用来看夜的窝棚。晚上放工后，民工们都回家了。但民工们使用的铁锹、铁锨、扁担、抬筐等工具都放在窝棚前的场地上，还有工地上民工们吃的粮食也放在窝棚里，需要人看守。在窝棚口，用黄泥土垒起了锅灶，上面蹲着两口大锅。锅盖是用麻绳串起来的芦棒莛（即高粱秸秆）做成的。由于棒莛与棒莛之间串得不够密实，一煮饭时就撒气漏风，两口锅喷泉似的，向上喷着蒸汽柱子。锅灶旁边有两只木桶，里面盛着从溪涧里挑来的涧水。一边的草地上杂乱地堆放着碗筷，但馒头有数，人口有数，那工地上有多少民工就有多少只碗和多少双筷。

　　这个季节的茅草像火烧云，密密匝匝地铺了一地，柔软得像地毯一般，铺在窝棚前的场地上。

　　我们一群孩子先在工地上挖出的土块里找茅草根充饥，嚼了一会儿茅草根感到有了精神，便来到窝棚前的场地上，翻了一会儿筋斗，耍了一会儿翻子，又摞在一起跳木马。我们正玩在兴头上，忽然从工地那边传来了一声："放工了！"就看那些民工欢庆胜利般地丢下铁锹、铁锨、抬筐和扁担，风赶浪追似的向开饭的地点潮涌而来。我们立即收住正在起跳的双脚，犹如被猎人追赶的兔子，撒开四蹄奔到锅灶旁，每人拿起一副碗筷围到锅灶边，看着锅里冒着热气的白米干饭，吸一口，心里都香喷喷热乎乎的。炊事员拿着盛饭的大铁铲子站到了锅台前。啊，终于可以开饭了！我们激动地将碗伸到炊事员面前。

　　"把碗放下，谁让你们到工地上来的？这里没有你们的饭！"话到人到，原来是工地上的头头。他不问三七二十一，走到我们面前噼里啪啦一阵响，将我们手里的碗全给收走了。我们一下子全傻眼了，看着锅里的饭，急得眼泪在眼圈里直打转转。这时，母亲走过来，她拿起我的小手摩挲着，为我抚去脸上的灰尘，拉着我去领了一副碗筷，排队打了一碗饭。母亲将我领到一处凸起的土块前，她坐到土块上，让我贴着她的胸前坐在她的腿上，然后把饭交到我手里。我一边吃饭，一边问母亲，为什么要抬大土，为什么要修渠道，为什么中午不回家做饭给我吃？母亲一边回答着我的问话，一边用手为我梳理着头发，将我刚才玩耍时沾到头发梢上的草屑一个一个地捡掉。将我玩皱的衣服一点点地整理舒坦。在我一碗饭快吃完时，就听我姑姑大声喊道："大嫂子，锅里没有饭了！"姑姑的声音又大又难听，叫得我心里直发毛。看到姑姑惊慌失措地往我母亲这边跑来，我不知到底发生了什么事，吓得直往母亲怀里钻。母亲在我头上轻轻地抚拍着，示意我没事的。让我不要急，慢慢地吃。姑姑来到母亲面前，望着我母亲，急得眼泪都要下来了。

　　那时姑姑大概是十五岁，和母亲搭档抬土。母亲为了减轻姑姑的压力，总是将沉重的装满大土的抬筐尽量地挪近自己的肩头，使姑姑少担重量，不致被压坏身体。

母亲依旧为我梳理着头发，整理着衣角。待我吃完饭，母亲接过我手中的碗，走到锅灶边，伸手从水桶里舀了一碗水，头一昂，咕嘟咕嘟地喝了下去。喝完，母亲将碗放到一边，抬头看看天。天似乎更阴沉了，像谁欠了它一万吊钱没还似的，母亲没有去理会这些。她蹲下来，给我把棉袄的领子往上提了提，把我腰上的棉袄带子解开，把我的棉袄裹紧，又重新把带子系好。做完这一切，母亲对我说："孩子，听话。回家不要乱跑，好好上学去，啊？"我似懂非懂地嗯了一声，就和伙伴们头也不回地连蹦带跳地往回走。出了工地，刚上路，就飘起了雪花。

那场雪好大！像一床厚厚的"被"，很快就把地里的小麦和整个田野给盖住了。

雪花下，母亲抬着大土筐行走于堤下坝上。母亲身上冒出的汗像蒸汽一样升腾着，洁白的雪花伴着母亲的汗水欢快地舞蹈着。

我们在雪地里打滚、呼叫、奔跑。"听——！"我身旁的一个小伙伴突然喊道。我们一下子停止了打滚、尖叫和奔跑，屏气凝神。

在雪花深处，我们听见有歌声飘来。开始，我们被那歌声吸引，慢慢地也张开了嘴，和着那天籁般的歌声一起唱道："小麦覆盖三床被，来年枕着馒头睡。小麦覆盖三床被，来年枕着馒头睡。小麦覆盖三床被，来年枕着馒头睡……"

一个王朝的挽幛

吴光辉

一

一笔长横是风。一笔斜点是雨。一笔卧钩是泪。

1898年7月8日这一天,整个江南山景就如同一幅黑白相间的书法作品,被开除公职、遣送回乡后去祭祖的翁同龢,就一路悲伤地向着这幅作品深处跌跌撞撞而去。一片墨黑的天正下着细雨,刮着阴风。69岁的翁同龢早已脱下一品朝服,穿上一件玄色长袍,全身被阴风吹得瑟瑟发抖,雨水早已淋湿了他花白的头发。

风黑。雾白。雨清。常熟虞山西麓祖坟四处的垂柳飘拂着无奈,祖坟前新插的白幡飘展着悲苦,白色纸钱在四处飘飞着惆怅,焚香的青烟从土坟前升腾起忧伤。白发玄衣的翁同龢还没走到父母的坟前就痛哭流涕起来:"父母大人呀,儿子不孝,对不起你们呀!"他是一路喊着哭着,踉踉跄跄地奔到坟前的。他流着泪在坟前祭桌上供上祭品,点烛烧纸,吹鼓手们也吹起了唢呐。一曲凄凄惨惨的苏南民间悲调便从坟间传出,呜呜啦啦,凄惨动人。

翁同龢跪倒在黑白相间的水墨山景里,跪倒在撕心裂肺的绝望中。

一夜的漫天阴雨随风扫过留下了点点愁苦,一夜的孤雁在林间盘旋留下了沙哑的长鸣,一夜的寒霜无声地洒落留下了一片揪心的惨痛,一夜的无边悲愁使翁同龢白了一尺胡须。悲苦。惆怅。绝望。这便是翁同龢挥毫写下的《祭祖》手札的情感由来了。这恐怕也是我翻开翁同龢的《松禅老人遗墨》,就感到从那一幅幅白纸墨迹的字里行间,流泻出无限的愤懑与忧伤的原因吧。

我觉得那本在他去世后出版、现已发黄、陈旧斑驳的书法作品集,早已不仅仅是翁同龢削职为民、归隐山林时的艺术陶冶，而是一种封建知识分子理想破灭时的情感发泄，又是一种封建王朝从兴盛走向没落时的历史笔录，更是一种1894年甲午战争失败后的时代挽幛。渗透纸背的不仅仅是翁同龢晚年的墨迹，而更多的是翁同龢报国无门、忧国忧民的无限惆怅。

我不知道翁同龢是不是色盲，但他肯定将他的归隐地江苏常熟虞山那原本五颜六色的景物，全都精减成黑白照片似的图像，然后用他的书法思维，将这片远离县城的寂山静水，勾勒成黑白相间的泼墨，从而写下了《黄昏犹作》《虞乡续记》《山居闭门》《春江渌涨》等一幅又一幅书法佳作。他让眼前的世界全都变作笔下的黑白与线条，又让线条的墨色在白纸上化作一种无奈与叹息。同时，他还让世间的乖张狡猾全都变作笔下的朴拙敦厚，又让人世间的忠奸是非化作一种黑白强烈对比的独特形态。翁同龢就这样将自己在这书法的黑白世界里化作永恒。

我敢断言，翁同龢选择书法是他人生的一个必然，因为在书法的黑白世界里，他内心深处的这种非白即黑的思维方式，才得以充分表达，而他的人生又一步一步地迫使他选择了这种表达。然而，正是这种非白即黑的思维方式，成为大清王朝的国家悲剧和翁同龢的个人悲剧产生的一个重要思想根源。

翁同龢在甲午战败后积极参与戊戌变法，想通过变法来挽救国家的危亡。他私访康有为，随后又在光绪帝面前举荐"康有为之才过臣百倍，请皇上举国以听"，从而揭开了中国近代史上"百日维新"的序幕。然而，结果却是在"百日维新"的第四天，他就被以"言语狂悖，渐露跋扈"的罪名"开缺回籍"了。这恐怕便是这种非白即黑思维方式造成的结果了。正是这种非白即黑、非忠即奸、非好即坏的思维模式，认定了翁同龢这位两代帝师能一下子由忠变奸，他也就逃脱不了削职为民"交地方官严加管束"的下场，后来一大批维新人物也惨遭血腥镇压。

就是在这样的背景下，翁同龢黯然神伤地回到家乡常熟后的第二天，去翁氏墓园上坟祭祖。那里安葬着他的祖母、父母和兄嫂等亲人。翁同龢经历了开缺回籍，满怀着落魄伤感。这时，他长长地叹了一口气，朝祖坟深深地叩下头去，两行老泪不禁潸然而下。

墨黑。纸白。泪浊。他当日挥毫写下手札一幅："伏哭毕，默省获保首领从先人于地下幸矣，又省所以靖献吾君者皆尧舜之道，无骫骳之辞，尚不致贻羞先人也。"这就是我们后来看到的那幅《祭祖》墨迹了，他在字里行间给我们哭诉着一代精英忠心报国却被黜回乡的无限悲伤。

一笔长横是风。一笔斜点是雨。一笔卧钩是泪。

二

孤寂。黯然。神伤。翁同龢踟蹰在残阳西斜、枯叶乱舞、哀鸿长鸣的山景中，沉思在一百多年前晚清王朝的那个悲伤季节里。良久，满怀怨恨的翁同龢，缓缓地提起那支饱蘸悲愤的狼毫，渐写渐快，渐写渐浓。我在想，他笔下的这幅墨迹《一笔虎》岂止是书法作品？分明就是一代文化精英在经历甲午、戊戌打击后的最后企望，分明就是一个王朝在甲午战败后垂死挣扎的时代梦想。

我觉得翁同龢一生的分水岭就是甲午战争。翁同龢从"春风得意马蹄疾，一日看尽长安花"，一下子变成了"此去闭门空山里，只须读易更言诗"。由此，翁同龢的人生也"从白而黑，从忠而奸，从好而坏"了。

如果按这种非白即黑的思维模式来判断，翁同龢的大半生全都是白的、忠的、好的，一直活到了69岁，突然就变成了黑的、奸的、坏的。翁同龢（1930~1904），字声甫，号叔平、均斋、瓶平，晚号松禅老人、瓶庐居士。他20岁选为拔贡，22岁中举人，26岁中状元，从此官运亨通，一路高升，成为同治、光绪两代帝师，被皇上和太后誉为"讲授有方，入值甚勤"。与光绪皇帝的感情达到了难舍难分的地步，成为光绪皇帝最亲近的股肱大臣，"帝惟师傅翁公之言听计从。"他曾积极赞同开设为国家培养人才的同文馆，他曾奏请停止圆明园工程建设，他曾平反杨乃武与小白菜的冤假错案，他曾在中法战争中积极主张抗战。在甲午战争中，他又声斥李鸿章的求和软弱，力主"以战求和"。在甲午战败后，他又积极组织和参与了戊戌变法，想通过变法来探求中国富强之道，改变中国落后挨打的局势。也就在这时，他一下子变成了"言语狂悖"的奸党，被革职返乡，原本"难舍难分"的光绪皇帝，这时居然一下子变得"上回顾无言"了。

我觉得国人就是因为有了这种非白即黑的思维模式，才选择了京剧、国画、书法等形式作为外在的表达方式。国人就是运用这种思维模式，去解读京剧里的脸谱人物、国画里的水墨对比、书法里的白纸墨迹。而翁同龢本人也肯定认为在这样黑白相间的世界里，他面前的所有政敌全都是黑到心肺的奸臣，而视为白色光亮的肯定是他自己。

可怕的是这种思维模式表现在官场上形成的忠奸之辩。在朝野里将大臣们划分为忠臣奸臣，在甲午战争中划分为主战派主和派，在戊戌变法中又划分为帝党后党，翁同龢的人生就是因为这种思维模式而兴衰起伏。当他被认定是个奸佞之臣时，翁同龢原本几十年的政绩也就一笔勾销，结果也只有被"开缺"免职了。

因此，甲午战争不仅仅是一个国家与另一个国家之间的武装拼搏，而且是一种体制与另一种体制之间的政治PK，更是一种思维模式与另一种思维模式之间的文化较量。慈禧、光绪就是运用这种思维，翁同龢、李鸿章就是运用这种思维，国人同样运用这种思维。这样甲午战败也就成了一种必然，翁同龢被开缺罢官也就成了一种必然。正因如此，翁同龢选择书法作为他人生的最后寄托，也就是情理之中的事情了。因为在书法的黑白世界里，他内心深处的这种思维模式，才能得到充分的表达与展示。

正因为如此，苏轼的"黄昏犹作雨纤纤，夜静无风势转严。但觉衾裯如泼水，不知庭院已堆盐"，在翁同龢的毛笔之下，完全化成为他自己的一种独特感受，"纤纤之雨""泼水""堆盐"等所有的白色意象，全都被安排在"静夜"的无边黑暗之中了。白与黑在翁同龢的书法世界里，变成了真善美与假丑恶的代言。

从此，翁同龢"此去闭门空山里，只须读易更言诗"；从此，大清国少了一位权臣贵胄，却多了一位书法大家；从此，他日临汉碑，勤摩图画，从而使他的书法日渐老辣,臻达化境,成为《清史稿·翁同龢传》所言"自成一家,尤为世所宗",成为《清稗类钞》谓之"叔平相国书法不拘一格,为乾嘉以后一人"之书法宗师。

苦雨。草堂。枯灯。孤居山野,了此残生,唯有书法相随。

三

一捺侧锋是风。一横中锋是雨。一点回锋是泪。

1904 年 7 月 4 日夜,江南山林,溽热烦闷,一片墨黑,唯有一盏枯灯随风摇曳,形似翁同龢即将飘逝的生命。

弥留之际的翁同龢已经不能提笔,枯槁瘦弱,满脸愁苦,只剩下一口游丝。他自知大限已到,便断断续续地口占《绝别诗》:"六十年中事……伤心到盖棺……不将两行泪……轻与汝曹弹……"他气喘吁吁地说完最后一句,就再也克制不住,两行老泪奔流而下。经历一阵痛苦痉挛之后,他又以《论语》集句给自己撰了一副挽联:"朝闻道夕死可矣,今而后予知免夫。"他睁着泪眼看着自己给自己撰的挽幛,让人代笔高悬于堂前,白纸黑字,黑白分明,这才仰天长叹了一声,闭上了双眼,饮恨长逝。就这样,一代爱国老臣抱着无尽的忧怨和孤愤,从此长眠于江南虞山尚湖之间,长眠在大清国岌岌可危的命运里。

庚子国变,八国侵犯,两宫出逃,割地赔款,丧权辱国……所有这一切,对于一心想要安邦定国的翁同龢而言,该是何等地忧心如焚!窗外风雨潇潇,蛰居江南山林,恰逢北方烽烟四起。风烛残年的翁同龢"回瞻北斗,不胜依依","胸中梗塞,竟夕不寐","登临北望,慨然而涕"。他多少次翘首北望,庭院徘徊;多少次孤灯难寐,中夜更衣;又有多少次听雨枯坐,遣愁不能,消愁不去。

而此时,陪伴自己四十多年的妾陆氏又病逝了,让老迈病弱的翁同龢"中肠为之碎裂",一下子觉得自己更加孤独苦寂了。

翁同龢之妻汤氏早已离世,就是这位陆氏伴随自己风风雨雨地走过了四十四年。被贬回乡后，是陆氏一直照顾自己的日常生活，可此时她也离己而去。他悲痛之极，悬挂起陆氏的遗像，焚香祭拜，又提毫书写《悼亡妾》一幅斗方："恻恻空房举奠樽，搴帷尚觉药炉温。一生所识无多字，九死方知不二门。只辨真诚持内外，更无苦语恋儿孙。墓图一角留残墨，地下犹寻陆氏昆。"整个书作里充满了对亡妾的无限怀念。这一年的除夕，他还在亡妾遗箱里检出一幅旧画，并题诗曰："叹息无家老逐臣，祇余两膝挂孤身。"墨迹里饱含着他饮泣之痛。从此，孤苦伶仃的翁同龢"似如枯禅，形同偶人，时常剪灯孤坐"。

从此，无妻无妾、无儿无女的翁同龢一病不起，他的心与身体一起走向死亡。1904年6月25日，"发热、遍身疼，胸痞常卧，晚益甚，得汗不解，呻吟彻晓。"6月26日乘舟入城，延医来诊，"云尽是湿热，用芳香泄浊，然于肝疾似未及也。"6月27日，"先公诞日，设坐叩头，竟不能起。"重病缠身的翁同龢生命即将走到尽头，持续四十多年的日记就此绝笔。

翁同龢就这样带着他一生太多的怨恨，带着他一生太多的遗憾，去见他的祖上去了。弥留之际，翁同龢不止一次地说自己看到了身穿灰白长衫的祖先，站立在漆黑的天幕上向自己招着手，他高兴地喊道："我来了，我的父亲……"他还推想到自己寒碜的葬礼和父亲葬礼的盛大排场完全不一样，自己的灵堂里只焚着两炷香，自己面色如生，万分沮丧地躺在灵柩里。他还看到了自己的遗体边祭放的不是鲜花，而是一棵从山间采摘的野草。

就这样，翁同龢在晚清王朝的黑幕下，没有等到自己的平反通知，两只眼睛放射出最后的绝望之光，口中呼吸着生命最后的游丝，最终默诵着这句"朝闻道夕死可矣，今而后予知免夫"的挽联后，悄然闭上了他那绝望的双眼。

其实，他是在为甲午战争、戊戌变法殉情。他岂止是死在了非白即黑的思维模式里，他还死在了顺我者昌、逆我者亡的皇权思想里，死在了垂死挣扎的封建专制体制里。

一笔长横写清苦。一笔斜点书悲伤。一笔卧钩画凄凉。

翁同龢就这样带着满腹怨恨离开了人世，也给后人留下了是非成败、功过忠奸的无数话题。他那绝笔的挽幛高悬在山间草堂里，也高悬在晚清王朝的天幕上。

然而，他给后人留下了《松禅老人遗墨》，也给中国书法史留下了一座艺术高峰，更给晚清王朝走向最后灭亡写下了一个时代的挽幛。

一路纸钱飘飞，就是遣散他飘逸超脱的艺术灵魂；一路唢呐长鸣，就是高扬他质朴拙涩的书家境界；一路挽幛翻舞，就是高悬他悲怆厚重的爱国思想。

——作于甲午战败 120 周年、定于欢庆抗日战争胜利 70 周年之后

走云南之难（外一篇）

宁新路

一个爱花懂花的人，一定会迷恋三角梅的。芒市的三角梅开遍了街头，也开到了寻常人家院落。这里的梅树上开好几种花，红、黄、白、紫，尤其那红色与紫色更让人喜爱。每片花样的叶，像穿艳丽裙装的少女，在微风中翩翩起舞，且拥抱着一簇又一簇碧绿挺拔的相思竹，显得多情而浪漫，很容易使人驻足留恋。芒市人说，别走，住下来吧，芒市的夜晚更迷人。有这么美的三角梅与花、竹的地方，想那花入梦的美妙，何处寻找？而耿马的一位比花还多情的人，在那里等候，不赶到歌舞的晚餐不开席。

尽管有浓情的牵引，而我很想在芒市住上一夜。可车拉我们上了耿马的路。我不情愿走，尽管说仅有不到3小时的路程。这个迷恋与不情愿的感觉，随着车子越走越远，后悔之情越来越强烈。

出了芒市，车子拐了一个弯，驶入一条狭窄的道路。这是土石与柏油相融的山路。没想到车子从此拐进了一条羊肠山路。车轮子越走越慢，车轱辘越来越蹦，山路越走越狭窄，越走越弯曲。云南财政厅预算处陈玉柱的疑惑越来越大：不是说芒市到耿马是二级公路吗，二级公路哪是这般坑坑洼洼的？司机小伙说，一点没错，导航仪上"导"的就是这条路。我们的疑惑被司机用霸道的导航仪注释了。我们是第一次去耿马，既然是导航仪指引方向，不会误入歧途吧？谁也不知道。司机按照导航仪指引开车，导到哪儿拐，就往哪儿拐，谁会怀疑这条路，谁又会不相信导航仪呢！我想今晚不住在芒市那开满三角梅的酒店，一定会是一次后悔莫及的选择。

车子又拐入一条山间小道，它像盘在山间的一条蚯蚓，是弯与弯几乎连在一起的窄得像鸡肠子的道。这窄道的一边是高山巨石，一边是悬崖深渊。

稍不留神，车子会撞上山石；稍有偏差，车轮会滑落山间。在山间看到好几辆大车小车惨不忍睹的样子，我的心提到了嗓子眼儿。车子就是不久前失足山间的，车子摔成了几片，有人在清理现场，人会怎么样？不得而知。想必也是九死一生吧。看到这惊心动魄的场面，感到今天的赶路，不祥也许会即刻发生，便双手把紧了前座的把柄，有种随时面对灾难的惊恐。车子奔跑两小时多了，应该有一小时会到耿马的，虽然惊惧，而想再忍几十分钟就会结束这可怕之行，又有了一分信心。耿马热心等候的朋友电话问，车走到哪里了？说到什么山了。对方质疑地问，怎么会到什么山呢，不应该走那山啊，莫不是你们想游山玩水？司机说，走得没错，导航仪上导的。对方说，你们绕远了。司机说，导航仪就导的这条路。但我已经晕车了，胃里开始翻江倒海。陈玉柱也晕车了，倒在了一边，不去理会什么。我也不去看那忽而就要撞在车上的怪石，也不理是否会掉进深渊，闭上眼睛忍耐，异常难受，把命交给司机，也交给这车的运气。我真想让车掉头，回芒市的酒店。那三角梅开得正艳，真让人温馨。

坐在这车上的六个人，除了我和陈玉柱先生很痛苦，有两个人很郁闷，但有两个人很兴奋。郁闷的是作家老衣和云南财政的小何，他们不知去向，而却能沉稳地把车座当床睡觉，睡得很香甜，且睡一会儿吃一会儿山竹。老衣几乎以不停地吃山竹来缓解紧张、难受、不满、郁闷。幸亏有一箱山竹，否则以老衣的狡猾，就地下车也是有可能发生的。他边以吃山竹安慰自己，边不停地指责周燕。周燕是临沧永德人，一路同行的云南财政作家，这次去耿马采风，是她诡秘的主意。因为去耿马，必然要路过永德的永康，永德是她现在生活的地方，永康是她老家所在的地方。她的私心，想让我们到她家乡采风。她们是边城小县，难得有京城来的人。她把昆明和北京的人，带到她们小县，是份荣耀；她是好心，是想让我们看看她家乡有多美。可这难走的路，这难以忍受的晕车，这提心吊胆的危险，使她的良苦用心的主意，随着痛苦的增加，成了强加给我们的痛苦。周燕遭到的指责，越发频繁了。在难受的时候，老衣甚至对我说，这是周燕的谋害。尽管这样，车里有两个人是兴奋的。一个是司机，一个是周燕。司机是一个武警即将退役的小伙，身体结实得像壮牛。

他也许开惯了这种九曲十八弯的山路，也许这种山路的难与险，对他是一种兴奋剂一样的刺激。他把优美的歌曲放得震天响，震得车里的空气也在跳动，他随着歌豪情歌唱，精神爽朗而以高度警觉的状态，操纵着方向盘，也毫不动摇地盯着导航仪的指示，在一个又一个岔路口，准确无误地把车开到如蚯蚓般细而弯弯绕的山道和村道上。他是个对山路感觉很好且对自己开车技能十分自信的司机，他把这蚯蚓般险道上的驾车，当作一种才能的表演了，且表演得很精彩，这让他很兴奋。

另一个兴奋的人，当然是周燕。尽管周燕面对一个又一个晕车难受的朋友而心疼，也面对来自朋友们的出主意动机的质疑和埋怨，也面对这极其危险的山路，时而感到无地自容，但她吃了晕车药，精神抖擞得很，也时不时地露出快到她家乡的喜悦，或者是激动。所以，她和司机，一个在情绪激昂地唱着，一个在埋怨声中笑着，表现着不同的兴奋。我愤然地说，回芒市去那开三角梅的酒店！司机说，路已走过半，回不去了。车既摇摆又跳舞，感觉车也快散架了。

刚才走的是石子路，车轱辘像搓石子、炒豆子似的。尽管在这弯接弯的道上行走，而车开得飞快，车胎挤走的石子，打得树叶纷纷飞落。这路是导航指示的路吗？司机说没错。而证明"没错"的，是迎面或后面来的一辆辆车。不是国道，哪有这么多车？我们不再质疑了。车子上了一条道，是油路，可它是比石子路更有意思的路，车在路上弹跳，人在车里被扔来扔去，头顶到车的天花板上，胃肠里的东西，也被提上来扔下去。而且还不单纯是上下的弹跳，让人在弹跳中还有摇摆，像晃荡的瓶子，左右前后和上下跳摆。人成了摇摆跳动的物件，胃里的东西在上下翻腾。这路云南人叫"搓板路"，像洗衣服的搓板，车轮蹦极似的，上下弹跳。有人冲周燕喊，这是什么鬼路！周燕说，云南就是这样的路，我们都走了几十年了。我深深想念芒市朋友的热情挽留和三角梅的好客多情。

在这漫长而糟糕的路上，很容易想一些哲学问题。如果住在芒市那三角梅环拥的酒店，晚上漫步在芒市鲜花绿草中，那会是多么开心的事，也避免了受这番罪。

我不后悔去耿马，而后悔走这样的路。采风哪里都可以去，不一定非要去耿马，这个选择是错误的。这样痛苦的行走，犹如饿着肚子看戏，眼里全是茫然。北京堵车虽然苦恼，但也没有走云南这路痛苦；宁可遭受北京的堵车痛苦，也不愿受这花海里的摇晃。都市人享受了道路的平坦与繁华，享受不到这青山绿水与绿色的空气；山里人享受了青山绿水与绿色的空气，享受不到行走的平坦与繁华的热闹。

究竟是山里人幸福还是都市人快乐，应当是各有各的幸福，也各有各的局限吧。在摇摆难受至极时，脑子里产生了漫无边际的想法，甚至感到北京的堵车之苦也不算什么了。

车在山道和林间绕了快 5 个小时了，首先忍不住胃里翻腾的是陈玉柱，让急停车吐了个江河滔滔。他说，肠子快吐出来了。眼看太阳西沉，赶紧赶路。这摇摆与蹦极似的折磨，使我的头、我的胃、我的四肢难以忍受了，我强力忍耐，等待耿马的到来。可司机说，还有一半路要走。我感觉再要走下去，比死还可怕。看到我们这样，周燕像犯了大错的人，愧疚得不知怎么办好。而我们难受得已无力怨责她了。

周燕生活在边疆小城，住在别墅般的房子，上下班回家路程不出半小时，玩乐在小城方便自如，没有堵车，没有污染，满街熟人，悠闲怡然。她要去看北京，她从小城坐长途车一天半到昆明，再坐飞机到北京。她说，她的小城虽与昆明距离短但路途太长，昆明离北京虽然远而时间很短。她到过北京，她感到在昆明和北京出门是宽阔大道，开车虽拥堵却没有高低不平的山路。就凭出行平坦，她觉得还是北京和昆明好。她的感慨，也许同所有云南人一样，在渴望开阔与平坦。云南人喜爱山，享受山，却也让山遮拦了视野，让山拦住了去路，也让山阻挡着远行。云南什么也不缺，缺路，缺穿越千山万岭的路。

　　车子终于从"搓板"路拐到了一条水泥小道，当然是导航仪导的。正是村镇的集市时候，路上是挑、背、扛、提、推山货和百货用品的村民，路边的山货和百货杂物几乎摆到了路中央。遇到了云南东西最多、人最多、最热闹的镇。鸡狗猪也在路上大摇大摆地闲逛。车比人走得慢，我的头要爆炸，肠胃在翻滚，看到了旅馆，我用尽力气喊出话来，终于喊出"停下！"身边的玉柱听到了，让车停下。我说后面有旅馆，我要住在这里，不再走了！登记，开门，我顿时瘫软在了床上。睡在床上，还是天旋地转地晕眩，我大口喘气，冷汗淋漓。想，死也不再坐车了，休息过来回北京吧。睡了一个多小时，眩晕与恶心减轻了一些，就想再找大点的宾馆住下。可出了镇，又是土路和弯弯绕的山路，看不到城市，只得继续往前走了。

　　这杂乱而繁华的镇，是这一路除了永康镇外，经过的最大的镇了。在这大山里的小镇，昆明和北京有的商品，这里几乎都有，虽然很廉价，也许不那么货真。这摆满一条街的商品，应该体现了云南所有乡镇经济的活跃。正是因为有了这条蚯蚓般细长的路，才有了八方商品的云集。路，对于这样偏僻的山村人来说，就是梦想幸福的翅膀。这里的茶与山道，曾经连接着云南的茶马古道，这里的茶源源不断地走上茶马古道，运到了中国北方，运到了欧洲等迷恋这里的茶的地方。世界上喝过茶的人，大都喝过云南这山村的茶。云南的茶是神奇的，每个茶的山村都是连着世界的，云南人是了不起的。云南不仅有奇妙的茶，还有世界上最美的花、最美的树、最甜美的水果、最壮美的山和江河。云南给世界奉献了一个绚烂多彩的天然公园，云南人给我们北方人奉献了争奇斗艳的花卉和芒果、香蕉等美味的水果。云南的多民族还给人类奉献了动人心弦的歌舞和奇妙与独特的文化。没有云南大美的中国是失色的，没有云南大美的中国是孤独的，没有云南多民族的歌舞是寂寞的，没有云南多民族文化的精彩是缺乏想象力的。云南为中国和世界的贡献是巨大的。我突发奇想，所有喜欢这里茶和水果的人，应当以回报这天赐之物而捐钱，把这条路拓宽了；云南为中国和全世界提供了香美到极致的茶叶，所有爱云南的人，都应当为云南人投入，为云南人走上通畅的路而出份力。

出了村镇，又入"搓板"路。胃肠被折磨得再也忍受不住这摇和摆了，又回到了极其难受的状态。弯路漫漫，我要求停车，我不坐车要步行。朋友们也忍受不住这折磨，也跟我一道在山路上步行。车子缓缓跟在后面，或者开到前面一段又一段路地等候。步行好几公里，身体好受一些。终于又到小道上，车来车往，行走危险，继续坐车。这路忽上忽下，心一惊一吓的，眩晕与恶心又涌上来。车从一个长坡滑落到底谷，是一条碧绿漾漾的江。见到江我更想吐了，车到桥上我下车呕吐，我扶在桥栏上，头伸向大江呕吐。吐了个舒服痛快。周燕慌了，急忙过来要拍我的背，我仍在狠狠地怨她，让我们走这样的路，受这般罪。她这安抚小孩的把戏，我拒绝了。朋友幽默说，这是怒江，你在给怒江的鱼儿喂食呢。桥下怒江在翻滚，江涛让人惊，我回头狠狠地看了周燕一眼，狼狈地坐在桥上喘息。

已奔波6个多小时了，我实在不想上车了。还有多远？司机说，有3个多小时路程。这3小时路，一定会要了我的命，不走了！而耿马的热心朋友来电话说，到耿马至少得3小时山路，眼看天将黑，今晚住在永德的永康镇吧。这桥离永康镇1个多小时，他在永康等候。曙光就在前面，车子在落日里进入了苍茫山路，拧得像麻花一般的山路。

车又进了村道。仍然是拐来拐去的弯路，仍然是忽高忽低的窄道，仍然是上下弹跳和左右摇摆的"搓板"路。又饿又闹的肠胃，被蹂躏得刀绞般疼痛。

路边有了村庄，有灯火与炊烟，好像闻到了饭菜飘香，盼望车就地停下，或者车就地坏在这里，就可以住在这里了，跑得仍很欢的车，让我沮丧。而此时周燕忽然兴奋起来。她指着窗外的灯火灿烂的村庄说，那是她老家。全车人看那个村庄，村庄在山的苍穹里，灯火映亮了山上的树，高大而浓厚的树包围着村庄，村庄在夜幕里神秘而多情。车到了又一个村，起码有10里路了。周燕兴奋地说，这里有我的母校，我就是走这条道上小学，又上中学的。我一个人常常走夜路，每次都害怕有鬼和坏人。这路上的蚂蚁和石头也认得我，我也认得它们。她纯真的情愫，让我积聚了一路的怨气，顿时烟消云散。我对周燕和这山这村这地方，忽然有了感慨：多么偏远的边疆小村，周燕每天来回赶10多里山路上学读书，多苦！她说，我们家乡太美了，上海知青在这里落户的不少呢。她给我们讲上海知青爱上家乡姑娘的故事，最后不回上海而甘愿做永德人的自豪，她很自豪。她爽朗地笑着。

车还在绕弯，只是越来越慢了，入夜的山路行走更险。到永康还有1个多小时路程，饥肠辘辘与头晕目眩，几乎要折腾得我快昏过去了。周燕给我们接着讲上海知青艰辛的生活与浪漫的爱情故事，故事很精彩，有解饿与提神的奇效，我有了一点精神。看看表，快9点了。急切盼望到永康。快到了吗？周燕说，翻过这座山，就到了。

车又入忽高忽低的山路，穿过浓厚的夜色，把路边的山与树推远，终于翻过了山——永德县永康镇到了。我们拖着瘫软不堪的身体，勉强下车，耿马的朋友把我们扶下车来。这时，已经快10点了。

这一路，行走了9个多小时！那么加上明天到耿马的3个多小时路程，那就10多个小时的山路了。尽管歇息在了永康镇不错的宾馆，但我还在后悔应当住芒市，仍然想着那笑得爽朗的三角梅的留意。耿马的朋友说，芒市到耿马，最多4小时，你们走的是二十年前的老路。司机说，是按照导航仪走的，会有错吗？肯定走错了，是导航仪导到了老路上。司机感到难为情，给自己打圆场说，这也许是你们人生的一笔最大财富呢！这话，让我们哭笑不得。苦难就是苦难，苦难绝对不是人生的财富，适度的苦难也许会是感受与找到幸福之门的财富，而极度的苦难绝对是灾难。

这苦痛的长途颠簸，毫无疑问是极大的折磨，也毫无疑问不是人生的财富，但它让我们知道了，多年前云南人出门是多么费时、费车、耗人、受罪，甚至有多少人付出了生命代价。

好在这样的路已成过去，全滇已有四通八达的高速公路，而让人忧的是，这样的路还在用，车祸还在发生，人还在伤亡。不知云南人什么时候不再走这样的蚯蚓山路，那应当是云南出行之福的到来。

尽管有了高速路，车从昆明到边疆，也得走近20小时。周燕是感受长途车最为深刻的云南人之一。她去趟昆明，要在车上睡一个晚上，还得大半天，每次来回的折磨如同经受一场大病。她说，云南人的生命都浪费在路上了，云南人的钱都花在路上了，许多云南人的命丢在路上了。这话不虚。缺少铁路的云南，最佳的出行方式，就是飞机。难怪云南财政投入大量资金，支持高速公路天险通坦途，开辟空中通道，这使人多么喜悦呀。美丽的三角梅开遍云南山峦江河，云南是一片仙境般的地方。结束云南人远途的颠簸跋涉，那将使更多云南人真正活在人间天堂。

到了耿马，就到了云南的最边缘，也就到了中国的最南端。踩在耿马高大的橡胶林埂上，埂的附近是耿马农民新建的别墅，跨一步就是缅甸，那里的村庄依然很旧，道路还比我们昨天走的路破旧。如今没有人想跨过去，但有更多的姑娘嫁过来。

忽然想到怎么回北京，这里离北京很远，是否要走昨天的路？想起昨天的路，我浑身顿时颤抖了。原来是到不远的临沧坐飞机回，心里的痛苦顿时消失了。我实在不愿意受那极度难受的摇摆和颠簸，那是对人极其缺乏尊重的摇摆和折磨，也是让人没有尊严地赶路，这样的苦难，永远不愿意接受。尽管我很喜欢那位技术高超的武警司机小伙，但我十分不喜欢他的"苦难是人生财富"的说法。

回程是轻松而惬意的。可怕的几千公里路程，要让车轮不停地跑，也得数天数夜，而空中 4 小时多就到京了。我由此更加深刻地证明了我不喜欢"苦难是人生财富"的豪言。这样的豪言，只是一种心理的止痛膏和对痛苦认识的开脱剂。少一份苦难与痛苦，多一份幸福与快乐，这永远是真理。这样的苦难与痛苦，对人类来说，永远是恶魔，永远是灾难，它只能是人的记忆，却难以成为美好的回忆，最好远离，最好让后人少点重复和经受。辛苦与劳累会让人感受到快乐与幸福，而谁把苦难与痛苦分配给所有的人呢，每个人都把经受这样的苦难与痛苦看作很有意义，那就不用制造飞机和舒适的轿车与高速公路了。路，永远是人类通向幸福的梯子；路，永远是像云南这样千山万水的地方让后代幸福的通道。今天和今后的云南之难，仍然是行之难。

在云南读白

走过云南，总是满脑子白云。白云山川是云南的家，云南的白云四处都有家。抬头是满目的白云，远望仍是漫步的白云，低头还能看到白云——那是水里晃悠的白云。云南什么颜色最多，天上的白色，地上的绿色，加上被白云映照流淌的白云江河水，云南的白色，在大多地方应当是主色了吧。于是这大白催生了另外的一种白色，让天下人看到它想到它，都会想起云南白云这神奇白物，因而就有了崇尚白色的人们。那是云南白药的洁白和白族人钟爱白色的情结。从云南白云很容易想到云南白药，也会想到白云下让人感动的白族人。白云、白药和白族，是多彩大美云南的特殊展现，是云南让更多人对美的想象和感动。

云南的云，大多白得刺眼。那白，会使眼睛畏光的，是让人产生无限感慨和无比感动的白。云南的白云，即使你用足了想象的翅膀，也用完了所有美妙的词汇，或者对白有着极其丰富的识别，也难以把云南的白云，想象出更多的形态，想出淋漓尽致的入木三分的恰如其分的描述，也难以对它白的大美构出多面诠释。

云南白云是什么性质的白？想起了沈从文《云南看云》，对云南的云形容得很确切。沈先生写道："云南的云似乎是西藏高山的冰雪，是南海长年的热浪，是冰雪与热浪两种原料经过一种神奇手续完成的。色调出奇得单纯。唯其单纯反而见出伟大。尤以天时晴明的黄昏前后，光景异常动人……"

极白的云，原来是冰雪与热浪合成的，所以那么单纯。云南的高山，那是奇怪的自然世界。山上有冰雪，山下滚热浪；山上寒冷彻骨，山下赤日炎炎。原来这是白的故乡。白云就是在这一上一下的冷热对仗中，生出了单纯的白色，它们迅速相拥在一起，成了一朵又一朵的云。沈先生用"单纯"刻画云南的云，的确生动而准确。单纯，应当是白得极致，当然是没有任何杂质色调。观望云南白云，那飘荡在头顶的一团团天之花朵，那纯白震撼人的心，那乳白、青白、灰白的白云，也是单纯得让人惊讶。

云南白云是一景，是值得从几千里地赶火车坐飞机去专程品味的。在云南，无论是在什么地方，也无论是坐还是走，白云总是跟着你，或者被白云牵着眼睛。品这白云，可以看到世间所有万物的姿态，可以赏到千姿百态的山川河流，也能读到天下形形色色人的脸的表情。如果心静如水，如果心有诗意，如果心如大海，那会从白云里寻找到让你灵感喷涌的诗泉，你会写出自己都很难相信的动人心弦的诗句，且又从诗的动情里发现白云的无限多情，又从白云的无限多情里升华本来就很动情的诗章；那会从白云里看到让你对世事变幻奇妙的感悟，你会感到这白云的纯净那么圣洁而高贵，它是多么深刻地体现了自己内心的单纯而圣洁，你觉得人的内心不管如何变幻莫测，而单纯的底色应当永远如它一样；那会从白云的内心看到了它单纯得透明，会读懂白云丰富而单纯的品格，会忽然觉得白云是心灵的纯净剂，多么想使自己心灵也变成不染尘灰的一朵白云；那也会想到有一天自己的生命要化作一缕青烟，如果幸运的话也会化作一股雪白的烟，与那白云相会成为白云的一部分，成为云的花朵……仰望这万象的白云，那是文学的、哲学的、天文的、绘画的、舞蹈的等等艺术画卷。

在大理看云，会被另一种"白云"迷恋，那是白族人衣服的白和房子的白，白成了白族生活的主色调。"苍山绿，洱海清，月亮白，山茶红，风摆杨柳枝，白雪映霞红"。白族人的服饰，以白色为贵，这是为什么呢？难道是白云影响了白族人的审美，难道是白族人崇拜白云之美，难道是白族人懂得了白的大美之内涵？应当是。

白族人把白云砌在了房子上，房子除了青瓦，就是白色了。白族人把白云穿在了身上，从头到脚的色彩间，透着白色。

那白族男子，白色对襟上衣，外穿镶花边黑领褂，下穿白色或蓝色肥宽裤子，头上还要缠白色包头。那白族妇女更是以白色为尊贵色，"大红领褂白衬衫,艳蓝围腰花飘带,叫人不得不喜欢"。尤其是白族金花的服饰,头饰"风、花、雪、月"的白格外明快,白色右衽大襟衣,外加领褂(又称坎肩,无领)和围腰,下穿花边裤,式样多为紧身和束腰,色调中总透着白。

白族崇尚的白色里,蕴藏着浓厚的文化。大理的文化比洱海还奥。当你到过崇圣寺的高僧殿和南诏风情岛后,就会得到印证。历史上的大理、历史上的白族,有太多的战争。而战争的胜者对待败者的风度上,让人感受到了白族人性的光芒。崇圣寺的高僧殿里,记录着九位逊位国王在寺院做了和尚之后的故事。

钟情白色的白族,在大理缀着白云的蓝天下,演绎了一串串精彩的故事。许多故事闪耀着迷人的光芒,许多故事透着白色的高贵。这与他们热爱白色,追寻白色之美,有多大关系?一个民族把白色崇敬为灵魂的颜色,看来白族人对白色的理解,是极为深刻的。

喜爱白色的白族人,是云南白云下面的另外一种云。

云南还有一种让世人推崇的白,那就是白药。白药治跌打损伤、瘀血肿痛、外伤出血、吐血、咯血,还有许多妙用,治疗急性肠炎、消化溃疡、婴儿腹泻、妇科等疾病,用它除疾奇妙无比。这个圣品是神灵赐给云南一个叫曲焕章的山民,这个山民用它疗伤、治病,他没有自私地占为己有,而是把它当作甘露抛洒,救治了无数民众,还把它献给了国家,进了天下所有的医院,也进了寻常百姓的家,成了造福天下人的"神药"。

云南白药是天上洁白云朵的精灵,那么纯粹和神奇。那摔伤奄奄一息的人喝它,奇迹般地活了;那断了骨骼伤了筋的人敷它,奇迹般地长好四肢;那穿在肉里的子弹创口用它,好了内伤并让子弹头自己滑出来。那云贵高原上当年红军四渡赤水和南渡乌江,用它治好了多少将士的伤病;那艰难的抗日战争中,它成为滇军战士的军需品而使官兵少流了多少鲜血;那震惊中外的台儿庄战役中,将士负伤外敷内服白药后继续拼杀谱写了英雄的史诗……中国革命血与火的拼搏里,它使多少流血将士起死回生重握钢枪,中国今天繁荣富强的步履里,它让多少人死而复生并有了健全的体魄。云南白药在造福人类上，起到了多么大的作用，那是无法估量的。

云南白药是云南人献给人类的巨大贡献，是中华民族中药的一朵瑰丽奇葩，也是中华民族的莫大骄傲。

云南的白，还有如云纯美的大理石。白、黄、绿、灰、红、咖、黑，天上的云有多少种颜色，云南大理石就有多少种颜色。用它做建筑物的墙面、地面、台、柱，还可以做碑、塔、雕像、艺术品等，那真是美不胜收。在华夏诸多华丽的殿堂上，那柱子、那台阶、那墙面、那艺术造型，无不闪现云南大理石的尊贵。

大理石是云南的特产，也是云南的文化。手巧的白族艺人，做它的巧色和彩花走向，把云南俏的山川、碧的江河、美的云朵、艳的花儿、灵的鸟兽、丽的人们等现实的、梦幻的"绘"到石上，成了帝王将相宫殿的景色，也成了寻常百姓家里的摆设，更成了人们欣赏奇妙的大自然的标本。一块奇妙的大理石上，总能看到蓝天白云的千姿百态和日月星空的浩瀚深奥，总能看到地上美不胜收的山川河流和万紫千红的活灵活现。

云南大理石里，白与黑之间，白与黄之间，白与绿之间，白与灰之间，白与红之间，还有白与更多颜色之间，绘尽了天上仙境，绘尽了世间山河，绘尽了人与万物，绘尽了风流与美丽。一块块奇妙的大理石，就是一幅幅栩栩如生的画卷，太深奥，读不尽，赏不够。

在云南行走，"白"的事物、"白"的味道、"白"的美丽、"白"的内涵，不时撞击我的心，多么想更深地理解这个神奇地方"白"的精髓，可发现，这些"白"太深奥，很难理解得深刻。

泡桐树

容三惠

2014 年 8 月下旬，我们市委宣传部为深入开展群众路线教育实践活动，弘扬焦裕禄精神，组织本系统 70 余工作人员，赴兰考瞻仰焦裕禄纪念馆，了解其生前事迹。使我感受最深的是当年焦裕禄为治理"三害"倡导栽种的泡桐树，为兰考人民造了福谋了利，如今已经成为兰考县经济发展的支柱产业之一。

去兰考那天，阴而无雾，气温宜人，觉得是一个很凉爽的日子。来到兰考下车时，我被眼前的美景吸引了，完全打消了昔日记忆中贫困县的想法。望着面前那崭新的"焦裕禄干部学院"，虽然楼层不高，但设计雅观，体红檐白，给人耳目一新的感觉。其前面是一个空旷的大院，平坦洁净的水泥地坪，左右两边便是绿化带，里面有焦裕禄神采奕奕巍然屹立的雕像，好像他望着今日的巨变在欣慰地微笑呢。教学楼的左右和其后是一栋栋别具一格新颖时尚的红白色小别墅，仿佛坐落于大花园中，其间 50% 的绿化率释放出清香扑鼻的田园花草味，让人感到空气清新，赏心悦目。不难想象，这里可能是接待全国各地学员居住的场所吧。因为这一年全国各地响应上级号召深入开展群路线教育实践活动，赴兰考参观焦裕禄纪念馆，学习焦裕禄精神的学员络绎不绝，这里要接待一批又一批全国各地的学员。

我转身看到它的对面，那是一片郁郁葱葱笔直的泡桐树林，一棵棵一排排肩并肩、头碰头、昂首挺胸向天空的泡桐树，林立于大道旁边，美化这里的环境。它们大约都有四五把粗，交头接耳地挺立着，好像为这里搭起大片的绿色帐篷。在我情不自禁地观赏这里的美景时，带队的讲解员召集我们，带领我们往前走，来到距路边不远的一棵巨大的泡桐树下。我很惊奇，这里怎么有一棵与众不同高大挺拔、枝繁叶茂的参天大树？它一定是老古树了，和身边的其他泡桐树相比，算是这里的老树王了。它的树干粗如大缸，估计四个成年人联手也难以合抱。数不清一条条粗壮的树枝直冲云霄，伸向四面八方，又发出许多密密麻麻的小枝杈，展现出它生机勃勃的美丽风采。树上那毛茸茸手掌形的绿桐叶，又多又密，层层叠叠，遮天蔽日。整个树冠像一把撑开的绿绒巨伞，呵护着身下的土地，为人们避雨遮阳。不难想象出这里一年四季的美景，到了春暖花开的季节，那紫中透粉，粉中有白的一簇簇小喇叭形桐花，顺着树枝成串成串地挂满枝头，散发着一股股淡淡的清香，这里岂不成了花的海洋？如果微风吹来，花朵随风舞动，好像在对人们点头微笑。它还可以用来充饥，采下桐花用面拌拌蒸着吃，炒着吃，晒干吃，是很好的菜肴。到了秋天，树上结出很多像棉花桃一样的果实，沉甸甸地挂在枝头。这些饱满的果实在阵阵秋风中不停地晃动，好像表露自己的喜悦心情。冬天里树叶在凛冽的北风中飘飘悠悠地落在地上，还可以当肥料。它长年默默无闻地无私奉献，从不为自己着想。我低头观其根部，想到树大一定根深，兰考人民为加固它的根基，使它更加茁壮成长，在树根周围砌着高高的水泥围栏，中间填充肥沃的土质，为它增加养分。兰考人民对它如此地精心呵护和重视，想必是一棵来历非凡的大树。

讲解员亭亭玉立站在我们面前，为我们滔滔不绝地讲解。原来这棵高大粗壮的泡桐树是焦裕禄同志于 1963 年春亲手栽种的，如今已经 50 余年了。兰考人民深深地爱着它，为了纪念他们的好书记，称这棵泡桐树为"焦桐"。有人说，这是焦书记给俺留下来的致富树、招财树。"焦桐"已成为焦裕禄精神的象征。它的周围那一片生机勃勃的桐树林，好像是兰考人民紧紧跟随焦裕禄的情境。如今它们不再是抵抗风沙的泡桐树，已经浑身变成宝了，成了兰考人民的"摇钱树"，造福于兰考人民的子孙后代。"要想富，栽桐树，生产致富好门路。一年一根杆，两年粗如碗，三年能锯板。"这是兰考人民的致富思路。现在的兰考种植泡桐树面积已达到 26 万多亩，道路两旁，田间地头，房前屋后到处都栽种着泡桐树，在泡桐板材加工上做起了文章，出现了多家大型泡桐加工企业，大小企业遍地开花，仅个体加工厂就有 3000 多家，大部分板材远销国外，年产值十几亿元。还有把泡桐加工成外观精美的琵琶、古筝、二胡、文琴等民族乐器，畅销大江南北。有人算了一笔账：如果把一棵普通成材的泡桐树用来做盖房的木料，不过卖几百元，但给现在的乐器厂做乐器，收购价要高出两三倍，而把它加工成古筝、琵琶、出口家具等，就可以卖上万元。泡桐树开发业成了兰考的致富路。

"看到泡桐树，想起焦裕禄"，这是兰考老百姓广泛流传的一句话。那是 1962 年，当焦裕禄调任到兰考任县委书记时，面对"三害"，看到的是一望无际的黄沙滩，白茫茫的盐碱地，到处凄惨荒凉，种植的庄稼几乎不长，甚至是颗粒不收。为求治理风沙、盐碱、内涝之患的办法，他始终践行"没有调查就没有发言权"的理念，实地调查，依靠群众，深入研究。为治理水害，他一到下雨天就出去，根据一位瓜农提示，他认识到观察洪水流势和变化的重要性，一路追寻洪水去向，绘制了排涝泄洪图，构建了沟河相连的排水体系；为治理盐碱地，他走村串户，发现有一农户的菜地长得好，当即与农户交流座谈了解到，可以把地下 1 米深的泥土翻上来，解决盐碱问题；在治风沙方面，他在村头调研时，从完好无损的坟头上获得灵感，与乡亲们座谈交流后，提出了"扎针、贴膏药"的治沙方法。所谓"贴膏药"就是在沙丘上把地下的泥土翻上来，"扎针"就是再栽泡桐树。他说："沙区没有林，有地不养人；有林就有粮，没林饿断肠。"这是他治沙的观点。他想到如果照此办法把土层翻上来，在田地周围种植泡桐树不是很好吗？泡桐树干直，叶片大，种在田边既防风沙，也不挡光，有利于农作物生长；泡桐树根又深又直，也不跟庄稼争肥，长得又快，10 年就成材。于是他带领当地人民栽泡桐。那一年焦裕禄带领群众在兰考县推广种植 5 万多亩泡桐。为保护好这些泡桐树，他还制定了"护林公约"："爱林护林，人人有责，破坏一株，栽三棵，保护三年；谁把泡桐树弄断了，要在原地给泡桐开追悼会。"就是开会批评。很快兰考县就没人盗树了。

焦裕禄在兰考的一年多里，跑遍了全县 120 多个大队，带领兰考人民造林治沙，排水治碱，为人民种下了遍地绿树，造福人民。只要春风吹到兰考大地，就到处盛开着美丽的泡桐花。当地群众说："焦书记一心想的是怎样让老百姓有饭吃，过上好日子，不再逃荒要饭。他是累死的，带病工作，没有时间住院，到最后肝癌后期病危时，才住进医院。"他给女儿留下最深刻的一次笑容是他病危时，当地同志给他带去一张泡桐花的照片，久被病痛折磨不成人形的焦裕禄，看到照片上泡桐的花穗，欣慰地笑了，笑得很甜，快乐安详。他在逝世时说："活着我没有治好沙丘，死了也要看着你们把沙丘治好。"他死后就葬于兰考县。

我想到当年兰考大地上的泡桐树已经开花结果，后植的泡桐树遍布兰考的街头田园，它开出了经济繁荣之花，结出了不畏艰难、迎难而上之果。它记录着焦裕禄带领兰考群众抵抗"三害"的过程，镌刻着兰考人民对焦裕禄书记的思念，承载着人们对焦裕禄精神的传承，即始终相信群众，依靠群众，为了群众，实事求是，清正廉洁。

一幢祠堂的重量

詹谷丰

一

世界上所有的建筑，都是从土地上生长出来的砖瓦。除了桥梁，没有一幢房屋，可以凌空站立，用它的脊梁展示木头和沙石的重量。

礼屏公祠还是图纸上的线条时，就遭遇了极大的挫折，这是卢绍勋没有料到的意外阻力。

卢绍勋在家乡盘桓了多日，最终看中了南面村的一块地。除了朱雀玄武、青龙白虎这些风水因素之外，卢绍勋最满意的是这里临河，一条活着的河流连接珠江和南海，让人的心宽阔和平坦。后来的运输，那些巨大而沉重如山的木头和石料，证明了卢绍勋的远见。

礼屏公祠在图纸上一帆风顺，却在征地过程中遇到了那个固执得如同顽石的邻居。其他几户人家对乡贤卢绍勋提出的高价拆迁补偿、并在附近免费建造一幢新屋的条件非常满意，这种从天而降的好事让村里那些无关的乡邻都眼红了。谁知幸福并不是一个人人都愿意接受的真理，那个拒不拆迁的邻居昂着头，满不在乎地说，房屋虽旧，却是老祖宗手里传下来的遗产，如果败在自己手中，那是儿孙最大的忤逆和不孝。卢绍勋的耐心和道理几乎磨破了嘴皮，那人却丝毫不为金钱和新屋所动。

碰上了一个撞上墙壁不转弯的犟人，卢绍勋除了三番五次上门游说之外，再也没有了其他办法。银元的光泽在乡间的土屋里黯然失色。光绪二十二年的时候，虎门乃至中国，都没有发明"钉子户"这个如今走红的名词。那个不肯拆迁的农民，也没有维权、用汽油和煤气抵抗强行拆迁的想法，他认准了卢绍勋的为人，同时也明白财大气粗的卢礼屏家族，不是仗势欺人的恶霸。

卢绍勋在邻居的铜墙铁壁面前头破血流，但是一个行善积德的人没有愤怒。他只是无奈地叹了一口长气，这个诚实的富翁，没有看穿对方的心思。他不知道，就在礼屏公祠的计划在心里酝酿的时候，一个云游的风水先生，在那幢土屋里看出了异样。半仙说，这屋建在龙脉上，两代之后，主人必大富大贵。邻居保守天机，把惊天的秘密深深地埋在心里，他不能让礼屏公祠破坏自己的风水，他要用性命来维护那个家族未来人丁兴旺、财富滚滚的想象。

二

清朝光绪时代的所有中国建筑，绝无杂交西方砖瓦的血缘。只有岭南东莞虎门那幢平常的礼屏公祠，传承着人类建筑最高贵的精神。从公平和平等的文明意义来说，礼屏公祠是一幢与西方建筑，尤其是德国波茨坦磨坊相通的纪念碑。

礼屏公祠的图纸终于在坚硬的现实面前残缺了。卢绍勋知道，这种残缺是无法修补的，它具有一种天定的意味。那天，卢绍勋来到祖坟前，在鸡鸭鱼肉的祭祀中展开了蓝图。卢绍勋明白，只有在这种阴阳两界的沟通中，祖先可以看到人世的现实，给后人前行的指引。

卢绍勋是独自一人来到祖先的安寝之地的，他不愿别人打扰先人的安静，更不想让他人窥见自己内心的隐秘。叩完头之后，卢绍勋默默念道，公祠难全，是子孙的不孝，如以势欺人，用官府的力量逼迫拆屋，却是人性的大恶……

正是夕阳西下的时候，太阳的余晖像一炉热炭倾泻在人间，远处的海面上，跳动着金色的光影。在芳草萋萋的静穆中，卢绍勋听见了祖先的教喻。

卢绍勋的无奈，记载在了线装的族谱中："……计所谋择地十有余年，并约费万余金，连先君日前买下屋宇方能凑足，尚有些少地方未能凑成，乃抱缺憾。大抵谋事不能完全，使留此以见天地无全功也。"这些处于文言和白话之间的简洁文字，暗合了卢绍勋面对九泉之下先祖时的复杂心情。

礼屏公祠在卢绍勋心里的变动，那个邻居是一无所知的。他每天数次走出家门，来到卢家用石灰和绳子丈量和画线的土地上，看到其他几户人家搬走，看到他们的土屋被夷成平地，他没有感到压力，唯一让他感受到的，只有忧虑。

忧虑是种在邻居内心深处的一粒稗种，它是会发酵的。邻居担心的是，建成后的礼屏公祠是一棵大树，而他的祖屋，只是大树旁边的一株野草。宏大的祠堂建成之后，土屋的光线，将会被卢家的威势财富遮盖；出行的道路，将会被祠堂坚硬的砖墙堵死。

邻居的固执和倔强，并没有在卢礼屏无声的教喻中变成钉子。图纸上的变动和修改，成了卢绍勋唯一的选择。在平面的蓝图上，礼屏公祠所有的线条都以横平竖直的结构呈现在纸上。修改之后的建筑，它后院的左边，被锋利的刀刃切去了一角，"祠堂左路与右路后部不齐，总体西北角位置缺一块不能补齐。"

中国人的建筑，最讲究的是完整和对称。一幢失去了对称的祠堂，即使占地再大，用料再精，也无法称之为圆满。

礼屏公祠的动工，从无奈和残缺开始。

这是清朝光绪二十二年，卢礼屏已经去世十三个年头了。

一百二十年过去了，后人已经无法考证礼屏公祠奠基的那个日子。但我们可以相信，懂风水的卢绍勋一定选择了一个良辰吉日。那天风和日丽，水稻正在扬花，空气中氤氲着一股淡淡的香味。几乘八抬官轿列着队从太平镇上过来，鸣锣开道，威风八面，这种罕见的风景让远近的百姓都围拢观看。在热烈的鞭炮声中，百姓们看到了靖康盐场大使、东莞巡检司、驿丞和知县老爷等一行官员走出官轿，来到屋场里。那个拒绝拆迁的邻居在奠基的喜庆和官员的威仪中悄悄溜走了，细心的卢绍勋看到了这个情节。但是没有人从他迎客的笑容中看到他内心的波澜。

官府老爷的出动，让光绪年间的钉子户终于感到了压力和恐惧，他的双腿有些颤抖，卢绍勋的目光从他身上不经意扫过的时候，他似乎感到了皮鞭的力量和肉体的疼痛。

礼屏公祠的图纸和建筑工地上的石灰线，让知县大人看出了蹊跷。对一个财大气粗的乡绅的软弱，知县大人的脸上露出了不屑和诧异的神情。

卢绍勋在知县大人的威仪面前微微一笑，他用一首诗瞬间改变了权力的表情。卢绍勋谦恭地说，父亲在世之时，教我们背了一首大学士张英的诗。

东莞知县突然中了魔法，他被一首二百多年前的诗瞬间击倒了。饱读经书的知县大人知道，当朝康熙年间文华殿大学士张英的故事，他知道"六尺巷"的典故和"宰相肚里好撑船"的来历。

东莞知县回过头去，他不愿卢绍勋看到自己的脸红。然后，他轻轻地用纯正的东莞方言，在心里吟诵了那首诗：

> 千里修书只为墙，让他三尺又何妨。
>
> 万里长城今犹在，不见当年秦始皇。

三

卢礼屏的商业帝国在香港蒸蒸日上的时候，他创办了华人慈善医院——东华医院和东华三院。之后又牵头成立了保良局，担任了东华三院总理和保良局总理。这是他人生中的顶峰，也是卢氏家族辉煌的开头。卢礼屏的成就和业绩，为日后礼屏公祠的图纸，画上了第一根线条。

礼屏公祠在中国的纸上萌芽的时候，欧洲的波茨坦磨坊已经成了一处驰名的人文景观。每天，都会有来自世界各地的瞻仰者，来到那幢矮小陈旧的磨坊前，抚摸那些带着威廉皇帝体温的砖石。如果历史能够巧合与相逢，那么，19世纪的德国皇帝威廉一世打算在柏林近郊的波茨坦盖一座行宫的想法和中国富商卢绍勋想在故乡虎门建一座祠堂的计划是不谋而合的。

威廉一世的行宫选在风景优美的市郊，那里没有拆迁和征地的障碍，德国皇帝对行宫的建筑和郊野的风水非常满意。一个国家的风景，通过森林、湖泊、河流、草地像诗与画一般进入到主人的眼里。

但是，不久之后，威廉一世眼中渐渐生长了一个障碍物，一座古老的磨坊立在行宫的前边，它让皇帝的目光不能看得更远，久而久之，那个磨坊变成了一个钉子，让他的目光生痛。这是他当初的一个疏忽。

内务大臣领了皇帝的圣旨，拿了一大笔钱，找到了磨坊主人。威廉一世以为这笔钱足可以在大地上抹去一座磨坊的所有痕迹。谁知磨坊主并没有被金钱打动，那人说，磨坊是祖宗传下的财产，我的任务就是维护下来，一代一代传下去。

威廉一世听了大臣的禀报，丝毫也没有生气，他似乎看穿了磨坊主人的心思，他说，提高补偿，一定要把磨坊买下来。

然而，权力的傲慢和金钱的诱惑在平民面前铩羽而归，磨坊主那句再多的钱我也不卖祖宗的硬话刺伤了皇帝的自尊，威廉一世生气了，他派出了宫廷卫队，把磨坊强拆了。

威廉一世的命令代表了一个国家权力的意志。皇帝站在行宫宽敞的阳台上，看着那幢让他目光疼痛的磨坊灰飞烟灭。由于距离的阻隔，皇帝没有看到平民的抵抗，磨坊主的愤怒超越了暴力，通过卫队士兵之口到达了威廉一世身边。磨坊主说，皇帝当然位高权重，但国家尚有法律，国家还有讲理的地方，我一定要让司法来作裁判！

威廉皇帝没有想到德国的地方法院真的作了一幢磨坊的裁判。德国的法院眼中没有皇帝和权威，只有事实与因果。法院判决了皇帝败诉，并且限期恢复被权力拆毁了的磨坊。

威廉一世的故事在法律面前画上了一个句号，直到他的生命结束，磨坊的那根眼中钉肉中刺始终在他的心里疼痛。然而数十年之后，戏剧性的情节上演了，九泉之下的皇帝无论如何都没有想到，历史会以一种重回的形式再现，不过结局却是一种意外，一种人类历史上史无前例的意外。

这时，故事的主角已经换成了磨坊主的儿子和威廉二世。磨坊主的儿子几乎被穷困压垮了，一筹莫展之下，他决定将磨坊卖给威廉二世。在他的心里，威廉二世将会接受这件两全其美的好事。从此以后，磨坊消失，行宫获得了更好的视野，威廉一世皇帝官司失败的耻辱将在地球上彻底抹去。

磨坊主的儿子很快就收到了威廉二世的亲笔信，还有六千马克。威廉二世说，你经济拮据，赠你六千马克度过困难。但是，磨坊不能出卖，更不能拆除，这座磨坊已经成为德意志国家司法独立和裁判公正的见证。同时也是一个家族的光荣所在，这是一幢应该世世代代传承的建筑。

在卢绍勋的眼里，本世纪之内欧洲德国的波茨坦磨坊和亚洲中国虎门的农家土屋之间突然产生了某种关联。已经动工了的礼屏公祠，应该用建筑的残缺换来一种精神的完美。

四

礼屏公祠，是卢绍勋和他的兄弟们花重金兴建的私人祠堂的名字。他的父亲卢礼屏，是这幢即将屹立在故乡大地上的宏大建筑中的香火和精神。

卢礼屏出生的时候，他的先祖已经在虎门村头这片土地上繁衍了十八代。十八代先人的足迹在漫长的时光中漫漶不清了，但后人知道的是，十八代先祖皆因家境贫寒无法读书识字，而春种秋收，田间劳作是先祖们共同的特点。

一个家族的转机出现在卢礼屏的人生中。十四岁就下田耕种的少年，由于在塾馆中短暂的启蒙，胸中的一群繁体汉字便屡屡激起冲动，他不满足于像父辈一样与泥土打一生交道，与贫穷一世相安。二十四岁那年，他与本土南面乡的陈廷珏、陈高爵兄弟登上了被当地人称为大眼鸡的货运木船，开始了前程未卜的远行。卢礼屏不知道路途多远，需要多少时日，也不知道苍茫的大海上有多少风险，他唯一知道的是美国旧金山，那个目的地，就是世界的尽头，也是他梦想挣钱改变人生的希望。

从侍弄土地的农民到挖掘石头的矿工，这是卢礼屏来到美国之后的身份转变。加剌科尔金矿，让卢礼屏的人生一片黑暗，他从来没有看到过金子的闪光。幽深的矿井，每天都让生命胆寒。

死神第一次来临的时候，隐身于一场天崩地裂的暴雨，洪水猛涨，世界像垃圾一样漂浮在水上。卢礼屏和两个同乡困在矿洞里，三个昼夜，没有任何食物充饥，矿灯也在恐惧中慢慢熄灭。在暗无天日的大地深处，卢礼屏一次次看到了死神恐怖的狰狞。

超过了黄金救援 72 小时的卢礼屏和他的同伴，命不该绝，洪水没有熬过人求生的意志而退去，他们在水退之后自行爬出了矿洞。当见到光明的那一瞬间，卢礼屏泪流满面。他知道自己大难不死，却尚未理解这句古语中潜藏的谶言意味——必有后福。

幸福在死亡退去之后迅速降临了。那一天，卢礼屏在开采的矿石中发现了异常。他把另外两个在洪水围困中逃生从而结下生死之交的同乡叫来。经验告诉他们，这些外表普通的矿石，都是含量极高的乌金。意外的欣喜击倒了卢礼屏的两个伙伴，只有冷静沉着的卢礼屏，想到了藏匿的方法，然后在时间的掩护下，逐渐转移这些让他们终生无忧的巨大财富。

上帝赐予的幸运，卢礼屏和他的伙伴极其幸福地接受了。这是卢礼屏在异国挖到的第一桶金。对于上帝的旨意，卢礼屏守口如瓶。这个秘密横跨了广阔无边的大洋，延续了一百六十多年。我多次来到礼屏公祠，在时光中猜测，仍然无法破译那笔财富的真实数字，"巨大"，只是个不确定的形容词，可让人隐隐看到那些乌金的冰山一角。

卢礼屏离开矿井，回到了地面，阳光以天堂般的金色顿时让他紧张的生命松弛下来。衣食无忧了，卢礼屏自言自语地仰天长叹。

衣食无忧是不会让一个世代贫穷的异国淘金者满足和停滞不前的，穷人的哲学是勤劳和纯朴。很快，卢礼屏勤快的身影出现在合记杂货店里，这是卢礼屏在别人的信任与介绍下创办的一份生意。他用心经营，货物流转，变成阿拉伯数字在账簿上一帆风顺，饱经风霜的脸上悄悄开出了花朵。

一个发了横财的人没有想过要在异国他乡扎根。二十六岁那年，家里的书信不断越过辽阔的大洋到达他的身边，在亲情面前，金钱突然软弱无力起来。卢礼屏在汉字中听到了父亲生病时痛苦的呻吟，他没有犹豫，立即把生意的股份出让给了一个中国侨商，登上了回国的轮船。

回到家乡的卢礼屏延续了中国人致富之后的传统，那些带着异国血汗的钱财，在卢礼屏手中变成了田产。他兴修宗祠，重修祖坟，他建房置业的范围突破了故乡的边界，扩展到了东莞、番禺、南海、广州等地。他还赋予了金钱慈善的特性，向穷人施医赠药，扶贫济困。虎门的溥善堂、育婴堂、太平医院和广济医院等公共设施，都通过砖瓦和钢筋水泥，记录了卢礼屏捐款的善行和慈悲。

卢礼屏的美名在南粤大地的标志性建筑中传播，许多名人绅士慕名前来拜访，他们看到了一个乐善好施者的人生传奇，一个人的口碑，在晚清的夕阳里生长挺拔。

五

礼屏公祠，仅仅二百五十天就从图纸走到了地面。后人用纪实的语言描述了这幢建筑的华丽和精致："礼屏公祠，完全是典型的岭南近代古建筑的风格，建制为硬山式等级，坡屋顶的卷棚顶结构，墙体以青砖砌筑，立面有石雕过梁，顶端檐口有木雕花衽和雕花艺术瓦脊和细部的绘画装饰，这些花纹和画面都是民间广为流传的寓意吉祥祝福的彩饰。整体祠宇端庄而不失秀美，古朴而不失典雅。由于时代的进步、建筑材料的更新，梁下柱边用上了钢筋三角支架，墙体上设置了钢架玻璃窗户。基本完整地保留着中国汉文化建筑风格的祠堂，外观整体对外封闭，院落里空间开放，有三间进深，中间夹有两个天井，麻石墙基；宽近20米，进深40多米，占地800多平方米；整体沿纵轴线对称布置。祠堂的大门双扇对开，斑驳厚重的大门每扇皆由罕见的整块木头制成，还有粗壮且跨度较大的整木梁柱，可以想见所用树木材质的巨大。"

在那些完整而且巨大的木质梁柱面前，我的想象终于同光绪二十二年的卢绍勋接轨了。我不得不佩服卢绍勋为祠堂选址的目光和远见，超越了风水因素的运输便利，那一条连通珠江和南海的河流，是后人赞叹的原因。

卢礼屏生前的光耀和死后的哀荣，在礼屏公祠落成之日得到了最好的体现。光绪皇帝的朝廷用"荣禄大夫"的荣耀追赠这个慈悲善良的富商，恭亲王和一品大员四川布政使陈谲题写的"福善修仁""礼屏公祠"牌匾，以及庆亲王、荣禄、李鸿章等朝廷重臣赠送的楹联等礼物，让珠江三角洲乡间的一座祠堂镀上了金子般的辉煌。空前的隆重，让行善积德四个古老的汉字焕发了耀眼的光芒。

细心的东莞知县终于发现了礼屏公祠的与众不同之处。知县大人从祠堂左侧那个门楣上刻着"青云巷"三字的巷子走进去，在尽头右转，终于看到了祠堂后面的风景。那个在天下的所有理由面前毫不动摇的邻居，他的祖屋完整地与礼屏公祠并列在太阳底下，这条小巷，正是礼屏公祠为一幢土屋留的通道，也是商贾巨富与乡间贫民和谐共处的见证。

祠堂是沉默的建筑，所有的青砖红瓦麻石钢铁都拒绝叙述，它的内心世界，往往通过文字表现。礼屏公祠木柱上的对联，含蓄委婉地表达了一个家族的理想和价值观念：

锡类喜推恩惟乐善好施桑梓至今隆石望；

艰难思韧业赖孙贤子孝频繁永世荐馨香。

礼屏公祠在喜庆的鞭炮醒狮中落成的时候，大洋彼岸的德国波茨坦磨坊，正吸引了无数的游人参观。其中有许多法律专业的大学生，站在那座沧桑的磨坊前，胸中涌动着人权的意识和法律的神圣庄严。

六

我的笔在纸上缓慢爬行的时候，一条信息跨越千山万水到达了身边。这是一个当代礼屏公祠和波茨坦磨坊的故事，只不过，故事的主角却不是一个幸运的宠儿。

新华社消息称，凌晨，河南新郑市龙湖镇张红伟夫妇在睡梦中被多名陌生人撬门掳走，并被带到墓地控制近 4 小时，待夫妻回家后发现，四层小楼已经连夜被拆成了废墟。

张红伟的经历立即使我想起了礼屏公祠和波茨坦磨坊。发生在地球上不同年代不同国家的故事，共同之处都是房屋拆迁，不同之处则是人的命运。

在个人私有财产的捍卫中，张红伟和卢绍勋邻居、波茨坦磨坊主人都是弱者，他们的对立面，则是开发商、富商乡绅和皇帝。拆迁户是他们共同的身份。这三个毫无关联的事件，有的已被时光湮没，有的正被世人瞻仰，而最新的这个谜案，则正在被人关注。

《南方都市报》的短评认为，这样的剧情想必连编剧都会叹为观止，如今却发生在现实生活中。有关拆迁的各种策略与奇闻，过去已有无数新闻报道，概括来说，无非是拆迁者无所不用其极，而被拆迁者则是悲情地固守家园。

"漫天要价"，是官方对张红伟事件的原因解释。这四个汉字，是城市建设拆迁已成为常态的现实中，权力强加给弱者的道德十字架。如果满足张红伟的补偿要求，拆迁户将不会成为阻力。那么，卢绍勋邻居和波茨坦磨坊主人在超标准的金钱面前，依然不让步的执着岂不成了文学的虚构与想象？

在相似的背景之下，卢绍勋的邻居拒绝拆迁成了佳话，磨坊主拒绝拆迁成了司法公正的经典，而张红伟的拒绝拆迁，则成了权力的暴力表演和弱者的命运悲剧。

房屋拆迁的历史是漫长的，任何一座城市的高楼大厦和繁华街道，都可以看到砖瓦的呻吟和人性的表情。南京，这个中华民国曾经的首都，那条12公里长的中山大道，就上演过一场拆迁的戏剧。

南京市长刘纪文主持了中山路的建设工程，这个和卢礼屏相同籍贯的东莞人，在城市建设中留下过良好的口碑，但在中山路建设的拆迁中，他遇到了超越我们当下想象的坚硬"钉子"。

这些"钉子"以一个群体的面目出现，他们是中山路建设工程的拆迁户。由于拆迁补偿款不足以购买新房或建造新房，400多户人家拒绝了政府的补偿方案，不肯离开目前的栖身之所。在官方的强拆威胁到每一个人生存的时候，拆迁户和许多同情他们的市民聚集在一起，走上了街头。国家的最高领袖蒋介石在国民政府的大楼里一筹莫展，请愿的市民让他感到了锅里的热度。

人类的拆迁历史，在统治者那里，就是一部棘手的历史。不敢直接面对民众的国民政府高官们，共同推举冯玉祥出头，平息民怨。

任何一个杰出的人物，都是国家这台庞大机器中的一个零件。作为国家机器的一个组成部分，国民政府行政院副院长冯玉祥出现在了他最适合的现场。

冯玉祥是国民政府高官中对先总理孙中山先生"三民主义"中"民生"内涵和本质理解最深实践最勤的人。他不仅仅将民生二字挂在嘴上，而且身体力行。粗茶淡饭，他已成了习惯，即使宴请客人，包括国家领袖蒋介石，饭桌上也只有两菜一汤。日常生活中，冯玉祥也总是一身粗布衣裤，以至让人从衣饰上把他当成了普通百姓。这个当官不像官的人，给人留下了深深的亲民印象。所以，在南京市民流行请愿反对拆迁的民怨中，冯玉祥就成了平息风波的最佳人选了。

1928 年的那段历史，冯玉祥把它记载在《我所认识的蒋介石》一书中：

南京城内大拆房子。蒋介石叫南京市政府拆民房，展宽大马路。市政府就在地图上画了两道线，线里限两星期拆完，不拆的公家替他们拆。南京的老百姓集合了一两万人到国民政府来请愿，蒋他们不出去，就推我出去给请愿的代表讲话。我说："最好你请别人去，若我出去对人民说话，恐怕说出话来得罪朋友。"结果还是推我出去。

冯玉祥的话温和沉稳，每一个常见的普通汉字平淡不惊，所有高官，包括蒋介石在内，都没有对他话中潜藏的意思做出负面的判断和预测。

冯玉祥以国民政府行政院副院长和军政部长的身份走出了政府大楼，走到了愤怒的民众面前。此时此刻，冯玉祥平息战火化解矛盾的唯一武器，只有语言，只有态度。

在突发性事件面前，没有任何下属为他拟就讲话稿，冯玉祥也丝毫没有让下属准备书面材料的意思，他用一段任何秘书都写不出来的即席讲话，让满腔怒火的市民们鼓起掌来。那掌声的热烈程度，超过了天边的雷声。

冯玉祥说，市政府要拆房，假若能首先给你们盖上房，叫你们再搬出去，那是好的；若没盖好房，硬叫你们搬出去那就不对。这是中华民国，不是中华官国。人民既是主人，官吏就是仆人，仆人应当为主人做事，应当讨主人的喜欢……

掌声突然爆发了，一个人的声音被万人的掌声淹没，彻底淹没。冯玉祥用微笑等待掌声退潮。当现场重新安静下来之后，冯玉祥讲了一个故事，那个故事的主人公就是威廉一世皇帝和波茨坦磨坊。

一个有皇帝的国家，还不敢拆人民的房。我们是民主国家，若不得我们的同意，谁敢来拆房呀！冯玉祥用这句铿锵有力的话，结束了他的演讲。

掌声雷动！

有的时候，掌声是可以凝固的，它让后人记住了一段历史。

七

没有一个人的寿命比建筑长久。所以，地球上的纪念性建筑，无不与人有关，那是人类生命延续的一种方式。一个与我们相距遥远的古人，他的血脉和精神，通过坚硬的材料和庄严的造型，传承给了子孙和后世。

我数次走进礼屏公祠，在空旷的砖墙上看到卢礼屏卢绍勋以及他们后人的照片，时光就会在每一块砖瓦上展开。历史不是以文字的形式呈现在后人心中，我只有通过青云巷，走到祠堂的尽头，在转向之后，看到那幢比礼屏公祠更苍老的祖屋。卢礼屏家族分蘖开枝，它的众多后人分散在香港、天津、上海、广州以及美国、加拿大。空寂的祠堂里，时光漫漶，那栋把祠堂切割之后依然立在古老土地上的小屋，一百多年来，始终与祠堂为伴；那个邻居的后人，依然在祖屋中繁衍，如今，他们成了礼屏公祠的守护者。只有他们，知道礼屏公祠深处的秘密，知道一百二十年时光中那些青苔的寂寞，知道青云巷里的人性故事。

一百二十年后的礼屏公祠，成了东莞的文物保护单位。由于和旅游隔着遥远的距离，所以这幢建筑门可罗雀。德国的波茨坦磨坊漂洋过海进入到许多中国人的心中，但礼屏公祠却未走出虎门半步。

历史是个粗心的莽汉，它经常在时光面前掉以轻心。作为正史的《虎门镇志》，仅仅在一个不起眼的角落里安置了礼屏公祠，它轻描淡写地记叙了这幢建筑的年龄和生平，却对青云巷的人性故事讳莫如深。在历史面前，后人常常选择性遗忘。

东莞是一座年轻的城市，在砖瓦的年轮上，那些金碧辉煌的现代建筑都是礼屏公祠的后代。所有建筑，在它们的出生证上，都记录着它们出生之前征地、补偿、拆迁的过程。不过，如今的所有建筑，都把这个必然的成长过程当作生产时的羊水、胞衣和呻吟加以掩饰。华丽的表象，让成长中的美女帅哥忘记了母亲分娩时的刻骨疼痛。

礼屏公祠静静地立在一个城镇化建设风起云涌、房屋拆迁随处可见的新时代，在房屋消失的尘埃中，没有人能够看到那张一百二十年前的图纸，更没有人从祠堂经过时留心建筑的残缺。但是，时光漫漶流失，建筑凝固成了心灵的音乐。在人性的善良和人格的平等面前，野草最终开成了鲜花。

在虎门所有的建筑中，只有礼屏公祠敞开胸怀，让人眺望到了它出世之前的精卵。图纸上的每一根线条，都是卢绍勋手上的那把皮尺，当软带上那些寸、尺、丈的计量单位奔跑着向前时，卢绍勋就会不自觉地放松手中的丈量。每一寸单位，虽然都是白银光洋，但他知道，一厘一分，对于那些因拆迁而离开这块土地的人来说，意味着什么。

礼屏公祠的砖瓦木石，就这样注入了公平、慈善的基因。一幢建筑的长寿，就这样成了必然。

<h1 style="text-align:center">八</h1>

在我的惘怅面前，已有学者用眼光和论文弥补了东莞地方文史的粗疏。研究中国传统建筑设计理论与方法的李哲扬博士，在他的《古建筑礼屏公祠的建筑风格与特点》论文中，用专业眼光对礼屏公祠的年代、格局、形制、细节、特点与设计手法等方面进行了剖析，对相关的历史人物，近代省港知名的传奇富翁——卢赓扬（礼屏）作了介绍，并对建筑的历史价值做出了客观评价。

李哲扬用注重对比、关注细节和文质并重概括了礼屏公祠的特点，认为礼屏公祠用料精良，加工工艺上乘，设计品位高雅，就建筑的工艺水平而言，不在久负盛名的广州陈家祠之下。"与省内其他时间相约的近代富家祠堂相比，礼屏公祠的成功就贵在'惜墨留白'，并没有一味地追求形式的华丽丰富，以财力堆砌令人目眩的繁杂琐碎的细节，体现出的是一种儒雅、内敛、自信的气度，追求的是一种形而上的意趣神韵——文质彬彬，这对于卢赓扬（礼屏）家族这样的暴发户而言尤为难得。这除了当时主事营建设计人员的素质外，还是卢赓扬（礼屏）勤俭沉稳的道德准则在其中发生了作用，也使这座祠堂成为他一生行事做人准则的一个很好的注脚。"

李哲扬博士的论文是科学严谨的认证，它能让人信服，让后世的砖瓦敬佩。那些令人感动的情节，却让一个采风的写作者发现了时光深处的光芒。民间传说中，卢绍勋许诺，愿以黄金铺地，买下邻居的那幢祖屋。用闪光的黄金铺满那些不长稻菽的土地，这种交换体现了卢绍勋的诚意和心情，这种价值严重背离的交易在人类历史上绝无先例，它甚至远远超过了威廉一世皇帝对磨坊主的大方。在人类的巧合中，卢绍勋的邻居成了波茨坦磨坊主的转世，他们用至死不回头的倔强检验了权贵和富商的人格以及耐心，也让自己的坚持与顽固成就了人类尊重、平等和司法公正的经典。

民间传说是有情感色彩和褒贬态度的创作，它超越了学术论文的客观和冷静。故事描述了历史的生动细节，由于那家人埋藏了半仙的预言，所有人都猜测不透他拒绝出让的目的。卢家的一切努力就像消失在水上的一个泡沫，那户人家成为了胜利者。然而，那户故意刁难卢家的人家生活发生了变故，穷困潦倒。乡邻们的一致解释是，那户人家恶意占人风水，行事缺德，招致了报应。此时的卢家，却不计前嫌，一次次地接济了他们。

民间传说隐藏着善恶因果的基因，所以，我在这个传说面前一次次地联想起了威廉二世，我的想象总是在礼屏公祠和波茨坦磨坊之间飞翔。遥远的中国和德国两幢不同风格的建筑之间突然产生了善良、公正以及法律神圣的关联。

在礼屏公祠面前，严谨的学者和科学的论文也发出了一座特殊的建筑讲述了一个教人向善故事的感叹。

建筑是人的作品，所有的建筑都有重量。与故宫、人民大会堂的面积、历史和雄伟壮观以及知名度相比，我身边的礼屏公祠微不足道。但是，若以重量衡量，一幢小小的祠堂，却可以让天平倾斜，使大厦坍塌。

残雪是大地褴褛的衣裳

鲍尔吉·原野

雪块在月光下闪着白光

快到春分了，田野上一块一块的残雪好像大地的黑棉袄露出的棉絮。我小时候还能看到这样的棉袄。人们的棉袄没有罩衣,而棉袄的黑市布磨破了,钻出来白棉絮。这是很可惜的,但人没办法——如果没钱买罩衣就是没办法,打过补丁的棉袄比开花棉袄更显寒碜,打补丁的罩衣反而好看。

大地不穷,否则长不出那么丰饶的锦绣庄稼。然而秋天的大地看上去可怜,它被秋风杀过,草木有些死了,活着的草木守着死去的衰草等待霜降。那时候,地平线突兀出现,如一把铡刀,铡草、铡河流,只有几朵流云侥幸逃脱,飘得很高很远。春天里,贫穷的大地日见松软,下过雪而雪化之后,泥土开始丰隆,鸟儿在天空多起来。昨天去尚柏的路上,见一片暗红的桃树刷着一米高的白灰,像一排穿白袜子的人等待上场踢球。桃树的脚下是未化的、边缘不整齐的白雪。这真是太好了,好像白雪在往树上爬,爬一米高就停下来。也像树干的白灰化了,流到地面上。这情景,黄昏看上去格外好,万物模糊了,但树干和地上的白依然坚定。黄昏的光线在宽阔的蒲河大道上列队行进,两旁的树木行注目礼。黄昏把光线先涂在柏油路面上,黑色的路面接近于青铜的质感——如果可以多加一些纯净的金色,但夕阳下山了,让柏油路化为青铜器的梦想半途而废。夕阳不知作废过世上多少梦想。眼下,树枝几乎变成金色的枝状烛台,池塘的水收纳了不知来自何方的橘红的汤汁,准备把水草染成金色。屋檐椽头的裂缝如挂满指针的钟表,夕阳的光线钻入裂缝里,椽头准备变成铜。但太阳落山了,太阳每天都搞这么一出戏,让万物轮回。而残雪在夕阳里仍然保持着白，它不需要涂金。

春雪是雪的队伍中的最后一批客人。冬天的雪在北方的大地上要待几个月，春雪在大地只待几天。它飘飞的时候角翼蓬张，比冬雪的绒多，像山羊比绵羊绒多。雪趴在春天的大地上，附耳告诉大地许多事情，谁也不知道这是什么事情。然后，雪就化了，失去了机密的白雪再在大地上拱腰待着显得不合时宜。它们随时在化，但谁也看不到雪是怎样化的。没人搬个小板凳坐在雪边看它化，就像没人坐在板凳上看麦苗生长。人最没耐心，猫最有耐心但不干这事，除非麦苗能长出肉来。阳光让大地的白雪衣衫越来越少，黑土的肌腱暴露得越来越多。每到这时候我就想乐，这不算幸灾乐祸吧。我看到大地拽自己的前襟则露出后背，显得很窘迫。白雪的大氅本是大地的最爱，原来打算穿这件衣服度过三伏天的。在阳光下，大氅的布片越来越少，渐渐成了网眼服。每到这时候我就想变成一只鸟，从高空看大地是怎样的鹑衣百结，棉花套子披在大地身上，殊难蔽体，多好。鸟儿不太费劲就飞出十几里，看十几里的大地在残雪里团缩。雪的斑点在凹地闪光，隆起之处全是黑土。鸟儿鼻子里灌满雪化之后的湿润空气，七分雪味，三分土味。空气打不透鸟儿的羽毛，鸟儿像司令官一样边飞边观察大地上的围棋大战，黑子环绕白子，白子封锁黑子。大地富裕，这么多白雪愿意为它而落，为它的子孙，为了它的墒。帝王虽为尊贵，苍天为他下过一片雪么？

看早春去荒野最为适宜。所谓荒凉只是表象，树渐渐蜕去冬日的褐斑，在透明的空气里轮廓清晰。被环卫工人堆在柏油路边的雪，被春风瘦成黑色的石片，如盆景的假山那样瘦透。这哪是雪啊，它们真会搞笑。

夜幕降临，残雪如海洋上的一块块浮冰，雪块在月光下闪着白光。这时候我又想变成鸟儿，飞到更高的地方俯瞰大地，把这些残雪看成星星。这样，大地终于有了星星，恢复了它原有的美丽。这景象正是我窗外的景象，夜色趴在土块的高处，积雪躲进凹兜处避风。盯着看上一会儿，雪像动起来，像海上的浮冰那样动荡。楼房则如一条船，我不费吹灰之力坐在船舱里航行。积雪在鸟儿眼里变成星星，一道道的树木如同黑黢黢的河流，像流过月亮的河。鸟的飞行停不下来，到处都有残雪。如果一直向北飞，残雪恢复为丰腴的雪原。呼伦贝尔的雪五月才化。

大地穿碎了多少件白雪的衣衫？春天把白色的厚冰变成黑色的冰激凌，褴褛了白雪的衣衫。地上的枯草更加凌乱，根部长出一寸绿，雪水打湿的枯草转为褐黄。残雪要在春暖之前逃离大地，它们是奔走的白鹅，笨重地越过沟坎，逃向北方。残雪的白鹅翻山越岭，出不了一星期就会被阳光捕获，拔了毛，在春风里风干。

落花拍人肩膀

园子里的桃花落了之后，丁香开了。丁香一开香就下雨，香气被雨水裹挟，流进了土里。雨后，丁香被太阳晒干。它在风里抖动肩膀，调动精神，准备大香。我在赤峰师范读书的时候，常常被丁香熏得记不住读过什么书。夜里，丁香花的香气如水一样浓烈，我在树下找被熏死的蜜蜂和甲虫。虽未找到，我觉得丁香足以矫治有腋臭的人士，因为它更浓烈。然而园子里的丁香刚要香，又下雨，一天一夜。出两天，又下雨，两天两夜。其结果是今年春季的丁香没香成。我觉得雨水干什么都是有意的，哪一种能力太强，难免遭嫉，包括遭到你所想不到的来自雨水的嫉妒。

丁香花谢了之后，变成老实的绿树，雨也停了。山楂树悄悄开出了白花。山楂的红比葡萄酒更红，根本看不出它小时候开这么白的花。山楂花集结一束，好像方便别人摘下来不必用绳子系在一起。五月，鸟儿的鸣唱更加清脆，它们在天空转弯更加自由。春天的云层已降落到山后，夏云堆积，站立或斜着行走。蓝天像刚刚苏醒的人，回忆暴雨的每一个细节。我只记得雨在孝信桥南头下起，雨线粗斜，打在脸上甚至有声（可能脸上肉少才有此声）。等我跑到桥北头，雨停。我回头望这座钢筋拉索桥，以为它启动了桥顶的喷淋装置来对付我。其实不然，河里也落了雨。河岸的锦葵被雨浇得水淋淋。山楂树并没被雨水打落多少花，它的花比丁香结实。早晨，开在楼门口的山楂花如同落了一群白蜜蜂，几十只蜜蜂挤在一起好像在听戏匣子。

蒲河大道两边有绵延数里的山楂树，在夏日丰茂的绿叶里白得耀眼。春天的梨花没有绿叶扶衬，如雪花，易飘零。山楂花稳健，在绿叶长出之后才从伸出的嫩枝上开花，有叶子替它遮风雨。在这条路上走，仿佛可以通向花的山谷，此刻排列路旁的山楂树只是迎接的队伍。一位老人在我前面散步，穿一件蓝夹克，背在身后的右手婉转地转一对发红的核桃。微风吹过，他肩头落上山楂树的几片花瓣，如绣上去的徽章。他驼背，落上去的花瓣比直背的人要多一些。过一会儿，又有花瓣落在他肩上，并没有风。也许花瓣去投奔他驼背上的花瓣，怕它们孤单。一个手转核桃的老人浑然无觉地驮着花瓣踽踽孤行，显得幽默。仿佛他心里藏着一个目标，山楂花如猴一般趴到他背上跟他一起做这件事。他去哪里？前面是鸭子湾村，对面是医科大学。那里有谁？时间在他手里旋转的核桃里流逝，仿佛秘密全在核桃里。如果不转动，核桃会裂开，跳出别样的精灵，跳到山楂树上。

山楂树枝丫横逸，挡住人的去路，像伸手往人嘴里喂花。我左右绕开花枝，回头看，自己的肩头也落上了白花瓣。这些花瓣归我了，我竟不知道。有多少花瓣拍人肩膀，人却无知无觉。我见过花瓣被掺在粥里煮，泡在水里喝，还有人蒸发糕放入花瓣，如桂花、玫瑰花。这些都不如花瓣落在人的肩头上好。人如不觉，带着花瓣跋山涉水尤好。除了雷声，自然界的一切都很轻，花瓣落下来很轻，鸟儿飞行很轻。竹叶甩落雨滴，蜜蜂飞向花朵，月亮出山，流星下坠都很轻。沉重的声音是人类发出的，他们建设、破坏或战争。花瓣落在人肩上不仅轻，而且准，仿佛骑在牛身上游逛，去看远处的风景。

春天远去，夏天到处扎起绿色的帐篷，那么多花朵去了哪里？我只看过被风吹落的花瓣落在树下，花瓣似乎哪儿也没去。我觉得如此盛大的春花飘零时可以落在公交车顶，落在邮筒上和人们的帽子顶上，落在路人的衣兜和楼房的窗台上，落在两条铁轨和送牛奶工的推车里。然而花只去花去的地方。虽然风吹，但不可能把花瓣吹到它们不想去的地方。在世上，哪样东西从哪里出来，又回到哪里，均有定数。比如在大街上见不到小鸟的尸体，花朵只从树枝与草的枝头绽放，然后去了一个地方。蜂蜜藏在蜜蜂身上，蚂蚱折叠成草叶的形状。在世上，花瓣去一个神秘的地方集合，桃花、杏花、梨花，一样都没有少过。小鸟在一个地方集合，一只也没少过。曾经出现过的早霞和晚霞完好地待在一个地方，雪花和冰也待在它们待的地方，完好如初。它们一起去了那个地方，一排排装进一个箱子，等待冬天和明年的春天再出发。它们佯作飞雪梨花，把世间装点一番后告退，这世上谁也没问它们去了哪里。人们以为冰雪融化了，花瓣零落成泥。人天天想着骗别人，却被大自然骗了。我这么胡思乱想的时候，转头看肩膀，花瓣已消失。风吹不走它们，花瓣被召集到那一个地方。前方的驼背老头肩上的花瓣还在，只是核桃换到了左手。

小满

节气到了小满时分，荒野长满了青草。寂静的耕地长出一层比青草颜色更浅的禾苗。

夏天的河流挤满了大地的河床，这是茂密的青草和树叶。能插进脚的泥土上都长满了植物，再想生长的花草只好等待明年。春天走远了，初夏也走远，小满揭开了盛夏的帷幕。植物的童年与青少年时期已经远去。蒙古栎树的叶子已长到最宽，柳树细长的叶子也长到最长。所有的植物都褪去了童年的嫩黄，野草和树叶在小满时节进入了成年。与它们对话要用跟成人对话的口气，如"野草君、柳叶君"。草木的光阴就是这么短，被风吹吹，被雨浇浇，就成年了。它们未必愿意长这么快，只是秋天不允许草木怠倦，那是它们生命的终点。草木是怎么知道世界上有秋天的呢？是谁告诉它们夏天之后是秋天，然后是万物肃杀的冬天？渺小的青草竟知道自己的大限，人却不知道。

田里的玉米苗有10厘米高，它的两片叶子如人伸出食指和拇指形成的八字。70年前，谁若在别人面前做出这样的手势，则证明自己是八路，不好惹。但做这样手势的人多是土八路或假八路，真八路成建制屯于陕北，彼此用不着做手势。玉米的苗儿在褐色松软的土里纷纷做出八字手势。今年雨水好，假如春旱，这时节八字还出不来一撇。庄稼的苗有行距和间距，像有人在一大幅土色的纸上习字。字不大，占的地方不小。这么宽敞的地方，如赏给青草，它们早就长出一窝蜂了。青草一定觊觎玉米的地盘，但青草长上去就被拔掉。这叫农业，懂不懂？这一块田的四周，有无数青草趴在地头看玉米生长，跟看球赛差不多。玉米苗舒展腰身，八八八，一看就是在体制内的人。

小满里，树叶子已长得密不透风。风从树里穿过，无数树叶为它们打开关上绿门帘子。从树下往树里看，什么都看不到，叶子里边藏着更多的叶子。在沈北的空旷的大道两旁，栽种着杨树、槭树、国槐、丁香、银杏和松树。乔木膝下是连翘，甚至有绵延几千米的玫瑰花丛。我跑步经过这些地方，不禁赞叹国家真有钱啊。开得嘟噜一串的玫瑰花在无人的大道上散出浓烈的香气。我闻到一小部分，其余都被风吹走了。路上偶有汽车驶过，但没人停车闻闻再走。小满是节气里的富人，它应有尽有，雨水、草木、花香全堆在了夏天。跟小满比，立春和春分都是流浪汉。

我印象中的鸟啼多在早晨和傍晚，而小满时节有一种鸟从早上叫到晚上。它不仅在树上叫，还在房顶叫。边飞边叫——布谷，布谷，声音传得很远。每当它叫"布谷"，我在心里说"地早种完了"。它又叫，我再说一遍，但我发现终于拗不过它。在旷野，我高喊"地——早——种——完——了！"布谷鸟照样淡定地说布谷，布谷。它有强迫症，我也有。有一天，我终于不在心里续——地早种完了，我悟出，除了"布谷"，它不会发别的音。从小，它妈只教这一句话，伊竟说了一辈子。布谷鸟又名杜鹃，古人送它的名曰子规，爱把蛋下到别的鸟巢里。它的啼声如木管乐，共鸣好。我听到林里传来的"布谷"则揣摩它的口形，它是怎样模拟双簧管的音色呢？"布谷"实为"奥鸣"，跟粮食生产和农村经济都无关切。它在中国、朝鲜、丹麦、挪威都这么叫，不理会当地人的语言。中国人愿意把它听成布谷而不是复古，民以食为天。布谷在音阶上差二度，如"咪哆"，似一首乐曲的起句。起句一般规定着旋律的走向。挪威作曲家约纳森的《杜鹃圆舞曲》的起句，即模仿杜鹃的叫声而非模仿它下蛋。"咪哆，咪哆，咪索索米哆咪来"，发展成了一首曲子，多合算。因此，我听到空中的"布谷"时，心里亦接续"咪索索咪哆咪来"，比"地早种完了"高雅一些。

小满青蛙叫，这是就我住的地方而言。楼前有树，树后有彩钢板。彩钢板后面是啥不知道。傍晚传来青蛙的合唱。青蛙的叫声既非独鸣，也非颤音。呱——好像它舌头是折叠的音囊，又像它在吹一个大泡，还像用小槌划过搓衣板。呱——青蛙叫得好，渲染田园静谧，使星星看上去白净。呱——假如布谷鸟学会青蛙的唱法，变成"呱谷——"也很动人。

小满的风是夏季的热风，干燥疾猛。阳光照下来跟盛夏一模一样，晃得人睁不开眼睛。清晨，石板上已有露水。草叶里藏着针一样的露珠和光芒。地里的庄稼和青草满了，树上的树叶也满了，天空中云彩也满了。

鼻子

刘 国 强

在我们的五官中，鼻子当仁不让地占据了黄金地段的中央位置。

"中"为中间、当中之意，"央"指和四周或上下左右距离相等的位置。中和央联袂组词，姐妹花一样妩媚绽放、出双入对、华彩相映，让人艳羡。按中国人的习俗，从各项隆重或正式活动中的首脑、要员排位上，身居中央何其了得！

在鼻子的座次排位上，连不把位置排序当回事的外国人也概莫能外，再次证明其位何等了得！

我欣赏鼻子高耸硬朗的外形，像蔚蓝大海上挺直腰杆的一叶帆，似平阔原野上昂首而立的一座峰，若威风八面端坐金銮殿俯视众生的王……

鼻子别称鼻祖，在面相当中为一面之主，亦叫"面王"。

我最感动的是，鼻子身居要职在位谋政，一直在践行为官一任、造福一方。它不是发动机心脏，也不是传动机骨骼，还不是后勤补给的胃肠，但，它却是生命和美好的导师。人所共知，倘若没有鼻子激情参与，我们不仅"很没面子"，生命亦索然无味……

前者立形象，后者立命。因为，好多我们追求或拒绝的东西，都是鼻子最先警觉或发现，决定取舍。

盲人或我们的视觉，周遭一片漆黑看不见任何影像的时候，鼻子因掌握了"嗅觉"的祖传绝技，既是我们的眼，又是我们的决策领袖。

导航鼻

外树形象、内练深功，向来是鼻子的拿手好戏。

君不见，上有鼻脊流畅线条的华美垂落，下有收拢翅膀跃跃欲飞的鼻翼，内敛因好奇而深情眺望的鼻毛。其实，在后台默默工作的嗅觉黏膜和感觉细胞，才是我们的忠诚卧底。正是这个异常警觉的团队，刺激鼻嗅觉鼻毛昂然冲动，成为导引我们航向的舵。

因过度重视鼻子导歪航的也有，德国纳粹元首阿道夫·希特勒便是典型的负面代表。我说不准希特勒是否因为自己的鼻子太矮而自卑，当美丽的情妇爱娃·布劳恩的手，轻轻抚他当时规模尚小的鼻子，爱娃的那缕不易察觉的微妙气息和眼神，暖风一样吹落古老的旧皮，才吹开他毅然决定做"垫高鼻子"整容手术的心花？

希特勒知晓当时欧洲流行的民俗——整容是一种"破坏上帝赋予自己容貌"的虚荣行为。他的另一个"理论"还是悄悄发芽——堂堂日耳曼人的领袖，有个高挺气派的鼻子，乃是"刚毅自信、勇敢无畏"的象征。于是，他一面绝对封锁消息，一面让浪漫润物细无声，指令医生一点一点加高他的鼻子。1942 年 2 月，这个细节盖子还是让美国中情局揭开……

我猜想不出高鼻子对于希特勒有多重要，即便在他主导的战争"大翻盘"，德国军队日落西山接连败退、败退，他的隆鼻手术仍在前进、前进……

截至 1945 年 4 月 30 日下午，希特勒在柏林的地堡自尽，他的垫高鼻子的手术仍是"半截子工程"。彼时，希特勒肯定顾不上再做隆鼻手术。但我想，他因增高而扩充的鼻孔，肯定闻到了苏联军队摧毁法西斯帝国浓烈的弹药味道。阿道夫·希德勒的鼻孔猛然张大，狠狠吸一口刺鼻的火药和易燃物的焦煳味儿，屏住呼吸，"卓别林胡"突然向上一挑，将乌黑的"瓦尔特 PPK 型"手枪管抵逼自己的右脑……

岁月枯荣 70 载，而今翻阅比落叶还厚的史料，这个当年要征服全球的独裁者的声音和影像仍俯拾即是。鲜为人知的是，"卓别林胡"上笔挺的鼻子，原来是冒牌的赝品！

我不想就这个臭名昭著的坏蛋过多赘言，我却不能不猜想，如果希特勒不加高鼻子，他抽风机械人一样快速挥动的手臂，以及狂风暴雨般的演讲，似乎就少了底气与力量？

同样喜爱"鼻导航"，美国歌星迈克尔·杰克逊则给我们带来澎湃的激情和近乎心律过速的欢乐。当狂猛的重金属音乐炸响，杰克逊的粉白瘦脸被黑瀑一样的飞流包围，那只尖而大的鼻子若白鸽飞翔、白朵绽放。不管是慢板太空步，还是快节奏恣肆狂舞，那只大鼻子永远担纲主角。舞台灯摇曳闪烁、云翻霞射、天地倒悬，那只亮鼻尖却轻而易举地钻出浓霾，星灿月明……

2009 年 6 月 26 日下午，天王杰克逊星陨月落，往日引爆世界舞台、荧屏的鲜活身姿，变成僵硬的遗体，安静地存放在洛杉矶殡仪馆。验尸时竟令人目瞪口呆——杰克逊鼻子原址只剩个丑陋而恐怖的黑洞，那个瞩目世界的鼻子竟不翼而飞！

人们万般猜想，多种悬疑版本竞相破土而出。这时，杰克逊的前管家麦克马纳斯才道出前因后果：杰克逊爱鼻如命，曾 6 次耗资不菲整容修鼻。这么多次大手术，真鼻早就毁烂。真鼻鼻孔太小，满足不了他剧烈跳舞时的呼吸，医生只好将他的原鼻挖走。"在橱柜里，他藏了义鼻和舞台胶水，这是用于伪装的。如果填补了面部的黑洞，假鼻和真鼻看上去没有什么大的区别。"杰克逊经常在公众场合戴着橡皮膏的原因，则是固定和掩饰自己的假鼻子。

我查阅许多资料，终于揭开谜底——杰克逊父亲经常嘲笑儿子的鼻子又矮又小，自卑扑灭了他的希望星火。杰克逊为摆脱父亲的阴影，一再"整改"其鼻，当高挺尖利的鼻子赫然显现，"噗"地点亮了他的希望火炬……

我预测不出杰克逊换了鼻子到底有多大的艺术能量，我却猜想得到怀揣自信的巨大爆发力。如果假鼻子阳光没有驱散他父亲嘲笑的阴影，也许这个世界就没有天王巨星杰克逊。

当今，鼻子美已跳过医学门槛"翻墙"而入，成为艺人们日益流行、追捧的时尚元素。

仅韩国当红的影视歌星就列出长长名单——元彬、李秉宪、权相宇、安七炫、S.E.S 全员、李孝莉、王珠铉、成宥利、李真、神话所有成员、千明勋、李成真、文诚熏、鲁裕敏、DANA、BOA、李贞贤、林志胤、严贞花、金贤珠、崔智友、泰妍、允儿等等。

中国大陆影视歌星隆鼻的也不少，鉴于人家喜欢低调，我怎么好跟人家唱对台戏呢？

文学鼻

我随手查阅一些资料，几乎喜不自禁！世界上钟爱鼻子的作家群星闪耀。

明代作家兰陵笑笑生在《金瓶梅》中这样夸赞潘金莲："直溜隆隆琼瑶鼻。"一个"直"字状其垂，两个"隆"字绘其丰；琼瑶，则是美玉呀！

我不想过多描绘这娘儿们见了帅哥就抛媚眼，亦不说她一波三折的腰条和胸乳风情万种，散发着扑面的浪荡风骚，单这生动勾人的鼻子，就给丑小窝囊的武大郎出了个大难题！

在巴尔扎克笔下："葛朗台鼻尖肥大，顶着一颗布满着血筋的肉瘤，一般人不无理由地说，这颗瘤里全是刁钻促狭的玩意儿。"

《茶花女》里，小仲马让女一号玛格丽特妖媚而悬疑地出场："细巧而挺直的鼻子透出股灵气，鼻翼微鼓，像是对情欲生活的强烈渴望；玛格丽特过着热情纵欲的生活，但是她的脸上却呈现出处女般的神态，甚至还带着稚气的特征，这真使我们百思而不得其解。"

雨果在《巴黎圣母院》里这样描绘奇丑而善良的加西莫多，"那个几何形的脸，四面体的鼻子"。

果戈理在《密尔戈拉得》里毫不掩饰厌恶之情："阿葛菲亚·弗多谢夫娜的头上戴一顶软帽，鼻上生三个瘤包……"

老舍则在《四世同堂》中给冠太太一个大特写："鼻子上有许多雀斑。"

若言小说重在刻画人物，偏重肖像描写，因此鼻子才频频出场。这显然是误解。任何货真价实的重量级标志是质地，而决非"混个脸熟"。

中国唐代诗歌领袖杜甫驰骋诗坛时，主流小说文体尚未面世，但，这位诗歌巨擘仍把鼻子当成情感抒发的主角。在《黄河二首》中杜甫没有直抒战乱者的凶悍，而是以追光灯、放大镜般的效果突出"胡人高鼻动成群"。在送别亲友或生离死别亦"出郊载酸鼻"（《送顾八分文学适洪吉州》），"自古鼻酸辛"（《赠别贺兰铦》）。厌官吏、亲底层贫苦人民，则在《暇日小园散病，将种秋菜，督勒耕牛，兼书触目》抒发了"为汝鼻酸辛"……

亲爱的读者朋友，若嫌上述"局部鼻子"不过瘾，我索性揭去"断章取义"的遮羞布，讲两个"大部头鼻子"的故事。

当芥川龙之介在日本东京创作短篇小说名作《鼻子》的时候，俄国作家尼古拉·瓦西里耶维奇·果戈理的同名小说《鼻子》，已经问世（1836 年）整整 80 个春秋。

让我惊奇的是，两位大师的作品没有任何相似之处，却又异曲同工。

1916 年夏天，长条脸，黑发黑眼，年方 24 岁的芥川龙之介格外兴奋，他鼻翼微张使劲吸几下，窗外大朵大朵樱花香气便浸润肺腑。他的眼睛盯紧稿纸上禾苗一样的茂盛文字。文字们绿波荡漾，翩翩起舞。蓦地，一个长长的大鼻子"呼"地跳将出来。芥川龙之介正要用文字给这鼻子涂色抛光呢，蘸水钢笔突然枯竭。他扬起手使劲甩几下，恰巧一片洁白的樱花瓣儿要叩窗而入，却被玻璃谢绝。他索性从榻榻米上站起来，推开窄小的窗子，微风送爽，花瓣儿和芳菲欢快而来。芥川龙之介贪婪地扇动鼻翼吮吸，却被窗前匆匆而过的脸孔迷住。确切说，他是被一个个不同形状的鼻子迷住。没几天，这篇发表在《新思潮》杂志的作品便震动日本文坛，芥川龙之介亦声名鹊起。

为了平息过于激动的心潮，芥川龙之介坐在东京湾的一块大礁石上，让心跳与海潮同落同起……

2012 年 1 月 1 日上午，我来到日本东京湾，听海涛轰鸣，看群殴飞翔。我登上一个巨大的锈锚模型上眺望远方，想起《鼻子》主角那六七寸长的大鼻子，吃饭要有人掀托，才不至于入汤进粥。"从上唇一直耷拉到下巴，其状如香肠，从脸的中央一下子耷拉下来"，忍不住嘿嘿嘿笑出声来。我身边的美人司燕道："见几个海鸥就乐成这样，至于吗？"

头天晚上，我和几位沈阳朋友，在一家不太知名的旅馆耕夜豪饮，庆贺曙光即现的新年。后来我才知道，此地离芥川龙之介故里很近。岁月更替，我已摸不到芥川龙之介时代的脉搏和体貌。

站在海边，任我全力猜想，芥川时代仍如磨坏的旧拷贝，怎么也放不出影像。我闭上眼睛，东京湾上空竟然全是飞翔的鼻子！

司燕扯一把我衣袖："海鸥有的是，别看啦！"

距芥川龙之芥出生还有58年，圣彼得堡的涅瓦河一座小桥上站着个棕发碧眼的年轻人，他面朝翻花的波涛嘿嘿嘿笑。他设计剃头匠要把手里的一个鼻子丢进河里。路人纷纷侧目。美人们的脚步则万般犹豫——这让人惊异的傻笑和惊目的帅气，怎么偏偏集于一人？

桥上站着的便是后来享誉世界文坛的果戈理，时年27岁。他的短篇小说《鼻子》面世后，整个俄国都在鼓掌。著名作曲家肖斯塔科维奇根据《鼻子》创作了同名三幕歌剧，果戈理"狂潮"再度席卷俄国，风靡世界！

岁月一页一页飘落，177年后，2013年7月15日，我和朋友刘大成欣赏清波荡漾的涅瓦河，微风徐徐，波光闪闪。千年不老的太阳依旧射出"果戈理时代"的光芒，令我如醉如幻。凭借高天斜射出一串串透明彩泡似的逆光，我惊喜得差点跺脚大叫，河面上漂跳着曾经跑遍圣彼得堡全城的鼻子！我连忙提了DV追赶——哦，那是一只在水面悠闲眠息的野鸭……

日本东京湾一旦从睡梦中惊醒，便打出狂猛的喷嚏，喷出禅智内供和尚的大号鼻子。俄国圣彼得堡城的涅瓦河，则用浓重的鼻音，低缓地哼唱抒情小调，让八等文官柯瓦廖夫的鼻子神出鬼没地逛遍全城……

果戈理的《鼻子》离奇有趣，理发匠伊凡·雅可夫列维奇吃早餐，用刀子剖开面包后，居然发现里边有个鼻子！"而且，看上去似乎还挺面熟呢，终于认出这是八等文官柯瓦廖夫的鼻子。"理发匠吓得半死，赶紧要丢掉鼻子，站在涅瓦河畔贼眉鼠眼、怕人看见。而突然发现没了鼻子的柯瓦廖夫更是焦急、羞愧之极，有何脸面见官员和美人？他捂着脸找鼻子，其间碰上美女、报社职员、领导、邻居等，因没有鼻子引发一连串啼笑皆非的事。更绝的是，鼻子居然冒充高级别官员"满城乱跑"，荒诞有趣。警察抓到理发匠送回鼻子后，主人喜不自禁，"不错，是它，确实是它，瞧，左边还有昨天才冒出来的小疖子呢。"笑声旋即僵住——怎么也安不上它！

这篇经典小说的"魔幻"程度，丝毫不逊色于加西亚·马尔克斯发表于1966年的《百年孤独》。只是，它比后者早了一个世纪零30年。

在哈尔滨，我迷恋过俄式风格的果戈理大街。我知道1901年修建这条大街时，果戈理已经去世49年，我仍然迷恋。站在秋林公司老楼前，《钦差大臣》的形象跃然而出。走在立石条镶嵌的仿俄建筑，百年不损的中央大街倍感亲切，能嗅到古老文化的气息。

我在果戈理祖国的莫斯科红场走来走去，仿佛走在哈尔滨的中央大街。我相信，我和果戈理的鞋底一定叠印在同一块石条。我决非崇洋媚外，而是尊重经得住历史考验的建筑文化，而非"快餐式"。中国的本土"工艺"，人行道和广场建筑三两年甚至年年"蜕皮"，哪儿寻觅千年不坏的尺余长的立式石条"竖着镶嵌"，长鼻一样深插厚土，谛听地心深处的历史声音？

当河南洛阳龙门石窟的大门跃现眼前，我就想起芥川龙之介的小说《罗生门》来。那天刚好大雨如注，仿佛黑泽明的经典电影再现。芥川先生热爱中国和中国文化，《西游记》和《水浒传》几乎成为他的"枕边书"，推崇备至。他生前曾游历中国江南、上海、中原和北京。35岁自杀前，他给世人留下两部散发着深厚的中国文化芬芳的著作——《上海游记》和《江南游记》。

果戈理在俄国西北部去世40年，芥川龙之介才在日本岛出生。而我，只是年龄更小的华夏后辈。因为我们共生的鼻子，我才异常兴奋地伸直长臂，左手高举果戈理，右手高举芥川龙之介。

催命鼻

嗅觉是极为复杂的一款化学过程。当我们闻某种物体的时候，这个物体的气味会刺激人类鼻子的气味神经敏感元，随后它把信息传送到神经细胞的嗅球，最后大脑的神经区域处理和分辨这种气味。人大约能分辨出350种不同的嗅觉气味，这个数目，虽远远不及能分辨1000多种气味的狗和老鼠，已经很了不起了！

气味能导引甚或决策我们的行为取向，鼻子，居然垄断了这种"很了不起"的专利！

我们知道，垄断即是对他者的剥夺。

如果被剥夺的，恰恰是最宝贵的生命呢？

我这样比方，有人或许说我故弄玄虚、小题大做，难道鼻子也能夺命？

这样的悲剧，每分每秒都在上演。

一位百岁老中医告诉我，当代人的病这么多，"大多是吃出来的"。具体说，"体检排名前10位的疾病，大半因吃而得。"

吃的先导是味道，味道的先导则是鼻子。

我查阅资料后差点惊叫起来，人类青史留名的马其顿国王亚历山大大帝，瑞典国王阿道夫·弗雷德里克，奥地利音乐家莫扎特，英国国王亨利一世，美国总统扎卡里·泰勒，德国"乐圣"贝多芬等"顶级大腕们"，犯了相同的低级错误。他们没有被波翻浪卷的一对对硕大的乳房埋葬，没有被比茂盛的野草还密集的刀剑剁烂，没有被雨点般的暗算毁灭，亦没有被身后一支支偷袭的枪口洞穿，却被自己的鼻子引向歧途，被微不足道的气味打败,命殒黄泉。

为缩篇幅，我随意抽出亨利一世、莫扎特和扎卡里·泰勒三人，讲述他们令人扼腕痛惜的故事。

英国国王亨利一世的鼻子梁长翼短，鼻梁与鼻尖高度几乎平齐，如同一个溜直溜直吊高的细长瓶，底部突然变粗。如果是瓷器，我便猜想，软泥胎从工匠手里掉落镦了一下，底座便镦粗、肥了鼻翼。问题就出在这儿，肥鼻翼扩张了鼻孔，闻味的领地也随之扩张。鼻梁长，鼻管道长，吸力也水涨船高。能闻到别人闻不到的味道，这是他辉煌的因，也是毁灭的果。

奥地利音乐天才莫扎特的鼻子太漂亮，简直是西方人的标杆鼻。近乎拉长的正三角、倒喇叭筒的鼻，原本不是太出众，因鼻翼和鼻尖那些优美的弧线尽显圆润与灵秀，气质优雅。这样少有的美鼻应该成为一线表演明星，他却偏偏喜欢闻乐器。钢琴，小提琴、长笛、竖琴都喜欢。演奏前，他会低头嗅嗅，仿佛上面淡淡的油漆味儿木质味儿里跳跃着激情浪漫的音符。

美国第12任总统扎卡里·泰勒鼻粗糙了些,鼻梁鼻翼鼻孔都"大号加肥"。也许这与他从小跟随农场主父亲干粗活,及40载放浪狂野的戎马生涯有关。翻耕、种植、追逐与格杀,呼吸量和嗅觉往往决定生死与胜负,只有这样的"旋风大鼻子"才配套。这个大马力鼻子疯狂劲猛,吹力抽力都超乎寻常。

亨利一世的"长瓶鼻"果然闻得远。这没什么可奇怪的,手枪比不上长枪射程远,区别就在枪管的长度。亨利一世明着是对闻刀剑味儿和胜利的血腥味儿去的,这决定能否把社稷江山握在手里。暗里是奔女人味道和鳗鱼味道去的。亨利在位时只娶一任妻子,有名有姓的私生子有18个!这还不计地下私生子和遗腹子。匆匆忙完了国事,他的长鼻子就钻进女人的乳沟里。长期沉醉在一双双起伏奔腾的乳浪胸波,鼻管短了还不窒息?

莫扎特的漂亮鼻子太招风,花儿引蝶般招惹漂亮姑娘也在情理之中。但,莫扎特从不拈花惹草,他的嗅觉只钟情于音乐,仿佛音符才是世上最好的味道。只有家人好友才知道他的另一个爱好,喜闻半生不熟的猪排味道。每当作毕一曲或演毕一场,必有猪排犒劳。

扎卡里·泰勒被人称为美国历史上"最大的英雄","顶用的大老粗"。传记家霍尔曼·汉密尔顿则一反常态,说他"是一个绅士,是一个天生的具有优雅、令女士们感兴趣的骑士风度,和蔼可亲……"这位"大鼻子"偏偏不爱闻女人的粉脂香和体香。为了祖国,他只专注于枪筒味儿、弹药味儿和刺鼻的血腥味儿。他的鼻孔一张,声音和力量山呼海啸,令对手闻风丧胆。每有闲暇或仗后小憩,挚友和卫士总是把冰镇牛奶和樱桃奉上,香甜浸凉味儿款款飘来,扎卡里·泰勒旋即鼻翼展翅,唇朵盛开,风卷残云。

1078年春天,10岁的亨利一世,爱在英格兰塞尔比约克郡的小镇上玩,小镇四周鲜花的香味儿如一条看不见的风筝线,而亨利便是张开小胳膊到处低飞的小风筝。

1756春天,10岁的莫扎特也来到英格兰,没来得及闻一闻英国女皇裙上的香水,却被身边为他协奏的卷发女郎和她的小提琴的松香味儿沉醉。小莫扎特5岁出道,当时熟练的指法、优美的音色惊呆众人,琴键春花一样自由盛放，率性起舞。亨利一世和莫扎特都来过巴黎圣母院，却无暇见面。时间的篱笆，将他们阻隔了682年！亨利一世来过的若干年后，才兴建的巴黎圣母院原址，当时还是一片野花嬉闹的郊外。

1884年春天，10岁的扎卡里·泰勒远在美利坚的弗吉尼亚欢快地玩，他闻了闻刚从篝火里捅过烤羊肉、黑乎乎的柳木棍子，举起来瞄着树上多声部轮唱的群鸟，闭起左眼，"啪啪啪"模拟枪响，鸟儿们"呼啦啦"惊飞，如射向天空的散弹。莫扎特和扎卡里·泰勒才差28岁，按说见个面也不是什么难事。关键是，他们的嗅觉爱好不同，前者的笛筒里射不出子弹，后者的扳机当不了琴键。远隔大洋也不算远，怎奈音符和子弹水火不容，只能"对面不相识"喽！

我没有仔细描述他们的鼻子形状。因为他们还太小，亨利一世的"长瓶鼻"，莫扎特的"喇叭鼻"，扎卡里·泰勒的"旋风鼻"，统统只是"鼻芽儿"。宛如同族类的树芽，小时候都差不多。

当三人的鼻子"自成一派"，三面惊呆世人的大旗便赫然高举。亨利一世闻到了权力味道，设套围猎中亲手杀死哥哥篡夺皇位。"长瓶鼻"整天耕耘丰乳肥臀，累乏了，便贪婪地享受鳗鱼。当莫扎特"喇叭鼻"，嗅出大公要榨干他的才华和血汗钱，愤然辞职，发誓只为底层大众演出。穷困潦倒没有打倒他，半生不熟的"猪排"携带多种虫菌暗中下手。扎卡里·泰勒的"旋风鼻"果然厉害，战友的臭脚丫味儿，自己的酸腋窝儿和汗泥味儿，把这位毫无背景的草根将军高高举起，一直举上总统宝座。只是，这个在战火中出生入死40载的家伙总嫌热，他一闻到冰镇牛奶和樱桃就迈不动步……

1135年12月1日，亨利一世没来得及向妻子和18个私生子告别，一口气吃下别人几乎一年也吃不了的鳗鱼，活活撑死。

鳗鱼真是不错的美味。但过量摄入高脂肪、高胆固醇食物，会造成胆囊剧烈收缩以排出胆汁，严重伤害心脑血管。

1791年12月5日，莫扎特还没有好好看看维也纳那场多年不遇的漂亮大雪，《安魂曲》才写一半，就因半生不熟的猪排夺去性命，年仅35岁！

我查询资料吓了一跳，猪肉必须高温全熟食用。生猪排会含绦虫等多种虫卵或虫菌。

内心"爱着火"的扎卡里·泰勒更惨，荣任总统才16个月，1850年7月4号，在成千上万的仰天鼻孔狂欢美国独立日庆典时，这位逃过数百次刀劫枪掠的常胜将军，因被过量的冰镇牛奶和樱桃咬破了胃，撒手人寰。

过冰饮料或食物大量进入胃肠，导致胃肠血管骤然收缩，血流量递减，必引胃肠痉挛性收缩，干扰肠胃的正常蠕动，导致消化功能失调、免疫力下降。

我前边提过的另几位世界级泰斗，无不毁于鼻子"撒野"。

马其顿国王亚历山大大帝，生生被他的尖鼻子刺破了胃。他"闻香识人"，喜欢美宴。人们投其所好，为他量身制作各式美食。他乐此不疲地奔忙在各类豪华宴席。坐在餐桌前，他总是挑喜爱的菜闻闻，道出味道特点。亚历山大大帝最多一天吃了七顿宴，直到撑死。

瑞典国王阿道夫·弗雷德里克的鼻子相当漂亮，极似莫扎特。与莫扎特不同的是，他的鼻子不喜欢猪排，竟疯狂爱上了鱼子酱、泡菜、鲱鱼和香槟。无度的狂吃狂饮，致胃肠全面崩溃而气绝。

德国"乐圣"贝多芬才气豪华却又穷困潦倒，耳朵完全失聪，靠闻饮葡萄酒起爆惊世音乐，亦在情理之中。遗憾的是，美国科学家通过化验贝多芬的头发，揭开他英年早逝的秘密：因经常饮用含有铅糖的葡萄酒中毒身亡。

说鼻子有暗示功能，决非无来由的主观臆想。

人和动物的鼻子构造大致相同，鼻腔上部有许多褶皱，褶皱上有一层黏液膜，黏膜里潜藏着许多嗅觉细胞。当黏膜上分泌出来的黏液经常润湿着这些嗅觉细胞时，就会使具有气味的物质分子溶解在黏液里，并刺激嗅觉细胞，嗅觉细胞马上向大脑嗅觉中枢发出信号，于是就有"味"的感觉了。

味觉，会刺激人做出不同的动作选择和意向选择，这是"明示"。当人的心理活动突如其来，掩饰时便下意识地触摸鼻子，便是我们看到的"鼻暗示"。这暗示若明火触油、水儿下泻，无法抑制。

1998年，美国总统比尔·克林顿和白宫实习生莱温斯基性丑闻事件突然东窗事发，向来潇洒过人的"一把手"只好在法庭上仓促应对，最先为主人泄密的便是鼻子。克林顿并不知晓，小小的嗅觉细胞，彰显无穷力量，一次次把大总统的手"提"起来，触碰鼻翼。

美国的神经学家深入研究后发现，克林顿说真话时很自然。一旦说谎，他便频频触碰鼻子——平均每 4 分钟触碰一次。在他陈述证词期间，一共触碰鼻子 26 次之多。

美国嗅觉、味觉科学家们公布了研究结果：人在说谎的时候会分泌一种叫 catecboamine 的神经传达荷尔蒙。同时，鼻子里的组织细胞会一点一点地浮肿。鼻子开始浮肿就会痒了。人们对抠鼻子的人不用太戒备，但对总是摸鼻子的人则必须警觉。

我多次强调一个不争的事实——人类医学和生理学走过了五千多年，说大师林立、著述浩瀚毫不夸张，"成绩单"却令我们惊骇，目前人类对复杂人体的已知比率仅为 8%！

对鼻，同样所知甚少。狗鼠们能分辨千余种味道实在奇妙，人类分辨 350 种味道已经深不可测！这些味道如何计重？怎样量尺？什么颜色？它们之间怎样设"隔墙"？一种味道和另一种味道怎样区别？如何保管？如何应用？类似的问号我们装了一列车，也只是微乎其微……

鼻子是一座富矿，我们目前所知甚少；鼻子是一片深海，好多私密区我们无法进入；鼻子是阔大的宇宙星际，我们只是尘埃一样游荡的玩具卫星。

草舍雀白（外一篇）

孔建华

一

这一处不起眼的草舍，坐落在田野间的土墩上，舍是住所，草是稻草，就地取自杭州乡下的稻田。

晨起，草舍醒来。晴天，太阳从东侧打光，一点一点，调整到直角，再摆渡过去，从西侧打光，万年不变，不多不少180度。雨天，水汽凝聚在大陆上空，化云作雨，倾盆倒下，冲冲洗洗，想刷多久刷多久。

日照雨淋，虫咬鼠啮，草舍经年，稻草由绵软金黄，糜腐蚀烂，转作灰白，间杂棕褐色。麻雀钻进穿出，共草舍一色，叫人难以分辨。我把这种颜色叫雀白。

雀白，是古中国文明的遗产，它使鸟类的至少一个物种，将它作了保护色。雀白之下，庇护先民，繁衍种族，承传文化。这雀白，是这片大陆的本色。

母亲生我，在这雀白草舍。我的兄弟，降生在雀白草舍。这雀白草舍，是童年的摇篮、金贵的家园。

二

草舍骨架所用毛竹，取自外婆家后山。山上石头多、墓地多，往上走，毛竹乘势拔节成林，把山包抄起来，浅山沙土冲刷堆积，爬满蔓枝繁叶，叠堆成杂本篷林，遮天蔽日、郁郁葱葱。

竹林清幽，百鸟鸣声此起彼伏。认准一棵碗口粗的竹子，看好倒的方向，抡起柴刀，猛砍几刀，毛竹抖几抖，喊一嗓子，就顺势往地上躺。削枝去梢，光光的一枝毛竹，沿着山坡，就势往下顺。

春分之后、清明之前，竹鞭钻石挖土蓄满竹能，漫山潜行拱土露脸，一枝枝彪悍有力地扬起来。母亲摸摸这枝，拍拍那根，挑嫩的，相好的，拿起锄头，一镐下去，毛笋跳起来，圆嘟嘟的，像初生婴儿的小屁股。

山上涧涧急流，湍了万年，合了脾性，涓涓叮咚，圆润动听。攀急了，歇一歇，掬第一捧水洗手，掬第二捧水解渴。水清冽而甜，从喉咙到胃底，仿佛冰刀划过，惊起一个寒战。舅舅将细竹劈两半，敲掉竹肚，贯通上下，一片搭一片，把一泓山泉引入大水缸。

砍一通毛竹，趁间歇时，母亲攀到远处，揪下几枝映山红。石墓村后山上的映山红，野得像一头狼，饿极了，死死地盯着你，你的心一下被它抓住了，你的魂早飞上了花萼，去闻映山红的清香。

我抱一把红花小蛮枝，带着欢畅，往下滑，往下蹚，鸟儿扑棱飞扬起来。顺到山脚的毛竹，也已积了十来根。我们往身上斜搭了绳套，抬起板车杠，拉着、推着、护着毛竹，往袁浦吱吱呀呀欢笑着欢实地出发了。

三

母亲是山民，也是力士，能扛起谷袋，一袋120到140斤。

读中学前，我做母亲的助手，揪住谷袋两头，半蹲以膝顶袋，拔起麻袋，借腰和肩的力量抱起。母亲把身子弯下，我把谷袋架母亲背上。6亩地、40多袋稻谷，一麻袋一麻袋往路口背，装上板车。母亲是大牛，我是小牛，拖着板车往家迈。

我第一次自个儿背起谷袋，是1986年秋天。这一天，母亲笑得多么不同，她就这样，坐在收割后青黄相间的稻草堆上，笑呀笑，背着谷袋笑，拉着板车笑，只是笑。这一天，天空是湛蓝的，云彩就像抽出的一团一团棉絮。南下的雁阵，瞰着这片收获的稻田，摆出一个人字。

稻子晒干装袋，交公粮的时候到了。一麻袋一麻袋的稻谷，往板车上垒，压力作用下，芒尖轻屑从麻袋里激扬出来，甩起一阵稻谷香尘，在阳光下飞舞，钻进你的脖子、你的鼻子、你的眼睛。

谷袋垒好码齐，拿两根粗绳，压住抽紧，抬起车杠，把重心调校到轮上，受力均匀了，两根绳左归左右归右，牢牢系紧车杠。母亲轻抬车杠，往前头拉，我在后头推。

我抬得起、压得住车杠的时候，母亲斜拉一根绳，一手护杠，一手用肩膀的力量拉车。满载稻谷的车，一路扭荡着往粮站走。从农舍中、泥路上拖出的稻谷车，三三两两接入大路，车与车相接，人与人相引，甩出去几里地。地舞谷浪，路飘谷香，杭州乡下沉浸在繁荣的欢笑里。

粮站，站一群连绵的大谷仓，仓壁刷了字——深挖洞广积粮。解粮的车一到，先验粮，着公家制服的操一根铁扦，任性一刺，抽拉出一索稻谷，我的心悬起。验粮官摸出两枚稻谷来，往嘴里抛，舌尖接了，推给门牙，咔嘣两下，眉头一展，验过了。我的心垂直落进深井，欢实像一股暖流从井里紧着逸出。

把谷袋拖将过去，一袋一袋码起来，全部力气，也都化掉了。从谷袋山上跳下来，汗珠从背脊渗出，连成一串珠，沿脊柱滑过，就像一缕清泉，洒出的水雾，遇到山岩，化作一泓凉水不经意地淌下来。撑实稻谷的麻袋，在谷仓里山一样竖立着，稻势宏伟，不同谷响。

领了数目字，就往粮站会计室跑，取出早先备下的户主章，哈口气，对准窄而长的框，竖直戳下去，一笔零而整的钱从窗口伸将出来。赶紧抽出两手在裤上蹭一蹭，在欢喜中接下来，和母亲对着点一遍，数目席整，对着窗口举起钱扬一扬，喊一声——粮钱席（齐结）得！

交够公粮，余下是自己的。地头收成好，谷柜盛满，草舍一角再起一个谷堆。有了粮，家境慢慢殷实了。

四

水稻收起，脱粒分家，稻与草各奔前程。稻草一草多能，做牧草，收了去，成了牛马的食料。做垫料，踩烂了；做燃料、烧成灰，都回归田野成了肥料。

柴锅炒菜做饭，用的是稻草。母亲抽出一束稻草，手腕般粗，拧一圈压紧了，两头一拗成椭圆，头尾相架，拿两根稻草绕几圈，拧一拧，别住了，一条"稻草鱼"就卷好了。

把"稻草鱼"塞进灶肚，温暖的火苗，轻轻抚摸稻草，炊烟升起来，起初是一团灰烟，然后是一朵朵泡泡云，漫无边际地接起来，给晚霞挂上了一帘轻纱。

田野换完衣裳，乡民们由农忙转农闲，母亲从地里腾出手。

杭州乡下时兴织草包。草包十八道麻筋、三十六个麻陀，架在双杠上，双杠间距两厘米，对刻十八道坎，杠头各缚一绳，挂将起来。其实是秋千的变种，荡秋千供人娱情，织草包却是拴人劳作。

母亲抽出一小束稻草，三两根，左手摁稻草，右手翻麻陀，翻一隔一，连翻三个。又抽一束草，再抽一束草，照例各翻三个。从左到右翻过的，从右到左隔过。左来右去，一边抽稻草，往草包架上嵌；一边翻麻陀，架子下垂直吐出齐整密匝的稻草席。

陀线短了，提起放一段。线陀是杂木做的，拍打新生草席，就像朋友见面轻拍你肩。如同长程远行用耳塞填实耳、用被子蒙住头，你听到的火车行进声。这连绵不绝、一韵到底的声音，是草舍不眠的夜曲。

五

劳动的手生出金子。乡下头脑活络的，相中这一点，从城里包了活，转给乡民做，按件付酬。

母亲学起编织，端坐着，把藤、木、竹合制的框架，调至入手处，左手握架，摁住藤篾的一头，抽紧了一圈一圈扣紧了绕，上半身弓着，像是给孩子洗澡。用完一根藤篾，三两下扣紧，和下一根接上，这是力气活，也是技巧活。母亲做藤艺，每个动作都使了实劲，出来时像是女孩穿上旗袍，小清新，讨人喜。

母亲起早拖黑，活不多时，又进了"线厂"（棉纺厂）上班，接起一个又一个棉线头。大纱锭架上织机，分流到线陀，成千上万个永动陀转起来，母亲和她的姐妹们三班倒，守在织机前，用线头拼出新世界，标准名称是中国制造。

我给母亲送饭，站在车间门口，连喊带比画，找到母亲。母亲照例笑一笑，接过饭盒，擦把脸，坐一纱箱上，大口吃起来。放眼看去，纱厂里地上堆的，织机上转的，都是白色的纱线圈，隆隆的织机声充满耳朵，淡淡的机油味渗透鼻孔．我震撼了，文明工业将席卷草舍、摧毁菜园，把我们丢进同一个村。

母亲把空空的饭盒递给我，在100瓦的炽灯下，我第一次注意到母亲的手。

母亲的手，是乡下常见的劳作的手，厚实有力，手指张扬开来，每一根潮润饱绽，带着麻绒蟹腿的泽芒。老茧密布在掌和指的接合处，不规则的划痕，经了年，是雀白的；新添的，是赭红的；还有一些黑的纹，是沾了机油之类褪不掉。

这些时尚之纹和初始掌纹一起，进了高中作文。叶老师在语文课上，念了我的一段话，至今记得皲裂二字。杭州高级中学（贡院），在我少年时代，肯定了我母亲的双手，热烈地拥抱了我一下。这一天，我和新伙伴们近了，因为母亲的手。

六

雀白草舍，何时立舍，其间翻新，已不确记了。

我住草舍也不长，如雀儿钻进穿出，五六年光景。我素以为草舍顶上有一块玻璃，光就从这里透射开来。母亲说，她二十二岁遇到父亲，舍内白天也是昏暗的，屋顶没有玻璃，是我的想象吧。

从外婆家后山伐的一车毛竹抵达，木工上手，立起骨架，外围用碎稻草拌黄泥夯墙，舍内用竹篾编的立壁隔出房间，草栅自墙顶到屋顶层层覆上。

新屋立起，柴锅点火，欢庆上梁。一个灶炒瓜子、花生、番薯片，一个灶豆泡炖猪肉，盛桶自酿米酒，开坛封泥老酒。站屋顶上，把舅舅挑的"担角"——苹果、橘子、荔枝、大枣、桂圆、甘蔗、水果糖、馒头——往人群中扔，大家抢着、笑着，在春暖花开的土墩上。

我把这说给母亲听，母亲却这样说：

三间草舍，父亲、堂哥、堂姐各一间。爷爷奶奶、父亲母亲、我和弟弟共用一间。前半间，一张桌子一张床，后半间置爷爷奶奶的床。前后间用络麻秆隔开。草舍后身，搭一小草棚，用泥坯垒起一杠杠架，把柴锅搁上头，这便是我印象里的三间草舍，其实为一间。

杭州乡下雨水多，草舍是泥地，雨连绵三日，生起苔藓，地湿而滑。草舍墙下部是泥墙，上部是络麻秆，透风，雨常飘进来，直洒倒漏。没有像样的鞋穿，更没有套（雨）鞋，多数时候穿脚叉（草鞋），脚上手上冻疮不少。洋油灯芯是棉纱，火势微弱时，拿剪刀铰住拔出一节，这光明瞬间照亮稻草屋。

母亲说，草舍到了我心里，是一个童话。童话里的情节，也都是发生了的，我见过，母亲见过，就在袁浦，在杭州乡下，把印象串起来，这就是故乡了。

新近三十年，文明中兴、材料革新，这片大陆模样一新。草舍在杭州乡下，近乎绝迹了。但雀白草舍，念念想想常在心里。

田野父亲

东方第一缕阳光出地平线，杭州乡下种田人已干完活。

种田人清晨踏进田畈，公鸡还在昏睡。起得大早，把秧子从秧板起出，浣洗干净，苗青根白，握拢缚紧，像敦实的孩子，背起手，呆笑着，成群站起。

太阳举起来，光线射在水田里，映出父亲身影。我的父亲，高我一头，发黑而密，额高而宽，颧骨突起，鼻子朗挺，面颊清癯。翻连环画时，我曾想，父亲刚毅，可做古代将军帐中的持戈军士。

父亲教我中规中矩，做个专注的种田人。父亲不在了，我想做杭州乡下的种田人。每逢清明，长跪坟头，想想淘气和顽皮，把错认了。

1

杭州乡下分田，父亲不要菜地要水田。人均八分，一家六口，两块号子田，四亩八分。一亩杂地，父亲把表土铲了，蓄水做水田，这样置地五亩八分，号称六亩田。

拥有土地，就是这片大陆纯正的农民家庭，父亲是户主。龙生龙，凤生凤，农民生农民。填身份表，我虔诚地写下农民二字。

六亩地，种两季稻、一季麦。农忙时节，刻不得息。

长腿红冠高头大公鸡，向东方肃立，拖一口南宋王朝官腔，用五言、二二一结构，悠长地咯五声，太阳抖擞精神慢慢升起。这个时候，秧子拔起，落脚水田，离它抽苗劲长的窝不远了。

秧子终其一生，只此一次壮丽的旅行。这一段出走，秧板到水田，通常在人们晨起前完成。父亲担着秧，一脚一脚踩实了，郑重迈出小腿，脚趾抓地，一手护扁担，一手抓秧捆，对准了抛出去，秧子井然而立。抛的动作划过半空，优美的秧姿拉起一道水帘，激射到水田，溅起一阵鼓点雨，这便是谷物世界的成年礼。

插好秧，拢绳线，蓄水、耘田、除草，就等开花结谷了。

稻谷长成，黄灿灿、沉甸甸、颤巍巍，令我想起南朝后宫妃子的步摇。抽穗、孕育、饱绽、坚壳，嫩翠青转琉璃黄，同太阳轻舞，同月亮吟唱，由一个灿烂走向另一个灿烂。

父亲弯腰，左肩高耸，体侧右前倾，耕牛般雍容沉静前行。左手反抓两窝稻，右手用新磨镰刀一扫，稻子齐茬下挫，往左形成倒势，不待稻头贴上下一窝，左手轻轻一拢，稻脚并拢，镰刀补紧一勾。重复这一动作，左手腕旋转下压90度，手和小臂形成侧弧弯，呈耙状，将这六窝稻勾至左前侧，冲外码齐，两串动作行云流水，两行十二窝稻安然落位。在这浑厚稠密的稻海里，辟出笔直的稻带线，水青透金黄，父亲背影从右到左，轻轻摇摆着，匀

124

而坚定地挺进。

父亲带我们早四时起，菜泡饭填肚，连续割8小时，中间略歇，吃饭喝水，两块号子田的稻谷，把这个生命的季节收起。

公鸡唱诗前，父亲布完电缆，架好稻机，支起机篷，合闸开机，稻辊散布筷子粗、铁门字，自下而上、由近向远，飞转起来、欢叫开去。

公鸡们被这热闹声响惊醒，找不见太阳，不知谁家鸡清一下嗓子，东西南北鸡鸣一片，牵引出更大嗓门的犬吠声。太阳初升，露水睁开眼，田野晶晶亮，天空的清澄，远处的朝霞，一起呼应起来，把乡下动物世界唤醒了。小青蛙揉揉眼，把了方向，飞跃而起，劲射出去。蚂蚱一蹦老高，像个皮球，连弹几下，终于停住。菜花蛇动动脑袋，吐下舌头，昂首伸颈，找好去路，一溜小跑，游荡开去。老鼠拍拍手，东跑西颠，闻这闻那，自己吓自己，吱的一声闪没影了。一众生灵，各持己见，竞相发声，碌碌有为起来。

稻辊的震荡声，动物世界的欢腾，用暖色渲染双抢大忙。每人抱一大拢、约莫八九窝稻，压住捏紧，往稻辊扣，稻谷欢跳起来，弹射到机篷上、机柜里，集满一袋，连拔带推将稻机往前送。

新收稻子润而潮，寻平整透气见光处，把篾席卷推展开来，摊了稻谷来晒，一块块谷子地，面向天空，绽放纯美笑颜。

父亲持一大竹耙，待表层稻谷稍干一些，给谷子地一遍遍梳头，见得阳光、让风吹到，稻叶逐渐抽水变枯，再持大笤帚扫，去大长叶。架起风车，鼓起风轮，残叶和芒尖由风洞呼啸而去，稻粒轻轻下落，收入谷袋。

一年三季粮，季季得筹谋。天时、地利、人和，一样不齐整，一年不畅快。秧子拔晚，日头一高就蔫，种下活不好；秧子拔多，不落根活不成。抽穗、绽浆时雨水多，不成谷，稻秆不硬，倒伏了，或是得了纹枯病之类，都会影响收成。最愁收割后太阳不举、雨水滔天，稻谷发热生霉，粮站不收。

我的父亲，小心地伺他心爱的禾苗，每天到地头转，看看稻势，摸摸稻头，点药放水，维持了好收成。天有不时，地有不测，人有不虞，着急过、忧虑过，也终于做了一个本色地道的种田人。

2

家中有谷，心也欢起。收起两季稻，就到种麦时。父亲大步地在田沟里走着，左肩扛布袋，右手抓麦种，且走且撒。麦粒接了地气，找好位子，赶紧钻被窝、扎下根、深呼吸，等待严冬和冷雪的到来。

霜冷袁浦，年糕冒蒸汽。糕姓了年，就是盛事。打年糕须壮劳力，父亲唤上小弟兄家，蒸熟稻米粉，端放石臼，高举木槌，一下一下夯，一刻钟工夫，一蒸年糕打出来摊平、压齐，像放大的孩子的笑脸。

年糕气味，由草舍间隙浮游出去，升腾起来，这是粗壮的木头和禾苗的贡果热烈相拥，石头作证，千年欢爱的体香。

切一小块，扭一扭，玩一会儿，才舍得放嘴里，慢慢地嚼动，米香和稻乳一起甜蜜了舌、撑暖了胃。我家大黄狗，睁着两眼看我，想说，给我咬一口！

谷仓满满，抢一簸箕，近处稻谷失了靠背，一顺跑过来，把仓抹平了。我想起猪，有猪在圈里跑，世界是圆的。

喂猪不难，难的是从小到大养成一头猪。父亲抱两头小猪，一手一个，猪婴儿般你啼我唤。猪一日三餐，和人一样。人吃米，猪食糠，共享一枚稻谷。人吃，猪饿，就叫。人吃，猪吃，还叫。和猪处熟了，猪会逗你，用眼直勾勾眺你，不时甩过耳朵遮了眼，一下两下三五下，你就乐了。猪把你当朋友，就有了犬的精神，你一出现，猪就起立，走拢来拱身子蹭木栏，蹭儿下看看你，和气地、痴痴地看着你，和你一起打发这有涯之生。

父亲把喂猪这事交给我。上小学，一日三餐，我喂它，列学生守则第一条。把糠放木桶加开水，糠出谷壳，与米一室，营养丰富，浇了开水，相当于煮咖啡、泡藕粉，逸出浓烈谷壳香，和蒸饭香，我便有一种舀一勺喝的冲动。

放学回家，挎一竹篮割草去。杭州乡下的青草，种类繁多，把篮放下，一手捏草茎，一手拿镰刀，由外而内一抄，一株株青草完美落篮。一篮青草拎一程，歇一歇，回到猪栏，一把一把递给猪。猪咬草，我不放；猪用力拉，我才放。猪很开心地玩着吃着哼着。

我家的猪，是我童年、少年的伴。到年关，卖一头、宰一头。卖猪时，猪头挨尾、尾接头，挤在一角打转，谁也不肯走。两个壮年，一把猪耳，一提猪尾，推推搡搡上了路。杀猪的上门来，我总是站屋里，不忍看这猪的下场。猪被生提起来，架俩长凳上，大声地号叫着，把年根也叫醒了。

3

我六七岁离开雀白草舍，迁离土墩3公里。新辟瓦房地基130平，西侧开一条浦（河），对接钱江水，横承田沟水。挖出浦土，垫高做了路。雨或雪天，泥泞成湾，水汪塘连片，深一脚、浅一脚，不小心摔一跤，成了浆泥人。

红星大队社员，陆续往六号浦两岸集结。父亲想法造房子，走进瓦房时代。夯地镇宅，砍树伐竹，架梁起墙，木匠、泥水匠上阵，隔出三间两弄。正面和主隔用沙灰垒长城砖（黑色煤渣砖）。东西下墙用黄泥拌纸襟（碎稻草段）的厚墙，上身垒鹅卵石和杂色石块。北墙夹板套夯黄泥，抹了石灰，窗两个一大一小，西窗略大，厨房需要大光明。瓦房阁层木头架，堆放稻草用。

北身三间，东间贴墙摆大谷柜，近北墙放我和弟弟的床。中间爷爷奶奶的床。西间厨房，铁锅两口，水锅两头，大水缸一只，碗橱一个，盆架一个，搭了毛巾。南身三间，左间贴墙搁一具棺材，兼作工作间。中间堂屋，方桌一张，长凳四条，方凳两个，正中贴虎啸松林图，满堂正气。右间是父亲和母亲的卧室。

屋顶盖灰泥瓦，安了一块玻璃，透过美妙的光，我们有了亮而大的房子。

瓦房正面居中两开大门，左右齐腰高各一木框，框里装十根钢笔粗的圆木棍，外开式窗门，钉了塑料布。

盖房时从地基跑出一只大鳖来，教父亲逮个正着，专进了趟城，换回些糖果。

瓦房是我中学和大学的家，挡风避雨十三年，爷爷奶奶均故于此。南墙厨房一侧墙根浸水，台风天，喂完猪临进门，后脚刚收回屋里，墙轰一声瘫倒出去，我躲过一劫。

瓦房正门，我每日开合，是最熟悉的了。时隔三十年，问起时，母亲告，原是钱塘江上游发洪水漂下，小弟兄家们捞起无主的棺材板。

我的父亲，一个杭州乡下的种田人，三十年前营屋匠意，竟是使尽了全部的气力。

4

子曰：父母在，不远游，游必有方。有一年十一月，我从东半球颠到西半球，跑得匆忙，未禀告父亲，远在万里知悉父亲病危。一路惶恐不安，坐大巴从柏林到巴黎，坐出租由戴高乐机场乘机回京转杭，重症监护室见到父亲。两天后，父亲在杭州乡下的家逝世。

雾锁冬浦，父亲七时出殡。六号浦两岸水杉植有二十年，三层楼高，是日雾浓不见枝叶，没有阳光。

站在斑痕大地，我听见父亲的心跳，强壮而有力的，响彻在出丧路上。

我在左一杠，弟在右一杠，纸棺八人抬。表哥赴云举幡，只见手握一节长竹，不见幡动。撒纸钱，只见手臂挥舞，不见钱飘。经事长者，喊起号子，我跟着吼。只记了脚踏实地这四字。

一通凌烈庄严前行，四步四步向前开，一气呵成，一贯到村口，才发现后面除了家眷，父亲的小兄弟家们都来了。

一个杭州乡下的清苦种田人，就这样出了村，踏上来时的光明路。

父亲火化时，我跪在炉膛前。透过风洞，我见到爱抚的火苗。我脑袋叩地，把最后一句话禀告父亲：一路走好，下辈子还做父亲的儿子。

炉工取出父亲的化物，骨大出奇，我怕父亲疼，请将过来，小心地把骨一点一点轻揉成末，屏了呼吸，轻轻捧起，端安于室。

我把父亲送上山，不到二十年，我抱爷爷、抱奶奶、抱父亲，同归了浮山去。

子曰：父母之年，不可不知也。我的父亲叫华金，1946 年农历十月初十生。若健在，今年六十九。父亲离我，已十一年矣。

5

我持有最早一张家庭合影，是 1990 年一位高中同学拍的。父亲在左，母亲在右，我和弟蹲前。瓦房台阶侧卧板车，乡下叫钢丝车。

照片人齐的最后一秋，我们在一起。

这生命绚烂的秋天，父亲一直陪伴我。

大学开学，父亲每月寄生活费，读了一些书，没打一天工。父亲说，打工，回杭州下乡种田来。

高中开学，父亲去杭州高级中学（贡院），见过班主任叶老师、姚老师，领了心法。父亲高小毕业，无常师，请教了，施行于我。

初中秋游，父亲怕我饿，跑到黄沙桥，车动前塞进四个腌菜豆干馅的青团子。但凡变天起雨，父亲早早地把油伞送到袁浦中学，托老师交我手。

小学放学，父亲怕我挨揍，在半道坐沙墙上，远远地迎我回家。

从浮山东眺，是平静地舒卷而去的稻田，父亲的田野，田野父亲。面向稻田，华枝秋满。

济南四季

简 墨

济南之春

地气一动，人们就开始常说一句话了：济南春脖子短。

济南就是春脖子短这一点不好。可是，是不是也正因如此，人们才更珍惜它呢？珍惜它的表现就是——无论是谁，挤出一切可以挤出的时间，在万物生发、极其集中的一段时间里，放下手中的活儿，拾掇自己的身体和心，成一座空房子，准备专心去装一些植物来，那些世界上最好的好物。

哦，惊蛰了，开始了——是谁，失手打翻了一杯隔夜的茶？某些不明所以的东西到来，白色的烟团包围了四野，各处弥漫着蠢动的腥涩。于是，春天的到来成为一夜间的事。早晨一睁开眼睛，就见空地上无端多了些湿漉漉的印子，小小地凸起着，像鱼儿吐的小泡泡，这儿一团，那儿一簇——是蚯蚓活动筋骨的痕迹。然后，迎春和连翘不知道谁仿效谁，模样差不多，争着挑出了黄灯笼。然后，很多很多的爱和力量苏醒了，整个大地，寂静中充满响动。

不少人会不由得感叹：多好啊，和我小时候的一模一样啊！如此看来，很多时候，我们自己劳烦得过了，面对这些，才想起来叹息"蜗牛角上争何事"——原来人生在世种种辛苦，各式计较，目的不过只是要回到以前某一年记忆里的样——看看花，听听水，给予自己行走的自由，想象的空间——如此而已。这座城市深谙此道，踏实、清醒。不做高调鸣蝉，只歇不做；也不做尘网劳蛛，只做不歇。它张弛有度，火候拿捏得恰到好处。

济南的好植物很多啊。它该有多少好植物啊，以至于没处盛没处搁的，非要将一个已经很大的植物园改成"泉城公园"，在不远处又建了一座更大的"植物园"。而你去到30分钟、20分钟就可以到达的南部郊区，一下子就可以看见，到处都是新翻的泥土，暗腾腾的，黄色夹着褐色，一道一道的，折扇一样，打开来，满是虹彩。

城内城外的小山们就不用说了，积攒了一冬的绿啊，这时说什么也憋不住，一股脑儿全都倾倒在山坡上，没有了疆域。浆果、灌木、蕨类，草木你推我搡，绞出了汁子，连石头也被这绿泡软了，就要兴致勃勃开出花来。而满城的柳，那是满城的绿啊，如烟似雾，没边没沿地蒸腾、洇染开来。到小阳春，柳絮都飞起来了，柳树的心都飞起来了，它们捉对儿，成球、成团，追逐嬉闹，如同一群白衫少年——它们飞奔在半空里，不肯再回到凡间。这时候，你被柳絮烦恼着，也欢喜着，走在柳絮里，像走在梦里，一切都不真实起来。

相信吧，无论有名无名，户口在城里还是乡间，植物都是这个世界上的非凡之物。而济南处处有水，自然也处处有植物，处处的植物都生长得水润纯良，像一些美好的人。

就这样，随着雨一次次的返回，大地寒气散尽，变得整个儿香喷喷的，遍地花开。在街上走着，会生出一种小醉的感觉，精力集中不起来，脑子也有点蒙。花都开得发酵了，像给大地吃上了一种什么药。这种日子，在屋子里根本待不住——你会一整天一整天，泡在户外，舍不得回家。

这叫你的眼睛和鼻子也闲不住。因为自从迎春和连翘开了门，花朵们的拜访就从来没断过——黄花朵还真是一种急性子的颜色啊，率领着颜色家族众姊妹，用百米赛的爆发力，一刻也不停地前进。她们的洁净叫人简直想一朵一朵、一瓣一瓣展开，在上面书写诗篇。她们又多有耐力啊，所谓开到荼蘼，也还是向前奔着——春至而梅、而樱、而海棠；春深则桃、则李、则丁香；即便春去，还蜀葵、还茑萝、还蔷薇……花朵开了又开，开了又开，将身体里的呼号都给喊了出去。那些大都有着草字头、木字边姓氏的小号们，一百万一千万支地演奏香气。

与香气结伴而来的，是一群群的蜂子和鸟儿——鸟儿用不同的语言对歌，在枝头跳来跳去，从早到晚都能听见它们的歌唱。头角黑黑、遍身黄嫩的蜂子，腿子肥嘟嘟的，金粉闪耀，裙摆被阳光照透。

春天里还发生着另外许多美好的事。比如说，莲。在这个季节的尾巴上，济南大大小小的池塘湖泊里，莲叶平水冒出，小小的叶子，羞涩地抿着嘴唇，打个哈欠就长成了半大小伙儿。他们舒展开来，平铺下身子，躺在水水的软床上，恨天恨地地等待起来。其实，不必着急，到不了小夏天，白腰雨燕低低掠过水面的时候，他们这些"绿衣人"所盼望的伴侣——"粉衣人"，就来到身边了，垂着眼睛，红着面孔。在花下，人们的说话声也温柔起来；过了恋爱年龄的人，又想恋爱一次。

而对着莲微笑的人、出神的人，也一样，都是有福之人。

济南之夏

济南的夏天很热，像模像样的那种热，路边的芍药花甜美到了惨烈的地步，这河边、那河边的杨柳也是绿得快冒火。在阳光下，种种图像都发出响锣般的亮堂。

而济南自造十万层的清凉，可以抵御那热。

想想济南的四周，哪里没有泉吧，这些可爱的泉们，它们表面上各自过着各自的日子，互不相干。私底下却是打断骨头连着筋的亲戚，泉套泉，泉生泉，泉泉不息。坐在趵突泉边的长椅上，柳枝一大把，都拂到了脸上，痒痒的，看阳光折射到池底，石子被有放大镜功能的波纹漾得一会儿大一会儿小。水碧透，无词无语，只偶尔花瓣落下，打下一个个环环相扣的句号。渴了，到杜康泉接上一瓶"杜康"——如果你有足够大的胃口，尽可接上嘴巴，喝掉一眼泉，然后再附赠你一眼泉——反正我们最不缺的就是泉。也许不用喝，嗅一嗅满园的松柳清香，燥气就全被挤走了。也可以干脆坐在白雪楼前无忧泉边，或漱玉泉边的白色大石上，双脚浸在冰凉的泉水里，抬头看对面的小孩子踩出、泼出、用水枪滋出的水，从面前飞过，低头看彩色的鱼自由嬉戏，一条两三尺长的"潜艇级"黑色大鱼在池里慢悠悠来去，警惕逡巡……这当儿，世界万象都不在眼里了。

夏天的济南还有树——东，有龙洞，古木足有上百种，绿意深厚，天地都被遮蔽，常常还要拽上大雾来裁成这强壮大绿的花边。中，有泉流汇集而成的大明湖，一个大冰坨子似的，镇在那里，荷花开也香，闭也香。白天也香，夜里也香，很多人会在长椅上睡去，到凌晨也不想回家。西，有大峰山、五峰山，其实还有容易被人忽略的腊山，等等，都布满了树木和蒿草，里面掩藏着的泉，随时挡住去路。北，一条大河纵贯在那儿，还有数不清的杨柳罩着，朝高高的黄河大堤上一坐，风一来，简直哪里也不想去了。南，就更不用说，南部山区，那是一城的水源啊，涵养全部的泉，还有树。一架大山就是一个军用水壶，有点歪斜地悬挂在那里，东南西北风摇一摇，就"哗啷""哗啷"，倾倒出水流，百年千年过来，不干也不枯，在旱季涓涓细流，在雨季飞扬成瀑。

在城市内部，那些著名的街道上，也是不缺浓荫的——南外环前几年栽的树都长起来了，还被称作"月季一条街"——月季的香本来已经出色，何况再"一条街"呢？在那里散散步都能散成花仙子。玉函路却又"蔷薇蔷薇处处开"，一遍一遍地，涂满夏天，重瓣的热烈，单瓣的清寂，红白粉轮番着来，像这种植株自己的专场演出，其惊艳程度可与前者比肩。堤口路靠近人行道种着特异高大干净的白蜡树，树龄都有几十年了。英雄山路两边是整齐划一的雪松，一棵就价值十万多元，可见有多高大俊逸。纬二路上的法国梧桐，直径两个人都搂不过来，六七层楼高，打眼一望就是两排绿巨人，都能在其中排演童话剧了。而马鞍山路则足足有六排种类不同的高大树木！蓝艳艳的闪着光，有的居然是上世纪50年代的"作品"，堪称经典——像这样一条马路就趁六排大树的豪华气派，在全国来讲都是不多见的——包括汁水多、草木多的南方。

于是，一切都密集起来，一切都接续着春天，加深了春天的色泽，并没有分割开来的样子——花儿继续开，鸟儿继续唱，山继续绿，西沉的太阳继续西沉，在湖边的小池塘继续在湖边，继续蓄满心事，天空继续飘着云，如孩子们继续快乐。而群泉活泼，草木单纯，一片水、一片叶子，一片片都是清凉的小世界，令人安心。济南简直是猫在水底、叶底和快乐底下，过夏天。

即便夏天里温度突然飙升，人们也都笃定安然，因为毫无疑问，雨就要来了。不管是随风潜入夜，润物细无声，还是噼里啪啦雨打荷塘，明朝的一场彻凉是无疑的，而泉们又会涨了几厘米。这个城市每天例行的天气预报上，会比其他地方多一个项目："趵突泉水位情况、黑虎泉水位情况"，它们的涨或跌，都叫人牵心。

就这样，在夏天，人们会看到许多叫人愉快的事物。一株一株挺拔入云的银杏、悬铃木和白杨树，一条街一条街低头不见抬头见的黑松和云杉，不慌不忙地结缡连枝——这些街道，横成排，竖成列，以经纬线命名，是全国或全球独一份儿吧？又简易，又好记——再大的路盲也不用怕，不必看太阳，横着竖着数一数：1、2、3、4……心里就清爽了。走在街道上，感觉像走在地球仪上，很是奇妙。

静美而富饶，济南的夏天，方舟一样泊着。一切都安然无恙。

济南之秋

到了秋天，我们常常要被这座城市异乎寻常的颜色所震惊。

这是爬四周小山最好的时候了，大地在收获，万物在沉稳采集，郑重捧出，对人类发出邀请，一切都丰肥厚实起来。这些散落在城市边缘、镶着柏树蓝郁花边的小山上，果树已经结果了，山楂、柿子、核桃、樱桃……密密麻麻，风吹果落，香随风送，它们的叶子则先青绿，再嫣红，为山体抹上了一层又一层油亮油亮的颜色。一棵树就是一座岛屿，座座"岛屿"在天空下，既辉煌灿烂，又温柔安宁，呈现着大千世界的秩序荣光。让你一时相信，许多的美，在我们看不到的地方，在自然中，细水长流地秘密流传。

说到济南的秋天，就不能不想到一个叫"红叶谷"的地方，你去了两次都不曾见到想象中漫山遍野开烂的红颜色——时候不对。但是记得那里有一面墙一面壁的蔷薇，雪堆似的，嫩粉暖白，开得不留余地，像放学时大江一样涌出大门的孩子。山色为之改。

花红也是真的。城中有座佛慧山，古来就是著名的赏菊地点，到这个时节，满山满坡的，都是菊花，自由奔放，没有半丝扭捏，开得那叫彻底，恨不得连叶子也开出花来——其他季节倒也看不出这座山的不同寻常。可是，就是秋天这个按钮一揿，它就开花。那些小小的白花朵黄花朵，有着异常泼辣的生命力，前赴后继，柔软烂漫，要一直开到整个深秋过完——整个秋天，整座山，金属汁子一样，会排山倒海淌着香气，将世界全部的美展露在你面前。

当然还有河流。河水不见底的地方，水藻四季常青地绿着，浓、密、长，沉甸甸，且永远动着，腰肢细软。是那种仁爱富足的绿，不知有汉无论魏晋的绿。两边河沿上依然是树——柳树、楝树、乌桕树、山楂树，霜降之前，奔跑着的孩子一样生旺。在小清河两岸，还有许多栽种不久的白杨和银杏，它们的活泼是相互传染的，过不了几年，又是一大天一大天的叶子，绿绸子一样，盖住了河面。

与小山上一样，有河流的地带都埋伏着看不出实际面积的树林，只是树种有所不同——白杨的阔叶一团一团雄强的烟黄，银杏的扇叶半圆半圆惊艳的明黄。它们本来就是这个季节的主人公，点染得处处国画油画水粉画。可是，画家如果真的住到这里来画，大半是要吃亏的，因为画出来的风物必定太像假的，不能服人——看过画的人，会怀疑作者将半生走过地方的所有好物都集中在一起了。难怪《马可·波罗游记》里，提到济南时，那个见惯大世面的意大利旅行家也忍不住说："……这地方四周都是花园，围绕着美丽的丛林和丰茂的果园，真是居住的胜地。"

有花有叶有果实，有虫声，加上螃蟹肥，喝酒的日子便多了起来。况且，秋天本身就是一个大酒瓮，私藏了许多酒——桂花酒、苹果酒、老白干儿、女儿红……抿一口，就会觉得把整个秋天都喝了下去。在七仙泉边，在甘露泉边，在白云泉边，在自家院子里古井模样的无名泉边，人们把秋分霜降白露，全当节日过了——他们借着一点酒意，从李太白的癫狂、苏东坡的旷放里，下载两个月亮，一个放飞天上，一个浮搁水上，明晃晃的，将四处边边角角所有都照到。再左右前后，甩着臆想里的长袖子，在大片玉白色鹅卵石、青砖石铺成的路上来回走走，就个个走成了诗人——济南的秋天因为有这些泉的涵蕴，自有一番人世饱满的自在。

我们热爱这个季节，以及这个季节的这个城市。它们共有着一个庞大的气象。我们从这里望眼，就君临了整个东方的诗意。

济南之冬

济南的冬天虽然没多暖，但还是比别处要好得多，至少风就不多——济南位于济水之南，北面黄河流过，形成了一个独特的"V"形，生活在这样一个城市里，感觉安稳、滋润，被庇佑，会有安全感。

况且，济南的南北西东，皴皴点点、大大小小都有山，或漫长延展，或独自成城，挡住了西边北边来的寒流。于是，万物睡下大地歇，不大也不小的济南城，在冬天，就像一个还在孕育中的宝宝，舒服地躺在子宫里，吮吸着泉汁的甘甜。这个宝宝里还套有许多"宝宝"，一环一环，无穷无尽——所有的生命组成一个整体，人类以及与人类共生共存的所有，一同受用着造化的这份惠泽。

而造化安排四季，一个不多，一个不少，一季有一季的道理，谁也不能代替谁，真是美妙。就说济南的这个季节吧，味道全变了，好像一面好好的白墙壁，撕掉油画，换上了一张水墨——秋去冬来，美也换了形式。

那些小草甸也和柳树一样，迟迟地不肯皈依季节，从新绿到葱绿到翠绿再到墨绿，墨绿很久，然后定格在黄绿上，直到最冷的日子，才一夜间老去，却洁净轻盈，仍像一大块玉，安静又神圣。老去的柳树也好看，柔软的铁线垂悬有序，根根透风，在蓝天上垂钓麻雀——麻雀双脚蹦跳的样子多可爱呀。老去的白杨树就更有趣了，巨大的鸟巢突然显现，让一棵树变成一个家，深褐浅褐，草啊细木棍啊，被鸟儿唾液沾得结实，看着乱七八糟，实则精巧非常。鸟巢同树长在了一起，一溜溜的，隔不远就有一个，足有三两百之多，如同一封封寄向人间的家书，平凡，然而神奇。也足可想象，里面暖和和的，盛有五七百个鸟蛋，天蓝天青地睡在里面，到春天就是五七百只小鸟儿，通身清洁，微湿着茸毛，伸长着脖子，张着小嘴儿，露出嫩黄的喙，向那老鸟儿要吃的。小草甸即便老去也并不干硬，小面包似的搁在这里那里，毛茸茸的，带着糖霜。而老去啊，也实在不是什么可怕的事呢，那是时间在沉淀，在积攒力量和迸发的欢乐——如果你见过春风是怎样将绿从小草甸萎掉的根底下吹出来，就该为了小草甸的老去而鼓掌。

大明湖也经常忘了结冰，大雾茫茫，日夜蒸腾，衬得湖心岛成了仙境。还有一种鸟儿，一到冬天就成群结队地飞来湖面，老济南人叫它们"老等"，因为似乎光知道定那里站桩，等着鱼。看着傻乎乎的，眼却雪亮，"老等"看上的鱼一个也跑不了——有时候，你会看到一排"老等"站在那里，长喙，缩脖，眯眼，乖顺地低垂黑翅膀，袒着猪油白的圆肚子，一动不动，像一排安静的黑白键等着你去按。

大大小小的泉池，更加起劲地，哗哗哗，冒着热气似的白汽——在西郊、兴济河畔、森林公园的千亩林海附近，以及东郊的遥墙、北边的商河，真的都有温泉呢。一年四季温乎乎的，像有个好老人边打着盹儿，边不停地煲着一个咕嘟嘟冒泡的锅子，炉膛里的火儿小小的，可是不灭。

下一场雪总是好的。一下雪，人们就纷纷从自己热腾腾的小窝里钻出来，急匆匆，奔向街头。相互问候的话也成了："下雪了！""下雪了！"脸上带着笑。一场雪后，世间所有都泛着一点天空似的浅蓝色，像一张张日报，公开发行，坦白于天下。

说不清哪一天，天上忽然热闹起来，泉城广场、植物园、金象山、小清河两岸、小山包周围、黄河大堤……一切宽阔的地方，不论哪里的天空，都飞满了长着翅膀的"彩云"，顺着风向，在蓝色的大幕布下"啊啊"齐唱。鸽子被一时间冒出的景象吓呆了，只会"扑棱"一声，从这边枝头，到那边的屋顶。大得夸张的"鹞鹰""蝴蝶""画眉""蜈蚣"……都在天上飞着。

其实真正飞着的，是手里牵着长线的人呢——小孩子满头大汗，小孩子身边壮年的大人满头大汗；小孩子牵着长长的线跑，大人跟着小小的孩子跑。

他们的身体和心都跟着那风筝飞上天去了，后来就不知飞到了哪里。平展展的大地也被他们迅疾地来来去去，踩成了弧形。

老人放风筝哪会这么毛躁，他们稳稳坐在小马扎上，掌握一股极大的力量而不动声色，像是一尊佛。

这时候，离春天就不远了。

一念 3000 里

毕淑敏

写下个"念"字，盯着细细看一会儿。

念，由"心"和"今"组成。顾名思义是"心中当下的想法"。

我们常说"生出一个念头"，可见这个"念"是个活物，像个婴儿，有头有脑。既然有首，接下来就会有身子和腿。而且这一切既然能诞生，想来有个母体。有生便有死，念头可以发芽也可以灭失。

那么人的一天，会有多少个念头生出呢？要回答这个问题，先要搞清念头的周期。换句话说，就是大致算出一个念头能存活多长时间？

"念"，在佛教典籍中，可谓身世不凡大名鼎鼎。

"念"来自法显和尚从印度带回国的《摩诃僧律》。第 17 卷中说："一刹那者为一念，二十念为一瞬，二十瞬为一弹指，二十弹指为一罗预，二十罗预为一须臾，一日一夜有三十须臾。"

恕我把话头拉开，先说说《摩诃僧律》。

佛陀说了一辈子的法，到了入灭时分，众弟子推阿难向佛陀请教四个问题。其中之一是"佛灭度后，以何为师？"翻成大白话就是——"您死了以后，我们听谁的呢？"佛的弟子真够直言不讳的。

佛陀答："以戒为师。"意思就是"那就按戒律说的办"。

这说明戒律非常重要。导师人不在了，戒律就成了师傅。戒律是什么？是佛在世时，针对弟子所犯的过失，逐渐定出来的规矩。"随犯随制"，刚开始有点边设计边施工的意思，最后不断完善，终成包罗万象的庞大体系。

佛教戒律传入中国，始于三国时期。之前的汉僧，虽剃须除发，身着缦衣，但并不曾受大戒。到了东晋时期，戒本残缺不全，僧人们便无法度可依。

法显老和尚看在眼里急在心里，拖着快 60 岁的身躯，跋山涉水前往印度求取梵本律典。

公元 399 年，老人家从长安出发，经河西走廊翻越葱岭，在印度参学了 8 年，记录下包括《摩诃僧律》的四部典籍。他再接再厉，又到斯里兰卡继续寻典。拢共历经 15 年，途经 31 国。回国后，与人合译出宝卷。

《摩诃僧律》中说一念等同于一刹那，但它究竟是多长时间？要倒着推算。一日一夜有 30 个须臾。一天 24 小时，合 1440 分钟，折算下来，1 "须臾" 为 48 分钟。

一直以为"须臾"非常短暂，但它比小学生一节课时还多 3 分钟，令人意外。

为谅解自己的孤陋寡闻，我问周围的人，烦请您说说，1 "须臾" 有多久？

人们看出我的不怀好意，拒不回答。再三恳求下，才说——1 须臾，合 1 秒？10 秒？眼睛眨一下，好多个须臾就过去了。

我说，再往长里猜猜。

他们敷衍道，最多也不过一两分钟吧。

佛会把这答案，判作不及格。

刚说的是舶来的"须臾"论，咱也有土产的解释。

成书于西汉的《礼记·中庸》中说："道也者，不可须臾离也，可离非道也。"它的年代，肯定比法显和尚古老，不过似乎不甚严谨，没有精确明示"须臾"的长短。

每个须臾合 20 个罗预，48 分钟除以 20，1 个罗预就是 2.4 分钟。20 个弹指为一个罗预，1 个弹指就是 7.2 秒。这 7.2 秒又可再细分为 20 个瞬间，1 个瞬间就是 0.36 秒。这 0.36 秒又可再细分为 20 个刹那，每一个刹那就是 0.018 秒……

有点乱是不是？那直接记住结论吧——1 个念头的具体时间长度为 0.018 秒。

念头比闪电还快！它起于精微，源自无明。产生之后见风就长，跨越天地时空，纵横驰骋风驰电掣。念头可分好坏。它一动，就有倾向发生。要么是善，要么是恶，要么善恶夹杂。你纵有亿万千念头，也逃不脱这窠臼。

既然念头一动，只用 0.018 秒。一天之内，除去睡觉的 8 小时（白领们看到这里估计要苦笑抗议，因为每日难以保证 8 小时睡眠。姑且按照好吃懒做的我来计算吧），还有 16 个小时，合 960 分钟。换算为 57600 秒。除以 0.018，得出的念头数……吓死人！是 3200000。也就是说，我的脑海中每天有 300 多万个念头闪过，泡沫般无常。

念头组成了命运。所有人的生活，无不源自这经纬复杂繁多变幻的念头。念头生生不息，我们奔波不已。念头衍生出五光十色的世界，一旦念头止息，生命也就终结。从这个意义上说，念头是组成我们生命质量的金色颗粒。

念头交织，故"一念三千"。

此典出于佛教的天台宗。隋朝智者大师号称"东土小释迦"，他认为人的当前一念心，就具有三千种法的内容，从而也就显现出宇宙的全体。苦乐升沉，光明黑暗，都从一念而起，故要从一念深处净化自心。

因喜欢这说法，有时会向友人结结巴巴学说一番。某朋友听后若有所思道，哦哦，一念三千里。

我说，没有"里"，一念三千。

他说，佛理深奥，我也不大搞得明白。加上一个"里"字，便成了俗语。念头和念头之间的差异，只怕是 3000 里之遥，也打不住的。

他自攒出来的这个话，离开了庄严佛经，潜入了诡谲江湖。

念头如果有颜色，可不得了。有吉祥的红色，有土豪的金色。有杀戮的猩黑，有春意的绿蓝……每个人的内心如同最斑斓的调色盘。念头如果有重量，有重达千钧的，有轻如鸿毛的。有不轻不重但黏腻难缠的，有随生随灭云淡风轻的……每个人的内心，如同翻滚着一锅关东煮。

念头如果有年龄，有从一而终贯穿几十年甚至整整一生的，有速生速灭秋水无痕的，有历久弥坚的，有余音袅袅的，有稍纵即逝永无再现的，有忠贞不渝化成木乃伊也坚守初衷的。

念头如光。0.018 秒之间，纵横 3000 里，这是什么速度？一秒钟跑 165000 里，合 8 万多公里，可绕地球 2 圈多。如果以北京为圆心，3000 里到哪儿了？按照直线距离，以北京为中心，南可至广州，北可抵哈尔滨。西快抵乌鲁木齐，向东就出国游了太平洋。

心的容量如此之大，运转如此迅捷，名目如此繁多，善恶如此纷杂，到了令人惊悚的地步。

我热衷于看电视中的法制节目，尤其爱看抓住罪犯后的审讯过程，屏气凝神。先生纳闷，说你是在研究他们的长相吗？

我说，虽说相由心生，但罪犯常常十分年轻，年轮之刀尚未完成对面貌的雕凿。有些颜面，未脱天真混沌之相。

先生说，那你看的是什么？

我答，我在听他们供述犯罪时的想法。

某些供述，难以置信的简单。为什么要杀人？回答，并没有想把他打死，只想教训一下，谁知，人就死了。

谈到投毒，会说，只是开个玩笑。

肇事逃逸，致使原本可以救助的伤者命丧黄泉，司机解释，因为害怕。

将相识多年的恋人杀死，凶手抽噎，太爱了……

凡此种种，我以前多半认为罪犯避重就轻，借故推托，搪塞说谎……这情形当然是有的，不过，当我懂得些心理学知识并加以仔细观察之后，却发现很多竟是真话。更有当初穷凶极恶的魔鬼，会一脸错愕哆哆嗦嗦地说，脑海中一片空白，完全不知怎么想的。

一念3000里。

一个念头所导致的结果，或许并不是在那个念头萌生之初，就可以准确预判完整的。念头念头，只顾"头"，不顾尾，锋利无比。这世界上的事情，本不应太快。太快了，就有灾难尾随其后的可能。

念头是如何产生的，并不十分清楚，它具有我们所不知晓的某些黑暗性质。陌生的力量所产生的念头，可以指挥我们的行动，这的确是不可掉以轻心的危险问题。

也有很多念头充满善良和光亮。有人会说，善念涌起，我是不是应该马上按照好念头去行事呢？晚了会不会后悔？

这世界上有些好事情，或许需要 0.018 秒的时间去决定和完成。但绝大多数的好事情，不会毫无征兆。冷不防显身，之后泥牛入海永不复见，有点妖术的味道。尽管如此，也不能铁口断言好事就不会在 0.018 秒中埋藏。只是，这概率有多少呢？作为普通人，遇到这般机遇的可能性又有多少呢？我觉得极小概率的事情，和普通人相距遥远。总爱极端化的人，骨子里多是高度自恋叠加目空一切。

一个念头和一个念头之间，可能一在天堂一在地狱，好骑手应能驾驭选择。让念头刹车转弯，让念头褪色重染，让念头从容消遁，让念头春风又生。好的念头，如一个浮力优等的筏，在脑海中辗转腾挪无惧风浪。它的生命力当千万亿倍于 0.018 秒，直到我们按照它的指引，做出后续美好的行动。把好念头变成好行动，让好念头层出不穷落地开花，乃是人生要务。

大运河的优美篇首

王剑冰

一

人对什么都有探求之心，泰山极顶，长城龙头，黄河源地，天涯海角都已去过，大运河之首却成为一个焦渴的期待，那是久违的故乡吗？

正是草枯地阔，木落山空时节，出京城好远了，又出了通州好远，天地越见舒朗，直到再不见一座建筑，完全一片野旷天低的景象。

有雪纷纷扬起，温度更显低落，情绪却昂扬起来。浑茫间走下一个斜坡，再拐个弯，就看见了粉墙黛瓦。是的，这里该有一些房舍，这里该是多么繁闹的去处，茶肆酒楼客栈官署都会有。一排高树挤出了一条通道，落叶发出苍然的声响，车辚马萧一般。尽头一堵巨石，石上有字，再看一个牌坊，上书：漕运码头。是了。急走几步，不顾鞋子踩进水洼，眼前已然出现一条气宇轩昂的大河。禁不住喊出了声，那声音，连自己都吃惊，似乎在村口见到了倚望的亲人。我呆愣着，这就是大运河？那个京杭大运河的北首？

许多河流的源头，都是细水浅溪，就像一部交响的序曲，而后才渐入高潮。只有大运河首来得这么突然，横江断河一般，置你于无准备的惊叹之中。

河首像个大口，万里旷风都顺到了这里。水面蒸腾着雾气，像河在呼吸。大运河，你老有千岁，同自然的河流相比，却仍是一条年轻的河。你那么平静，平静得只有轻波微澜，越是如此，越显端肃。你那么宽阔，比我想象的宽多了。看不清你流去的地方，那里已烟锁雾罩。

漕运码头空无一人，干净得像一个封面，打开去看，却是山重水复、雄浑壮阔、帆樯林立、舳舻相接。身背肩扛的急步，浑浊嘶哑的呼喊，昂扬长啸的骡马，低陷沉转的车轮，泪眼彷徨的送别，白发苍然的祈望。一条大船刚刚离港，一批船舶又小心靠岸。漕运发达时，仅从天津每年过来的漕船就有两万艘，更别说还有商船。

大运河，一个运字，让水的实用功能活泛起来。运河不仅输去一条通衢大道，还输去了大河的文明之波，广袤的土地变得丰沃，并催发了农耕经济向商旅经济的转变，码头带动着一个个集镇和城市迅速膨胀。水道的开通已使直沽寨发展成远近闻名的"天津卫"。运河沿岸呢？淮阴、镇江、常州、无锡无不得益大运河的润泽，还有苏州、嘉兴、杭州呢。长江和运河交汇处的扬州，更成为中国最繁华的地方。

700年前，意大利旅行家马可·波罗看到运河的时候，不由得惊叹万分，并说："值得赞美的，不完全在于这条运河把南北国土贯通起来，或者它的长度那么惊人，而在于它为沿岸许多城市的人民，造福无穷。"马可·波罗当时把浙江称为蛮子省，他没有想到，那个蛮子省，后来成了世人向往的人间天堂。

二

说起来，应该庆幸一次次从皇宫里发出的疏浚运河的圣谕，不仅是从隋文帝开始，在他之前早已有过，隋炀帝之后更是接续不断。那些声音越过道道森严壁垒的高墙，低回于运河之上。

运河的挖掘和整治，必是一个庞大的群体，我们无从知道那些群体中的普通姓名，但不妨碍对他们深怀敬意。从一条沟渠的初始，到千里通畅的结果，无疑见证了人类构筑文明的艰苦进程。声声号子里，多少生命在蠕动，他们淌洒着汗水和血水，也淌洒着一个民族的苦难史奋争史，而最终，低沉的号子变成了水边清丽的歌声。

运河首先表现出了民族对自身环境的挑战，它是一种群体智慧和精神的结晶，是价值取向和生命观念的飞升。正是运河的穿引，中国东西走向的水系有了横向交流，运河身上汇通了黄河、长江、淮河、钱塘江和海河的血脉。

一个数字难掩心中的自豪，大运河比苏伊士运河长 10 倍，比巴拿马运河长20 倍，世界上没有哪一条运河能与之比肩。

站立运河源首，想着她不同于其他河流的地方，她不跌宕，不凶猛，没有急流险滩、峡谷漩涡，她母亲般大气、淳厚、秀美、沉静。她比其他河流更善于接受和容纳，即使是很窄的河道，也能见到一支支首尾相接的船队往来穿梭，那种繁忙有序而无声，不会出现大惊小怪的声笛和躲闪。即使是目前，京杭运河也是我国仅次于长江的第二条黄金水道。

三

我知道，北京的很多河流都归入了大运河，这条人工开挖的河首先为中国北方最大的都城带来了好运，以至于不少帝王从这里一次次乘舟巡访。乾隆是在哪里下船的呢？"御舟早候运河滨，陆路行余水路循。一日之间遇李杜，千秋以上接精神。"这是乾隆登舟时的心情。李白早从白帝城出发，乾隆从北京而去，同是烟花三月，到了扬州也相差千年。不过李白站在运河边说了："齐功凿新河，万古流不绝。丰功利生人，天地同朽灭。"乾隆的每次出行都有收获，不是考察的收获，就是私访的收获，或是文思的收获。乾隆十次到泰山，六次下江南，借助大运河，他走得比历代任何一个皇帝都勤。

不能简单说这些帝王都是游山玩水，包括隋炀帝在内，他们还是要做些事情的。出行起码比坐在金銮殿听汇报强，比在位 48 年有 25 年躲在深宫不理国事的朱翊钧强。也许杨广修好了运河，一激动排场搞过了头，史上这种一激动的事情不算少，因而杨广挖运河的功劳被骂名掩盖。皮日休倒是给了个公道话："尽道隋亡为此河，至今千里赖通波。若无水殿龙舟事，共禹论功不较多。"不过这样也好，提醒有些人做点事别忘乎所以。

大运河既已完成，就不是哪个人的了，而是整个中华甚至整个人类的。隋炀帝早已销声，乾隆帝也随波匿迹，那些叫不上名字的帝王更是淹没在浪沙之中。多少年后一声锤响，中国大运河被认定为世界文化遗产。

四

看见了燃灯塔，它高高矗立在大运河的北端。凭着"一支塔影"，顶风沐雨的船工就知道通州河首到了，心境立时开阔起来。

在燃灯寺的外面，见有从运河挖出的巨木，那从南方运来的宫廷用品，不知哪一次事件，使它们水下沉睡 400 年。塔前还遇一老者，81 了，十分健谈，他说中学就在运河边上的，前面坐的同学是刘绍棠。立时想起那个善写河淖的通州人，运河水波托举出多少人物？可是灿若星辰了。

将目光放远，运河不远处，还有一个同样由人工修造的工程——万里长城。这是两个截然不同的线条，长城和运河的一撇一捺，构成中华版图上的"人"字。是的，那是历史最能代表人类活动的标志。现在看来，长城的一撇，更多地成了观赏物，而京杭大运河，却是有力又有益的一捺。一防一疏，总是后者被视为经验。想起河首所在通州的名字，这名字那么名副其实。古时万国朝拜，四方贡献，商贾行旅，水陆进京必经通州，通州有着"九重肘腋之上流，六国咽喉之雄镇"的美誉。一通而百通，不说其他，光一条运河就够了。

五

雪花弥漫。大运河，久久看着你的时候，就感觉你身上有一种宗教色彩，原以为你很难抵达，真到了跟前又似乎在虚幻中，是因为心中久存的景仰吗？

想有一段清闲时日，乘一叶扁舟，慢慢地漂，慢慢地体验运河所带给的感知与兴奋。而后望着燃灯塔，在通州源首靠岸。

李小宝读书记

古宇

化学博士是好人吗？

《金银岛》是李小宝上幼儿园大班时的睡前故事，爸爸自己也是第一次读。以往读书，经常是李小宝央求"再读一段再读一段"，爸爸会说"再读最后一段了，然后乖乖睡觉"。这次读《金银岛》却颠覆了以前的格局，情况变成了爸爸读完一章意犹未尽，马上说"我再给你读一段！"妈妈在另一间卧室，心里大声赞同：对，对，再读一段！全家人通通被少年与海盗的故事吸引，挑灯夜读！（警告：《金银岛》这本书一定要放到假期读！）

薄薄的一本很快就读完了，全家人真是恋恋不舍！好在还有一篇《化学博士》也是他写的，读！李小宝一声令下。爸爸刚刚说，好像不适合小孩子读吧？李小宝斩钉截铁地说：我的睡前故事我做主！于是开读《化学博士》。

这个白天是天使、晚上是魔鬼的化学博士，好像没有《金银岛》的海盗故事好听，但同样精彩，只是不知道小孩子能理解多少。李小宝在听这个故事的期间相当安静，好像在努力想清楚什么，好几天晚上爸爸都问"还读吗？""读。"李小宝回答得痛快。为了验证他是否听进去了，爸爸会佯装健忘问"读到哪儿了？"李小宝都能准确地说出来。

全部读完以后，李小宝说：再读一遍《金银岛》吧。全家一致同意，仿佛都想扫除一下《化学博士》带来的沉闷气氛。

一次出门看电影，走过街天桥的时候，李小宝突然问："妈妈你说化学博士是好人吗？"

"你说呢？"

"他白天是好人，晚上是坏人。"

"嗯。"

"他想变成好人。"

"对，我想是这样的。"

"妈妈，你说为什么他又是好人又是坏人呢？那么好和那么坏的都在他一个身体里面。"

"嗯，就像妈妈发脾气或者冤枉你的时候也很坏，但妈妈想做一个好人。"

"特别难吧？必须把坏的杀死吗？"

"挺难的。"

"杀死了坏的，化学博士整个人就没有了，是吧？"

"是啊。"

"我觉得化学博士是好人，因为他最后趁白天自己变好的时候把自己杀死了。"

"我也觉得他是好人。"

"他不喝那个药就好了。"

"是啊。"

妈妈想不出有什么可以"指导"李小宝的，他的思考给了妈妈很多启示。妈妈心里有一点隐隐的担心，这样的阅读经历是不是会让孩子过于早慧？但相比于让孩子的心灵过早被电视连续剧占领，妈妈倒宁可李小宝为化学博士的挣扎而困惑和思考。

莎士比亚的武功秘籍

李小宝在大院里这一拨孩子中最小，经常挨欺负，对于娘亲教的办法，试过之后，就一句：你说的都不管用！可李小宝又不愿意去跟比自己更小的孩子玩儿，所以几乎每天晚上都是高高兴兴出去玩、哭哭啼啼把家回。

有一天情况却大不一样，李小宝兴冲冲回家后兴冲冲地说："我打败了白子文。"

"哦？"妈妈赶紧洗耳恭听。

"我们一起玩'叫号'。"（妈妈知道，是一种篮球游戏，一帮小屁孩儿个子矮，投不进篮筐，转而用球砸篮板，叫到谁的号，谁就要把篮球接住。）

"嗯，叫号。"

"白子文说我陷害他。"（翻译一下就是，扔球的人故意叫站位最不可能接到球的人的号码，好让他被罚下场，这叫陷害。）

"然后呢？"

"然后他就急了，骂我，推我，还要打我。"

"是吗？"亲娘怒目圆睁，欺负我儿子！

"没事儿，没事儿。"李小宝连忙安慰亲娘。

"我对他说：愿西北的恶风吹得你浑身起水泡。"

"哦——"妈妈的脖子伸长了，仿佛不认识儿子了，李小宝很有些得意。

"我接着又说：愿我妈拿着沾满毒露的乌鸦的羽毛抹遍你全身。"

"哦——"妈妈的脖子伸得更长些。

上面这两句话是《星期三的战争》中七年级学生霍林·胡佛的口头禅，爸爸刚刚给李小宝读过这本书。霍林的老师贝克夫人给星期三不参加宗教活动的霍林布置读莎士比亚的作业，霍林报复性地学到了《暴风雨》中的骂人话。当他得意地运用"愿西北的恶风吹得你浑身起水泡"时，贝克夫人回之以："愿我妈拿着沾满毒露的乌鸦的羽毛抹遍你全身。"原来贝克夫人是明知莎士比亚戏剧中这些骂人话的。书中的故事发展幽默又暖心，全家都很享受这温馨的睡前故事时光。但为娘的怎么也想不到，三年级的小屁孩儿李小宝会在他的江湖中运用这些古典的骂人话。

李小宝看着妈妈吃惊的表情似乎很享受。

"那后来呢？白子文说什么？"小宝娘真心很好奇。

"他愣住了呗，他说，你说什么呢你？然后就走开了！"

李小宝学着白子文一脸茫然的样子，一向的霸气没了踪影，仿佛难以想象莎士比亚是何方神圣，这是什么武功？

李小宝长出一口气宣布,我也要读莎士比亚! 我也要先读《暴风雨》!(霍林·胡佛先生的阅读顺序,他爹娘岂能错过这大好时机呢? 今晚就开读莎士比亚!)

莎士比亚不是站在书架上的大书

李小宝迷上了莎士比亚,其实他并不知道莎士比亚是谁,在他心里,莎士比亚只是他喜欢的一个七年级男孩霍林(《星期三的战争》中的人物),被迫阅读的"冗长"而"乏味"的作品,但最后他们都爱上了莎士比亚。孩子不像我们大人,他们没有被莎士比亚吓住。李小宝后来很认真地说:"我现在知道莎士比亚是好的戏剧。"

这句朴素的评价反映了孩子对"大书"有着天然的亲近,虽然他们刚开始从那里学来的只是一句骂人的话。比如三年级的李小宝和七年级的霍林,首先从莎士比亚习得并不断运用的是:"愿西南的恶风吹得你们浑身起水疱……"

起初李小宝从书架上挑了《星期三的战争》让他爹读,他爹说:"这个你能自己看,读别的。"其实他爹有点私心,睡前阅读总是读儿童文学什么的实在很难坚持,必须有些"童叟共赏"的书掺和着。像前一阵子读《金银岛》,李小宝不用央求,他爹就会主动说:"我再给你读一段。"那叫一个欲罢不能,都是好书惹的。这次他爹还想找这么一本书来读,捎带着满足大人的爱好。但李小宝坚持说:"这是我的睡前故事,得我决定读什么书!"他爹当然得让步。

好在《星期三的战争》带给一家大小的愉悦感受丝毫不减。不仅如此,听完霍林的故事,李小宝宣布:"下一个睡前故事我要听莎士比亚。"

说实话,他爹都没怎么正经读过莎士比亚,莎士比亚对于大人是书架上端正站立的"大书"! 孩子可不管这么多,他要读,而且和霍林的阅读顺序一致,李小宝先点了《暴风雨》。

当晚听了一幕,李小宝同学还不过瘾,他说要带两本莎士比亚到学校去,他爹没太当真。那天放学回家，李小宝同学说读完了三个剧本，还没等他爹起疑，他继续说："你猜那磅肉是怎么解决的？"幸好高中课本里有《威尼斯商人》节选，不然可能还不知道小宝同学说的是"哪磅肉"呢。"那个法官真是够聪明的，她说当初只说了是一磅肉，没说要一滴血，所以不能有一滴血，你就可以割去一磅肉！"孩子眼里闪着兴奋的火花，在大人眼里的"大书"带给他的是单纯的故事的快乐。

李小宝同学还谈了他对《李尔王》的看法，"开始太啰唆了；中间故事讲得太快了，发生了那么多事儿；最后太惨了，人都死了。我在意大利童话里看过一个故事，那个小女儿说对她爸爸的爱像盐，不是像李尔王里面小女儿说的像爱自己一样爱她爸爸，而且故事没有这么悲惨。"说到最后，李小宝说，其实我爱你们也像盐。他爹听得眼泪汪汪的，不知道说什么好……

听读加上阅读，李小宝读完了大部分莎士比亚，他爹娘也和他一起完成莎士比亚扫盲。李小宝的兴致不减，家里要一套《莎士比亚名剧动画》，每个剧十几分钟，李小宝找出来都看了一遍，一边看一边惊叹："他们说的话跟书上的一模一样。"这个动画片的人物对话翻译用的是朱生豪的译本，他爹读的就是朱译本的。

李小宝爱读书，就像他爱乐高玩具、爱滑冰、爱踢球一样自然而然。

灰熊卡普太笨了

——鼻子让他离开，他却听眼睛的留下来

《西顿动物故事》是李小宝小时候最喜欢的动物故事，上小学之前他已经让爸爸反复读了很多遍。妈妈每次跟着听书，心底都有一种广袤苍凉的感觉，也疑心是不是给孩子读早了。但李小宝好像和里面的动物成了感情深厚的朋友，似乎没有受到动物世界生老病死的影响，满心想的都是好玩的情景。

上学之后随着阅读视野的扩展，他有五六年没有回到这本写动物的书上。令人惊诧的是，当妈妈问起对这本书还有没有什么印象时，李小宝如数家珍地提到乌鸦银斑、豁耳兔、狼王洛波，还有灰熊卡普。妈妈问印象最深

的是什么，李小宝说："他们都特别聪明，除了卡普，他太笨了。""怎么个笨法儿呢？"李小宝说："卡普五次才记得不吃带铁气味的诱饵，受了好多伤才长记性。"妈妈知道卡普是孤儿，全靠自己摸索生存技能，已经不容易了。李小宝却不这样认为，他说："其实，灰熊天生就知道铁器的气味是危险的，可是鼻子告诉卡普要离开，眼睛却让他留下。"见妈妈迟疑了一下，李小宝又解释道："他眼睛看见肉就想留下来吃，其实猎人在肉里下了夹子，他受了五次伤才听鼻子的话，远离铁的气味。"

妈妈听了这话，忽然脑子里灵光一闪，说："是不是就像有时候小朋友玩电子游戏的时候，嘴上答应妈妈马上离开 IPAD，眼睛还是离不开屏幕的感觉呢？"李小宝不好意思地笑笑："我有时候也挺笨的。"

李小宝心领神会，让妈妈心里很有些小得意，她接着说："嗯，看来抵御诱惑真是个跨界难题啊。"

帅克是一个傻子，又是一个天才

《好兵帅克历险记》是李小宝爸爸的最爱，65 万字的厚书，他已经在睡前故事时间给李小宝读了两三回了，爷儿俩经常笑得人仰马翻的。妈妈总有些担心李小宝兴奋过头会学着帅克"胡闹"，跟宝爸说，宝爸不以为然。

有一次宝妈看了李小宝在学校做的"我爱读书"作业，才放心下来，并且不得不承认孩子对很多事情的看法真是直指要害。李小宝在他那短短不到百字，还有好多拼音的"阅读答题纸"作业上写道：

"帅克一直想当兵，有一天，他走着走着，看到一个军团正在招士兵，他自愿当兵了。这本书的作者和插图画家都在这个九十一团工作过。我最喜欢第十五章《灾祸临头》，讲的是上尉想要一只狗，让帅克去弄，帅克偷了一只狗给上尉。上尉带着狗去散步，狗原来的主人看见了自己的狗，说上尉偷狗，上尉气疯了，要收拾帅克。

帅克是一个傻瓜又是一个天才，我认为他是天才，因为他在任何情况下都能高兴。他是傻瓜，因为在紧急状态时他还微笑着说：有什么事儿？帅克干了好多疯事傻事，周围的人都说他是白痴。告诉你个秘密，我觉得好兵帅克是在装傻。我很喜欢他。"

不知道作者哈谢克的心意是否被李小宝这位小读者说中，妈妈真是觉得小孩子看问题倒真是直接而接近本质。

李小宝上到小学三四年级的时候，开始越来越多地遇到困难和困惑的事情，宝妈也没有什么经验，不知道怎么帮上他。宝妈忽然想到他们共有的阅读经历，就试着对李小宝说："还记得你喜欢的帅克吗？他遇到那么多难得不行的事情，他还是高高兴兴的。"

提到帅克，李小宝乐了，他呵呵笑着说："你们光看到我善的一面，还没看到我恶的一面。"这是经常折磨帅克的布克中尉总爱说的话，他的恶让李小宝恨恨的，却丝毫伤害不到帅克，帅克脸上总是浮着他标准的微笑，笑眯眯地问："有什么事儿？"于是那些骇人的折磨似乎就这么被消解了。李小宝长长地叹了口气，说："妈妈，我感觉好多了，谢谢你。"

谢谢帅克这个傻瓜天才。

假如我有哈利·波特的魔法棒

英文的《哈利·波特全集》是宝妈的好朋友送给李小宝的生日礼物，全套书装在海盗小宝物箱里送来，上面还插着长钥匙，看上去神秘诱人。此前李小宝已经熟读了中文版的书，并看了电影，而宝妈不是哈迷，也不太感兴趣，只从电影介绍知道个大概情节。那段时间宝妈发现，李小宝有点五迷三道的，经常会希望在地铁里找到九又四分之三站台，并想象迎面开来的列车是开往霍格沃茨魔法学校的特快。对于宝妈的"正常"思维，李小宝会嗤之"像你们这些麻瓜就只能理解到此了"。宝妈一看这不行，"威逼利诱"着让李小宝同意开学期间不看哈利·波特了。收到英文版的礼物后，李小宝跟宝妈商量想看英文的。宝妈心想，我都看不懂，你小屁孩能懂？也就答应了。

没想到李小宝那之后拿出很多时间不断研读，连蒙带猜地啃读哈利·波特英文版，宝妈想，既然已经答应了孩子，也只能信守诺言，心里安慰自己，就算好歹学点英文也成。

后来的一场虚惊着实让宝妈不淡定了一把，原来从小学三年级语文期末考试就有作文了。那个学期最后一天放学的时候，妈妈们都在校门口一边聊天一边等着接孩子，宝妈随口说学校的作文考试题目还挺灵活的，李小宝选做的是《假如我有哈利·波特的魔法棒》。周围几个妈妈都有点儿吃惊，有选做题目吗？不都是他们这学期写过的《记一件小事》吗？宝妈心里咯噔一下，想起来一年级时李小宝把幻想的三层地下体育馆当真事儿跟宝妈学的经历，这次不会是又魔幻了吧？

白梓辰的妈妈问宝妈，李小宝是怎么写这篇作文的啊？宝妈复述了李小宝的作文：假如我有哈利·波特的魔法棒，我要把我的房间变成宇宙飞船，飞到太阳上去看看，我要把好多好吃的分给那里的小朋友……没等宝妈说完，白梓辰妈说："写得多好啊，你千万别说他，保持他的想象力，和作文得分比，这要重要多了。"宝妈故作镇静地笑着答应，心里却像塌下去一个大洞，估计当时的脸都绿了。

成绩单发下来，幸好李小宝的作文是有成绩的，也就是说真有这个可选项？李小宝说当然真有，他喜欢哈利·波特，所以特别高兴考试有关于他的问题。宝妈庆幸自己忍着没有告诉李小宝她刚刚经过的思想斗争，要不然显着多不信任儿子啊。

宝妈心里的大坑自行填满了，加上放假了，宝妈的心情比李小宝还轻松。宝妈问："儿子，你这学期啃读哈利·波特英文版，英文一定很有长进吧？"李小宝说："嗯，我主要看着英文猜测对应的章节，然后回忆中文都写了什么。"看着李小宝一脸真诚的样子，宝妈真的很无语啊。

隔空的心理辅导

李小宝七八岁的时候，有一次，爸爸备课要讲"叙事学"，忽然卡住了，举个什么例子让学生理解"中国套盒"式的叙事方法呢？《一千零一夜》太长了，爸爸一时想不出还有别的。这时李小宝闯进爸爸的书房，他说有一个特别好玩的故事——《小女孩和死神》，他急切地拿着书念叨：

一天，一个小女孩正在做家庭作业。死神来到她的面前，对她说："小女孩，跟我走吧，时间已经到了。"

"请等一会儿。"小女孩说，"我得先完成家庭作业。"

"好的。"死神说，"家庭作业很重要，你快点做完吧。"

李小宝放下书，快快地告诉爸爸后来发生了什么："后来小女孩和死神都不知道 9×8 等于多少，死神就同意小女孩明天问了老师再跟他走。然后，老师又布置了明天的作业，死神又帮女孩做作业，他们又碰到了死神解决不了的题目。然后，又等明天，然后是一个月后，一年后，然后当小女孩长大了，然后死神又老一点的时候，他老也不能把女孩带走。"

这不就是一个好例子吗？爸爸心里奇怪家里怎么还有他没有看过的书呢？一定是妈妈买的那一大堆"儿童读物"里面的。爸爸请求借书一用，李小宝慷慨又兴奋地把这本《当世界年纪还小的时候》递给爸爸。

妈妈也没有读过这些"儿童读物"，心里暗自庆幸当初买下这本书，妈妈觉得这本小书的作者隔空为李小宝进行了一次成功的心理辅导！为什么这么说呢？原来——

前几天晚上，李小宝一边泡脚一边和妈妈聊天，忽然李小宝问妈妈："我上小学回来，你还在吗？""在啊。"

"你不死吗？"李小宝看着妈妈，认真地等着她回答。

"不死。"妈妈不明所以，隐约觉得他两岁多那次关于死亡的话题再次袭来。

"你什么时候死呢？"看着李小宝严肃的样子，妈妈决定一样严肃对待："不知道。人都不知道自己什么时候死。"

"人都不知道呀？那你会死吗？""会。"

"你死在哪儿？""不知道。人不知道自己死在哪儿。"

"为什么呀？""有些事，人决定不了。"

"那，你会在哪儿死啊？"

妈妈不知道，也不知道怎么回答，于是问："你说呢？"

"你死在路上。""不。我不想死在路上。"

"那你想死在哪儿？""死在家里。死在自己的床上。"

"不。我不让你死在家里。""为什么呢？"

"你会把家弄脏的。"李小宝坐在那儿，说话的声音有些颤，眼睛湿了，但他忍着，脸上努力保持着应有的平静和坚决。

"你是不想我死，是吗？""是。"李小宝一下子放松下来。

妈妈握住他的手说："我会陪你长大的，上小学，上中学，上大学。"

李小宝温柔地看着妈妈说："那，你不会死了吧？"

妈妈也温柔地看着李小宝，李小宝笑笑说："哦，人都会死的。"

妈妈想，要是那会儿给李小宝读读这个《小女孩和死神》的故事就好了，可是书虽然是妈妈买的，可她还不知道有这么一本书啊，这本书那时候还仅仅是"一大堆儿童读物"呢。妈妈觉得自己可能比爸爸更理解李小宝读了《小女孩和死神》之后特别的轻松感，于是妈妈说："你再给我讲一遍死神和小女孩的故事吧。"

要不要读读《苏菲的世界》？

李小宝第三次回到死亡这个问题，大概是在十岁到十一岁之间，这回李小宝思考的时间持续了好几个星期。

某晚睡前故事结束之后，李小宝叫宝妈陪他一会儿，宝妈和李小宝并排躺在黑暗中，李小宝忽然说："我真的怕死啊。"说着有些哭腔了，"你说人死了什么样啊？"

宝妈借用《成长的烦恼》里面的心理医生父亲，面对大儿子迈克同样问题的回答：这是人类世代思考的一个问题，有些宗教比如基督教等认为人死后可以上天堂，有些人信奉佛教认为人死后会轮回，有些人认为存在永恒不变的灵魂，有的唯物主义者认为人死了就什么都不存在了。李小宝听了马上追问宝妈相信哪种说法？宝妈迟疑了一下说她还在思考。李小宝倒也不计较，思绪被吸引到了《成长的烦恼》整体的轻松愉快气氛中。记起电视剧里迈克看到死去的叔叔跑步并和他打招呼,吓得他牛奶洒在地上。李小宝笑了,他渐渐平静下来睡了。

多日之后的睡前闲谈,李小宝告诉妈妈:"我想了,我想有天堂比较好,我想相信基督教。但你能让我看一眼耶稣吗?看一眼我就相信了,我就安心了。""我没有办法让你看到上帝,那样他就不是上帝了。有人说上帝就是爱,我能做的就是给你好多好多的爱。你知道我爱你吗?""知道。""爸爸也爱你。""知道。"过了很久他喃喃地说:"要是能看一眼天堂就好了。"不一会儿宝妈听到他平稳的呼吸声。

再一次回到死亡的问题,李小宝在黑暗里哭得很厉害,他哭着说:"我真怕你死了,不知道为什么我跟我的朋友说起这个话题的时候,我们俩都非常冷静,一跟你说就特别想哭。怎么就这么伤心啊?""我是妈妈啊,小孩子在妈妈面前都是放松的,有点脆弱哈。"妈妈抱住李小宝让他安静地哭了半天,然后他叹气道:"我要是死了可怎么办呢?"宝妈开玩笑说:"你要是不死可怎么办呢?"李小宝扑哧一声笑了,他有些疲惫地说:"我想睡了,累了。""睡吧,妈妈陪着你。"

过了好几个星期,宝妈以为这轮思考终于告一段落了,李小宝睡前又让宝妈陪他一会儿,黑色的安静中,李小宝非常平静严肃地说:"妈妈,我想好了,你要是死了,我不会特别伤心,也不哭,你别介意哈。我想清楚了,我觉得我改变不了什么,哭和伤心也没有用。"宝妈轻轻地笑了,心想,我死了还知道吗?她说:"我不介意,你不哭也没什么,你知道庄子吗?中国古代的哲学家,他妻子死后他不但没有哭,还鼓盆唱歌呢。""真的?为什么呀?""据我理解,他的哲学思想让他觉得生死没有什么不同。""你是说人类从古代就一直考虑这个问题?有答案了吗?""没有统一的答案,所以人们一直在研究哲学问题。""这属于哲学问题?""对。""我什么时候可以学哲学?""一般到高中阶段。""不能早点儿?""也可以吧。但可能到那个年龄许多问题才好理解。""《成长的烦恼》里面迈克问他爸爸这些问题时几岁?""快十五岁吧。""嗯,那我再等等。我睡了,陪会儿我吧。""没问题。"

　　苏菲和席德也是十五岁，她们在《苏菲的世界》这本书里学习哲学。作者挪威人贾德担任多年高中哲学教师，他在书中设计了一种对镜成双的精巧结构，这本身就隐喻着哲学问题，情节引人入胜。一开始你以为苏菲是故事的主人公，后来发现她是席德十五岁生日的礼物，席德和你我一样阅读着苏菲，随着苏菲一起走过人类哲学思想的历史长河。苏菲却也同时不断感受到席德的存在，不断收到席德父亲要她代转席德的明信片。这种庄子梦蝶般的意境宝妈不陌生，宝妈想，生命本身真是悲伤而严肃，大人被每天的忙碌塞满了心灵，不再像小时候那么多思了。宝妈不记得自己小时候是怎么独自面对内心问题的，长大之后的阅读或许给了她不少帮助，读书一定程度上补偿了现实世界所缺乏的某种需要。但要不要给李小宝读《苏菲的世界》？他会不会被其中某些艰深的哲学理论吓倒？宝妈内心有一个声音隐约告诉她：再等等，再等等，他或许需要更多的人生阅历来支撑他的思考和理解。

故乡十章

苏忠

父亲的墓碑

走完 69 级台阶,父亲,你放下刚刚煮好的白米粥,放下新买的带着绿叶的杨梅,放下才盘点好的柴米油盐账本,收拾起那个公鸡打鸣的清晨,走出石头老屋,走过你熟悉的羊肠小道,拐进一扇陌生的永不透明的玻璃门。

驼背的影子总是弯着,谦卑的脸上赔着笑,年轮的皱褶鸵鸟般抱头。你在阴晴不定的天光下踟蹰,你和蚂蚁一样碌碌无为,你狼狈地活着像一头疲惫的老牛,你世俗,你蝇营狗苟,却没有用一潭湖水来掩饰泥沼。

在天国的初夏,你是走家串户的推销员,墓碑是你的名片,正反面都刻有方块字,那些电话号码还是旧的,名头也没更新,地址似乎也被汗水浸渍。上帝的指头,或许夹起,瞄了眼,搁在桌边,然后,眼睑不抬说,晓得了。

你端起一头白发,俯身赔笑,毕恭毕敬地退出。似乎还知道,我远远望着,腰杆挺了挺。

喊魂

大人在屋顶竖了根竹竿,上面绑了几条红绿布片。一连几个夜晚,大人领着孩子喊着一个人的名字。月光下,声音传得远远的,一阵阵的,名字是小孩。

开春以来,小孩多语、狂躁、谵妄,服了民间偏方后,不见效。听乡里"讲话人"说,是小孩的魂丢了。丢魂了,须在夜深无人时方能招回。

白天里,竹竿上的布片在风中飘摇,路过的邻里都用眼神探望。

家里给孩子添了很多好吃的，一家人也围着嘘寒问暖。平时家里忙，孩子早早就无人管。突然间，所有人都关心起他，孩子开心极了，也念着能吃到平时难见的。在人多时，依然会说些不着边际的话。

家里慌了，送小孩看西医。西医药苦，打针也疼，小孩不喜欢，话更零碎了。

竹竿上的布片，又多了几条飘摇。

过了阵子，路人看小孩时都侧目，经过的脚步也匆匆。家里也恢复了平时的饮食。

"讲话人"说，是魂跑得很远，竹竿上的布片不惹眼，要把小孩送到寺里，才管用。

寺庙清净，香火不多，山也清，水也灵。

草木都踮着脚走路。

过不久，小孩回来了，似乎安静了许多，不多言，不乱动，眼神闪亮。

回忆的外婆

人们都说，我出生不久外婆就过世了。我说，记得外婆啊，那时母亲抱着我走啊走，说是看外婆去。上了一道坡，过了几户人家和菜圃，再上几道石阶，就到了外婆家。外婆盘着高高的发髻，细长的眼，小小的脚丫，和一排老人坐在旧门窗前，双手飞快地包粽子。粽子似乎很多，一串串挂着。外婆惊喜地抬头，把我搂在怀里，左瞧右看，好像还说了很多话，声音嘶哑、慈祥。

人们大吃一惊，说我胡言乱语，那么小的孩子哪有记忆，而且还能描述得这么清楚？记得母亲说过，某年的端午节，她确实抱着我找过外婆，很多细节大约如我讲的那样，但具体是哪年，她说再想想。可是，到后来，她总说想不清楚到底是哪年。

从小到大，我在不同场合好几次说起这件事。可每回总被质疑或嘲笑，我也曾偷偷在外公家端详外婆遗像。盯着她的眼睛，我相信她当时就这么温柔地看过我。到了后来的后来，我愈强调，人们愈不信。真真假假，我也怀疑起自己了，不知道是我的臆想，还是真的有过这回事，或者弄混了时间。

到现在，母亲也走了，没人给我明确答案了。只得在心里对自己说，既然没人说得清，我还是选择宁信其有吧。

没有外婆的童年，让我如何回忆呢？

乡里的秤

旧时候，走街串巷的货郎，论斤按两卖东西时，喜欢把秤尾翘一点，然后吆喝一声，斤两给足啰！

老乡们都笑眯眯的。

也有把秤端得平平的，一丝不苟。买东西的人，围观的人，嘴里都说货郎抠。可农活忙时，也会让孩子们跑腿代买，说是蛮放心的。

那些缺斤短两的，以次充好的，乡里人的眼睛往往把秤盯得紧紧的。担子里的货物也会反复打量，常常看着看着，就放下了。

有时买是买了，但多半红着脸嚷嚷，也有跺脚的，闲人们都乐意围观。

等货郎走远了，会指指点点跟孩子们说，这人歹，大人不在时，离远点哦。

喜欢把秤翘翘的货郎，一段时间没来了。后来听说人死了。老乡们都叹息，是个好人，可惜了。

老屋的院子

那天，与弟弟在石头老屋喝茶聊天。

老屋有三间，前后三进，前面是个院子，有围墙。院子里种了很多花草，但比原先稀疏了些，不过还是满园姹紫嫣红、香气扑鼻。这些，是母亲在世时种植的。

想到那时我还在京城，母亲也还在。春节回家时，我说，去北京走走吗？电话里曾听母亲聊过故宫、天安门等，知道她心里想去，但都没和我特意提起。所以趁着春节在家，我主动聊起这个话题。母亲眼光一亮，随即又暗淡下去，她喃喃地说，我也想去啊，但一去，家里的事很多，大大小小的人情往来要安排。还有家里的花刚刚种了很多，不及时浇水的话，就养不好。

庭院里，栽满了五颜六色的花，热热闹闹的，都很欢喜的模样。屋顶上，也爬满了百香果的藤蔓，有的还垂在屋檐边上。这都是母亲摆弄的。她一个人在家，那时热衷于养花种草。

我说，乡里的事情也不会那么着急啊，总可以调剂。至于这些花儿，可以请亲戚帮忙浇几天水嘛。母亲说，几天的话是可以的，但去北京来回要一阵子啊，乡里的有些事落后了，脸面不好看。况且养花的事总麻烦亲戚也不好，过一阵看看吧。

见她这么讲，我也不好坚持。想想，那就过年再说吧。

后来，母亲的身体不好了，也不方便出门，就渐渐不提去北京的事了。再后来，她就过世了。

见我走神，弟弟边倒茶边把话头拉回来，说，你现在也回来了，是不是考虑把老屋改造一下？

如今，老家渐渐破败了，我们也不经常回来，重修了，放在那儿也没用。而且，改变房子格局后，奶奶和父母的痕迹就会淡了。与其这样，不如不做。我边解释边插话说，这些花儿养得不怎么样啊。弟弟喝了口茶说，他也不经常在家，花儿还能这样算不错了。

想起母亲当年的担心，还是有理由的。但现在，她不会再回来了。

旧渔村

一截老城墙，密密麻麻簇拥着半新不旧的水泥砖房、石头房屋、木头房子，像海里的沙丁鱼叮着火腿肠。

村庄依山傍海，在半岛的顶部，犬牙交错的海岸线恍若伸出的脚趾头。历来，有城隍庙的地方皆有老故事，村里的掌故迭次在各种新翻修的寺庙流传。近的有天后宫、真武殿、三官堂与姓氏祠堂；远点的是九龙禅寺，散落山间的土番坟墓，还有一些尚未入土的棺材板；再远的就是海上的舢板、鱼排、轮船、大大小小的岛屿，与飞过的鸥鸟。

海和山和天空，四季里差不多一个色调，有时深点，有时浅些。翻脸的是台风天，像老天爷在使劲摔东西，还与街上的醉汉一样喜欢大吼大叫，不过时间都不久。村里人的脸庞要么黄，要么黑，也有白皙的女孩，不多，都是些在家织渔网的妹子。似乎从筑城以来，各色人等，士农工商、渔夫走卒、痞子倡优，都没变过。

白天，村里人出海捕鱼，养殖，买卖，喝酒，唱歌，约会，打架，赌博，看电视，小孩读书，老人晒太阳。到了夜里，山上的魂灵也在村中晃荡，找些阳气，捞些纸钱。迷路的，只要跳上旧城墙，也大抵能辨明方位，找到回去的路。

外出谋生而发达的人，喜欢带着客人参观老城墙，指指点点。村里修族谱的，也乐于把这类人摆显要位置。当然，钱出得多的人家，也可以得到这待遇，像旧时的大金牙，只是死的时候会被拔掉。

村中，整日里都有不散的鱼腥味。

村里轶事

夏夜，岭头，碎石子路。

老孙头踉踉跄跄走来，满嘴酒气，嘟哝着番薯藤般的话儿。在村里，这些到处能听到，能闻到。

今年小麦收成不错，空心菜足够自家吃了，丝瓜挑大的可以送几个亲戚，茄子刚紫得发亮就被小孩偷走了也没事，就是番薯太多，家里堆得到处都是。

嗯，孩子如果今年不回来，就考虑做地瓜烧酒吧。烈是烈了点，但喝起来顺口。

快到村头了，老孙头累，想坐下喘喘气再走。

一阵风吹来，老孙头浑身舒坦，话头更是滔滔不绝。

有黑影不知何时傍在老孙头身边，似安慰，又似倾听。

老孙头说着说着，哭了，还哇哇吐了一地。他记得，衣服是邻村女人给新做的。

清晨，一觉醒来，老孙头急忙坐起。

衣服除了有点湿，都好好的，地上也干干净净。

身旁躺着一条大黄狗，红着脸，呼呼大睡。

剪月

把夜色抬一点，再高一点，许多童年，就溜了进来。

那时姑姑还在，还健朗，她已卸了村里职务，没什么事儿。平时爱讲童话给孩子们听，有些鬼怪故事也挺吓人。姑父的腿上，有虬结的筋。他一路跑来，说，夜深了，怎么还不回？我们一帮孩子拿着剪刀，托着盘子，坐在草垛边，排着长队，准备剪月亮。

姑姑瞪了眼姑父，回头悄悄跟我们说，只要屏住呼吸，挨近月亮，快速剪下一角，装在盘子上，然后赶紧端回家，装在窖子里。放什么，就能长出什么。姑父撇着嘴说，那就装你的手镯吧，看看能长出什么？

记得那时，我想的是放白兔子。在我的童年里，玩具很少，似乎只有一两样。而兔子，家里养了一群，都是土黄色的。

那时天色很矮，没有风，星星都摸得到，夜来香的味道隐隐的。一群孩子，并排坐着，不说话，眼神亮晶晶的。

夜色缓慢地走着。

月亮也不着急，宽袍长袖。

也不知何时，姑父不见了，姑姑不见了。

孩子们，一个一个，陆续溜回家去了。

那片蓝

那年夏天，表兄弟们来海边过暑假。

我也只有十来岁，他们的个头和我差不多。

我们一起从码头跳入海，少年人哦，都穿着裤衩，那时流行长头发。有一点点浪花，天很蓝，海水是天空的另一半脸孔。

我们各自游泳，有时潜泳，有时蛙泳，有时爬上小船再鱼贯往下跳。天气实在太热，待在水里总比回去好，我们有各种消磨时间的花样。

估摸过了大半个小时，记得我躺在码头上休息。突然听到表兄在高声呼喊。原来表弟腿抽筋了，表兄去拉他，可慌乱中的表弟一把抱住表兄。表兄撑不住了。

我起身迅速跳下水，奋力划浪游过。我拉住表弟，表兄脱身。表弟紧紧抓住我的手，我本想说两句，表弟一把抓住我的头发，全身压过来。我说不是这样，我拉着你的手。可表弟似乎已经失控，脸上挤满了惊恐表情。

我试着游了几步，可实在没法承受。我推了一下，可推不开。那时码头上有一些村里的人，我本想喊救命，瞬间又觉得丢脸。拉拉扯扯中，头像葫芦般几回按下去又浮起来，嘴里开始灌入海水了，很咸。后来，我看到那些人也在指指点点，可我已经喊不出声了。我开始觉得恐惧，海与天空像扭曲的脸。

那种窒息与晕眩，童年大病时也有，那时奶奶抱着我抽泣。

表兄已游上岸，见我似乎快要沉溺，急得大喊，让表弟松手，自己慢慢游。表弟似乎已缓过神，在我意识模糊的瞬间，放开手，狗刨着向岸边游动。

我艰难地翻过身，肚皮朝天，以仰泳的姿势喘息。

清晰听到，码头上的人大声说着什么，可他们依然没动。

过了一阵，恢复了精神，我一点点游向码头。

那时和后来的记忆，储存的都是慢镜头，所有的声音我都不想听，我游过那片蓝色的海水，天空的云朵都是奶奶的眼眸。

后来的一生，每当我走在悬崖边上，都会记起那片蓝。

老井

回到故乡，特意拐道。村里的老井，依然在。尽管，家家户户都通了自来水，三三两两也盖了几栋新楼。

可没人把水井填埋。

那些年，井边有洗衣服的女人，有打水的汉子，有花枝招展的寡妇，有唠嗑的老人，有踉跄的酒鬼，有打尖的货郎。村里的大小事都在井边发布，流言蜚语也都在井边传递，来来往往的村邻都习惯从这儿走。

夏天，孩子们在海里游泳后，会在井边打水，冲洗，打闹。夜深无人时，我会偷偷跳入井中，屏息，沉沉浮浮，浑身清凉。有几回，泡在井里仰头看星星，周围有蟋蟀的声音，一针一针地细密。

那次，被村里的老人撞见，后来逢人便数落我，持续了好一阵子。

扯着记忆，我围老井走了几圈。井边已是杂草丛生，淹没了眼角细节，土围墙也塌了，有些记忆也埋没了。

我俯身，井里的水还清亮，一些青苔微微蠕动。

想起，当年有个疯子说，这口井，是村里的心脏。

山坡上，有成群芦苇花在风里跑。

目光

杜卫东

我们去凭吊一位先贤。

时值残冬，面包车驶入遵义近郊的沙滩村，眼前仍为之一亮：一亩亩池塘碧水盈盈；一洼洼菜田绿色正浓。远方，山色如黛，橛树成荫；近处，野菊未凋，桂树飘香。山坡上，一幢幢白墙红格的双层农舍错落有致、形状各异；碧波粼粼的乐安江绕村而过，如一条绿色飘带，把这一方水土勾勒得钟灵毓秀。遵义的朋友说，现在不是最美的时候，如果夏天来，才真是"人间仙境"呢。我听了暗自感叹：如此山水，必有大贤。人杰地灵，此之谓也！

朋友，你猜对了，此行，我们是来拜访黎庶昌。

车在路旁停下。庭院两进，门楼一座；前带清流，后枕山峦。正房屋檐下有一黑漆竖匾，"钦使第"三个字灵动飘逸，像三只穿越了百年风雨的火凤凰，为这座古旧的宅邸衔来了几片沧桑。庭院中有水池，金鲤摇尾；宅檐下长杂花，叠红吐绿。

这里，就是一代先贤的人生起点，也是这位贵州好汉的人生归宿。

一

秋风已至，落叶渐稠。京城一间民宅里，一位身着青布长衫的后生推开面前的窗户。已近午时，蓝天高远、白云惨淡，院中槐树上有几只夏蝉，正低一声、高一声嘶鸣，似乎是叹息生命的短促。后生凝望片刻，头一甩，脑后的长辫画出一道弧线，啪一声缠在脖子上。他已踌躇多日，终于下决心回到案前，咬住嘴唇，饱蘸浓墨，在案头的宣纸上写下了第一句话：臣愚伏读七月二十八日星变诏书……而后，眉头微蹙、奋笔疾书，洋洋七千余言一挥而就。

他就是黎庶昌，时年26岁。两次乡试不中，一贫如洗，滞留京师已走投无路。

这是1862年10月的一天。太平天国正与清廷激战，英法联军不久前攻陷了北京。近来又天呈异象：正月太阳三晕，二月流星南奔；春夏之交，阴云遮日，旱蝗四起。西北有洪水暴发，东南现台风肆虐，七月间更有陨石雨和彗星划破苍茫天际。刚刚通过"辛酉政变"掌控了国家最高权力的慈禧，认为这是"危亡倾覆"的征兆，为消灾弥变，以皇帝名义"下诏求言"：申谕中外大小臣工，务各齐心悉虑，于朝廷政治得失大且要者，谠言无隐。

在黎庶昌这封被后人与贾谊的《上疏陈政事》、诸葛亮的《隆中对》和范仲淹的《上宰相书》相提并论的《上皇帝书》中，自号黔男子的一介山野书生，以心雄万夫的气概，要"为一代除积弊，为万世开太平，为国家固根本，为生人振气节，上以回天变，下以尽人事"。笔锋所至，直指清廷种种弊端，陈述兴利除弊的方略大计。行文犀利，雄视千古。

黔地，古有"鬼州"之谓。飞鸟不通、荒蛮贫瘠，在世人眼中乃瘴气弥漫、非人所居之城，故李白曾放逐夜郎，刘禹锡被谪贬播州。这样的闭塞之地，为何走出了一个才高七步、腹隐珠玑，敢蔑视天颜、顾盼自雄的黎庶昌？

此时，我就伫立在黎庶昌沙滩故居的老屋中。

青砖铺地，横木成梁；一张圆桌，两把座椅；靠墙有六尺卧榻，四周挂着白纱帷幔。黎庶昌别妻辞子，束衣整冠，就是跨出这间房子，一路翻山越岭，走州过府，千里迢迢赴京城应考。满腹才华、一腔抱负，却不被认可。犹龙困浅滩、虎落平阳，我能想象他当时的愤懑与无奈。生他养他的沙滩村，乃黔北一朵文化奇葩。方圆不过数里，渔樵耕读、学风鼎盛，自清乾隆年至清末已延绵百余年。其间，出了几十位名人贤士，著书上百种，内容涉及经史、诗文、音韵、地理、训诂、科技、金石、书画等诸多领域。代表人物之一的郑珍有"西南大儒"之称，曾国藩仰其名几欲相见，都被淡泊名利的郑珍婉言相拒。郑珍是黎庶昌的表兄，曾教授过这位志向宏大，才学卓然的表弟。黎庶昌自幼读古人之书，即思慕古人之为。十七八岁时便立下志向："以瑰玮奇特之行，震襮乎一世。"他留心时政，探寻强国富民之道，对种种时弊洞察入微。两次乡试落第，更使他对八股文取士的陈规不屑一顾，直言批评皇帝："乐于求才而疏于识才，急于用才而略于培才。"

黎庶昌上书清廷，认为吏治腐败、人心败坏，光是"危道"就列出十二种。消息传到沙滩，连郑珍都吓了一跳，言其惹下杀身大祸。出人意料的是，清廷并未加罪于黎庶昌，反而恩赏了他一个"候补知县"，差遣到曾国藩江南大营听候调用。是清廷确有剜病除脓、改革图强的勇气吗？事实是，黎庶昌上书所列种种弊端，凡涉及权贵利益和更改旧章，均因"事多窒碍之处"存而不问，只是对诸如"荐举贤才"一类的建议，谕令有关衙门"遵照办理"。窃以为，黎庶昌因祸得福获得清廷破格提拔，一下子由贡生官至"正处"，虽是非正式领导职务，但毕竟有了晋升仕途的平台，盖因其时局——咸丰皇帝驾崩，他钦定的顾命八大臣被捕入狱，其中两位亲王还掉了脑袋，朝野上下无不噤若寒蝉，皇帝下诏求言，一个多月竟无一人应答。本来清廷此举是为排遣内心纠结作的一次自我按摩，如果尴尬收场，心何以安？

黎庶昌的上书不啻帮清廷找到了一个台阶。该贡生言辞激烈、话锋犀利，"朕"还降旨恩用，岂不更显"皇恩浩荡"？其实，黎庶昌后来投身江南大营只委了一个"稽查保甲"的小差事，若不是一个偶然机遇，他以小吏之身终老南山也未可知。有一日，曾国藩早起查看诸营，夜色未退，只远处一点星火露帷。他循星火挑帷而入，见一年轻人正习文练字，环顾案头收藏不俗，一番攀谈有感其才，遂把这个叫黎庶昌的年轻人调到身边，进了秘书班子。这之后，未见黎庶昌在军事上有过什么建树，但曾国藩为桐城派晚期领袖，其诗文成就在中国文学史上不可或缺。他身边又聚集着一群富有真才实学的文人骚客，黎庶昌与他们诗文唱和，文学上倒是日有精进。

清以小说名世，诗词成就并不为世人称道，但非乏善可陈。今人有"清诗三百年，王气在夜郎"一说，推尊郑珍为清代诗国第一人。甚至有论者认为，历代诗人中，除李杜苏黄外，鲜有能与之比肩者。黎庶昌自幼受郑珍指点，其诗词奇绝恣意，应有资格分沾这一盛誉。至于散文，他年轻时熟读司马迁与班固，尊尚儒术，兼收诸子百家。入仕后又师承曾国藩，其文简练缜密、风格奇伟、意境开阔、雄恣华瞻，确是一代文章高手。后来黄遵宪与他作竟日谈时，说他是"一世倜傥之才，抗时希世，海内外驰名"，绝非虚与委蛇。

黎庶昌仕途塞滞，一度想彻底投笔从戎，为此他曾写信向已调任直隶总督的曾国藩求教，并希望他推荐自己到李鸿章的淮军，在镇压陕西的回民起义中建立军功。曾国藩回信认为不妥，理由是，太平天国剿灭，中原初定，建立军功已殊为不易。况且，"李相西征，部下尚多，必不能舍其屡立战功之旧人，更用未习军旅之文士。阁下杖策相从"，充其量混个助理、秘书罢了，何必呢！曾国藩让他稍等数月，说正在为他活动差事。清朝晚期，候补干部多如牛毛，想得一实职殊为不易。

黎庶昌对曾国藩是敬重的。他以"曾门弟子"为荣，在曾国藩死后对其一生梳理总结，撰成《曾国藩年谱》十二卷，后又为其作了一篇长达万字的传记文章。曾国藩位高权重，但礼贤下士，对黎庶昌有提携奖掖之恩。他曾明奏密奏清廷几次，希望为黎庶昌谋一实职，并在黎庶昌落魄时多方为其奔走。不过，这一瓢冷水浇得正逢其时。如果黎庶昌随李鸿章部去"剿匪"，手上就会沾染起义农民的鲜血，笔下则少了意蕴丰沛的华章。这当然并非曾国藩初衷，历史在这里愣了一下神儿。于是，清廷失去一条镇压农民起义的鹰犬，中国近代史多了一位引火种于华夏的先贤。

二

站在黎庶昌的老屋前，眺望微波荡漾的乐安江，我的眼前曾出现一幅幻境：江水千回百转、一波三折，终于奔流入海。湛蓝的大海欢迎她远道而来，绽放开一簇簇晶莹的浪花。无垠的海面上，一艘轮船正准备起航，从乐安江走出来的黎庶昌站在船首，迎风而立。

乐安江是乌江的支流。它动静交织，流经处，有两岸峭壁林立、水势湍急的险滩；也有水面滞缓宽阔、鱼翔浅底的平湖。我在想，黎庶昌的人生多像他的母亲河，如同一曲扣人心弦的古筝，有激越的抒情也有无奈的低吟。
1876年10月17日，当他随公使郭嵩焘出任大清国驻英参赞，登上英轮"塔拉万阔"号从上海吴淞口起锚出海时，可曾想到，这一天注定要被写进中国的近代史，而他的荣辱进退也将构成祖国母亲脸上的细微表情？

记述这次行程的散文《奉旨伦敦记》，就安放在黎庶昌故居的展柜中。隔着玻璃，那斑驳的字迹依稀可辨，沿途的见闻亦在字里行间呈现。历时 50 余天，航程 31000 里，这不仅是一次地理意义上的跋涉，更是一次观念和思想的跨越。

可以想见黎庶昌当年的情景——多少次日出，多少个月落，他站在甲板上，手扶船栏，极目远眺，但见烟波浩渺、水天一色，雾锁山头山锁雾，天连水尾水连天。低头，海浪击打船舷，有如碎玉乱溅；抬首，一行海鸥正掠过天际，引发了他内心一腔豪情。说来令人惊诧，当时的封建士大夫固守"华夷之辨"，以"天朝上国"自居，即便是娘肚里的双胞胎，西人也是"其足向天，其头向地"，咱们"则自生民以来，男女项背端坐腹中，是知华夷之辩，即有先天人禽之分"。故光绪二年，清廷开始向外派遣使节，凡出使外邦者皆为人不屑。郭嵩焘奉旨首任英国公使，竟被乡党耻笑和辱骂，他原拟檄调的参赞也有人囿于偏见托词不就。黎庶昌则不然，他卓然而立，清廉自守，在颓靡的晚清官场仕途不顺；更重要的是，他受林则徐、魏源影响，企盼能有机会走出国门学来富民强国之道。尽管行前娇妾爱子百般不舍，他还是毅然奉调，成了贵州走向世界的第一人。

一旦踏上西方诸国，开明的黎庶昌还是有些"蒙圈儿"。

出使西欧五年，他历任英、法、德和西班牙四国参赞。在《曾侯两次呈递法国国书情形》一文中，他曾这样描述递交国书的过程：宫门外陈兵一队，奏乐迎宾。至门前下车后，他以参赞身份手捧国书，紧随公使曾纪泽身后，"以次鱼贯入其便殿，三鞠躬而前"，法国总统则"向门立待，亦免冠鞠躬"。双方互致诵答后，鞠个躬就齐活了。

黎庶昌觉得很新鲜。不妨对比一下他日后回国被召见的情景——半夜两点半来到军机房候着，早上八点半才应招进殿。"太后御座上遮一黄纱幔，制如屏风，皇帝则坐于幔前"。黎庶昌进门即跪，高呼"跪请圣安"；复摘冠于地，再呼："叩谢天恩！"随即一个头要在地上磕出响儿来。其后，所有的回话都要跪在地上。慈禧先和他扯了几句闲篇儿，突然问："见他们的国君是怎么样？"黎庶昌据实而奏："见面不过是点点头，仪文甚简。"这位中年妇女产生了好奇心："是站立么？""是。"老佛爷很是自得："他们也还恭顺。"听话音儿，仿佛鸦片战争一败再败后，割地赔款、签订丧权辱国条约的不是腐朽的清廷，倒是以两万余众便长驱直入北京，令慈禧仓皇出逃的西方列强。而一个外表显赫，实则已腐朽到只能靠可悲的精神胜利法来支撑的王朝，焉有不倾倒塌陷之理？

出使西方递交国书，只是履行一般的外交程序。作为参赞，黎庶昌还被邀参观了法国议院开会的场面，这让素有师夷之长以自强的黎庶昌眼界大开。在一个可容纳200人左右的会议厅里，议长居中而坐，手边放着一个铃铛，与会者可自由发言，议长"不欲其议"，摇铃铛制止也没人理会。有一个绅士，"君党也，发一议，令众举手以观从违，举右手者不过10人，余皆民党"，或嘲讽讥笑，或拍手起哄。法国总统马克蒙因为在议院中得不到多数支持，只好下台。"朝定议，夕已退位矣。"巴黎的老百姓生活如常，好像不曾听说一样。而且开会时，"人声嘈杂，几欲交斗"，如此"家丑"不但不刻意遮掩，还令外国使节当场观看。

黎庶昌没有嘲笑"蛮夷之地"的不臣之举，反省清廷决策施政过程，认为这才是民政之效也。感叹中国乃君主专制之国，皇帝独揽大权，既不让朝臣分担责任，也不把权力放置于类似西方议院那样的机构予以制衡，怎么能保证决策的正确与科学？

黎庶昌参观了军工厂、印刷厂、纺织厂、造船厂、瓷器厂，看到了火车、轮船、电器和各种机器生产确是强国富民之要术，见证了顶层政治设计对生产力发展的推动作用。仅举一例，中国以农业立国，却连一座专门的农务学堂都没有，还停留在牛耕人拉、靠天吃饭的水准。而在西班牙的一所普通农业技校里，他看到了配有各种精密仪器的化学实验室、物理实验室、植物标本陈列馆、教具陈列馆以及各种先进的农业机械。他与社会广泛接触，认真体察各种民俗，感到西洋民众的文化艺术修养确实高于国人，他们观看戏剧、参观画展、举办舞会，被封建卫道士斥为桑间濮上的所谓"淫靡"之风，较之大清国的"男女授受不亲"，亦不过是社会风气开化的表现罢了。资本家"嗜利无厌，发若鸷鸟猛兽"，但有钱后却能捐资办学，赞助慈善。由于法制相对完善，为官者较之清廷也廉洁得多。耶稣蒙难日那一天，西班牙王室举办纪念活动，国王和王后竟亲自给平民洗脚。在大清王朝，有这想法就触犯天条，说出来那还得了？纯属作死！

黎庶昌变法的思想愈加清晰。中国地广人稠，但如果妄自尊大，一味墨守成规、不思变革，必为世界潮流所淘汰，他将这些见闻详尽记录了下来。按说，黎庶昌游览西方诸国，事事皆动于心，文章应该声情并茂、色彩斑斓。可是，在他这些文章的结集《西洋杂志》中，却没有文接千载的议论和思飘万里的描绘，都是纯客观记述，用现在的话说，属于零度叙事。这其实是有原因的，当年应召上书，就因为黎庶昌出语无忌、直抒胸臆，受到了朝中保守势力弹劾，如果不是特定的历史背景，被"递解还乡"甚至杀头也未可知。郭嵩焘是曾国藩的儿女亲家，作为首任中国驻外使节，他对西方文明推崇备至，每每谈及，欣赏羡慕之情溢于言表，结果被朝中保守势力抓住了小辫儿，斥之为"汉奸"。堂堂二品大员被一撸到底，成了一介平民，死后还险被开棺鞭尸。不过，倘据此认为黎庶昌是因为官场颓风熏染而变得圆滑了，则不然。入仕后，他清廉自守，以学问立身，如求自保，他可以尸位素餐，一言不发。作为一个窃火者，黎庶昌其实是想尽量不被保守势力纠缠，多运些薪火于暗夜沉沉的晚清，让更多的国人感受到民主与科学的沾溉。

雄鹰收翅栖息于枝头，不是为了逃避，而是为了更远的飞翔。

三

1884 年 3 月的北京。春寒料峭，绿色还在路上。一匹快马疾奔而来，扬起一路黄尘。在位于东堂子胡同的总理各国事务衙门前，佩带腰刀的折差一挽缰绳，烈马前蹄腾空，发出一声长鸣，路旁古柏上几只宿鸟被惊醒了，呼扇呼扇翅膀，慵懒地飞向天空。

日本成功实行"明治维新"的第 16 个年头，驻日公使黎庶昌再次上书清廷求变。历史把一个重要的变革机遇，假黎庶昌之手推给了宫禁森严的紫禁城。

使欧归国后，黎庶昌升任日本公使，时年 45 岁。官帽上的顶珠已由青金石换成了珊瑚，穿上了绣有锦鸡的清廷二品高干制服。那时的他对未来一定踌躇满志，"斯游应比封侯壮，莫道书生骨相穷"，或许是他心境的真实写照。不然，展室墙上的黎庶昌怎么会怡然而笑？只是他肯定不知道，这笑容会在那张已被岁月雕刻过的脸上持续多久。

日本的发展曾很落后，中国进入奴隶社会向封建社会转化时，日本还处于原始社会。在很长一个历史时期内，日本以中国为师，改革其氏族奴隶制国家阻碍生产力发展的种种弊端，渐显赶超之势。特别是 1868 年由中下层武士发动的明治维新，开始拜西方文明为师，以富国强兵、殖产兴业、文明开发为目标，推翻了封建幕府长达 300 年的统治。实行内阁、建立国会、颁布宪法，使日本走上了资本主义道路，生产力水平得到迅速发展，国力大增。不但废除了和西方列强签署的一系列不平等条约，摆脱了沦为殖民地的危机，还俨然与其平起平坐，把曾经的老师中国甩在了身后。

黎庶昌有充分的理由微笑。中日文化交流源远流长，1868 年宣布改元明治开始的明治维新，"明治"的年号就是取自《易经》："圣人南面而听下，向明而治。"明治维新后，日本虽然已实行"脱亚入欧"，但文化界仰慕华风的余温犹存，朝野中许多学士大夫对中华文化颇有造诣，不少人可以用汉文成诗。黎庶昌家学渊远，学识超群，上任甫始，便经常与日本友人吟诗唱和，风骚独领。一时间，在日本的文人骚客当中，如果与黎庶昌没有过从竟成了一件很没面子的事。黎庶昌和他们之间的吟诗唱和并非官场客套，而是加深中日民间友谊，弘扬中华传统文化的有力之举。比如，西学渐兴，旧版秘籍已不为日本书肆所重视，其中竟有不少国内早已亡佚的古籍，有的还是极为珍贵的孤本。黎庶昌如获至宝，通过日本友人以重金四方收访。"耗三年薪俸积余，举银一万八千两"，刊刻出了精美的《古逸丛书》200卷。

此刻，这套丛书像劫后余生的勇士，成军一列，立于黎庶昌故居的展柜之中。文字是文化传承的重要载体，文字起源的历史就是中国古代文明开端的历史。作为鲜活的历史符号，先哲们著书立说，记述了对社会发展与自然进程的独特认知。每一本书都是一个用黑字印在白纸上的灵魂，一个个睿智的灵魂聚集，便成就了光耀千秋的炎黄文化火炬。古老的中华民族五千年来聚而不散，靠的就是其文化的巨大向心力。如果古籍珍本不断亡逸，便如同江河断流，中华民族的血脉何以延续？仅此一事，黎庶昌即居功甚伟，值得我们脱帽致敬。

在沙滩黎庶昌的故居里，还保存着一块前些年出土的石碑。长一米，宽半米，碑文典雅畅达、凄婉动人，书法遒美健秀，颇具二王之风。如果不是遵义友人提示，我真不敢想象，碑文和书法皆出自一位叫贞子的日本姑娘。她的父亲海南先生是日本学有所成的汉学家，与黎庶昌相识后，情谊日浓。黎庶昌再使日本后，海南先生正在外地养病，不日后去世。黎庶昌特赶去送葬，写下了情真意切的墓志铭，并从此对海南先生的遗孤多有关照。《海南文集》出版，先生的女儿贞子请黎庶昌为之作序，还不时来署探访求教，与黎庶昌随行日本的夫人赵氏情同母女。后来赵氏归国后病逝，贞子闻讯，"悲恸不能言"，为赵氏写的墓志铭感人肺腑，黎庶昌令工匠按手迹勒石镌刻，藏于地下。我望着石碑感叹不已，当年，一位日本小姑娘竟有如此的汉学功力和书法造诣。遵义的朋友告诉我，黄苗子先生曾参观黎庶昌故居，面对其碑文也十分惊诧，拓了两幅，一幅送与日本友人，一幅自己收藏。昔日的文化外交成就斐然，留存于今的这一佳话似可佐证了。

遗憾的是，黎庶昌脸上的笑容没有能够持续多久。他以文化为纽带的外交特色时被世人称赞，应该得益于其文人本色。"焦遂五斗方卓然，高谈阔论惊四筵"，本质上他还是一介书生，对本国及所在国文化的掌控能力是他手中最有力的武器。除此之外，黎庶昌也有难以言说的苦衷。初任日本公使时，黎庶昌很欣赏前任大使的参赞黄遵宪，想留其共事，却被黄遵宪一口拒绝了，理由是，"非不为公佐，实弱国无外交可言。"那时中日尚未开战，日本还不为大多数中国人所认知，即便是中国的知识界也自以为："即便放眼五大洲，中国也堪称强国。与东海区区一岛国相较，之其渺乎不足比数亦，土地之大，人民之众，物产之富，何啻十倍于倭、百倍于倭而已？"

黎庶昌上任后不久，即感到黄遵宪言之不虚。在许多外交场合，他所受到的礼遇颇为疏阔，远不如西方诸国使节受到尊重。战场上拿不到的东西，更休想在谈判桌上得到。比如，他任日本公使时，中国的属国琉球已被日本强行设县。黎庶昌赴任后，曾试图通过交涉有所转圜，终因国力衰微，只能眼巴巴地看着日本将其彻底吞并，算是切身体会到了"天朝上国"怎样被"东海区区一岛国"所轻慢。他还经手过一起人命官司，长崎巡捕以查巡鸦片为名殴伤华侨数人，其中一人不治身亡。日本外相井上馨对黎庶昌惩办凶手的要求根本不予理会，咬定是误杀，不应抵罪。黎庶昌性格刚健，与日本外相"文书往复辩论至两月之久"，日方最后才将凶犯判了五年监禁，赔了家属几千块银洋。这件事在华人中争相传颂，因为能有这样的结果已实属意外了。而黎庶昌的自尊心仍然受到了伤害，日本所以敢轻慢"天朝上国"，实为其国力已超过清廷。他出使欧洲六年，足迹遍及西方诸国，再使"明治维新"后的日本，反观清廷的因循守旧、国力日衰，更加痛切感受到了变法求新的迫切性。

使日第三年，黎庶昌经过深思熟虑，写成了《敬陈管见折》递交总理衙门，请求转奏朝廷。主张"整饬内政""酌用西法"，提出了七条富国强兵的措施。其中第一条就是加强海军实力，认为现在的水师"战舰未备，魄力未雄"，"实难责与西人匹敌"，要练足一百号兵船，分成南北两个水师，专做攻敌之用，而且每个水师应有铁甲巨舰四五艘。可惜，这道奏折老佛爷连看都没有看到。总理事务衙门认为"情事不合，且有忌讳处"，竟然"寝而不奏，将原折退回"。曾纪泽知晓奏折的内容后，认为"大疏条陈时务，切中机宜"，"弟怀之已久而未敢发"；掌管总理衙门的亲贵大臣认为这道奏折有涉忌讳处，也不是纯属的推诿之词。天朝威武，一派祥和，慈禧觉得有水军撑一下门面就可以了，花更多的银子去添船置炮纯属多余，如果当时看了黎庶昌的折子，难保不甩脸子。至于朝廷那些守旧的大臣，因"循袭旧之见牢不可破"，仇视"火车轮船"，对黎庶昌的相关奏请更会横加指责。

清廷又错失了一次历史性机遇。如果黎庶昌的奏折当时能被采纳，后来的甲午之战也许就是另外一种结局，中国近代史也是另外一种走向了。

可惜，历史不能假设。

四

余晖下的沙滩村别有一番景致。

远方的山峦被镶上了金边，近处的水面泛起满目碎银，江畔的垂钓者持竿未动，仿佛镀上金辉的雕塑。有几只叫不上名的飞鸟在空中盘旋，例行归巢前的最后一轮搜巡。如果来得巧，据说还能听到江边古寺的悠远梵钟和渔家女子的清亮歌喉呢！

遵义的朋友问："黎庶昌墓离此不远，可否有兴致凭吊？"

我来到庭院中，端详着他的半身雕像不愿移步。真是感叹能工巧匠的精湛技艺，居然把一位一百多年前的先贤塑造得如此栩栩如生：瓜皮帽、长布衫，剑眉下是一双炯炯有神的眼睛。那目光如两道利剑，脱鞘而出，正穿越一个多世纪的历史风云向远方眺望。

我站在他的对面，我们的目光在瞬间对接。

哦，他的目光中为什么会有难以排遣的忧怨？是的，比起他使日归国，"饯别宴会无虚日，惜别祝颂之词数以百计。启程之日送行者盈途塞港，情谊涤笃者竟追饯至数百里外"的盛况，黎庶昌的晚景可谓凄凉。十米卧室、两进庭院，覆盖了他生命的全部空间。"君看缥缈綦江路，百马如龙出贵州"，他本来应该有一个更为壮丽的人生舞台。更何况，他忧郁成疾，孑然独处，生命最后的时光终日以泪洗面，一介翩翩名士已成了一个疯癫孤寂的山间老叟。世事弄人，殊荣与失落的变幻在晚清官场已近常态，他的恩师曾国藩接受直隶总督关防时，曾被赐予在紫禁城里骑马的殊荣旷典，气势之煊赫，足以使百官生慕。其后一年，即因天津教案谤怨交集，成为众矢之的。一代"中兴名将、旷代功臣"，几近身败名裂。黎庶昌非恋栈老骥，视荣华如浮云，自然明白官场荣枯无常的道理。

他的忧怨是因为他对大清国的失望。甲午开战之前，时任四川川东道员的黎庶昌曾请命去日本斡旋，以避战端。因为两任使日经历，他明白战端一开断难取胜。不是因为兵单力薄，那时，仅北洋水师已有各种舰船 70 余艘，号称亚洲第一，世界第九。但是决定战争胜负的不仅仅是表面上的军力对比。政治腐败，贪腐盛行，李鸿章已把北洋水师当成自己在官场谋身立命的私产，上下不能一心，将士难以用命，水师成军后装备从未更新，指挥、训练、现代海战理念、日常管理以及火力配备，已在日本海军之下，一旦交手，胜算能有几何？清廷没有"恩准"他的这一请求。翁同龢主战，光绪皇帝主战，慈禧亦主战，他们已被表面上的强大所迷惑。深知北洋水师实力的李鸿章则有口难言，因为他以操练水师有功揽权邀宠，已获得了清廷太多的褒奖。战败后他曾自嘲，貌似强大的北洋水师不过是纸糊的老虎，虚有其表，小小风雨尚可支吾应对，一旦有大的风浪袭来，露馅儿是必须的。黎庶昌也是自作多情，虽然他出使日本时以道德文章在日本文化界享有很高威望，但以他的游说想使日本休兵罢战，则天真得有些迂腐。日本不满岛国之境久矣，对外扩张是既定国策。黎庶昌早就明白，国之是非皆以实力强弱而论，没有道理好讲，他不过是心存侥幸罢了。但是一旦开战，作为爱国者的黎庶昌则从主和派变成了坚定的主战派。双方已然交手，再提后撤无异投降。甲午之战从 1894 年 7 月始，至 1895 年 4 月终，每闻战败消息，黎庶昌即忧愤至极，终日不食。

焉能不怨？当他听说北洋水师的主力舰定远号，在海战的关键时刻竟只剩三发炮弹，前后主炮各一发后，剩下的一发竟要划拳而定；当他听说黄海一战，邓世昌驾驶着航速只有 18 节且已受伤的致远号，去撞击航速 22.5 节的日本旗舰吉野号中弹而沉，邓世昌壮烈牺牲；当他听说李鸿章命丁汝昌避而不战，躲进威海卫，水师苦撑待援，终陷绝境，总兵刘步蟾下令自沉定远号"以免资敌",并与提督丁汝昌先后自裁殉国;北洋水师被日军海陆夹击,"包了饺子";可以想见黎庶昌心肝俱裂、痛不欲生的情状。十年前就上书清廷需厉兵秣马的黎庶昌,曾在战事中要捐白银万两以襄军费,并奏请朝廷令各级官员出钱助战,也被清廷置之不理。就在黎庶昌每闻败耗便失声痛哭时,慈禧却正在筹措巨资,一门心思为自己举办60大寿庆典,准备接受百官朝贺,大宴群臣呢!眼看败绩连连却无能为力,黎庶昌的眼泪仅仅是流给阵亡的将士吗?作为一介儒生,黎庶昌的内心是矛盾的。清廷的专制与腐败他洞若观火,而忠君的历史局限又让他不愿看到大厦将倾。这和他的恩师何其相似乃尔,曾国藩深知清兵腐朽无能,弹压内乱尚可,抵御外敌堪忧,曾提出裁撤绿营编练新军。清廷拒绝了他的军改方案,曾国藩就心知肚明了,作为异族统治者,原来清廷惧内乱较外患更甚,由此对清廷绝望至极。但听幕僚预言清廷将在50年内灭亡,却唯愿速死。曾国藩救得了清王朝,清王朝却救不了灾难深重的中华民族。这是一代效忠清廷知识分子的悲哀,又何尝不是中华民族之幸事呢?"凤凰台上凤凰游,凤去台空江自流"。况且,凤非凤台非台。情系华夏,当为奔流不息的江水而歌;心念苍生,何必因沉舟病树哀伤?

我的目光和黎庶昌的目光对视。我发现,他目光中的忧怨似乎有些退隐,代之一束穿透历史风云的睿智。莫非,九天之上的先生痛定思痛,与我心有戚戚焉?

我们知道,自汉以降,中国与西方的交流主要靠陆上的丝绸之路。18世纪中叶,西方列强的坚船利炮打开了中国封闭的大门,也开辟出了一条抵达中国的海路。更直接、更舒适、更安全的海上交通工具使中西交流变得更具规模。晚清一大批知识分子作为文化交流的使者,几乎无一不是通过海路抵达西方的。

黎庶昌是其中优秀的一员,他站在中西文化的交汇处,胸襟开阔,目光深邃而明澈。

较之洋务派,黎庶昌固然也重视科学技术对社会发展的巨大推动,并为此考察了西方诸国的各类工厂。游历巴黎万国博览会时,他随众人坐上腾空而起的热气球，并不是为了欣赏巴黎美丽的景致，而是记录下了热气球的各种数据。但是，他更关注民俗民风所反映出的国民心理，更重视议院政治对权力的约束与监控，这在他记述外交活动和日常民俗的多篇散文中可以看到。国民心理，折射的是一种民族精神；民主政治，反映的是一种施政理念。这或许比坚船利炮更能支撑起一个国家的强盛。

黎庶昌多次记述了递交国书的情形，包括向日本天皇递交国书也是"相视一笑，礼仪甚简"。反观清廷，仅一个"拜折"仪式就令人惊诧——地方官员向朝廷呈报奏折前，先要在衙门大堂内设香案，供奉用黄缎包裹的小木箱。僚属们则按等级排列庭中，主衔上奏官员穿戴齐整立于庭院中间，面对香案，门外放礼炮三响，鼓乐齐鸣，行三跪九叩大礼。礼毕，捧起木箱恭敬地交给站立一旁的折差武弁。折差接住，将木箱双手捧过头顶，疾步下堂走出辕门，再鸣炮三响，以示恭送。且看，专制之国与民政之国的分野何其巨大？而当年英法联军火烧圆明园的一个重要借口，就是时处颓势的清廷，仍坚持西方使节面见大清皇帝必须行跪拜大礼，而且，王八咬手指——死不松口。谈崩后扣押了对方谈判代表，囚于圆明园。在朝为官，黎庶昌不能僭越官场规则，但是他却在文章中曲隐地表达了对这种皇权专制制度的不以为然，希望以此唤醒国人对民主与自由的向往。

不过，与对西方文明顶礼膜拜者不同，黎庶昌对开放有着独立见解，主张"酌用西法"。他不认为中国传统文化糟糕透顶，反而认为西方列强的"美善之风"亦可从中国的传统文化中寻觅到珍贵的思想资源。"民为重，社稷次之，君为轻"，孟子不是在两千多年前就说过了吗？天下为公、天人合一的理念，在我们的经史子集中不是也一再倡导吗？至于中国传统的建筑文化更是美轮美奂了。西方一位使节曾断言绝不会向大清皇帝下跪行礼，可是他刚刚走到太和殿便双膝一软，扑通一声跪倒在地。因为，伟大的中国建筑太令他震撼了！黎庶昌与李鸿章均为曾国藩幕属，后来李鸿章权倾朝野，但黎庶昌对他的一味媚外很不赞同，曾婉言提示，或许李鸿章不以为然。黎庶昌无奈叹曰："两大之间难为小，然子产相郑，郑已立。国朝（指清朝）的子产安在乎？"郭嵩焘在引欧风美雨启迪民智上功不可没，但他认为大英帝国拥有大量殖民地，也是因为"仁爱兼至"，赢得了"环海归心"，就有点走火入魔了。在汲取与接纳西方文明时，黎庶昌没有忘记托承传统文化之精义，难能可贵。

黎庶昌的目光犀利而智慧，还表现在能与时俱进。他也曾受"华夷之辨"的影响，也曾盲目憎恨洋人。岂止他，即便是中国"放眼看世界"的第一人林则徐，不是也相信"米利坚国并无国主，只分置二十四处头人"，相信英国兵"腿脚僵直，不善陆战"吗？可贵的是，黎庶昌经过实地考察，很快纠正了偏见，既有文化自信，又能从中西文化的对比中洞悉中国之种种不足。行文著书，引火种于华夏；不惧刀斧，发宏论于庙堂。他的见解不为清廷所采纳，不是由于他缺少洞察时事的目光，而是因为清廷没有刮骨疗毒的勇气。睿智与腐朽的种种细节，已经在历史的底片上纤毫毕现。

1897 年冬，黎庶昌在沙滩老屋郁郁而终，时年 61 岁。

据说那一天，天降细雨，雨带西风。黎庶昌咽气时，院中古槐有一大鸟，灰羽白喙，开翻腾空飞起，绕树三匝，悲鸣数声。然后，消失在灰蒙蒙的天之尽头。

黎庶昌死后第二年，爆发了震惊中外的戊戌变法。其实，谭嗣同等人的改革主张大都在黎庶昌的历次上书中涉及。一腔热血谁珍重？洒去犹能化碧涛！如果说，戊戌变法是中国社会彻底变革之先声，谁能否认，菜市口刑场上空那血染的风采中，没有黎庶昌的一腔热血呢？

要离开这座百年老宅了。一代先贤在这里出生，一个甲子后又逝于斯处。这是一次简单的人生轮回吗？不，它标刻着中国近代史一次螺旋式的上升。积铢累寸，历史总是在坎坷中前行。我精心从庭院的角落采来几朵野菊，恭恭敬敬地置于黎庶昌塑像前。遵义的朋友见到了，说，我们正在征集反映沙滩文化精髓的词句，二十个字以内。黎庶昌是沙滩文化的重要代表，可否有兴趣撰一佳句，也算是献给前辈的一束馨香？

我略一沉吟，想了两句话。这应该是几代中国人的梦想，可惜，黎庶昌们积薪引火、不惜驱命，转头之间，已在历史的天空中化作了一缕青烟。而现在，吾生有幸，正由我们这一代人努力践行，虽然筚路蓝缕，却矢志不渝。但愿先生在天之灵能够期许：

——渔樵耕读，固文化之本；经世致用，圆强国之梦。

北站以南

陈蔚文

一

"发票发票发票……"像播放录好的磁带，她们机械地循环往复，冲来往路人一遍遍说着。苏北口音，"票"字发音独特，扁嘴形，拖着迸溅的仄声尾音。不少女人抱着孩子，幼小，脏乎乎的，有的女人腆着大肚子——孩子学会的第一个音节可能不是爸爸妈妈，而是"发票"？

有回一个男人从对面走来，快与我擦肩时，他忽然喊，"发票，发票！"我吓一跳，不习惯这词从一个西装齐整的男人嘴里说出。它应当与妇女以及抱在妇女怀中的孩子连在一起，像燠闷地气与错综地铁连在一起。

从未见有人买过，甚至停下询问者也无。那回荡在整个火车站南广场上方的发票都被哪些人买去了？一定是有人买的，不然这"发票发票发票……"声不会周而复始，成为火车站广场的一部分。

某个春天起，我的上班路线变成每周三次经过上海火车站：从轻轨3号线出口穿过一条拥挤的地下商街，自东南出口到地面，穿越车站南广场，上天桥。天桥两侧玻璃挡板上涂写着"办证电话131……"下天桥，走十分钟，到恒丰路218号的现代交通商务大厦，供职杂志的办公地点。

下天桥后，迎面电线杆上贴着"某酒店直招公关"的油印广告："某酒店直招男公关，学历不限，18~35岁，月薪8000，另有提成，要求身高不低于1.72米，思想开放大胆，有良好敬业精神……"一男子脸凑向广告，边看边记下什么，油亮背头，高个，急于求成的脸——像为这张广告内容而定制。

他看得很坦然。"打自己的车，让别人走路去吧！"没准他会碰上一条渴盼已久的捷径。他的神色分明已满含对现状的不耐烦。若干年前，在重庆碰到一帅男，在嘉陵江边开了家专卖明星与动漫海报的店，我为当时供职的青年刊物采访他的创业，以为会听到则励志故事。不料他说，他的起家不具参考性，他不想再提南方那段生活。他一言带过与夜店、男色消费有关的信息，我按捺惊讶，做出见多识广、心领神会的样子。至少，他是坦诚的。

"苏州—无锡，杭州—宁波"，沿恒丰路往前，长途客运站，揽活司机不停地吆喝。杭州去过多次，宁波从没去过。印象中，它是个老练的港口城市。苏青、娘姨、鲞鱼、汤团、象山港、向天空直矗的参差高桅、空气中鼓荡咸湿气味。被符号化的宁波，就像说起西藏会联想高原、神秘主义、晒佛、旗幡这些意象，每个城市都有它的"所指"烙印。

司机吆喝声让宁波以及周边城市变得很近，仿佛一抬脚的事。每回进马路对面的大厦前，司机们都要再问我一遍要否去宁波——我真的确定不去？

进大厦，摁亮电梯"10"层打卡，揿开电脑，去茶水间泡咖啡，在第一缕升腾的热气中开始又一天。

二

她异乎沉静，端坐于火车站南广场露天长椅。灰袄，帽子一直拉至头顶，帽子有圈毛边，她坐着，像专心抵御一场暴风雪来临。事实上，此刻风和日丽，阳光让走得急的路人背上起了层汗，体味在空气中发酵。

她捂那么严密，端坐气温之外。毛边帽子烘托得她的脸周正清穆。近旁，广场右侧大屏幕电视在播放新闻，那对她来说，是被屏蔽的另个世界的影像。

在她身上，发生过什么？一场怎样锋利的往事将她与这尘世划隔开？她沉思着，或者，什么也没思。她只是空旷地坐着，像头顶不是一轮公共的太阳，而是旧年月光。

这张脸，岁月静好，没有被摧磨的痕迹，细长眉目带有一种柔和的家族特征。她脚边是旧行囊，对她这年纪的女人来说过于简陋的行李。

　　身上这件长袄是她最重要的行李吧，灰绿的一所屋子，每个扣襻都系牢了，她住在里头，脸在那圈人造毛皮的掩映下有池水的静，失忆症的静。

　　"历史在那里中断了。这张脸无论对未来还是对过去都搭不上一句话。"——到底，发生了什么？

　　阳光燠热。她年轻身体正接受周遭眼光的打量，有些目光凶娄，野地里饥兽瞳中的一点邪气绿火——车站广场如此混杂，彻夜游荡着各种可疑形迹……她置身度外地坐着。"外界"这种物质的现实被取消了，你几乎可以确定，不再有什么能使她走出内心世界而进入外物世界。

　　她的脸，适合画进油画中。不是漂亮，漂亮轻佻了，漂亮里有流行成分，她的脸在时间之外，是在油画里可以住上许多年的脸。

　　入冬了，这天的热只是寒潮来临前的信号。就在前天，地铁派送的报纸上说，几个外来务工人员夜宿火车站南广场的花坛内，被邻近酒店设置在此的排气口突然冒出的蒸汽烫伤！有个伤势较严重，被抬出后一直在喊痛……

　　那个高高的广场花坛，正离她几米之距。

　　"这个女人，却让我无法忘记她——也就是说，无法用一句简单的'神经病'就把她从我心里打发出去，我做不到，做不到。"一位女子描述另个闯进她北京××大街×号编辑部的穿睡袍的女人。长椅上的她，让我想起这隐含痛感的一句。

三

　　下午六点多，从办公室出来，天已有些昏暗。去南广场坐轻轨3号线，偶一抬头，月亮奇异——半轮，齐崭崭的！像被锋利水果刀切开，切得不偏不倚，妈妈分月饼给俩孩子，一点不偏袒哪个，仔细揣度后才落的刀。刀口利落，让再刁赖的孩子也没话说。

　　从地下通道去向3号线入口。通道两旁是各色店铺，兜售各类廉价玩意儿：手表皮包服饰鲜艳可疑的零食饮料玩具……它们卖给"过路客"，南来北往的外乡客。人流以竞走速度奔向出口，像有礼品派发。溽热的大地内腹，被缺氧裹挟的人们，似乎脚下有条隐形传输带。"它令每一个进入其中者最终成为漩涡本身，无限地运转，在惯性中为避免被高速抛出而努力向心，无限地沉沦。"

穹顶的阴影。空气中的压强已达饱和，到处弥散激动的、吵闹的、不连贯的、神经质的波动。这条地下商业街写照着现代化的另些特质：困守、精疲力竭的欲望与奋争……

每一次，进入这条地下通道，我的步伐也越来越快，尽管没什么可慌张的，却被一股气流不由分说地裹挟。

头顶隐隐传来沉闷的铁轨声响，上海诗人肖开愚在《北站》中写道：

"我感到我是一群人 / 走在废弃的铁道上，踢着铁轨的卷锈 / 哦，身体里拥挤不堪 / 好像有人上车 / 有人下车 / 一辆火车迎面开来 / 另一辆从我的身体里呼啸而出。"

多年后，我在上海中山公园旁的一家咖啡馆见到诗人，我提起这首诗，问他是否写的就是这个北站？答案却不是，虽然《北站》中写到"在老北站的天桥上"。

这条过道，人工光源的世界，白与昼被取消。除了人群密度，光源大概也是令人焦虑的原因，"人工光源会导致生物体内大量的细胞遗传变异，它会无形中扰乱生物钟，造成人体心理节律失调，精神烦躁"，我还只是匆匆过客。那些店主，每天要在这光源中从早待到晚，冲着熙攘旅客不停地推销他们的生意。我比任何时候都感到自己的幸运。

没有阳光照拂的空间，有种无根性的恐慌。我奔走在地道内，像行进在一头兽隆隆作响的体腔。

四

检票口外，他们忙乱地最后一次收拾确认：蛇皮袋桶盆铺盖双肩包大提卫生纸……这些行李体积如此庞大（价值成反比），是在外谋生的保证。

行李上堆了一摞盒饭，打工者上车后的晚餐。天逐渐在黑下去，他们排队进站，有人腾出手拎牢那摞盒饭。这些盒饭不久后会充弥在硬座车厢，同泡面味纠缠一处。

相较起来，泡面味似更"高级"一点。电视剧《蜗居》中海萍为购房连吃五天清水挂面，老公苏淳忍无可忍地抗议，"我不想吃挂面，我要吃方便面！"的确，盒装泡面至少挺括，包装上热气袅袅的美图让人哈喇子直流，虽然，谁都知道这些图片近似意淫。盒子上的乌托邦。整只的虾，大片火腿，温良母鸡依偎着香菇，面上铺陈的牛肉用量慷慨——这一切，泡开后的现实是语焉不详的脱水颗粒。

谁真以为仅小半注沸水就能泡开一个幻景？"此图案仅供参考"，若一厢情愿认为图片与盒中物对应，幻灭会如发胀的泡面。厂商会说，难道你以为购"老婆饼"就送个老婆？方便面盒上印个明星代言人，明星就得来陪你吃面？

"仅供参考"，还包括打工者将奔赴的都会，那些高楼广厦，霓虹闪烁，全都是"仅供参考"。

"一切以实物为准，最终解释权归商家所有！"对这个时代里纷纭的出门人，谁又拥有"最终解释权"？

摄影师王竞拍了部电影《方便面时代》，主人公丁宝（李亚鹏饰）为留京，被分至京郊文化馆工作，日子不咸不淡，成天吃方便面，他几乎吃遍所有牌子的方便面。认识了家境殷实的本地女孩小春后，丁宝吃上了她做的晚餐，却不甘小春说的，"日子不就是这样过？"理想与现实的博弈中，他想考研突围，不想被这种"多数人的日子"套牢。

和小春分手，他上车走了，前路未卜。电影最后一个镜头，车来车往的公路旁，路标牌上写着——距离北京18公里。

这18公里，要吃掉多少泡面才可抵达？

时代旅途中，到处充满丁宝们的身影，也到处充弥着泡面味——沾附在时代胃壁上最顽固的气味。

泡面，它对应着都市凌乱逼仄的租房，隆隆轮辐与庞杂车站——车站广场神秘的游荡者，月台凄惶的分别，车厢内永远亮红灯的厕所，呼噜声，脚臭味，孩子哭闹，黑色大塑胶袋内堆积的泡面盒，单调的轴承咣当声，上铺半天不挪窝的女孩，坦裸的田野，热衷交谈而又彼此警惕的旅客……

弥漫于整节车厢熟烂的泡面味，调味包中挤出的黏稠的世俗生活，过道里走来小心翼翼端面碗的人。即将到嘴的滚烫，旅途中的一点贪婪激情，这点儿来自火车锅炉中的烫货真价实！虽然它一并融解了面碗中的聚苯乙烯——服点毒是难免的，沿途，正因那些不同剂量、性质的毒，出门人最终才变得百毒不侵。

五

火车站广场，钟摆下，一家三口正拍照留念。扯平臃肿的衣物，挤出"茄子"的笑容，边冲拍摄者比画：一定要摄下"上海火车站"几个大字，人小点没关系。

骄傲的城市地标。作为抵达一座城市的入口，"上海"两字使照片有了镀亮的性质，它使这个寻常的公共建筑有了不寻常意味，使抵达本身（即便是风尘仆仆，蓬头垢面）具有了"与有荣焉"的光彩。

我的相册里，没有一张以火车站为背景的照片。车站对我从不是个适宜留影之处。无论是童年、青春期，车站对我意味着离散、叵测、冲突……有很长日子，我患上了"车站恐慌症"，它像"医院恐慌症"一样，是尾随我多年的症候。一旦置身这两个地点，被施咒般，血液深处的慌乱带来生理的各种不适。

日常中，我不耐烦被地理规限的单调薄瘠的生活，真来到通往远方的车站，却如惊弓之鸟。单调至少是熟悉的，动荡却暗藏叵测。在"远方"表面的浪漫属性（吉他、麦浪、牛仔裤）之下，现实袒露着它驳杂的重口味。

那些年的春节，父母捆扎好大袋小包，领我们踏上回浙江老家的路途。车厢里永远人满为患，烟雾中夹杂着孩子哭闹。有次车将开时，窗外有人从开着的车窗中猛一把夺走桌上拎包，飞快猫腰穿过铁轨消失。丢包者呆若木鸡，甚至来不及发出一声惊叫。另一次，深夜行驶的列车突然一串跄跄慢下，停住，车厢里传来消息：前方有人卧轨导致列车紧急减速。据说是位中年男子。一个多钟头后，列车重驶，车速匀稳，似什么都不曾发生。

这充满混乱与卑微的两幕，构筑了车站在我记忆中的基调。

在车站，很少看到微笑松弛的面孔。即使离发车尚有足够时间，旅客脚步依旧踩出误点的凌乱。如同医院，到处是白色消毒水的表情。

人真正与世相接榫，大概正从这两处地方始。

超越障碍的训练场不在别处，就在造成恐慌的地点。频繁接近，直至消除它神秘的残酷性。这种训练使"接受"成为常态。所有惊慌，无非来自对离丧的抗拒——那原本如洪流不可逆的生命现象！因为不肯接受，车站与医院呈现的面目便是一场劈头抽打的暴雨。当某天，接受了这所有，像接受世间有酷暑也有寒冬，离与丧就转成暴雨后色彩丰富的苍茫天际。

上海的这五年"训练"，我一次次穿过火车站南广场，像穿过童年、少年的车站。我的心跳渐趋平稳，准确地沿着既定路线来回，有那么些恍神瞬间，我甚至体会到当年慌惧中夹杂的诗意——譬如，不经由飞驰的火车窗口你无以得见绵亘山峰与陌生河流，无以得见"鸽哨在蓝天上飞过 / 有人回到故乡"；不经由亲人与他者之死，不会深谙新生与腐烂的互文……

那曾在灰色中定格的铁路画面，有了另种意味——小学暑假，我和姐姐每回浙江老家，都由在铁路工作的三姑父（他长年穿蓝灰制服，胸前吊枚笛哨，钢轨般瘦长的腿）来金华站接。到站已是夜晚，姑父还没下班，匆忙地去和同事交接。我们在长而空荡的月台等，守着行李。夜色与间或驶过的火车隆隆声响，使周遭一如荒原，此际想起严厉父母竟也是可亲的了。

也许时间并没过去多久，但它显得如此漫长。我们焦急等待姑父的出现，在我们几乎以为他忘了我俩的存在时，他跨过铁轨现身了！我们跟在他身后，跨过枕木，去向对面月台。四周灯光昏黄，像为了不惊动一次微小的成长……

石门初恋

徐锁荣

我突然决定要去大巴山。这个行程来得如此速疾，连我自己都感到惊讶：我这是怎么了？手上有这么多红尘俗事，一大堆柴米油盐，怎么说走就要走？不能再等几天，或者以后再安排？巴山就这么迷人吗？为啥说走就要走？我手拿硬座火车票，站在人流如潮的北京西客站进站口，自说自话地问着自己。

距离开车只有 20 分钟了，我还在为自己的这个行为感到惊讶。难道我真的恋上这个从未见过面，只是看过她肖像的情人了？人说，只有恋爱中的男人才会变得痴迷，才会走火入魔，变成智商急速下滑的傻子。莫非我真的坠入情网，要不怎么会心急火燎地要离家远走？再说也没有接到约会的电话，对方也没有发出邀请，甚至连一句话也没有给我留。我的这个决定，纯粹是自作多情。

火车启动后，很快就将京都甩到身后，朝着自古就出才子也出美女的大巴山行驶。

飞驶的列车却逆着时光，将我载到三年前。那是上世纪 80 年代初，我蛰居江南毗陵驿渡，读书写作，做着文学的白日梦。搁笔闲暇，常喜沿着横贯古城的运河散步，河边茶楼里的清香和小唱，总令我似走进明清年代，入神之际，时不时会发出一声长叹：流光容易把人抛，红了樱桃，绿了芭蕉！如此的闲散之境，至今想起，也觉着粗茶淡饭的人生，虽不大红大紫，却也是一介神仙。

那是午后的雨天，我去造访常州一位老画家，走进客厅，忽感眼前一亮，觉着突然遇着了红尘知音，而且这个知音是如此清纯，有着不食人间烟火的云水风度。知己身材婀娜，线条飘飘欲仙，那刻，我似进了仙境，站在青砖铺就的地板上，久久没有挪动脚步。此时，画家似感悟到了我的心境，端坐靠墙木榻，用古琴弹起名曲《汉宫秋月》。后来我才晓得，此一阕古曲，系一位无名宫女所作，曲谱倾尽心中幽思惆怅。那一霎，我似觉出自无名氏手下的名曲，竟是为我所作，而眼前的红尘知己，竟也随着曲子翩翩起舞。

这一瞬间，竟是胜却人间无数。

我面对的红尘知己，或者说是故人，是一帧隶书楹联，悬挂在客厅中堂一幅大写意花鸟画两侧。

这是民国时期常州的一位书家写的，书家终生守着一部法帖，修成正果，然而在这座古城，却没有卖过一幅字，最后皈依了佛门。画家奏完名曲的最后一个音符，给我说了这位隶圣的身世。听着，我突然面对墨宝，鞠了三躬。

人生是由很多个偶然铺就的奈何道。每一个偶然，就是一块青石板，不仅决定你的走向，还会构成你的人生经纬。三天后，我回到北京，寻寻觅觅来到了潘家园文物市场，嘴里不停地默念着石门、石门……因那位皈依佛门的民国书家，终生守的法帖就是汉代摩崖石刻《石门颂》。数番寻淘，我在一处地摊上找得一张《石门颂》拓片，捧在手中细细清赏。拓片虽然破旧，还沾着尘土，拓墨清香却丝丝缕缕，时浓时淡朝我拂来。回到京城陋舍，我用刷子拂尽拓片上的尘埃，用夹子夹起，悬挂床头。

那天夜间，明月当空，一缕清辉透窗而入，洒到拓片上。我坐在床头，凝眸着一千年前的汉隶，忽然听到阵阵声响。在江南老家，每当惊蛰春雷响过，行走在田野，时不时会听到脚下泥土发出这种声响，随后便有一条条长蛇穿越冬眠的长梦，从洞穴游出，蠕动在春天的和风里。此时拓片发出的声响，跟我童年听到的春蛇出洞的声音竟是如此相像。听到这妙不可言的声音，再看拓片上的汉隶线条，竟也似春蛇蠕动。原来，凡是书法逸品，线条都是有生命的，没有生命的线条，只能是死字；死书，必定陡成下品。那个长夜，我守着拓片，守着千年知己，一直坐在三更之时。

后来，我又从书店买来《石门颂》的各种版本，又购得笔墨纸砚，一番准备，便提笔仓促上阵，想着凭一点小聪明，练个三年五载，造就一手好隶书。

平时外出，也能提个笔，附庸风雅，舞文弄墨，即使当不上书家，混个票友也值当。那些日子，我白天练，晚上写，桌子上的毛边纸越积越厚，墨汁写涸一瓶又一瓶。心里想着，不敢著作等身，临帖的废纸齐身还是能做到的。书圣写干了十八缸水，我起码也能写干半缸。

三年后，我拿着一幅装裱好的石门集字作品登门求教老画家。先生看后，只说了六个字：仅得石门皮毛。那刻，我像当头淋了一盆凉水，连脚后跟都凉了。先生却又朝我头上泼凉水：你的字里，净是躁动之气，看得出你习书的功名心太重；功名一重，字里的烟火气就浓。你习书的目的错了，你不是将隶书当作生命的伴侣，只是想把她当成名利的敲门砖。这样下去，只能徒费光阴。先生手指中堂悬挂的楹联道：你再看古人的墨迹，已经到了不食人间烟火的境界。可你呢？

出了先生家，我如坠入浓雾而找不到回家的路，只有他的话，还在耳边回响：你得先把心静下来，坐三十年冷板凳！

三十年冷板凳，我坐得起吗？看着京城的书家，如鸽群般到处飞舞，搞展览，走笔会，出镜头，可我却要坐三十年冷凳，还不坐得天荒地老？再说我好赖也是个作家，也是作协的（坊间总有人嬉称我们是做鞋的），写的字即使脱不了烟火气，挂起来也能入眼，扛着笔走走场子也是可以的。如果真要坐三十年，说不定就被流光淹没。

数日之后，我又坐到京城陋舍的拓片前，一阵接一阵的墨香，潮水般朝我涌来。我点了一炷檀香，插入拓片前的笔筒。缕缕青烟随着月光，升腾盘缠。忽然，有一袭影子，腾着烟雾走下拓片，站到我面前。他就是一千年前在陕西汉中摩崖写下《石门颂》的隶圣，我和他相隔着一千五百年，此时却是近在咫尺。隶圣，我临了三年你的逸品，怎么仅得一点皮毛？临《石门颂》的窍门又在哪里？能不能传授秘诀？前半生我浪费了很多光阴，用极其认真的态度做了不少无赖荒唐的事，也写了很多只能进入垃圾桶的所谓文学作品，时光总是把我抛，红了樱桃，绿了芭蕉，还能不能用笔墨把虚掷的岁月捞回来？或者留下来？我问了一遍又一遍，那袭青影总是不理睬我。问到后来，突然一下隐进了拓片，任我怎么呼喊，就是不现身。

第二天，我突然收拾了行李，去了火车站。

三天后我到了汉中市，下了火车，就直奔汉中博物馆。隶圣的杰作，连同那一方摩崖，已经整体移到了室内，供奉在大厅里。我迈着像信徒朝圣般的脚步，朝一千年前的情人走去。她的容貌竟是那般令我惊心动魄，尽管岁月已经将原石风化得斑驳沧桑，苍老的皱纹如同刀刻般，可在我的眼里，却犹如一个少女般青春勃发，身上的每一根线条，都弥漫着生命活力。

千年的时光，都凝聚到了我面前。我面朝摩崖，深深鞠了一躬，随后就走近她，用心灵感受千年前的美人。站到后来，我不仅看到了石门的血肉，还有气息，那是一种超凡脱俗的大境界。

汉中之行，我在博物馆待了三天，每天一早进馆，傍晚才出来，中午啃块烧饼当午餐。第三日的午后，我坐在刻石前，竟打了一个小盹，也就是打了一个瞌睡，睁开眼睛，忽然看见一袭仙影，正挥舞一支长锋羊毫，在石壁上书写，我心里明白，眼前的一切，只是幻觉。可那刻我却固执认定，是千年的隶圣显了灵，便小声问道：仙圣，请授了笔法！仙影当然没有回声，倒是身后传来一个女子的说话：你这人有点神经兮兮！我回过头，见是个游客，便朝她点了点头，道：学书就得要入魔境。她听后点了点头，说：倒也是！随后就走开了。

我守着石刻度过三天时光，竟然长于百年。比我此前活过的数不清的浑浑噩噩的日子都有滋有味，虽然我没有舍得进馆子，住的也是路边的小旅店，如今回味起来，那才是真正的生活，或者说日子。而那些浑浑噩噩追名逐利度过的时光，只能说是混世。混世和生活绝不是一回事。混世就是争名于朝，争利于市，朝着名利堆里乱扎乱混，混到后来，就将自己混成了行尸走肉。而生活得首先活在自己的灵魂里，或者说是境界中，有灵魂有境界的生活才是真正的生活，才能活出生命的意义。三天后，在回京的火车上，再次回味先生的话，才品味出内里真情。先生说我仅得皮毛，是言轻了，说我学书居心不良，才是真言。混个书家的名头，招摇过市，那就玷污了书道的清纯和神圣。

千里走汉中，我唯一的收获就是心静了。原先我左顾右盼，成名心切，竟将书道当作名利的钓竿，只能是越学越躁，越练越俗。书写石门颂的隶圣生前没有办过一次展览，也没有将自己的作品涂得满天飞，却垂名千古。

心静了，投稿和入展欲就断了，想成名成家的念头也淡了，拿起笔来，觉着笔也听话了，知道每下一笔，气韵都必须跟古人相通，与经典对接，断不可任笔为体，聚墨成形。我没有急着直接临石门，而是先从《利器碑》《朝侯小子碑》《曹全碑》等规矩隶书入手，同时兼习二王行草书，大篆《散氏盘》和《石鼓文》。先生曾对我说：《石门颂》是隶中之草书，她那来无影去无踪的线条，既备篆书胎息，又具行草功力，没有篆书功底，行草的基础，要想学好石门，只能是痴人说梦。

晃眼间，三年又过去了。细雨绵绵的早春，我回到毗陵驿渡，拜访老画家。三年不见，先生尽管白发又添了些许，却依然仙风道骨。走进中堂，我没有急着拿出装在行囊里的作品，而是凝视着中堂的楹联。茶水过手，先生问我看见了啥？我说我看见了笔在宣纸上行走的痕迹。先生又问，还有呢？我说，我闻到了墨香。先生让我拿出带来的作品，只是扫了两眼，便说：技法初备了，可还有烟火气，看来还得修心，书乃心画，心地不干净，字就脱不了俗，甚至会越写越脏，越写越躁。

告别了先生，行走在毗陵驿渡，我一直在问着自己，虽然人人都有一颗心，却是看不见摸不着，又该如何去修？先生说我字里的烟火气，是看出来的？还是闻到的？按说，一件墨写的书作，只能有墨香，哪里会有烟火气呢？那天，我从毗陵驿渡码头出发，一直沿着古运河漫步行走，天黑之后，河两岸的街巷都朦胧在烟雨中，若隐若现。小城已经进入了梦乡，我还在行走，原来在雨夜里撑着一把纸伞漫步竟是如此美不可言。先生曾对我说，那位民国书家就是坐着小船从古运河通入空门，一直隐居在江南一座很小的寺院。其实他完全可以在常州出家，这里也有佛门，可是书家说，常州熟人太多，再说也太热闹了，热闹跟修行无缘。半月后，我坐火车倒汽车，在大山里找到了这座寺院。那几天，江南晦雨霏霏，当我沿着土山道找到院门，一身的泥浆竟将我涂成了泥猴。傍晚时分，我踩着清墨般的暮色走进庙门，说明了来意，当家的住持用素食款待了我，随后又让小僧端一盆洗脸水，洗脸洗手，随后将我领进一间厢房。里面简陋，只有一张旧竹榻，一张案几，上面摆着一方砚台，一支秃笔。住持说，书家遁入佛门后，一直在这里居住，买不起纸，就用笔蘸着清水在石头上临帖，写小楷就用树叶当纸。小庙原先很冷静，香火也几近断绝，因为书家的到来，香客就日见增多，求字的也多了起来，可是他没有卖过一幅字。山下的农民见到如此高风的书家，纷纷送来米面和鸡蛋，如果先生不肯收，就悄悄摆在庙门前。书家在庙里一住就是十年，八十岁的那年，他预感自己大限来临，便让我磨了墨，随后挥笔写下"驾鹤"二字，便圆寂了。

那天夜里，天突然飘起了雪片，我一直在厢房里打坐，半夜时分，忽然听到一阵阵唰唰的扫雪声从门外传来，便屏神静息细细听着。我曾听住持说，书家自从皈依佛门，每天五更，便拿起扫帚沿着山道清扫路面的落叶，春夏秋冬，从不间断。他拿扫帚，总是用右手，而且是三指握笔的姿势。后来，住持才晓得，书家是借此练臂力和手腕。冬天大雪封山，便手握扫帚在山坡积雪上意临石门颂。所以，每逢下雪，书家就像过节似的快乐，用手中的扫帚，将整片山坡都写满了飘逸高古的汉隶。莫非是书家此时显灵了？这么想着，我便从打坐的蒲团上站起，走到门外的天井里。漫天的雪片朝着天井奔涌飘洒，却不见人影。刚才莫非是幻觉？这么想着，我又坐到了厢房的草团上。

从那天夜里开始，我突然觉着那位民国书家无处不在，而且总是陪伴着我。我在山道上漫步，他便在路面上扫叶；我在案几上临帖，他便在身后指指点点，还不停地为我正腕；夜里躺到床上，他又在枕边跟我悄悄耳语，让我放下功名之心，去掉心头尘埃。还时不时地诵读《石门颂》的碑文：高祖受命，兴于汉中，道由子午……

我在小庙住了六天，就下山了。说来也怪，此后这位书家总是跟着形影不离，只要眼前一浮现他的影子，那件汉隶极品的线条，便会像闲云野鹤，在我面前飘飘欲仙。我曾听老画家说，从事一种艺术，就得入魔境，入得魔境，就能修成正果。也许从此时起，我真的就入了魔境？

眨眼之间，30 年的光阴就从笔端流走了。30 年时里，我不知磨掉了多少块徽墨，写干了多少瓶墨汁。30 年里，我放弃了应该放弃的，比如说，虚名、虚衔、浮名，还有红尘里令人眼花缭乱的东西。30 年里，红了樱桃，绿了芭蕉，唯有不变的，是那张拓片还悬挂在床头，跟我朝夕相处，耳鬓厮磨。30 年里，文学之余，朝临夕摩，积墨成金，汉隶成了我生命中日课，无论是假日，还是逢年过节，我都在坐在拓片前，跟她默默对视，然后临上一遍。哪怕是外出云游，也要带上法帖。有一年，我登临黄山天都峰，俯瞰滚滚云涛下的奇峰异石，突然有了临帖的冲动，以指当笔，在石壁下意临起《石门颂》。那刻，我仿佛走进了东汉时代，跟石门栈道上的那位隶书先圣遥遥相望，顿觉人生美好，光阴如金。30 年里，我突然有所顿悟：写书法，万万不可有功利色彩，如果刻意要写一件传世之作，没准留下的竟会是恶札，天下三大行书已经证明了。王羲之、颜真卿、苏东坡，生前都没有想名留青史，可都留下了天下三大行书。

当代著名山水画大师黄宾虹说："学画三年即可拿出来给人看，学书得要30 年。"又听书界有识之士说："隶书三天就学会了，一辈子写不好。"可见习书之难。看来不搭进一生光阴，仅凭一时冲动，或三天打鱼两天晒网，就能进入汉隶堂奥，只能是痴人说梦。学个皮毛就拿着毛笔到处作秀，只能贻笑大方。30 年里，我每天天不亮起床，第一件事就是临帖。让无情的岁月，幻变成笔底的线条，一直延向一千多年前的汉代。当我的笔触到了一千年前的东汉，我才顿悟，《石门颂》当列为断绝人间烟火的逸品，每根线条都飘飘欲仙。

《石门颂》全文共 655 字，全面、详细地记述了东汉顺帝时期司隶校尉杨孟文上疏请求修褒斜道及修通褒斜道的经过。此摩崖书法古拙自然，富于变化。每笔起处以毫端逆锋，含蓄蕴藉；中间运行遒缓，肃穆敦厚；收笔复以回锋，圆劲流畅。通篇字势挥洒自如，奇趣逸宕，素有"隶中草书"之称。

是东汉隶书的极品，又是摩崖石刻的代表作，对后来的书法艺术发展产生了巨大的影响。清代大书家杨守敬评石门："其行笔真如野鹤闲鸥，飘飘欲仙，六朝疏秀一派皆从其出。"同代的另一位书家张祖翼评说："三百年来习汉碑者不知凡几，竟无人学《石门颂》者，盖其雄厚奔放之气，胆怯者不敢学也。"《石门颂》的胎息，曾哺育了一代代的书家，哪怕是稍稍沾点原碑的仙气，也会修成大家。清代大书家何绍基得石门之飘逸，民国书家来楚生得石门之潇洒，萧娴得石门之轻灵，都写了各自面貌，成为一代大家。

跨越世纪的习隶之路，我领略了汉隶的快意雄风，汉隶也厚待了我。我的隶书作品，参加了国内的一些大小展览。2012年，我应征的一件隶书楹联，被南京有关文物部门选中，刻上红木竖匾，悬挂在清代苏州候补知府胡恩燮的家府胡家花园的客厅中堂。甲午暮春，当秦淮区文物专家高安宁先生陪同我来到胡家花园客厅，看着自己的作品，我突然想起了那位书写《石门颂》的隶圣。一首古风在脑海里草成：三十年来学石门，窗外明月悬青灯。砚池积墨堆成山，笔底线条结古藤。躲进书斋拜先师，抛却功名度金针。耕耘砚田自有乐，研墨当酒品人生。

世界两侧

郁戈

在一本书的序言里，苏童说，人们生活在世界两侧——城市和乡村。他说，他的身体在城市，但是他的心、他的根在乡村，他是一个乡村的孩子。他并没有提到在这两侧中间的那些地方、那些人。城市和乡村的中间是什么呢？是城镇、河流、山野吗？是那些奔波、迁徙、旅行的人吗？它们也许永远也不属于世界两侧中的任何一侧，它们只是一段过渡、一种经过、一个过程，而不是一个边际、一个方向、一个终点、一个可以停靠栖居的地方。我是一个出生在城镇里的人，也是一个总是在旅途中的人。我活在世界两侧的中间地带，总是在路上。

城镇生活带给我的，是对城市的迷恋和对山野的淡漠。城市和山野，同样是遥远的。儿时，我在想象中竭力给它们涂上颜色，把它们变成自己的领地，虽然它们从来就不是我的。它们却又是可以到达的，和许多孩子不同，我呼吸过真正的山野气息，也常常在城市的天空下醒来，我总是在这二者之间来回奔波。在长途汽车上，我渐渐长大了。

第一次和亲人一起出门远行，从一座儿时就向往过的大城市去另一座更大的城市。这座城市比我见过的所有城市加起来还要大，一座神话般的城市。第二次和亲人一起远行，我再一次来到那里。第三次和亲人一起出门远行，去的还是那里。这次不是旅行，而是求学。末了，爸妈走了，回家去了，我一个人留在那里。从此，我开始学会自己远行，从一座城市，经过乡村、山野、河流，然后到达另一座城市。一个人回家，一个人出门远行，一个人居住在那座遥远的大都会深处。现在，我还住在那里。

我所居住的是一座北方的城市。与南方的城市不同，北方城市里，几乎没有河流的踪迹。河流在城市的边缘奄奄一息，只给那些坐在火车上远远经过的旅人们留下几近干涸的巨大河床，让他们可以尽情想象这河流曾经波澜壮阔的样子。火车驶向城市，城市里没有河流。然而，城市本身却在流动，只是人们在城市深处沉溺得太久了，并没有意识到自己也正作为城市的一部分，随着它巨大的昼夜轮盘而旋转。总会有一些人从这个轮盘的转动中逃逸出来，在凝神静观的一刹那看见城市的流动，看见城市的河流。我时常梦想自己也会成为这样的一个人。也许是在城市和乡村之间的河流上方穿行了太久的缘故吧，这个梦想果真实现了。那是一个夜晚，我从图书馆的书架上取出一本书，转身走向阅览区的大门，一眼就看见了大门正对着的那面硕大的玻璃墙壁，突然觉得，墙的背后就是这个城市最美的部分。我走向它，久久地伫立，只是凝视着，夜之河流躺在我面前的近处，向极远处奔流而去。城市的河流是由密密匝匝、五彩缤纷的灯光汇集而成的。两排整齐的街灯是它的堤坝。从城市深处突兀出来的石块和金属，从四面八方挤压着这条河，让它笔直地流向一个固定的终点。这条河流是光的河流，耀眼辉煌、周而复始、一成不变。整个城市都沉浸在黑夜的大海中，那漫天遍地的万家灯火仿如在波涛中飘荡着的繁星，却显得分外孤独、微弱。城市的河流会在黎明时分慢慢消散，毕竟，城市是干渴的，它没有真正的河流。

乡村中才会有真正的河流，乡村为河流而生。从城市边缘向河流的上游旅行，我总可以找到乡村。似乎只有那么一次，我真正地接近了乡村，那是在儿时，去参加曾祖父的葬礼，随同大人们来到他待了一辈子的那个地方——一座真正的山村，有溪流、树林、梯田、农舍和麦垛。

大人们的悲伤并没有过多地感染我们这些孩子，大山给我们的印象是那么亲切而又新鲜。白天，我和弟弟在树丛里、山坡上追逐嬉闹，随便拉住一个以前从没见过面的高个子，叫一声"表叔"或"表哥"，就可以让他从树上摘苹果给我们吃。如果遇上又生又涩的，咬上几口就扔到圈里喂小猪了。

晚上，我不睡觉，独自坐在屋子前的打麦场中数星星。在哪里也找不到如此清凉的夏夜，似乎还有些冷。那么清澈的天空，那么多那么亮的星星，甚至可以清晰地看到它们眨眼睛的动作。星空一降到低处就和山中的点点灯火，甚至还有更近处飞舞的萤火连成了一片。只在一瞬间，我就不知道哪里是星光，哪里是灯光，哪里又是萤火了，我怀疑自己已在梦中。然而，在没有星星的夜晚，只能看到散落在山间高处低处，峰顶、谷坳中的零星的灯光，那么遥远、微弱，就像几个孤独的眼神，每种都不相同。每一星灯光，虽然很微弱，似乎随时都可能熄灭了，不见了，永远都消失了，但是毕竟可能有一户人家住在那里。这样的人家孤零零地坐落在一座高耸入云的峰顶，或者一个黑魆魆的深坳之中，此时此刻，他们究竟在做些什么呢？他们是否在家？他们是否也有丈夫、妻子、兄弟和儿女？他们是怎样的人家？他们怎样活着？是否也和我们一样悲伤着，快乐着呢？也许，我永远也不可能真正知道这些问题的答案。

远处孤独的灯光引我想入非非，思绪飘到了极远处，蓦然间发现自己已经成了这个山村里最后一个还待在打麦场上的人。几个大人还在正堂里守灵，围坐在那副棺柩旁边，沉默不语。大点儿的孩子也钻进麦垛里去，熟熟地睡了。真的只剩下我一个人了。一个孤独的孩子，在这样空旷的夜晚，在一个山村寂寥的孤灯下无限遐想。远处，是翻飞流动的萤火，是山间星星点点的灯光，是无名的总想眨眼睛的星星……我突然想：如果现在来了豹子怎么办？这可不是瞎想，这个山村位于秦岭南麓，以前是经常有豹子出没的。曾祖父在年轻时，就是远近闻名的猎豹能手，曾经有一个夏夜，就像是今天这样的夜晚，村里人都在这些麦垛上熟睡，一切都很安静，曾祖父突然醒了，他闻到了什么——空气中，一种浓烈、神秘而又充满野性的气味。豹子的气味。他一跃而起，就看见它了。那只豹子，从森林深处走来，在月光斑驳的打麦场上四处游荡，像一个迷失方向的幽灵。它也看见他了，在离他不远的地方站住了。他盯着它，它也盯着它。它转了个身，慢慢走了。他跑进屋里拿来猎枪，那豹子已经不见了，只留下一片山林之夜，那么寂静，如同今夜这般。豹子总是在山野的月光下独自漫游，曾祖父一生都守望着这片山村的寂静，恍惚间，他们好像合为了一体。是的，他们原本便是一体，同是这山野的灵魂。现在，这两个灵魂都已经离我们远去了，只不过像那远处群峰之顶和深坳之底的灯光一样，还在这山村空旷的夜晚中孤独地闪烁着。河流与山野养育了他们，他们为他们共同的母亲而生死。

在城市和乡村之间，河流蜿蜒而行。而真正把城市和乡村连接在一起的只是道路。道路穿越河流，穿越喧嚣和寂静。我时常在路上，却依然是孤独的。

山村，河流，两座城市之间必须经过的路程。

车启动了，它们向我的身后退去，如同我的童年、我的过去、我的亲人、我的爱情，默默地向时光的漏斗中落去，像沙粒一样共同构成我们通常称之为记忆、思念、梦想和历史的那些东西。

只是经过，却很少停留，我是一个过客，总是从车窗后面往外看。我看到山峦、树林、河流，光秃的石壁上季节性的瀑布和随风摇曳的小花，河水里赤条条的孩子，桥墩下面站立在阴影里的人们。他们是真正的乡村栖居者，世世代代祖祖辈辈居住在这里的人，河流和山野的孩子。

他们居住的地方，天然的、绿色的，那么甜美宁静，却又隐约给人一种恐惧。我们始终不能完全接受这样一种想法：我们所乘坐的这辆车永远地停下来，我们得下车，然后居住在这里，居住在这些茂密无边的大山林深处，幻想自己可以和所有的植物、小动物用一种神奇的语言亲密交谈。或者居住在路旁的这些砖瓦小屋里，日复一日，年复一年地目视这些过往的车辆到来然后远去，幻想着这些车辆载着那些乘客到达远方，那些喧嚣，那些绚丽，那些只在传说中隐隐浮现的，从未抵达过、从未亲眼见过的城市，但是，却从来没有一辆车停下来将我们自己带走，带向远方。于是，只有很少的人真正愿意一辈子留在这里，过完这寂寥而又清纯的一生。这其中不包括我。

一个人在相隔遥远的城市、山村、城镇之间无休止地迁徙，而灵魂的最深处却久久地渴求一种安定的栖居，与可爱的人生活在一起，不再把生活当作旅行，把旅行当作成长，把成长当作一个人的流浪。孤独的流浪，是我慢慢成熟起来的样子。我在城市深处流浪了很久，像一只迷路候鸟的影子。

城市是什么，乡村又是什么呢？不要问我，我并不知道。因为我不是一个定居者，而只是一个旅人。旅人来了，走了，最终成为一个过客。当他离开城市或者乡村，当它们远远地向后方退逝而去，变成地平线上的一个黑点时，他也许才会真正发现城市或者乡村的美。一个过客所见的美，是久居城市或乡村的人无法看到的。因为正是一次次的失去和离开，一次次的重新走入孤独和寂静，一次次的回忆和遐想，才塑造出了这种遥远的、缥缈的美。一个过客看见世界两侧的美时，仿如一个孤独的极地漫游者，在天涯海角凝神静观太阳升起时那遥远星球的剪影。

城市不属于我，我也不属于城市，就好像乡村不属于我，我也不属于乡村。我是一个小城镇的孩子，在那里出生成长，直到在另一个小城镇长大并且变得成熟，然而我也并不属于它们，我一生都想离开它们，一生都在离开它们。"离开"对我来说，远比"居住"这个词美丽。离开，到达，离开，到达……这便是我的生活，一条河流的生活。也许，我永远都是一个旅行者，在世界的两侧之间徘徊往返。渐渐地，被其中任何一个地方深深地打动，却又不在那里停留栖居。

我宁愿做一条河流。当我回首顾盼的那一刻，思念和记忆如此美丽。

十字路

厉彦林

前不久，有位朋友垂头丧气地告诉我：人生真是如同走路，走着走着就遇到了十字路口——向前、向左、向右都很犹豫，真是举棋不定，难以落脚呀……

是啊，无论一个人，还是一个地方，甚至一个国家和民族，时时处处都会感到站在十字路口上……

我老家山东省莒南县的县城驻地，就叫"十字路"。当地无论男女老少都知道："到了十字路，那就到县城啦。"当年我在农村求学时，把到县城读书作为人生第一个梦想和目标。据县志记载：十字路之称始于宋、金时代，因由此东至安东卫、西至临沂、北至莒县城、南至江苏省青口镇，各为110华里，纵横两条大路在此相交，呈"十"字形而得名。"十字路"这个地名，喻义四通八达。

"十"，十字架是古罗马帝国时代一种极其残酷的刑具。据《圣经》记载，基督教的创始人耶稣就是被钉死在十字架上的。耶稣为拯救世人罪孽而死，因而称之为救世主。还有"十字军"，这支基督教士兵组成的军队，人人都佩有十字标志。十字军东征持续了近200年，它推动欧洲走出黑暗与孤立。西方人进教堂是为了忏悔，摆脱精神的苦难。中国人进寺庙多是为了解决现实中遇到的难题或者满足某些愿望，其实真信的比例不是很高。

"十"，还是红十字会的标志。红十字会系瑞士银行家亨利成立。因此，红十字会将他5月8日的生日定为"世界红十字日"。它是救护病伤军人、平民、难民的一种国际性志愿救济团体。红十字标志是国际人道主义保护标志，是红十字会的专用标志。天灾之外，更有人祸。2011年上半年，炫富的郭美美在无意中打开了一个潘多拉之盒。郭美美一把火不仅烧红了自己，还点燃了红十字会，也直接烧焦了民众对慈善真诚而纯净的心灵。中国红十字会遭遇了空前的信任危机。

红"十"字，拯救的是人的肉体；

"十"字架，拯救的是人的灵魂。

2014年6月2日，正值端午节假期，久旱的沂蒙大地沉醉在潇潇春雨之中。早饭后，我请岳父带我去一趟"十字路"的旧址，寻找那块曾经刻有"十字路"字迹的石碑，那可是重要而权威的标志。它就在县城的西侧，沿途正摆满水果、蔬菜的摊点。

等来到中心点位置时，只见路上的行人，有农民、工人、个体户和老人、孩子，熙熙攘攘，匆匆忙忙。几位商人正撑着伞，东瞅瞅西望望，吆喝着招揽生意，有的自由自在地哼着小曲，有的交谈着什么逸闻趣事。当我客气地问一位七十岁左右的张大爷和其他几位居民："请问这地方原来那块刻着'十字路'字样的石碑哪里去了？"他们都纷纷摇头，有的说："原来确实见过，但不知去向了！"

我仔细观察人们走到这十字路口时的感觉与表情。由于天在下雨，过往的路人，或举雨伞，或赤膊上阵，大都脚步匆匆，像流星一样从身边划过，脸上多数带着茫然或者焦急，难道每个人都心存难以逾越的困惑和向往？有的可能是为了满足亲人或者自己吃喝穿生存的一个需求，有的可能面对生命的残忍和无情，有的可能因梦想的追逐和抉择……无论什么缘由，人们都在为人生、为生活而经过这个十字路口。大家有意和无意之间来到这个路口，面对着、面临着路径的选择。认定了一条路，其实就意味着放弃另一条或者几条的可能。

那还是上世纪80年代初，我在莒南县城工作的时候。从十字路口的这头走到那头，尤其是一个人站在十字路口的时候，感觉陌生的面孔渐渐熟悉，许多朋友就在十字路口相遇相识，且嘘寒问暖。走过白天和黑夜，走过幸福与快乐，走过忧郁与哀伤，一直走到彼此亲切且又陌生冷漠。夏季，一片片被狂风撕碎的泡桐树叶，铺在我们天真的青春记忆的大门口，心中涌动人生的多彩与单调、迷惑与执着。经过连绵雨幕、雪天的无奈迷茫，仰望着湛蓝的天空和恣意的白云，不禁神往地想象起未来和希望。有一次深夜，我一个人站在雨中的十字路口，蓦然回首，泪水伴着被雨打碎的残叶簌簌落下……

挥手之间，30多年过去，岁月的风霜早已刻满我的额头，我又站在这个当年的十字路口，依然被乍暖还寒的空气紧紧包围着。只是当年马路两旁的泡桐树大都被砍伐，剩下的几棵也是老气横秋，透出几分沧桑和悲凉：我回到这个原点，在静心等待什么呢？我庆幸当年理智的选择，无论职业、婚姻，还是对亲情的守护、对朋友的珍重。当然也为一些事情、一些人而遗憾。

人的每一天都是新起点，每天都站在有形无形的十字路口。有时往往不知该往哪个方向走，开始徘徊，不是胆怯，而是担心再走错。原因就在于付出就想得到回报，有了功利目的，背上了心灵包袱，而不是关注内心的满足与幸福。因而多少人望着前方层层浓雾不敢落脚，深感明天依然迷茫……

林林总总的往事再次从眼前掠过。山峦。泡桐。麦田。豌豆。火车站。狗尾巴草。孤灯。焦灼。疲惫。清泪。微笑……它们已不仅仅是辞藻，而是溶在血液里的一种记忆与情结。我知道它们一直在固执地追随着我，并且在方格稿笺里排列、组合成不同的文字，目光、月光、灯光陪我度过了一个又一个深夜。就凭这种执着坚韧与自信，我的成长就是把周身的泥土味变成了诗歌、散文，幻化为一缕书香气。脚踏实地地努力，希望总会在下一个十字路口与你邂逅……

一个人的人生道路会面临选择，一个地方的发展也常会面临选择。我的故乡莒南县，因1941年在莒县南部建的新县而得名。土地改革是20世纪中叶中国农村经历的一场最巨大的经济和社会变革。莒南建县以后，在抗战时期就进行减租减息运动，到解放战争时期为解放区的土地改革进行了积极探索。新中国成立后，1955年9月至1957年10月，毛泽东主席先后对莒南县勤俭办社、创办记工学习班和整山治水的经验三次批示。党的十一届三中全会之后，莒南的发展方向和道路也曾左右摇摆、举棋不定，最终还是坚守了农业的传统优势。近些年开始掉头转型，探索符合时代、适合自身实际的发展道路。

山东是"齐鲁之邦",人们讲山东,喜欢讲"齐鲁文化",其实齐文化跟鲁文化在好多方面不一样,其中还包括一些对立的。比如鲁文化(儒家文化)是农耕文化,从农耕基础上发展起来的儒家文化,对塑造中华民族的性格起到了巨大的作用。齐文化是东夷文化演变和发展过来的,夷是繁体字的铁字去掉金字旁。东夷是中国炼铁的发源地之一,铁字就以夷作为标记。齐文化是海洋文化、商业文化,比较开放和浪漫一些。这也是春秋战国时期齐国成为强国的一个重要原因。在历史的沿革中,儒文化成为山东的主导文化,因而山东人偏传统一些,或者说开放意识"稍逊风骚"。当下,深度挖掘齐文化、鲁文化,都具强大生命力和影响力。

一个地方如此,一个国家和民族也常常面临着两难选择。"天时不如地利,地利不如人和"。"人和"是中华文化中最核心、最重要的元素之一。在中国发展进步的历史长河中,各民族相互融合,取长补短,共同创造了灿烂的中华文明。绵延千载的丝绸之路,连接亚欧大陆,是一条和平之路。郑和七下西洋,带去的是货物和贸易,传播的是友谊和文化。近代以来,一批又一批中华儿女漂洋过海,在居住国拼搏创业,与当地人民友好相处、和谐相融。这已展示出中华文化"人和"思想的厚重价值和独特魅力。进入新世纪,经过金融危机之后,世界格局在变动,中国如何跳出包围圈,宽松发展,也站到了十字路口。中国在战略元年,实施"一带一路"战略和成立亚投行,与新兴市场国家接轨,助推区域经济一体化和经济全球化,展示出大国视野和担当。

自亨廷顿推出文明冲突的话题,西方文明、伊斯兰文明、中华文明这三大文明体系的关系被各界热议,而近10多年来的海湾战争、"9·11"事件和伊拉克战争,加剧了人们对伊斯兰和西方文明冲突的忧虑,因中国崛起而引发的中华文明与西方文明如何同生共存的话题格外引人注目。我国百年屈辱的历史,是西方列强用野蛮的利炮点燃的。目前仍然不绝于耳的"中国威胁论",只不过是西方政客掩盖其丑恶动机和目的的"幌子"。随着全球化进程的加速和深入，三大文明之间的交往更加频繁和密切，找到三大文明共同的价值支点，减少摩擦、增加和谐，是事关全球安全的终极性课题。如何维护世界的公平正义，真正和而不同，共生共荣？

冷战后的国际秩序，是同力量的彰显、文明内部的力量配置与文明冲突的性质分不开的。历史是滋养文明的沃土，儒家思想垒砌的"东方朝贡文化体系"，使亚洲大多数国家与中国有着或深或浅的文化联系。中华文明，是中国崛起的软实力。移花接木的西方文化，在东方水土不服。单纯地"向往西方文明"只会让我们变得扭曲，甚至失去我们的文明根基。世界大国的冲突，说到底是"文明的冲突"，是文化主宰和走向的冲突。中国文化是活文明，有朝一日，必定开放在世界巅峰。

站在十字路口，拿出自己的勇气和不服输的拼搏精神，不犹豫，不彷徨，往前走，不回头！这就是人生和历史最正确的态度。正如美国作家凯鲁亚克说的：我们找不到灵魂的家园，于是我们集体在路上。当所有的精力耗尽，开始感到疲惫时，出发之前的那种内心的苦闷便重新占据了生活中心。他说："在路上，永远在路上。"站在十字路口，无论你是什么国籍，无论是男是女，无论什么职业，你的每一天、每一刻都是在做着人生的选择题。向左还是向右，向前还是向后，遵循内心还是遵从现实。当然哪一种选择都是生命的必须，都值得尊敬；哪一种选择都会成为自己生命链条上的集结点、闪光点……遇到十字路口会迟疑、犹豫甚至纠结，因为每一种选择都会有正确与错误、光明与黑暗、安全与危险、顺利与艰难、健康与死亡之分或者趋向。一方面渴望通过自己的选择改变命运，一方面又恐怕选错人生方向。

生命是一次漂泊的、不确定的旅行。人生不如意十有八九。漫步人生路上，我们会真实地感受到生命的不如意、不完美。有的人智商高但没有超众的职业，有的人貌美却得不到幸福婚姻，有的人拥有金钱却失去了亲情，有的人拥有荣誉却无权享受，有的人实现了梦想却丢失了健康。人生的路并不都是直的，会有很多弯道，有时风景常在命运的拐角处。既然如此，人生也是一个遗憾的过程，不是所有事情能如愿以偿，稍不经意的一次回眸，满眼往事中最记忆犹新的，也许就是曾经些许的憾事，甚至是后悔的事。但无论如何，不要忘却了风雨兼程的旅途，整理好行装，请大步向前走。朝着一个目标走的时候，就要横下心，不必过多关注终点。有时在弯道处，可能离目标并不远。有些事情只要过眼、穿心，就是真真切切的一笔人生财富。

人生路且行且珍惜，生活与生命需要面对无数次的坎坷。每个人在出发上路时，道路是清晰的，方向也是明确的。真正的考验，是在漫长的路途中，在疲惫艰难时。许多人受不了前行的苦与累，抱怨，犹豫，怀疑，甚至放弃。有些路很远，走下去会很累，可是不走又后悔。与众不同的成功者，都是在布满荆棘的道路上不言败，有毅力和定力的人。经过困难、艰辛和血泪淬火的生命，才有高度、厚度和亮度。人生的幸与不幸、顺与不顺、值与不值，关键是怎么看。人生是否幸福快乐，主要取决于自己对生活、对命运的态度。快乐是自己的事情，遥控器握在自己手中，可以盯住心灵深处的"快乐频道"，一直看下去。

行走在人生的单行线上时，当你看清自己的路是多么的迂回曲折，你才会明白人生并不是只有一条路，而是有无数条，平坦的康庄大道，曲折的羊肠小路，甚至岔道，都是可以通往目的地的路线。就算在没有路的情况下，你也可以硬生生地踩出条路来。正如鲁迅先生所说：希望本无所谓有，无所谓无的。这正如地上的路，其实地上本没有路，走的人多了，也便成了路。人的一生，个人定位很重要，定力更重要。选准了方向，就需要耐得住寂寞，百折不回。其实，人贡献社会的方式也多种多样，无论你是科学家，还是环卫工人，只要你在自己擅长的领域做出了成绩、成就，也就是对社会有用，内心就会平静、平衡。最遗憾的是，很多人都明白这个道理，却依然跟风、凑热闹，到头来只能发出遗憾的感慨。许多人以优雅的姿态和成功的业绩，在现代社会孤军奋战，东拼西杀，心灵却越来越孤寂、苦涩与失落，期望远处闪耀一丝亮光，温暖内心，倾吐苦闷。醒酒后一看，这地方竟然是生他养他的故乡，那个简陋贫寒的小山村。

生命是上帝的恩赐，岁月是我们无悔的选择！人随着年龄的增长，所扮演的社会和家庭角色也愈来愈多。其中有些角色可能自己不喜欢、不擅长，甚至不习惯，但又必须砸掉牙往肚里咽，满怀热忱地坚持走下去。走过了之后才渐渐明白：生活其实是一种很美的过程，努力让自己变得随和、坦荡、宽容，努力学会珍惜、学会忘记、学会争取、学会放弃……或许生命如同四季，经历春的萌动，夏的炙热，秋的沉重，冬的严酷，才趋于丰富与完美；或许生活就如潺潺流动的河水，即使是过险滩、跳悬崖，也还是畅想着一首欢快的歌……

恩格斯指出："人们创造历史的活动，如同无数力的平行四边形形成的一种总的合力。"社会上一些人向左，一些人向右，社会最终的演变方向必定是所有人的合力，一切都是不以个人的意志为转移的。许多人不知道自己处在了十字路口，别人怎么样自己就怎么样随波逐流，连自己选择的权利都不知不觉放弃了。

任何个人、团队和民族所选择的发展道路和前进方向，都必须在苦难之后，经过沉淀反思，由自省走向自觉，由自强走向自信的。

东方地平线上，我国正沿着大国、强国之路，步伐铿锵，充满自信，有激流险滩，更有成长的烦恼。

2015年的中国，"小鲜肉""新常态"成为热词，"新"意味着告别和改变。在这转折、调整和变革的重要时刻，每个人身处这个时代，面临着机遇、风险、阴霾、坦途……看不清、看不懂、看不透的东西比较多，可以说，时时刻刻面临思想跳跃、观念碰撞和路径选择。

我记得有个看图猜成语游戏。图上画了一个背包的人，他站在一个十字路口，而上面画了三个红色的又大又粗的问号，请在图片下面写出成语。标准答案是："三思而行"。

老年人常夸耀：我走的路，比你过的桥还多。每人都曾经在十字路口匆匆忙忙地走过，然后消失在茫茫人海中，记住多少，遗忘多少？谁也说不清。一路走来的，童年、少年、青年、中年、晚年，总有一串痛苦而美好的记忆和抹不去的生死攸关的情感，在隐秘的记忆深处，时而模糊，时而清晰。有的温暖如春，催人奋进；有的刻骨铭心，热泪沾襟……

人生就是"十字路"，是四通八达的交通路线图。但是无论前后左右，每条路都是一条单行线，或直或曲，有上坡、有下坡，有柏油的、有沙土的，没有回头路。行人众多，不允许等待，来不及犹豫。无论哪个路口，只要义无反顾地选择以后，就必须怀揣希望，咬紧牙关大步前行，去逐步接近或者抵达人生的光明顶点。

走过了就没有机会回头，就算回头也不是当年的路！

一个人的"海丝之路"

林汉筠

一个偶尔的机会，我来到开启中国近代史第一页的虎门。印象最深的不是震惊中外的林则徐奋起历时 23 天、将收缴的 2,376,254 斤鸦片全部销毁的销烟池；不是穿鼻洋北武山脚威武屹立的鸦片战争古战场；不是人影幢幢的黄河服装市场，而是一尊雕像。这尊雕像是一个农夫左手端着一个红薯，右手提着两个红薯，仿佛向我们款款走来。旁边有两个字"陈益"。我不由得打了个激灵，恨不能立即"打开"雕像旁的石雕"书"。原来我时时念记着的红薯（又称番薯）竟然是我眼前这个"农夫"冒着生死传播的。我的血一下子涌了上来，我的喉里似乎被什么塞着噎了下来，我似乎被人点了穴位，全身无力，在这座雕像前瘫了下来，深深地跪了下去。

时间，把我们带到了明朝。1582 年（明万历十年），一个东莞人走进了邻国安南（今越南），他就是陈益。这个陈益，别看他不是一个仕途学子，也不是豪富殷商，但出身书香门第，官宦之家，用今天的话说，也有一定的出身背景。爷爷陈志敬，经学精粹，德义堪嘉；为弘治十七年（1504）举人，后授官浔州通判，公正廉明；任官广西，"平土酋，靖内乱，收失地，抚百姓"，声威远播；署南宁同知，德重政隆；晚年致仕归里退而不休，走四乡，访民情，揭苛政，斥酷吏，秉笔修书致上，为地方盐民废除苛捐什役奔走请命；曾任南宁同知，相当于今天的市长助理。这个助理大人，不以物喜不以己悲，任上政绩卓越，退休后荣归故里，好打抱不平，敢于为民上疏请命，后来乡人为他建立"抗疏"纪念亭。父亲陈廷对也是非常了得，十八般武艺样样精通，曾在海寇劫掠乡村时，冒死组织乡民抵御，将海寇打得个落花流水不敢再犯，自此虎门让人称为太平。你想想，一个人的壮举赢得了地方的世代平安，其功绩自然了得，被尊为乡贤。陈廷对也因此名震莞邑，几乎家喻户晓，人人皆知。

其兄陈履在嘉靖三十七年（1558）中举，隆庆五年（1571）名登进士榜，先后出任湖北蒲圻县令、苏州任海防同知、户部员外郎，在广西副使任上退仕归乡。回到虎门后成立了凤冈书院研习诗学，吟咏不辍，有《悬榻斋集》风行于世。

受这样一种家风熏陶，陈益更是恪守家训，恭勤俭守，不尚浮华，关心民瘼，乐善好施。他也学着前人，读万卷书行万里路，到各地考察民情。

明朝，风雨飘摇，但那种活泼前进的态势无不向世界展示着中华文明。先知先觉的虎门人，凭借着航海的便利和语言的相近，出番安南（越南）做生意的越来越多。据史料记载，在明万历年间，在安南的虎门人就有50多户，他们通过航运到越南行商，生意越做越大，带动了当地的经济，也引进了很多越南商品。当时就有一条被命名的太平街（虎门的别称），这条街做生意的似乎都是虎门人，或与虎门做生意的人，生意越做越旺，成为当地税收的一个重要来源。连当地的达官贵人，尤其是酋长竞相奉迎，凡太平街有重大活动，酋长都会抽时间参加。

安南到底是一个什么样的国家，虎门的乡亲在那里打拼的状况到底如何？这些无疑成为正准备状元"考试"的陈益一个重要的"调研"课题。时间在1580年（明万历八年），陈益一个世伯从安南经商回来，听说陈益想到安南去，也顾不上休整，便让陈益收拾行李，即时动身，登舟泛海，前往安南的"太平街"。

甫到安南，陈益就深入到乡亲们的商行考察。出生书香世家，风流倜傥、儒雅气息十足的陈益，走在"太平街"倒有点鹤立鸡群，加上有"土豪"陪同，让当地酋长刮目相看。安南"太平街"的酋长应该是一个懂得招商引资的领导，他一定对中国儒家文化了然于心吧。看着太平街土豪陪同富少，千般热情，召集了太平街有影响力的商人，设宴"太平街"最大一家唐山酒楼，来了一个"招商恳亲会"，为陈益洗尘接风。

在中国历史上，有这样一种宴会，划开了一段历史。或血淋淋雨滴滴，或彪炳千秋。项羽的鸿门宴，将公元前 206 年农民起义历史进行了改写。宋太祖赵匡胤上位宴请石守信、高怀德、王审琦、张令铎、赵彦徽、罗彦环等一班高级将领，在 963 年（乾德元年）春，几杯老酒，释去兵权……而虎门人陈益在安南的这次宴会，却在中国农业历史上增添了厚重的一笔。

席间，十几道菜式一一端了上来。许是舟车劳顿，山珍海味摆在面前，陈益也没有半点胃口，迟迟没有下筷子。唯独一盘红扑扑、软滑滑、香喷喷、甜滋滋的菜，是他见所未见闻所未闻。陈益也算是见过世面的人，但面对这道菜，他连忙举起筷子品尝，顿觉甘甜可口。忙问这是什么东西？酋长十分神秘地说：这可是安南的宝贝，是一个不可外传的神赐之物，取其状而名曰"红薯"。

红薯？仿佛在冥冥间两个字眼跳入眼帘。红薯？他又一次向酋长问及红薯的生长情况。酋长说，红薯是一种极易生长的农作物，落地生根，数月后根须变薯，可以佐食，也可以充饥，是安南神来之物，可以说是国宝，不得逾越关防。

尽管安南对红薯百般神化，以防外传，但此时的酋长忽略了陈益微妙的心理变化。陈益看着盘中的红薯，不停地念叨着，"可以佐食，可以充饥"。这圆溜溜的家伙摆在盘子里，清甜可口，食之肚子立刻感到除却了饥饿感，精神倍增，岂止可以充饥？完全可以成为主食。

大凡干大事业者，想着的是天下，并不是眼前的杯光烛影。熟读史书的陈益知道，粮食对于中国的重要。中国从公元元年人口达到 6000 万之后，1500 年间，即使是幅员辽阔、如日中天的盛唐时期，中国人口再也没有达到或超过 6000 万。原因是饥荒的规模呈几何级数增长，一场场动辄导致数百万人死亡的饥荒比比皆是。北方大量的饥民向南挺进，而虎门沿海一带旱涝无常，常闹饥荒，那儿多山，若在山上旷地种植红薯，则可以救荒……陈益仿佛看到几年来自己家熬粥为灾民充饥的情形。如果将红薯引到家乡栽种，岂不是解决了人们的果腹问题？

陈益的脑子里又一次闪现着盘子里的红薯。安南与虎门水土相近,气候变化不大,这样的农作物,为何虎门不可种?如果将红薯种带回家乡,试种成功,就可以替换水稻,解决老百姓的肚子问题,那该是一项多么大的功德呀。

在一些重大事件中,上天在冥冥之中会有一种安排。正当陈益苦思如何将红薯偷运回试种时,一个同乡急匆匆地来到席间,说有乡亲在耕作时被蛇咬伤,生命危在旦夕。陈益眼睛一亮,真是天公保佑,治蛇伤是他家祖传,自己袋子里还有一小瓶的蛇伤药。他为有机会救治老乡高兴,更是庆幸有机会去乡间了解红薯的耕作情况,借机运送薯种回乡。

来到老乡家,陈益为老乡一番清洗伤口,敷上蛇药后,老乡的伤口立刻消肿,但要根治的话,必须要一味新鲜的"铜钱草"。这种草药清凉去火败毒,生长在路边山坡,如果在虎门的话,陈益闭着眼睛都会找到,但刚到安南,陈益两眼一抹黑,于是请求酋长准予他到附近的山头上寻找这味草药。酋长见陈益仁心善行,医术高明,又是一个大老板,没有想到陈益想借此机会去乡间了解红薯耕作,也就没有对陈益有太多的禁忌,允许他到"禁地"寻找治疗蛇伤的药物。

陈益得到去田间寻药的允许后,忘乎所以走向田垄。突见面前的山头田垄披翠泛绿般挂着满丛蔓藤,几个老农正在藤下拔草。这是什么作物?陈益一阵发惊,猜测是否就是他心心念念的红薯,一问倒真是红薯园,那满山遍野的蔓藤就是红薯藤。

陈益的心一下子像灌了蜜一样甘甜,身体像有了万有引力,急忙赶到田头,一边帮老农拔草,一边笑嘻嘻地问红薯的耕种情况,老农始终一言不发。

红薯是安南国的神圣之物,国中有规定,红薯不可外传,就连红薯的生长习性、种植方法等,亦不可随意告诉外族之人。那老农瞧着大汗淋漓的陈益,见他穿着儒雅,毫无本族蛮风,更听出他的口音不似本地人,哪里敢透露半分!老农只埋头苦干,装作没听见陈益的发问。

陈益见状,也不焦急,反正他此趟随行安南,尚有些时日,当务之急是先给他的老乡寻找"铜钱草"解去蛇毒。于是,陈益就以"铜钱草"为引,试图消去老农的戒心。

老农见陈益为他除草，心里早存感激，听得陈益急找"铜钱草"，当然热心相告，陈益依言寻到"铜钱草"，便欲回去给他老乡解毒。再次路过老农的红薯园，陈益依依不舍地回望了数眼，又见红薯园有数亩之宽，这老农如此年纪，若他一人除完整个红薯园的杂草，辛苦自不当说。于是，陈益决定为他老乡解完毒后就来为老农除草。

等陈益为老乡解去蛇毒，红日当头，想着那青藤蔓延的红薯园，陈益粗略扒了口饭，就匆忙赶往红薯园。到时，老农已回家午休。陈益脸上洋溢起一片欢喜，立刻除鞋卷袖，下园拔草，这一拔就拔到了大半晌，年轻力壮的陈益也除去了红薯园三分之一的杂草。

老农来到红薯园中，见大半杂草都莫名其妙地被拔除，心中惊异，询问附近的老农，却无人知晓原因。查探之下，发现竟是问他"铜钱草"的陈益，惊愕之外，老农便问陈益缘由。陈益再次向老农问及红薯的习性、种植等种种事项。

此时，老农为陈益的热忱所感，又想陈益只是听又没有拿笔墨记下，即便他能记下红薯的一些习性，也不定能记得完整。于是没有再隐瞒，指了指田垄示意陈益坐下休息，并对他说，红薯这种根茎植物，不像麦子和大豆那样把果实顶在头上，也不像玉米和芝麻那样挂在腰间，让人一目了然，心里踏实。红薯是把果实深埋地下，留下藤蔓和叶子，在土地上牵扯缠搅，把田野遮得密不透风；红薯不问土地的肥瘦，只要将藤插入地里就会结果。老农把红薯的栽种、生长习性、管理程序，像竹筒倒豆子一样全部讲了出来。

只是，老农不知，对红薯一见钟情的陈益此时就像熟记他心爱的美人一样，一点一滴地将红薯的相关属性、种植技巧、注意事项等等都默记于心，刻进他的每一根神经，每一个细胞。从此，这片青翠的蔓藤，从这片宽若亩余的红薯园一路蔓延，铺长到他那辽阔的胸怀中，为他布下了一块崭新布景，不曾落下一粒尘埃。

红薯，红薯，也从那一刻起，长成陈益灵魂的一部分，在那里结根成薯，再也挥之不去。

掌握了种植红薯的技巧，陈益在安南的日子就开始过得心急如焚，因为他日夜苦思冥想都找不到将红薯运回国中的时机。

机会永远垂青于有准备的人。一日，他在街上溜达，见一群安南人正在敲鼓、奏乐，鼓声清纯，余音袅袅。这工艺精巧、青铜光洁的鼓，就是安南人的铜鼓。现在广西还流行着这样的鼓，每年在广西都要举行一次铜鼓节，铜鼓做工一个比一个精致。它是南方少数民族地区的一种圣物，少数民族以此"俗信妖巫，击铜鼓以祈祷"，"击铜鼓沙锣以祀鬼神"。早在唐代就有诗人许浑有诗云："绿水暖青蘋，湘潭万里春。瓦尊迎海客，铜鼓赛江神。避雨松枫岸，看云杨柳津。长安一杯酒，座上有归人。""铜鼓—赛—江神"，陈益默默地念叨着这首意味深长的诗，忽然一个激灵让他连连拍头——这不是唐人早告诉过我们用铜鼓装好红薯，渡海回家？

恍然大悟，原来上天早就将陈益苦苦寻思的红薯运输方式写进诗里，任由陈益这个担大任者去理解。主意已定，他来到鼓厂，精制了几面铜鼓，在鼓底设有夹层，然后将购买来的番薯塞在夹层，告别世伯，独自归国。

那天，天公作美，海面波平浪静，归舟风顺帆扬，陈益正敲击铜鼓，站在船头想起吕定的那首《浴日亭和苏学士韵》："危亭突兀倚青山，坐对扶桑碧海湾。紫雾欲生龙伯庙，洪涛先涌虎门关。光摇宇宙花生眼，影动阑干酒上颜。遥望蓬莱宫阙晓，一轮飞挂碧云间。"他一时想不起吕定这首诗是不是在虎门写的，但"洪涛先涌虎门关"，让他想起家乡，想起自己来到安南近两年的日子，想起今天将要带着一种神圣的粮食作物回到家乡，那漫山遍野的红薯藤；想起乡亲们脸上发着光，荡着笑，将满地的藤蔓清理得干干净净，将埋藏一个夏秋的秘密一垄一垄、一棵一棵从泥土之下刨挖了出来；想着一串又一串一个又一个红薯，带着甜，带着泥土的清香，齐刷刷地呈现在自己的跟前；他甚至看到酥红的面皮和硕大红薯，张着嘴向他发出甜美的微笑。他坐在船头，望着彼岸的家乡，欣喜地击打着铜鼓，再一次唱起许浑对铜鼓的歌吟。

正在高兴之余，忽见两艘官船如箭疾发步步靠近，原来是酋长接到陈益私带红薯过境的密报紧追而来，扬旗示检。

猝然之间，历史仿佛在南海上空凝固了，望着急起直追的官船，那面"示检旗"映红了南海。陈益敛了敛神，目光如炬地凝视着那面铜鼓，他心底倏忽之间再次掠过那一张一张因贫寒饥饿而瘦削凹陷的脸，双手不由自主地将铜鼓紧抱入怀。他仿佛看到世世代代的中国人都在此时此刻紧张地盯着他，盯着他怀中的那面铜鼓，还有铜鼓里的红薯。那挂着检旗的安南船只正在逼近，他快要疯了，一旦被追上，不但铜鼓里的红薯运不回国，就连万千国人果腹的希望也将破灭。他抱紧铜鼓，紧咬牙关，仅存的理智告诉他，冷静，只有冷静才可战胜一切。当他的目光落在船边的船桨上，陈益脑门一亮：拼了！

他与船员的存亡在此一拼，还有千千万万国人的希望也在此一拼！

陈益一个箭步，抄起船桨，在阳光下举起了一道闪亮的光。这道闪亮的光，早已告诉自己，也告诉船长和所有的船员，即便是死，也要将保命的红薯运回到家乡。

他指着铜鼓，告诉所有的船员，这里藏有一种能够延续中国人生命的粮食——红薯的种子，这些红薯如试种成功，将解决家乡父老乡亲的肚子问题。如果今天突围不成功，我们一道将被安南打入黑笼，再也不会见到家乡亲人朋友。

话不多，句句都透过海边的阳光。他目光坚定地望着中国海，望着海边的故乡，望着正在向他招手微笑的父老乡亲。然后，大喝一声："起！"

在海里画了一条弧线。

他们或许不知道，自己的一把桨上的力量深深地刻进了中国历史书里，时刻被后人缅怀着。

待酋长赶到时，陈益的船只已到公海，安南关防无可奈何地看着陈益的船只在公海里扬起风帆，看着陈益站在船头擂起了铜鼓，只得望海兴叹。

陈益顺利地将红薯种运回家乡，开始功载千秋的伟业。

陈益携鼓夹薯回到故里，欣喜若狂，默默地记着安南老农说的话，着手在庭院的花坞里试种。

作为在安南像神一样对待的红薯，一下子被陈益带到家乡，也引起了不小的轰动。邻村有一个卢姓人家，这家人早与土匪勾结，因陈益的父亲好打抱不平，一直怀恨在心。他见陈益带回"怪物"，知道报仇的机会来了，便串同官府，上告陈益蒙混关防，私自从异邦偷带"妖物"回乡，蛊惑民众，传播"妖术"。

"妖术"，这在明代是不得了的事。明初白莲教主唐赛儿使用妖术"剪纸为兵"，"莒州贼董彦杲等聚众两千余人，以红白旗为号，大行劫杀，莒州千户孙恭等往招抚，杀其从者，势甚猖獗"，"永乐十八年二月，蒲台妖妇林三妻唐赛儿作乱"，从而震惊朝野。卢氏状告陈益带回妖物，并佐以铜鼓进行"滋妖"，说得有板有眼。莞府即时来到陈府搜查，因花坞摆得整齐，巡捕也不敢在进士陈履家造次，无功而退，只得将陈益拘捕。一向光明磊落、在虎门享有盛誉的陈氏，根本没有想到出生入死带回救命红薯，竟然遭到牢狱之灾，是可忍孰不可忍！虎门乡民举行了大型游行活动，他们一边来到衙门，为陈益击鼓鸣冤，一边修书赴京知会其兄陈履。陈履接悉来信，莫名惊诧，作为携带"妖物"回国理当治罪，但知弟者莫不是为兄也，他知道陈益之举一定有自己的个人见解，不可盲目处置。适值有姓史的同僚奉命巡按东粤，便修书托词复查此案。后经史某查证，重新升堂，陈益裁定无罪释放。而卢某搬起石头砸自己的脚，串谋诬害贤良不算，为霸乡里，作恶一方，勾结匪帮，被依法定罪。从此，乡关锄霸，村民安宁。

如果说，陈益家的花坞是一个试管，将红薯这个胚胎试验成功的话，那么陈氏的祖墓地虎门小捷山就是中国第一块种植红薯的地方。

吃了官司的陈益，无罪释放之后就打算回乡一心一意种植和钻研红薯。不久，他便在祖父莲峰公墓右侧置地35亩，"招佃植薯"。陈益力压众议，拿出了家里所有的积蓄来买下了这35亩地种红薯，这事曾一度成为乡中民众茶余饭后的重要谈资。

当他在薯地中来回拔草施肥，看着薯藤抽芽长叶，藤蔓结薯，就宛如照看他最心爱的孩子，从牙牙学语到长大成家一样满心成就。更让他满怀成就的是，他的忙碌不是为他一人而忙，而是为千千万万饥肠辘辘的乡民，为世世代代因饥饿而困迫的华夏国民。所以，他也不是简单地种薯，简单地收获，他看着那35亩红薯一朝一夕地成长，也用笔墨细致明晰地记录着红薯生长的一点一滴。当那一园红薯藤沉淀结薯，他笔下记录的册子也累积如山。待红薯到了收获的季节，陈益望园抚册，眉目含笑，这日夜的相处，这朝夕的摸索，他已经完全掌握了红薯种植的方法与技巧。他想，终于到了为那些他一心牵系的乡民造福的时候了。

翌日，他便在村中贴榜招聘乡民挖薯，而挖薯的报酬就是每人可得红薯数担，另外还加教授挖薯的乡民种植红薯。乡民起初并不愿前往，可一些乡民经过陈益的红薯园，看到陈益这一园红薯丰收，足以解决村人一载的饥困，乡民便一传十，十传百，到最后众口相传，人人羡慕不已，纷纷报名参加。陈益于薯园间与乡民一同挖薯，并趁机向乡民传授种薯的心得，乡民无不虔诚细听，铭记入心。

看着陈益在红薯园间对着乡民把薯细说的模样，我想，陈益他不但是一位心系村民疾苦的好心人，更是一位智者，因为智慧的人才善于"授人以渔"。

乡民收获了红薯回家之后，也开始按照陈益教导的方法广种红薯，疑问之处便亲自到陈益住处请陈益前往指导。经过陈益的亲身指导以及乡民一季的努力劳作，乡民丰收颇盛，人人笑语相庆，丰收之日更以薯或蒸或炒或制成薯饼，送到陈益住处酬谢陈益，陈益推却不了，尽皆笑颜相纳。随即，陈益家乡种植红薯解决温饱饥困的消息，也渐渐在周边乡村间传扬开来，并越传越远，到最后遍及全国。因为红薯是番国引进的，后人便将红薯称为"番薯"，成为当时人们重要的口粮之一。

史料曾记载，1592年（明万历二十年），陈益临终前写下遗书告诉后人，他亡后即将他葬于薯园，并且每年春秋二祭都用番薯拜祭他。"（陈益）遗嘱岁祀以薯荐食"（《凤冈陈氏族谱》）。想着陈益这临终的遗言，我心为之一震，并为陈益至死牵挂他的红薯而热泪盈眶！陈益，牵挂着的是人们，哪怕是死，也想着给百姓果腹的食品。

400多年前我国最早大规模引种番薯的地方，就在这块土地上"嗣后播放种天南"，到明末清初，东莞已出现以产番薯著名的乡村了。明末清初著名学者、诗人，岭南三大家之一的屈大均曾在《广东新语》卷二有载："篁村（今东莞南城区，与虎门接壤）、河田（今厚街镇河田村，地近虎门小捷）甘薯，白、紫二蔗，动连千顷，随其土宜以为货，多致末富。"

明朝是一个特别开放的朝代，单说郑和七下西洋，直接促进了福州海外移民。"明永乐时，福州人赴麻剌国者，有姓阮、芮、朴、樊、郝等。往多年，番妇生子，定之返国"（《闽都记》）。弃儒经商的陈振龙，随众商人乘船往吕宋（今菲律宾群岛）经商，看到当地漫山遍野都长着红薯，在乘船回国时，用重金买下了几尺薯藤，缠在缆绳上，涂上泥巴，带回家乡种植。就在他归乡的那一年，福建发生大饥荒，陈振龙让儿子把薯种献给福建巡抚，建议推广种植。其第五代孙子陈世元，还撰写了我国第一部关于甘薯的专著《金薯传习录》，大力推广红薯的种植。广东省电白人林怀兰也从安南行医时带回薯种，推广种植。有人说是先从吕宋传入泉州或漳州，然后向北推广到莆田、福清、长乐的，说法不一。当时福建人侨居吕宋的很多，传入当不止一次，也不止一路。传入后发展很快，明朝末年福建成为最著名的甘薯产区，在福州每斤不值一文钱，无论贫富都能吃到。历史学家杨宝霖曾就此作了考证，明代陈经纶于万历二十一年（1593）十一月呈福建巡抚金学曾的《献番薯禀帖》说：缘纶父（陈振龙）久在东夷吕宋，深知朱薯功同五谷，利益民生，是以捐资买种，并得夷岛传授法则，由舟而归，犹幸本年五月中开棹，七日抵厦门。（清 陈世元《金薯传习录》卷上）据此，建福长乐人陈振龙引进番薯的时间，是万历二十一年（1593）五月，比陈益晚11年。毫无疑问，陈益是带回红薯种的第一人，小捷是中国第一块播种红薯的地方。当然，陈振龙也罢，林怀兰也罢，陈益也罢，他们都是中国人的福音，他们敢于牺牲自我，冒着杀头的危险，从番国引回红薯种，他们都为缓解当时人的温饱作出了杰出的贡献，在我国农业发展史上有重要意义。红薯的种植，逐渐推广开来，改善了我国农作物的结构和食谱，成为我国旧时代度荒解饥的重要食物之一。据古籍记载，荒年时，"乡民活于薯者十之七八"。清乾隆年间，红薯已推广到全国大部分地区。目前全国红薯种植面积达一亿多亩，年产量折原粮达 3000 万吨，占世界红薯总产量的 80%。

时光绵长得让人晕眩，陈益、陈振龙、林怀兰，及像他们一样有胆有识的华夏儿女的梦就越发瑰丽诱人，他们与任何一个中华民族的英雄一样，耐得住时间的检阅，又令一代又一代中华儿女慢慢咀嚼。对于陈振龙，历史上都有很好的记载，早在清道光年间 (1821~1850 年)，为其建有"先薯亭"，福建长乐县还建有"陈振龙纪念堂"；广东电白县为纪念林怀兰和守隘关将而建"番薯林公庙"。至于陈益，除了在虎门公园树立这座雕像，供人们瞻仰外，东莞正在规划建设陈益纪念馆。

我隐隐地听到一阵激昂的锣鼓响起来了——是铜鼓声。今天，我站在小捷山头，远处的虎门港潮声激涌，当年陈益出海的渡口已有虎门大桥飞架，当年的小市场已成为富甲一方的城市。而看着正收获的红薯时，那一个个香脆的、甘甜的红薯，那一垄垄含香的土地，不由自主地重温陈益在安南的目光，心也回到那久远的神秘里，和他们一道飞翔——

或许这就是我们对陈益、对中国第一块种植红薯的土地最好的纪念。

近在咫尺的异乡

王月鹏

一

在路的拐弯处，一个村庄闪现出来。村碑倒在路边，再往里走，迎面巨石上刻有"身居山沟，放眼世界"八个红字，旁边摆放一个偌大的地球仪造型。许是因为风吹日晒，木质的地球仪有些腐朽，凑近了细看，球体上除了蓝色海洋隐约可辨，其他地方都已残缺不全。站在伤痕斑驳的地球仪前，想起刚才遇见的那块倒在路边的村碑，我长叹一声。

村中央有一条沟，是曾经的河道。生活垃圾在河道里绵延起伏，异味浮动，与袅袅炊烟融到一起，一种说不出的气息笼罩了这个村庄。当年村庄沿河而建，以河道为界，分成东西两半。问河边晒太阳的人，这条河叫什么名字，皆答不知。被河水冲刷过的石头，沿河砌成一道墙，房子就建在墙的后面。河道里长起一棵树，树干已枯，倚仗着半截枯枝，村人顺势搭起草垛，覆上一层塑料布，再压几截枯枝，刮风下雨也就无所谓了。雨后的河道积了些水，它们已经没有力气继续流动，被河道里的垃圾分割成若干的坑坑洼洼，三五只鸭子在戏水，几分有趣，几分无聊。河两岸是疯长的树。两个农妇站在河边石阶上洗拖把，似乎并不嫌弃眼前的脏水。鸭子在浅水里发出不满的咕咕声，与农妇隔岸的家常话交织在一起，这个村庄的角落里于是有了一种奇异的声音，它们并不与所谓世界对话，只对身边的微小物事发言，没有什么激愤，也无所谓妥协。

河道日渐被村人用垃圾填满了。他们并不在意明天的河水将从哪里流过，就像村庄的明天无法预料和把握。那些更有力量关心村庄的人，大多去了城里；留下来的人，守护着村庄，心如止水。我沿着河道走，觉得内心也被形形色色的垃圾填满，不知该怎样才能把自己掏空，怎样才能不厌弃自己。人群向城市蜂拥而去。我从城里来，带着一身疲惫和困惑。20年前，我也从故乡逃离，向着梦想中的城市一步步走去，把最美好的青春岁月消耗在钢筋混凝土的丛林。我也曾渴望在万家灯火中有一个属于自己的小小窗口。总算实现了，我一次次站在窗前，视线被高楼遮挡，看不到更远的地方，脑海中一次次浮现的，是乡村的晨昏，那些炊烟，那些鸡鸣，还有那些枯荣的野草……我再一次想到逃离，想到漫漫长路中的找寻。并不知道失落了什么，我只知道我要逃离，要继续找寻下去。

停下车，在村庄里走。街巷并不规则，铺了崭新的水泥路面，新农村建设的触须已经延伸到这个深山。走在平坦的水泥街道上，我的心里满是坑坑洼洼。

一个老人在门前砍柴。他满脸漠然，不停地举起砍刀，把另一只手中的枯枝剁成一截截长短均匀的柴火，齐整地码在身后。我站在一侧看了很久。老人并不在意，抬手，落手，动作迟缓，像是一架停不下来的老迈机器。他身后的柴火，渐渐堆起一座小山的样子。聊了几句，才知道老人已经85岁了。眼前的这些枯枝，是他一个人从山上扛下来的。他说，老了，山路不好，没法推车子，只能用肩膀扛了。冬天正在渐渐逼近。老人机械一样的砍柴动作，有着对于即将到来的这个冬天的态度，他把这些没有生命的枯枝扛回家，整个冬天就有指望了。再冷，日子总要过下去的。没有抱怨，他不断举起那把砍刀，把杂乱的枯枝打理齐整，像积攒下了一束束等待燃烧的火苗。老人见我拍照，以为遇到了记者，开始絮絮叨叨地讲述。他是一个老兵。他用沙哑的声音向我讲起那些亲历的战事，满脸真诚。我不知道我是否有资格理解这份真诚。我问他当年打仗时怕过吗？他说，怎么能不怕？直到现在也怕，村里有个人和他是一起上战场的，那个人死了，他侥幸没死，想起来就怕。我后悔没有给这个老人录音。他的话是素朴的，没有形容词，不慷慨也不消极，姿态已经低到泥土里，他说出了内心的恐惧，说出了一个人对战争的真实看法。半个多世纪前的那些硝烟，让他几乎夜夜噩梦，成为生命中一个永远解不开的结，死结。远远地走来一个老人，她佝偻的腰几乎与地面保持平行的姿态，肩上扛着一大捆枯枝，一步步向前挪动。我被惊呆了。等我回过神来，她已蹒跚走远。我追向前，用相机抓拍几个镜头。她停住脚步，满脸怅然，我尴尬地笑一笑，不知该对眼前的这个老人说点什么。她也使劲地笑一笑，表情僵硬，不知是该继续往前走，还是该停下来。或许，我随意的几个抓拍镜头，在她心目中会成为一个不可思议的"事件"。她扛着那堆枯枝，就像扛着寒冷艰难的日子，以蜗牛爬行的速度向着自己的家走去。目光再次回到砍柴老人的身上，我能够想象到他是怎样扛着枯枝从山上一步步地挪移回来的。一个亲历战争的人，正在攒着力气过冬。他说："要不还得买煤。守着山，有柴烧。"屋檐下悬挂一串串冰凌，在孩童的仰望中融化，滴滴答答地落了下来。窗玻璃上冰结的窗花纵横交错，有丘壑，有河流，梦幻一般，在阳光中渐渐变得模糊。

整个村子共有百余户人家，这条街上仅住了三户。从一个老人举向天空的手，可以触摸整个大地的脉搏。

村头挺起一个高大的信号塔，旁边是一棵不知名字的古树，树顶有个喜鹊窝。这棵不知名字的树，还有树顶的喜鹊窝，曾让村人无数次地仰望，在仰望中体味到了安宁和幸福。如今这个标高已被信号塔取代，它矗立村头，冰冷地俯视整个村庄。村庄被揽在山的怀里。山并不高大，也不连绵，仅仅是若干石块堆垒在一起的样子。某个冬日下午，我走进又走出这个小小的村庄，忍不住一次又一次回望，那个高大的信号塔像是一个冷漠异物，不容置辩地介入了村庄的心脏。

二

我在村里四处走动，不经意间看到了卖羊的一幕。他们已经讲好价格，除了讨价还价之外，我几乎目睹了一只羊被绑走的全过程。

两个人围住一头羊，拍拍羊的头，摸摸羊的身体，羊还没有反应过来是怎么回事，就被撂倒在地。那个长着络腮胡子的人，看起来粗枝大叶，手脚倒是利落，他单膝跪压在羊头上，三下五除二就把羊的四肢捆结实了。羊的主人帮他把羊抬起，塞进面包车的后备厢。慌乱的瞬间里，我看到羊的双眸，惊恐、无助，像是在苦苦哀求。络腮胡子拍拍手上的泥土，满意地上车，扬长而去。羊的主人向着车去的方向跟了几步，停住，嘴唇翕动几下，没有说什么。

我问他，这只羊喂养了多长时间？

"104 斤，1 斤 16 块钱。"他答，警觉地用手捂一捂口袋，歪头瞅我一眼，再瞅一眼，一瘸一拐地走开了。

我站在原地，眼前浮现童年时看到的杀羊场面。一只羊羔被不停地抛向空中，然后跌落下来，凄惨的声音响彻整个集市。羊羔一次又一次被抛起，跌落，直到摔得奄奄一息，屠夫才开始动刀杀羊。据说这种杀法可以让羊血充分融入肉里，鲜嫩，且增加肉的分量。那个杀羊的人，还有围观的人，在羊羔的惨叫声中，有叹息，也有狂笑。

想到另一个场景。那天本来是去寻找石碾的，抵达传说中的村庄，却在河边邂逅牧羊人。午后的村头河边，因为牧羊人和他的羊群的介入，构成一幅很好的图画——跛脚的老汉腋下夹着马扎，一手扬鞭，远远地吆喝，追赶一只离群的小羊，小羊跑跑停停，偶尔回头朝老汉咩咩地叫，像在故意逗他……

跛脚老汉同意了我们拍照，他用鞭子在河边划定一个大致的范围，自言自语地警告羊们不许离开半步。结果羊群好像故意不给他面子，同时向四周一哄而散，老汉气得直跺脚，鞭子在空中甩得脆响。那些淘气的羊，可能是看到主人真的生气了，不约而同地磨蹭回来，在他刚才划定的范围里徘徊，神态温顺，让人欢喜。

我们迅速抓拍了几个镜头。他有些意犹未尽，赶着羊群渐行渐远。一群鸭子在漂满绿色浮萍的池塘里戏水，排着队，秩序井然。我想数一数共有多少只鸭子，数了好几遍也没有数清，它们像在躲避镜头，排着队缓缓向西岸游去。我跑到西岸，抛下一粒石子，那些鸭子又排着队向原地折了回去，一些说不出的情趣跃然水面。我知道此刻拍下的照片将会呈现一种怎样的静美，而这样静美的村头图景其实并不能代表我们尚未进入的这个村庄。那天我见到了童年记忆中的石碾。碾盘空空荡荡，碾砣被丢弃在附近的荒草里，它们隔着一段不远也不近的距离，无言相望。这一切，我无法确认是真实的记忆，还是触景生情的想象。那个悠闲的牧羊场景，与那只羊被绑走时的惊恐无助的双眸交织在一起，我的内心变得纠结，情绪灰暗。那个沉重的石碾，并不比生活本身更为沉重，它压在我的心头，让所有回忆和想象都变得虚无。那张纯美的牧羊照，因为一只羊的被绑架，埋下了关于血腥的伏笔。记忆往往是靠不住的，它藏在内心深处，仍然难逃被外力篡改的命运。当我想要沉浸到美好的记忆时，现实以残酷的方式唤醒了我。

三

门是虚掩的，推门即入。这是一栋老宅，满院鸡粪，需要踮着脚尖才能走路。鸡在悠闲漫步，这个院落是它们的自由王国。门前，是青石板台阶，门后堆满杂乱的柴火。泥墙布满裂纹。厢房低矮，需时时记着小心，低头才能出入。临街窗口是用编织袋遮掩的，上面标有"稀土多元螯合复混肥"的红色字样，"修金"牌，"科学配方，服务三农"八个字赫然醒目，现代科技并没有放过这个古老院落。窗棂。脸盆。猪槽。阳光下的鸡。横在墙头的一截枯枝。为鸡窝遮风挡雨的残破石棉瓦……这是一个被岁月遗忘的角落。逆光下，有一种静美，恍惚可见人类童年的影子。

童年的记忆，已经盛不下成长的日子。此刻，不知是我找到了童年，还是童年找到了我？

一只鸟从院落的上空飞过。

悬挂在门后的篓子有些单调，拍照前我特意往里面放了几把草，镜头之外，是杂乱的草垛。农人赖以生活的干草，像一些散乱岁月堆积在那里，已经多年无人问津。我们是寻访者，也是打扰者。我们打破了这里的安静，原本落定的尘埃开始在阳光下起舞。走在尘埃里，我的心里有些歉意。青石板台阶的缝隙里长了几簇青草，偶尔破损的地方，是用混凝土填补的，像是台阶的一个又一个补丁。一个男人从对面摇着轮椅过来，他看上去并不老，脸上也没有被病痛折磨的痕迹。他坐在轮椅上，安静地看我们拍照。

我与他攀谈起来，自然是从轮椅开始说起。

他的瘫痪，是因为采石时砸断了脊椎骨，那是1984年。他说："正好从改革开放那年开始的。"我的眼前一阵恍惚。看不出这是一个在轮椅上坐了整整30年的人。30年来，他眼中的世界究竟发生了怎样的改变？

他淡淡地笑，并不作答。

离开时，我才发觉村庄周围几乎被采石头的挖空了，到处都是窟窿，宛若大地的伤口，生活垃圾顺势被填了进去，蚊蝇乱飞。那个坐在轮椅上的人，曾经的采石者，他与如今的矿工是不同的。30年前，他采石是为了盖新房，没有任何商业目的，像那个年代的所有乡下人一样，自己动手采石只是为了节省每一分可以省下的钱。他有的是力气。他的力气撬动了巨石，巨石落在了他的身上。

他是这栋老宅的主人，过去是，现在也是。那个盖新房的梦，成为一个永远的噩梦。30年漫漫长夜，他是怎样独自面对那个梦的？坐在轮椅上的这个人，他是如何面对这个加速度的时代？

我从他的淡定表情里看到一份清醒，看到他对这个世界的理解与和解。人群中，这样的清醒难得一见。

他坦然接受属于自己的命运。

我挥手与他告别。他淡淡地笑，双手转动轮椅，向着身后的家"走"去。

回城的路上，野菊花开得正灿。沿路有几家大型水泥厂，金黄色的小花落满尘垢。

四

我将永远记住那个绕村而行的夏日午后。

阳光炙热，像是暴雨来临的前奏。所有房屋都一如既往地站立着，村庄

228

上空弥漫着一种解释不清的气息。我看到农宅前的石榴树，石榴树下的老母鸡，街头巷尾的垃圾和污水，还有某工业园集体婚礼的红色横幅，用作了垃圾堆旁边的一株樱桃树苗的围挡。村庄与工业园之间有块空地被农民开垦利用起来，种植了零星的庄稼。被开垦的那方土地比路面高出许多，稀疏的庄稼就像一些无助的人默立在高处，对即将发生的事情茫然无措。大约半个月前，我曾走到那里，与正在浇水施肥的一个老农闲聊了很久。他反复地问："早签还是晚签？"我说早晚都得签，这是必然的事情。"可是10年前征地时早签字的人都吃了大亏。"他说，然后低头给庄稼浇水，并不期待我的解释。他埋头侍弄庄稼，脸上不再焦虑，有了一种让人难以置信的镇定和从容，好像根本不在意村里将要发生的事……当我再次走向村后那块被开垦的土地，唯有几株高且瘦的庄稼在高处默立着。阳光炙热，一场暴雨即将降临。

在一个等待拆迁的村庄，"种子"还有用吗？

农民把最饱满最诚实的粮食拣选出来，留作来年的种子，不管收成如何，把种子预留下来，在一粒粒种子上寄予梦想，这是过日子的底线。如今不同了。一粒种子，本来可以结出更多的粮食，喂养更多的人，结果却被删除了成长的可能，用以满足少数人的胃。食用种子的人是可耻的。当一个人的温饱建立在让更多人饥饿的基础上，当越来越多的人失去了质疑和抗争的勇气，更多和更大的问题将会不断衍生。

梦想也是应该有根的。失却扎根的土地，该如何面对一粒种子？

说梦的人倘若醒着，他的言说如何令人相信？倘若没有醒来，又怎能让人不相信它是梦呓？

蒲公英从窗口飞进来，落到我的桌面上。它把我的书桌当成了值得落定的土地。

我想念我的故乡，那里没有什么工业项目，也没有水泥路面，有的只是季节的更替，年复一年的劳作。每次回乡，村人喜欢听我讲述外面的拆迁故事，对拆迁补偿有着毫不掩饰的"向往"，他们早已受够了面朝黄土背朝天的日子，寄望于拆迁对命运的改变。他们对新生活充满向往，却不清楚新生活究竟是一种怎样的生活。劳动，唯有劳动是最真实和可靠的。土地是贫瘠的，也是最包容的，它不舍得抛弃任何一个热爱劳动的人，不管他有怎样的性格或缺陷，只要他还热爱劳动，土地就会收留他，眷顾他，让生活得以继续。

在村里遇见那些到城里打工的人，简单的交谈，就可看出他们已被城市格式化了的思维和情感。他们已经与自己的乡村格格不入，他们和他们的亲人满意于这样的一份格格不入。在城里，在他们赖以生存的流水生产线上，冰冷的程序，不可逾越的距离，把人的血肉之躯变成所谓现代化设备的一个零件，按照既定轨道和规则运行。交流的被阻遏，表达的被限定，以及来自机器设备的操控和奴役，是他们自甘陷入的命运吗？至于亲手生产出了什么样的"产品"，似乎从来就不是他们所关心和在意的。

对存在进行不断地发现，不仅需要洞察的眼睛，更需要一颗勇敢的心。

这个工业新城在不断扩张自己的领地。一个农妇在拆迁工作组签约，她握笔的手不停地在抖，在抖。村里大多数人都已签字，她成了钉子户。她其实没有提任何额外的补偿要求，她只是舍不得她的老房子……终于，签了字，她把手中的笔掰成两截，瘫在地上号啕大哭，在场的人无不为之动容。

当我见证了一个个村庄的消逝，就像亲历了自己的一次次死亡。我不知道，所谓的新生将会是什么样子，它们如何在四季轮回中找到属于自己的位置。乡归何处？村庄的凋敝，茫然，像一个风中的老人，有人出于本能向前扶住他，却不知道该搀扶着他走向何方。

村庄变成了一片废墟。一个人正端着相机，认真拍摄那些倒塌的房屋，脸上有着难以掩饰的成就感。他曾全身心地投入这场浩大的拆迁运动中，打了一场"漂亮仗"。当村里最后一栋房子被推倒，他如释重负，开始从村子的不同角度拍照，为这份工作业绩留念。我时常想，当他老了，当他叶落归根的时候，独自面对这些照片，他还会骄傲和自豪吗？

五

村人大多在地里种植了苹果和葡萄，很少有人愿意再侍弄庄稼。父亲年龄大了，想栽葡萄，力不从心，又不想让田地荒着，就种了麦子。父亲的麦田成为乡野里唯一的一块麦田，麦子一天天长起来，日渐稀少的麻雀不知从哪里冒了出来，它们在麦田上空翻飞，不时地落下来啄食麦穗。在我很小的时候，麻雀随处可见，村人也不介意麻雀吃点庄稼。现在不同了，整个村子几乎没有种麦子的，父亲的麦田自然就成了麻雀的乐园。父亲在麦田里拉了彩绸，彩绸在风中不停地拂动，并且发出声响，驱逐麻雀。麻雀很快就习以为常了，不再有丝毫怕意。父亲想不出更好的招数，只好整日在麦田里走动，不停地做出驱赶的手势。在我心里，"守望麦田"一直是个不及物的浪漫词语，当我看到在麦田里守望的父亲，眼泪忍不住流下来。站在空旷的乡野，看着父亲佝偻着腰在麦田里走动，我想到了很多。我远远地看着我的父亲，就像父亲在看着他的麦田，这样一份守望有着最素朴的生命本色。

以前一直有"在别处"的情结，年岁渐长，如今我更多想到的是"此在"的生命，觉得一张书桌就可以安放整个世界，我将一直守望在这里，坚信这份守望的意义，坚信生命的根须终将延伸到那个叫作故乡的地方。异乡很近，故乡很远，我这是在哪里？当我走出书房，穿过钢筋水泥的建筑丛林，走向并不遥远的城市边缘，才恍然发觉，所有的异乡其实都有着故乡的容颜。我日夜惦念的故乡其实就在眼皮底下，她是万千村庄中的一个村庄，这个村庄之外的所有村庄都被我叫作异乡。异乡之所以是异乡，正是因为我一直以旁观者的眼光看待她，没有把她的苦难、贫穷和惶惑真正放在心上。

我愿意将每个村庄都错认成故乡，并且一错再错。我想对每一个村庄诉说，那种所谓体面的生活，从来就不曾安放一颗不甘平庸的心，精神倘若失去了"根"，必然会被汹涌的现实物欲裹挟而去。这个远离故乡独自漂泊的人，从来就不甘随风而去。

感谢那些岁月。是那些岁月中的艰辛、磨难，甚至尴尬和不堪，成就了你，内化成为生命中的一部分，像细密的年轮构成了一棵树的枝干。隔着一段时光，你依然不知道该怎样表达它们，你怕自己的书写不够真实有力，辜负了那段永不再来的时光。像打量一棵树那样打量那些日子，一定是很久以后的事情了。

坐在书房里没有想明白的道理，在行走途中渐渐变得清晰和简单。海边的礁石全被炸掉了，他们在腾空的地方修建人造景观，破坏时的快感和再造后的成就感在同一个人的身上发生。按照个人好恶来改造自然生态，已是一种普遍的疾病。审美眼光绝不仅仅是一个艺术问题，也是一个很严峻的现实问题。太多的人沦为技术主义者，感受不到这个世界更多的痛，或者根本就无意于感知这个世界的痛。他们眼里只有鲜花和掌声。

注视一棵树，从一棵树的年轮中发现成长的秘密。它们来自缓慢的力量。最值得信赖和托付的成长，理应是缓慢的。

在这个迅疾变化的年代，你保留了什么不变的东西？除去形容词和大词，你在如何表达？若干年后，你的不可替代的品质在哪里？所谓风光和热闹的背后，还有什么是值得回味的……

这是一些不该停止的追问。

太多人保持了本不该有的沉默。

在胶东腹地行走的日子，那些村庄的疼痛让我渐渐从麻木中苏醒。我想成为一个心灵温润、懂得感动的人。走了这么远的路，我才明白当初应该怎样出发。可是我已走出了好远，我所能做到的，仅仅是走好接下来的每一步，一步一回首，回望来时的方向。我知道脚下的这片土地早已伤痕累累；我也知道，我和大地上的所有奔波者和梦想者一样，最终的出路都是回归地面，像一株庄稼那样扎根，遵从季节的规律去成长，以成长的方式向大地和天空致意。

对天空的真正理解，是因为深切懂得了大地。

脱欧舞

——直击英国脱欧公投

韩小蕙

一

2016年6月23日是英国脱欧公投的日子，全国的投票时段是6:00~22:00。这一天从清晨开始，全英大片区域皆乌云翻腾，大雨如注，粗得像箭镞一样的雨线竟然无限连发，把地面砸得"苦啊，哭啊"地啸啸响。伦敦城里多个地区爆发了水灾，迅即升起的大水，把汽车泡了汤，逼地铁停了运，给前往投票站的民众设置了不小的障碍。然而这一切也没能阻止英国人去投票的坚定决心。据事后统计，全英投票率高达72.2%，创下1992年以来大选投票率的最高纪录——为了寻求国家更光明的未来，英国人民也是拼了！

6月24日清晨，一觉醒来，仿佛昨天什么也没发生过！天空蓝成一整块无瑕的翡翠，金红岩浆般的阳光滔滔不绝地涌来、涌来，好似布下一层又一层大金网。然而，怎么会什么也没发生呢？一颗紧绷着的心非但没有松开，反而又压上一块巨石——因为公投结果已经报出：脱欧！更因为全世界各路政治、经济、商界、金融等的专家、精英、大鳄都在浑身颤抖地说：全世界的经济、包括中国经济，都将衰颓、萎缩、下行，至少要倒退两年！

果然，危机应声就疯狂呈现了——全球金融市场齐齐掉头向下，英镑大跌10%！欧美股市狂跌8%！新兴市场国家如中国、俄罗斯、印度、巴西、南非、韩国、土耳其，以及亚太地区的股市、房市亦一片下跌；西班牙和意大利国债暴跌；布伦特原油重新跌至每桶50美元以下；英镑兑日元一度下行 13%，兑美元一度下行 11%，兑人民币一度跌至从未有过的 8.5 元谷底……这是很多人一辈子都没有遇到过的巨大波动！

卡梅伦宣布辞职闪人。欧盟集体蒙掉。默克尔默不作声。美利坚杳无音信。全世界政坛一片难得的寂静……

这样惊悚的结果，尽管人们事先也喋喋过，但显然都没认真，只当还是有惊无险的"段子"，就像 2014 年的苏格兰公投一样，归根结底，不会"离婚"——几乎全世界的人，包括那些绝顶聪明的政治家都是这么想的。然而事实，铁一般的脱欧事实，突然就泥石流式地在眼前溃崩了！

英国人怎么样？傻了吧！

——并没有。

至少我居住的 Tom（镇）上，昨天什么样，今天还是什么样。或者不如说，我至少看到两辆私家小卧车，非比寻常地插着白底红十字的英格兰小旗，"哗哗"抖动着，飞驰远去，这是"脱欧派"在飞扬地炫他们的兴高采烈。据说为了避免种族歧视的嫌疑，有关法律规定，英格兰旗是不准随便悬挂的，但今天他们竟不惜以身试法啦。我们居住的这个 W 镇，离伦敦市中心有 75 公里，算是大伦敦地区西部的一部分，居民以老英国本土白人为绝大多数。别的，没看出什么变化，街上该有多少行人还有多少，超市里该有多少购物还有多少，酒吧里该有多少神聊还有多少，电视机前该怎么看欧足赛还怎么大喜大悲……

据说他们已经做足了心理准备！

此前，正如本文开头所言，他们已经被各种"声音"反反复复教导过了，如果脱了欧，英国每个老百姓都会面临以下几项躲不开的灾难：（1）英镑贬值，物价上涨，每个家庭每年为此要多支付 200 英镑。（2）全国可能会丢掉 100 万个工作机会。（3）出国工作变成不可能。此前英国人也和其他欧盟国家一样，想去布鲁塞尔就布鲁塞尔，想去巴塞罗那就巴塞罗那，这尤其为年轻人所看重。（4）英国可能会面临分裂危险，本来苏格兰、北爱尔兰就有大批独立人士越来越活跃，正虎视眈眈寻找一切可以成为口实的机会。（5）

即使不分裂，但脱欧后国力将大大下降，在世界舞台上退化为一个小国。
（6）英国乃至世界经济都会衰退，这对正处于衰期的全球经济是雪上加霜。
（7）……

这些危害，无疑是巨大的，无与伦比的，无可救药的，并非危言耸听！但至少一半英国民众，就像吃了迷魂药似的，铁下心非脱不可！他们只看到了在盟的坏处：1.英国被欧盟控制，在许多涉及国家利益问题上失去发言权，这对于历来信奉"自由、平等、博爱"的英国人来说是不能容忍的。2.英国近年来经济回升，是欧盟28国中的唯一，再不脱欧，英国也将会被拖下水，就像希腊、西班牙、意大利那样垮掉。3.外来移民无上限涌入，特别是来自东欧国家的移民大量占用了英国人的工作、教育、医疗资源，使他们看个病要等数月甚至一年两年。4.还有更大量的难民威胁已临近家门口，尤其是土耳其正虎视眈眈地威胁说，如不接受土入盟，它就将开放边界，把无以数计的中东及北非难民放入欧洲。

这一点，正是让英国人，特别是中老年以上的英国人最心惊胆战的！虽然卡梅伦向他们保证，土耳其即使到公元3000年也不可能被接纳，但人民不再敢信卡相的话了。人民只是看到，如果土耳其众多穆斯林国民涌进英国，那他们的宁静日子也就到头了——这并不涉嫌种族歧视（种族歧视在英国算是大罪），而是有东欧移民的前车之鉴摆在那里。一位英国微友在Facebook上留言说：

"这几年我们被东欧人骚扰得太多了！欧盟允许成员国人口自由流动无须签证，涌进来一大批东欧人，他们成群结队在街上大呼小叫，半夜酗酒吵闹扰民。只要小镇上有了东欧人，就越来越不安全，偷盗、打架的什么都有，警车开来的次数越来越多。伦敦人也许很少受到东欧人的骚扰，而且还与欧盟有生意往来赚钱，所以希望留欧。但是对于我们居住在沿海小镇的N万居民来说，则完全是欧盟的受害者！议员们为什么看不到这一点呢？为什么不帮我们解决问题，让我们消除恐惧呢？让他们成批移民进来，使英国人的平均素质急剧下降，这对英国有啥好处啊？"

"极度恐惧"，这四个字是他们内心状态的真实写照。缘于此，他们宁愿物价上涨，宁愿多交税，宁愿工资降低，宁愿生活水平下降。更遑论，宁愿变成国际上的小国，宁愿顶着"闭关锁国"的压力，宁愿放弃对欧盟的主导权，宁愿……

有太多的英国人都认为，做一个像瑞士那样的国家就可以了：闷着头做自己国家的事，把全国百姓都搞得富富裕裕的，不是挺好吗？干吗非要站到国际舞台的风口浪尖上去争锋呢！

二

但是，这似乎不属于大英帝国的传统？

在人类文明史上，大不列颠曾做出过四个特别巨大的贡献：

第一，早在 1215 年，英国人就制定了《大宪章》，在人类历史上首次限制封建君主权力，强调司法公正，日后成为英国君主立宪制的法律基石。

第二，四百多年后的 1688 年，英国的"光荣革命"又通过了《权利法案》，进一步限制君王权力，走上君主立宪之路。法案规定，国王未经议会同意不能停止任何法律效力，不经议会同意不能征收赋税等，从司法和经济两个层面限制君王，把权力转向国会，这是议会政治的开端。

第三，英国伟大的思想家洛克在"光荣革命"期间，发表了对人类影响深远的《政府论》，提出人生而为人，天然的有着三大权利：生命权、自由权、私有财产神圣不可侵犯权。这三大权利思想，深刻影响了美国的建国先贤们，杰斐逊等起草的《独立宣言》，麦迪逊等起草的美国宪法，其根本精神"保护公民个人权利，限制政府滥用权力"，就源于洛克的"三大权利说"。

第四，整个西方的物质文明与数百年繁荣，都可说是发端于英国的"工业革命"。正是英国发明了蒸汽机，从此开启了人类的心智闸门，使创造力和想象力得以无限扩展，不断造出了飞机、地铁、高铁、电话、电脑、手机、微博、微信、机器人、无人机……

是的，今天我们已可以在痛斥昔日大英帝国以铁血建起"日不落"帝国、残酷压迫殖民地半殖民地人民的同时，也肯定和赞扬一下大不列颠对世界文明的这些伟大贡献了；当然，也可以在真实披露英国现实社会状况的基础上，细细考察英国人的文化心理轨迹了。真相不需要回避，应该把一切让你装没看见的真相还原——

英国人的小日子过得还是相当富足的，虽然英国目前仅仅是世界第五大经济体，比第二名的中国差了不是一点、两点。我第一次到英国是 2009 年，那时我这个"著名记者"的月薪大概是 2000 多元人民币，中国的物价水平还相应低廉。所以当我还没踏上英格兰土地，就已深入骨髓地知道英国的物价是很贵的，极贵。尽管如此，当我看到手掌大的 1 棵白菜是 1.2 镑（时值人民币 13 元，下同）、2 棵油菜 15 元、1 斤装酱油 13 元、1 个西红柿 8 元、1 个柿子椒 8 元、上一次卫生间 4 元、坐一次公交车 20 元……还是心肝齐颤，真舍不得往外掏我那点可怜的钱！可是我瞪着大眼看到，英国人是一车一车地往家里买，就像不要钱似的！

7 年后的今天，中国人的工资都上涨了，6000~8000 元大概是我这个行业的中等收入。不过物价也上涨了，尤其今年春节以降，北京的青菜基本价是 5 元一斤，1 棵白菜也要 10 多块钱了。再到英伦，我发现这里的白菜还是 1.2 镑一棵，鸡蛋价与中国的持平，猪牛羊肉价甚至比北京还便宜。英国人的平均收入是中国人的 2~3 倍，他们还是一车一车地买。而我呢，也已经很适应了，拿出钱包来也不用再那么缩手缩脚。曾听一位女友感慨地说"花钱有一种快感"，现在我也找到感觉了——什么感觉？归一，即拿着 1 镑钱可以买回不少东西时，老是让我想起过去拿着 1 块钱也能买回不少东西的旧时光。

再抬头看看周围，一切几乎都没变：松鼠还是在绿叶中跳来跳去；大老雕还是在头顶上一字翔飞，各种花色的"水牛儿"还是在雨水中慢悠悠爬着，数百年的老房子还是在老模老样中坚守，就连前后花园的花花草草都是昨日旧相识。当代英国，早已不是野心勃勃一心向外扩张的"铁蹄"了，大众最关心的是过好自己的日子，不求大富大贵，但期平稳安逸喜乐，别失业，钱富裕，吃好玩好住好，外加每年去度一两次假……

本次公投中，18~24 岁的英国 90 后人群，只有 17% 去投了票。问及为什么没去的原因，很多小青年的回答，竟然是"雨太大了"，可见他们的精神状态！这些年来咱们中国人见到太多的文章，说外国人怎么怎么培养孩子的独立性和吃苦精神，让我们误以为这是国外的普遍现象，但我的相机却曾记录下这样一幅场景：一个母亲蹲在地上，给已经八九岁的男孩系鞋带，那男孩子直立立地站在那里，漠然俯视着老妈。我但愿此照片属于极个别现象。

全球同理：可怜天下父母心。

全球亦同理：饱暖思淫逸，奢华泯进取。

日子过得这么滋润，不升不降，不增不减的，英国人民就不愿意改变现状了。所以再说一遍，他们最怕的不是丢掉工作，因为有优渥的政府救济保着底呢。真正让英国民众最恐惧的，还是移民和难民遏制不住地涌进来，把他们享受了几百年的安逸节奏断送掉。

就有人出来批评他们了，毫不客气："欧盟对英国而言，本应意味着更大的市场，更大的可以驾驭驰骋的疆域，当然也可能是更大的荣耀。但是，在当今英国人的身上，我们难以看到过去的雄心、理解世界甚至塑造世界的意志，他们已经彻底退回到琐碎利益的营营算计当中。于此说来，脱欧公投的成功不是一次意外，而是英国精神的溃败，英国已经从昔日的绅士国家变为一个小市民国度。"

三

是的，对于英国的脱欧结果，全世界大惊失色，莺言燕语老鸹鸣，喧哗骚动，简直吵翻了天！

互联网上，先是一色的哀鸿遍野。各种哭和眼泪，各种捶胸顿足和咬牙切齿，汇成滔天巨浪，撒进历史的全是泪啊。其最主要的代表性观点，有必要呈现几则：

"脱欧，是一场不负责任的闹剧。首先是作为首相的卡梅伦不负责任，为了竞选连任，轻易做出推出'脱欧公投'的承诺；其次是英国的主要政党领袖不负责任，作为留欧派，他们没有尽到普及与宣传的职责；第三是英国的精英阶层不负责任，面对投票既不热衷也不热情。脱欧对英国、欧盟和当前面临挑战的全球化和世界经济，都会造成巨大、长久、深远的负面影响。"

"19世纪晚期以来，英国一直奉行对欧洲大陆事务不干预政策，说得好听点，叫'光荣的孤立'；不好听点，英国从以前的日不落大帝国，变成了一个只想占便宜、不想担责任的无赖。英国早就不是大航海时代造就的日不落帝国，早就不是那个用民主制度和自由竞争来推动世界发展的大不列颠合众国了。世界不需要一个不负责任的所谓'大国'。"

"政治家折断了古老的议会主权传统，也放弃了自己教育民众、照管国家的责任。在公投的时刻，我们只看到了激进、充满意气的大众，却没有看到作为整体的'国家'。在公投面前，这个国家的政治意识也随之溃败了。"

"全球化会给人们带来经济的繁荣和世界的和平，也会给人们带来文化上的冲突和福利的损失。人们不仅应该分享互联网和全球化带来的利益，更应该承担互联网和全球化下的责任。民粹主义就是在世界经济面临挑战，个人福利'遭受损失'时蜂拥崛起，期望通过封闭和保守，孤立与对抗，捍卫自己的利益，这是违背世界发展的大趋势的。"

"英国在大航海时代领导世界，却在互联网时代选择了封闭与保守。英国退欧意味着英国与欧洲大陆强国（法国、德国）数百年来对欧洲大陆控制权的争夺，以英国的彻底失败而告终！"

在华人网站上，也出现了毫不留情的"段子"。中国人的基因太强大了，即使到了英伦也没有"橘逾淮北而为枳"，还是保留着竭尽调侃之能事的高段位手段。不过实话说，我看了是有点不以为然的，毕竟，在这场几乎涉及全球人民福祉的大乱局中，不能只顾及展示个人的小聪明而丧失了大节呀！

请看这则"段子"把欧盟挖苦成了什么样子：

Grexit Greece + exit 希腊变成希"落"

Italeave Italy + leave 意大利变成意大"离"

Fruckoff France + off 法国变成法"客"

Departugal Departure + Portugal 葡萄牙变成葡"逃"牙

Czecheout Czech + out 捷克变成"结账"

Slovakout Slovakia + out 斯洛伐克变成斯洛伐"客"

Oustria out + Austria 奥地利变成奥地"离"

Finish Finland + finish 芬兰变成芬"完"

Latervia later + Latvia 拉脱维亚变成拉"脱"维亚

Byegium bye + Belgium 比利时变成"拜"利时

Germanlonely Germany + lonely

最后，欧盟只剩下德"孤"——德"一只"

See EU later 再见欧盟

不厚道啊，不带这么往人家伤口上撒盐的！

不过，等等，且慢，且慢！谁说这是伤口了？英国人同意说这是伤口了吗？

互联网上的这两段留言，表达了他们完全不同的态度：

"因为英国有着悠久和伟大的传统，所以英国人，尤其是普通民众，才会有强大的心灵，强烈的个人权利意识，才有了这场即使冒着全世界（主要是左翼们）强烈反对的声浪，也要自己做主的局面，投出了让整个世界跌破眼镜的结果——脱离欧盟，脱离束缚，脱离集权，脱离乌托邦！"

"英国的这场公投，实际上是人民大众战胜了精英主义，常识战胜了意识形态。是主权和自决权战胜中央集权和群体主义的胜利！是从英国伟大思想家约翰·洛克、大卫·休谟、埃德蒙·特伯克、亚当·斯密等一路下来的支持资本主义，捍卫个人权利思想的胜利！"

而就在英国的一位朋友，经《北京文学》杂志社杨晓升社长介绍的陈晓轩先生，更给了我这样一个答复："我自己是留欧派，但我觉得应该尊重英国人民的选择。可以说，这次英国精英们完全没想到会被大众选择脱欧，所以有人哀叹英国完蛋了。我不这么悲观，也不太担心，英国人不是傻子，英国政治上是很成熟的，是我们中国人完全没有见过的，有时候也不能理解的。从历史上看，英国人民的每次选择基本都是对的，这场公投的结果也许又是天意使然。只要英国基本格局不变，脱欧后未必就不好，很可能会更好呢。"
这位晓轩兄原本是北京人，已到大不列颠二十多年，现任英国《华商报》社长。
从小在京城长大的他，仍有着北京人天生的对于政治、国际大局的关注基因。
我听了他的分析，长了不少见识，思路慢慢归拢向清晰的方向。

四

晓轩兄说，现在首先需要的是把思路理清楚——真的是，特别对，切中
肯綮。我想，今天这世界，果真越来越具有乱局的诡异，不是这边厢战争 /
恐袭 / 台风 / 地震 / 龙卷风，顷刻之间就死亡一大片；再不就是那边厢叫嚣 /
欺凌 / 讹诈 / 搅局 / 耍无赖，风云变幻翻手云覆手雨……似乎地球已进入不按
常规出牌的阶段，而最新最经典的例子，就是这次形而上于形而下兼具的脱
欧公投。

下面是我的乱麻脑子逐步抽丝剥茧后，我自己理出的几点认识，就教于
广大读者：

一、卡梅伦要为英国脱欧负责。任何朝代、任何国家、任何社会，政客
们都是将个人权力凌驾于一切之上的。当年卡氏为了保住自己的相位，不惜
抛出"脱欧公投"这个哗众取宠的歪点子，并顺利达到个人连任的目的；6
月 24 日公投结果一出来，他看到自己打开"潘多拉魔盒"的严重后果时，又
在第一时间辞职卸包袱；7 月 11 日，当特蕾莎·梅成为新一任党魁（首相），
他得以提前把自己一手制造的烂摊子甩给她时，居然轻松地哼起了小调！真
不敢相信这位衣冠楚楚的卡梅伦、这位出身世家的卡梅伦、这位居 6 年首相
位的卡梅伦、这位"绅士国家"的男人卡梅伦，其行为的不检点简直像极了
一个无赖。他不仅出卖了自己的责任，也出卖了他的境界和良心，他用公子
哥的轻率，给整个英国留下了危机四伏的各种可能性。

所以，我不能同意有人同情这位首相，说他还是一位能干的政治家，这
几年把英国经济搞得不错。连卡氏本人都哀叹自己收获了一连串失败，并以
最终的失败收场。关键，"失人心者失天下"，正如陈晓轩所说，英国人民不

是傻子，谁能公天下地"为人民服务"，谁只是一门心思追逐个人名利，群众的眼睛是一面雪亮的镜子。

二、默克尔也难辞其咎。我始终有一种直觉，感到默克尔大妈是嫌德国舞台太小，使她难以成为世界性的领导人，所以，她不惜把欧盟当作一只陀螺，残酷地抽打它，让它玩命地炫起来。

道理很明显，本来在现阶段人类历史中，世界上的"基本单位"就是以"国家"形式存在的，比如中国、美国、俄国、英国、法国、德国……可你非要人为地超越"国家"，把几十个欧洲大国小国都归置到你手下，由你来掌控。这就好比在现阶段社会去解体家庭，把人们都赶到"共产主义大屋"中去一样，根本就是乌托邦，一定会重蹈昔日"东欧社会主义阵营"的覆辙。在难民问题上，也是同理，你既然祭出人道主义的大牌，让别人都无法不说奉献爱，那好啊，你还应该把中东和北非的难民全部接到德国去；还应该把亚洲、非洲、拉丁美洲的贫民，把地球上所有吃不上饭的穷人，把世界上所有处于悲惨命运中的残疾人、奴隶、被压迫者……通通都接到德国去，好好爱抚他们啊！

像默克尔这种极端的说法与做法，不仅是根本行不通的"左倾机会主义"，更是丑陋政客的"装"罢了！作为广大网友眼中的"心机婊"，她拿"爱心"堵住别人的嘴，为自己赢得选票和敬重，却把欧盟和世界一起拖入了不断下坠的泥淖。

可以如是说，正是默克尔做了幕后的强力推手，把英国人民苦逼得远走天涯，也把欧盟推上了不归路。

三、美国是始乱终弃的肇事者。话说回来，归根结底，欧盟终还是一个代人受过的"冤大头"，美国才是这一切灾难的终极渊薮，始乱而终弃，把世界弄得一团糟。当年小布什发动伊拉克战争，多么明显是为了报答助他上台的那些石油和军火寡头啊，不打仗，怎么能让他们牢牢掌握控制权，收获滚滚金元！后来美国的一系列动作，打叙利亚，制裁俄罗斯，扶持日本、菲律宾等，在中国钓鱼岛、黄岩岛、东海、南海、台湾海峡制造事端……都是出于同样称霸世界的狼子野心。

我最想不明白的一件事是：当数以百万计的叙利亚、利比亚等国难民潮水般漫灌，欧洲各国为分配名额吵得脸红脖子粗之时，罪魁祸首的美国一方面才答应接收几千人，另方面还觍着脸对欧洲横加指责，而英国及其他欧洲国家政要却还跟三孙子一样对美国老大俯首帖耳。这么诡骚，到底是为什么呢？

这又使我想起当年的一个疑惑，卡梅伦的前任布莱尔，铁了心地跟着小布什打萨达姆，看着就像小兄弟死跟着黑帮大哥混一样。但是，哎呀，这里面还有他自己的国家利益不是！他应该首先对英国民众负责不是！他不能为了哥们儿义气就拿英国士兵们的生命去送死不是！

这些年，英国真的是美国最铁杆的跟班小弟。其他欧盟国家呢，也是五十步与一百步的区别，哪怕美元把它们坑得惨透了，他们也认。这是为什么呢？是必须交给老大保护费？是真心为他们各自的国家利益？还是他们个人有什么短儿攥在老大手里？

所以这回，英国人民就用脚来投票了——我们跟黑老大又没有啥私交。

四、英国民主制度似乎不太靠谱。这场震惊英国、欧盟以及世界的公投，差点成了一场"悲剧"乃至"闹剧"。脱欧结果一出，伦敦即出现了要求重投的巨大声浪，数万请愿、静坐、示威者举着各种各色的标语牌，在威斯敏斯特宫、特拉法加广场摆下阵势……呼应重投签名的人，两三天内迅速上升到50万、100万、200万、250万、280万、412万……不过，后来媒体又爆出惊人消息，说此番要求重新公投的发起人居然是个"脱欧派"，他是在投票结果出来之前就将此重投申请提交了，因为他以为投票结果一定是"留"——瞧这乌龙球踢的，乱了，真是乱套了！

按照法律规定，一旦请愿人数超过10万，英国政府便有义务做出正式"回应"；但是，英国政府又没有法律义务正式"执行"请愿的要求。议院否定了重投申请，最主要原因，说是英国没有与此次公投相关的"可追溯性法律"。

咱们要是把那些法律条文弄清楚，恐怕头早就大了，所以还是放弃吧。

我的本意是想表述：一直被人类视为典范而群起仿效的英国两院议会制度，至此是出现了严重的裂缝。卡梅伦两度拿出"全民公投"的大招来补救，第一次苏格兰公投时候似乎是把裂缝糊住了，但孰料此次退欧却迎来了"管涌"；而若再来一次的话，谁敢说下面剧情的发展会不会是"溃坝"呢！别忘记，美国立国时的"宪法之父"、第四任总统詹姆斯·麦迪逊有一句名言，他在批评雅典式的直接民主时说："即使每个雅典公民都是苏格拉底，雅典公民大会仍将是一群暴民。"此话当何理解？正如一位网友所言："这次公投非但不是民主的胜利，还会对英国的民主制度造成多种挑战。"

这导致英国国内也争论声四起，到底是全国百姓一人一票好呢？还是由议会作决定好呢？一人一票的民主似乎显得更彻底，可是有人说了，让超市收银员、出租车司机、剃头匠、水暖工、清洁员、家庭妇女……去决定他们并不了解得十分清楚的国家大政，不是荒唐可笑吗？但过去一直由两院议会做出决定的制度，在现在这个百姓越来越不相信上层和精英的时代，似乎也已经不太好使了？

两难！

在我看来，我们人类筚路蓝缕，数千年不辍地从农耕文明走到今天大数据文明的互联网时代，确实亟须进行一场根本性的否定之否定了。经济基础决定上层建筑，物质文明决定精神文明，固守者死，变革者生，改革者前行，颠扑不破的真理啊！

五、千万别再轻视平头老百姓。据说此番脱欧公投的N多次预测，都是一个"留"字。事先火爆的"票数难分伯仲"啦等等，其实都是媒体在故意营造惊悚的氛围——卡梅伦是这样想的，两院议会是这样想的，各大财团是这样想的，精英阶层是这样想的，默克尔等等境外势力也都是这样想的……

他们满心想的还是"大众羔羊"或者"羔羊大众"，那旧式温情场景的确暖心。却全然没想到，如今的大众已然披挂上了"狼性"。有文章分析得一针见血："脱欧公投以错误的议题和时间，把英国国内阶层分化早就有的怨气撒在了错误的地方。"

问题是："狼性"是什么时候来的？从哪儿来的呢？

不满。来自底层。自从互联网时代开启大幕，并越来越高速地"炫"起来，阶层分化加剧了，富人的财富加速膨胀甚至呈几何形暴增，穷人得到的比例却越来越少，并且有很多中等收入人群也跌落到穷人队伍中。在英国，虽然表面上极为讲究"人人平等""仁爱友善""绅士风度"，但实际的情况也是，贵族集团和精英阶层从来鄙睨中下层，都不愿正眼看他们一眼。即使在贵族集团内部，也存在着世袭的"老贵族"与暴富商人及知识精英为主的"新贵"之争。人人都在为自己集团的利益斗来斗去，钱越多越不嫌多，恨不得把全世界的金银财宝都装进自家的库房！这种新时代的贪婪性嗜血，并不比资本主义原始积累时期稍弱，大众还是没有其他选择，只能在看不见的暗处给他们充当分母⋯⋯

所幸的是，今天的大众不再是文盲，他们出生在资本主义文明成熟期，骨子里就已经具有了"自由、平等、博爱"的基因，对维护自身权益、表达个性诉求的西方文化熟稔于心。所以，当上层、富豪、精英集团大造社会声势呼吁投"留"的时候，英国很多乡下小镇的大叔大妈们，却在埋头转发下面的这一条条微信：《留欧的十大悲痛：英国人看了都会流泪》《欧盟背后的巨大阴谋，不转不是英国人》，以及"今天是女王的生日，转发退欧大法好，祝她老人家长命百岁""投脱欧获 10 英镑，亲测有效"⋯⋯噫！好家伙，怎么这么像我们中国人手里的段子呀？原来天下微友果然是一家。虽然精英阶层对这种没文化层次的传播者们嗤之以鼻，殊不料最终，平凡的汪洋大海淹没了一切奇礁绝岛。

这也算是一个结结实实的教训——这年头，世界已经大变化，千万不可再轻视平头百姓啦！

六、民生问题最是大意不得。毕竟是人家英国人的事，尽管我多日用功恶补，然而"审读"起大不列颠来还是雾里看花。比如，有人解释"为什么英国人民不愿再听政府官员、精英阶层和各路专家的话了"，是因为"当前的全球化或经济一体化模式对发达国家中产及以下阶层利益的损害是本质原因。"我琢磨了半天，大体接受了这个事实陈述，但却不知其所以然，不知道欧盟这种经济一体化模式是怎么损害中下层利益、从而激起他们的这般强烈抵制？只有一件事我是彻底看明白了：无论是谁——国家机器也好，大寡头财团也好，大富豪巨鳄也好，只顾自己一味攫取利润，不肯分一杯乃至多杯羹给大众民生，那终究是会酿出滔天大祸来的！

你活，也得让别人活。

你自己要活得好，也得让民众活得像个人！

很多年以前，我就无师自通地悟到这样一个道理——咱们这个名叫"地球"的星球，你说它大也大，如今已经容纳了70多亿人口；你说它复杂也复杂，每天发生那么多剪不断，理还乱的事情。但是，它其实也简单，单纯到只是两条线：一条是物质线，即地球上的所有财富；另一条是文明线，指人类的相处规则。两条线若平衡得好，就能十字端正交叉，呈现出一个稳定的造型。而平衡的基础是什么呢？答曰：合理的分配。世界上的财富就这么多，你拿多了，别人就只能少拿，十字就倾斜了，不再稳定。昔日奴隶主、封建领主、皇权、资本主义原始资本积累时期的资本家等等，统治阶级无限制地饕餮，导致人民大众活不下去，不得不以革命的形式加以矫正。只可惜现在的寡头们一点也不接受历史教训，依然太贪婪，钱越多越不嫌多、越企图拿走更多——你看看代表人物如李 X 诚，再看看同等级别的索 X 斯，聪明反被聪明误，你越呼吁民众留，民众就越要走。他们就是不想跟你坐在同一条船上，甚至横下心说："顶多不就是个同归于尽吗？看看谁更害怕！谁失去的更多！"

水能载舟，亦能覆舟——财富取之与民，亦毁之于民！

得民心者得天下——失民心者无前途！

民富乃立国之本——民贱则国基不稳！

七、谁还能忽视女性。从完成公投到今天已经过去了3周，流云滚滚，电闪雷鸣，大雨滂沱，滑坡泥石流……全世界的网站似乎都在唯恐英伦不乱，什么"后悔说""衰败说""分裂说""绝望说""瞎闹说"甚至"灭顶说"，把一个个网页涂抹上一层又一层乌云。看得人心惊肉跳，仿佛英国马上就要完蛋了一般。仿佛英国注定走上了不归路一般。仿佛英国已经宣布了国家破产一般！

大厦将倾？危在旦夕？人心惶惶？不可终日……

哪有？我倒是钦佩地看到，有两位女性站了出来，擎起双手，稳稳的一脸淡定。一位是90岁的伊丽莎白女王，她只说了三个字："慌什么？"真的，就像打了一剂强心针，奇迹般地稳住了英国人的心。另一位是7月13日突然之间就提前走马上了任的首相特蕾莎·梅，一身考究的职业装，配着有两个手指那么宽的白金时尚项链，再加上媒体大肆注目的豹纹包和豹纹鞋，就把一副有点冷艳、有点决绝、有点斩钉截铁、有点果敢斗士的"女汉子梅"形象，明明朗朗地展示在全世界面前。上任第一日，梅相就快刀斩乱麻地颁布了内阁成员名单，而且没按正襟危坐出牌，决然地把外交大臣颁给了"红头发逗比"约翰逊——据几位已在英国生活多年的华裔朋友说，英国老百姓还挺喜欢这位不时出点怪相的前伦敦市长，因为他不装，有时还骑自行车上班，总之比较亲民。

除此之外，还有更抢眼的呢：当很多外国媒体只顾拿红头发新外相开涮时，蓦然一回首，却发现梅相的新内阁成员中，已有了近半数女性面孔。于是，他们又发出惊呼了："难道女性执政时代来临了吗？"

是的，真有点这小感觉！抬望眼，不知不觉中，原来世界上已经有了这么多、这么多的女性政治家：克罗地亚总统格拉巴尔—基塔罗维奇、立陶宛总统格里包斯凯特、利比里亚总统约翰逊－瑟利夫、韩国总统朴槿惠、尼泊尔总统班达里、智利总统巴切莱特、阿根廷总统克莉丝蒂娜、挪威首相索尔贝格、德国总理默克尔、波兰总理科帕奇、拉脱维亚总理斯特劳尤马、特立尼达和多巴哥共和国总理珀塞德—比塞萨尔、牙买加总理辛普森—米勒、孟加拉总理哈西娜、国际货币基金组织总裁拉加德、非盟委员会主席德拉米尼－祖马……还有已经卸任的，如巴西前总统罗塞夫、爱尔兰前总统麦卡利斯、澳大利亚前总理吉拉德、泰国前总理英拉、乌克兰前总理季莫申科……真是幸运，让她们赶上了这个终于能容忍女性发挥出超人才能的时代！

在完成本文之时，我忽然想到自己也是一个幸运儿呢：我先后 4 次到英国小住，每回都赶上了大事，除 2009 年是女儿毕业的个人性大事外，之后，2012 年赶上了伦敦奥运会，2014 年赶上了苏格兰独立公投，2016 年又赶上了脱欧公投。这使我得以更便捷地观察大不列颠，在它安宁静好的湜湜水面之下，激荡着风云际会的湍流。

就想起某早年间有过一篇"激情"社论，其中有一句形象得逼人过目不忘的话："世界上再也没有一片安定的绿洲了"——不禁哑然失笑。

宗祖树（二题）

董华

向老桑树致敬

日出东山隅，照我秦氏楼。

秦氏有好女，自名为罗敷。

罗敷喜蚕桑，采桑城南隅。

……

这首人见人赏的《陌上桑》，两千余年朗照红尘，不仅使今世人窥得了古代"自有妇"使君的骄矜，也令今人识得古时青年农女天资聪慧而且内外殊美的品格。

风情画，世景画，桑和人的交集，汉乐府通篇保留了农耕文明状态下的影像。

风流出逐代，江山占英才。现代的叶圣陶老人在他早期童话《玫瑰和金鱼》一文中，以两个段落的篇幅，描述老桑树，发玲珑之声，表缱绻之怀：

"老桑树在一旁听见了，叹口气说：'小孩子，全不懂世事，在那里说痴话！'他脸上皱纹很深，还长着不少疙瘩，真是丑极了。玫瑰可不服他的话，她偏过脑袋，抿着嘴不作声。

"老桑树发出干枯的声音说：'你是个孩子，没有经过什么事情，难怪你不信我的话。我经历了许多世事。从我的经历，老实告诉你，你说的全是痴话。让我把我的故事讲给你听吧。我和你一样，受人家栽培，受人家灌溉。我抽出挺长的枝条，发出又肥又绿的叶子，在园林里也是极快乐极得意的一个，照你的意思，人家这样爱护我，单只为了爱我。谁知道完全不对，人家并不曾爱我，只因为我的叶子有用，可以喂他们的蚕，所以他们肯那么费力。现在我老了，我的叶子又薄又小，他们用不着了，他们就不来理我了。小孩子，我告诉你，世界上没有不望报酬的赏赐，也没有单只为了爱的爱护。'"

叶老代桑树发声的一席话，真切，精准，击中了世俗之心。

观叶老文，你以为桑树还是树吗？它不是了！它是个人。将桑树当作人看待，敬桑爱桑的地方才能够贴近。

于立身之本，文化熏陶，世界上还有像桑这样与我们血脉交替、相依为命，挨得如此之近的吗？"沧海变桑田"，流光之疾使民众同感前痕巨变；桑梓、桑麻、农桑、桑榆晚啥的，哪一个穿越了光阴的咏桑的组合，不让你感觉心头紧，怀丝而念缕，泪痴而欲滴呢？

聊及此，即想落泪。

心驰丰荫古国，心系双亲一脉，总要说点啥。种桑，大用场为了养蚕。养蚕吐丝，是为了制造丝织品。"锦衣红夺彩霞明"，用丝织物做成的衣裳，庶民是穿不起的。庶民只可以穿麻布衫。件件锦衣，沤着桑农血汗，织女辛勤。因了生产力的低下，丝织物的华贵、稀缺，古代帝王的赏赐，除了金钱、礼器，便是粟和帛。

我国以农业开基，农业立国。"士、农、工、商"，农排在了社会阶层第二位。农业所要解决的，是人口穿衣吃饭。无有衣穿，形同禽兽；没有饭吃，会饿死人。棉花传入我国，是公元纪年后的事情，以往穿衣靠蚕丝和麻缕。缺衣少穿年代，我们一件衣缝缝补补，要传几个家庭成员。上世纪六七十年代，流行化学物布品"的确良""腈纶"，伴8亿人过了物资紧张的"过渡期"。

"农桑""桑麻"，尘封之传，在宇宙闪光。

孟子曰：五亩之宅，树之以桑，五十者可以衣帛矣。

亚圣所授，在自家五亩庭院里种桑树，即可达到稍安生活。

贤人话，当然出自良善，然为肉食者所鄙的食谷者，无缘使用劳动产品。

源源不绝的丝帛去向了公子王孙。有古诗反映了权贵朝夕淫乐和升斗小民度日的酸楚："一曲清歌一束绫，美人犹自意嫌轻。不知织女萤窗里，几度抛梭织得成！"世道不公，为古人所认识。

我很纳闷，现今，舞台歌女常讲把什么"献给你"，好像施舍的谦辞，很让我憋闷！你的献，是用彩钞换的；你不献，日子该怎样过，还怎样过。无纯正文化品质的泛娱乐，把世界搞颠倒了。

古代中国，丝绸为文明符号。张骞通西域，郑和下西洋，我们的瓷器和丝织品，让不同国家开了眼界。国家现在讲"一带一路"战略，也意在接续传统，通过和平外交，展现大国姿态，展示国家实力，引起当今世界各国对于我们文明历史、礼仪之邦的尊重。

自古而今，中国任何智慧发明，都贡献给了地球人类。追述这些事例，我就感到沉痛！

不愿讲这些了。愿规规矩矩地敬拜老桑树。

桑树，属桑科桑属，落叶乔木。树高大，可达数丈；树龄长，可历数百年。我国是世界种桑养蚕最早的国家，桑树栽培有 7000 多年历史。商代，甲骨文中即出现桑、蚕、丝、帛等字形。到了周代，采桑养蚕已为常态。春秋战国时期，桑树已成片种植。

由我国中部为始，桑树栽培范围非常广泛。东北自哈尔滨以南；西北从内蒙古南部至新疆、青海、甘肃、陕西；南至广东、广西；东至台湾；西至四川、云南；长江中下游地区，栽桑育桑尤为普遍。

桑叶，为家蚕食料。桑木，可以制作家具、农具。桑皮，可以造染料、造纸。桑条，可以编筐。桑葚儿，可以酿酒。

另外，桑叶、桑枝、桑根、桑树皮、桑葚儿，俱可入药。桑树上寄生的木耳，古代药书称桑耳，可治疗肠风、痔疮出血、衄血及妇人崩漏、带下、心腹痛诸症。古人以为药用类生物寄生于桑树者，持效最佳。

以蚕桑为业，中国北方不及南方。

可能是水乡造化，可能是缫丝、织丝业态的精细，培育出了江南人灵秀、温婉的性格。

北方人粗手大脚的豪放，或许直观了高山旷野，及粗糙的大田作业驱使，成就了其本真性情。

一方水土，一方见识。我生北方，对于在籍的桑树种质分属 15 个桑种 3 个变种，多所不知。识得两种，地方话称"花桑"和"葚桑"。花桑长穗扬花，不结果实；葚桑，结白的、黑的桑葚。

识别桑树、桑果、摘叶养蚕，农家后代自幼而知。

吃桑葚的快乐，其在跟黄鹂争食。桑葚熟了，散散落落的桑树全被黄鹂霸占了！桑树下净是它们啄落的桑葚和排泄的有黑带白的粪点儿。孩子们去摘桑葚，惊恐的黄鹂绕着树扇翅膀，一个劲儿地悚叫，把它的叫声翻译过来，就是："吃我桑葚红屁股——喳！"公冶长的本领，农村孩无师自通。

也见过桑树的皮实。一棵桑树挨了雷劈，或者被山石砸折了，它半拉身仍能够存活，挺得起来。兀自出芽，结果儿，两不耽误。

养蚕是个趣儿。北方人家很少成阵势养蚕，养一点只为添乐。看一张蚕种纸，密密麻麻，像小白芝麻粒的蚕子，萌发生命，由小黑线头儿似的开始，渐渐细长，渐渐胖，渐渐肉身变白，钻进了蚕茧成蛹。孩儿们晓得了它生命过程。挎个小篮摘桑叶，懂得了劳动甘甜。蚕作茧自缚，是人的胜利，蚕的悲哀。

修建梯田，常刨出桑树根来。那种根，又柔又长，皮色细腻金黄，赛若金鞭。它护生的本事，直可用"十丈龙孙绕凤池"来形容。

北方人，并没有处心积虑种桑。可是，你看吧，有人烟无人烟的地儿，都有大棵小棵桑树。食了桑葚儿的鸟儿，葚儿籽不得消化，天空上拉屎，做了义务的飞播员。

800 年来的帝都，形成了京味文化，对于桑树既不娇惯，也不抛弃，赋予理智。民间谚云：前不栽桑，后不栽柳。大概是"丧"的谐音和柳姿的随风摇摆，不适合京城人的文化心理。

历来，桑树不进阳宅，进阴宅。不分大门小户，坟地里尽可以栽桑。桑树树荫广阔，向来含有荫及后世、财丰业盛之义；桑葚累累，贯顶枝如云端圣果，喻示子孙兴旺无虑。坟地寄生的桑树，长成大材，锯了做"三五"棺材（棺材两帮厚三寸，棺材盖厚五寸），氏族最见光彩。

南人、北人的通识也是有的。持同于桑木本质的认识。桑木沉重，耐磨损，有韧性，在粗重农具、家具上置身，巧妙处也用。巧妙使用说两例。过去，打谷场少不得木杈，最好的木杈就为桑木。挑起多重的麦头、谷个儿，轻盈如许。即使三个杈齿磨秃了，也不忍废弃。以桑木标皮板制作扁担，轻捷胜于榆木的十倍！它，不僵硬，重物挑上了肩，颤颤悠悠，亚赛揣着快活跳起来。一霎霎弹起，会减轻劳动者负担。多年前，湖南传来的歌曲《挑担茶叶上北京》，头一句"桑木扁担轻又轻"，意味儿准极了。

桑树，以其多能多用，秀出乔木之林。它敦厚仁义，陪伴了中国吞天吐地的五千年。没了桑树，中国的农业史没法写；没有了蚕丝，世界就失去了一大发明。沈从文的服饰研究，或许就因此发生断代。桑与人再生之德，它涵养的精神，十足教人敬佩：它为劳动者一员，身姿伟而不争，集上德而不言，居高功而不骄，没有制物之心，懿行却像无形的巨网那样广大无边。此德，唯桑树而已矣。

老桑树是我们的祖宗树。宁卖祖宗田，不卖祖宗言，老祖宗喜怒哀乐、生死歌哭的经验告诉我们：留下钱，有花光的一天；留下牛马，或别的肚子底下过风的，难保全；只有留下树，留下荫，后世人福祉才无尽无边。

人间多美好。时下，国家的生态文明建设踏上了新程。以桑树的树冠丰满，枝叶茂密，秋叶金黄，适应性强，易于管理等诸多良性考量，真应该抵制不着调的"洋杂种"混入京城，让它成为我们城市公共绿化的优先树种。用它营造风景林，素日林荫蔽日，果实成熟了，又招来了鸟类，那会是怎样一幅鸟语花香的自然景观啊！

"维桑与梓，必恭敬止。"（《诗经》）"人间正道是沧桑。"（毛泽东）有多少物事，在"天欲其亡，必令其狂"中倒下了。而我们的老桑树还在，我们勤恳的劳动者还在。我们要像尊重劳动人民一样，向桑树致敬！

依托的理由其为：永远，永远，它不屑于人类的争斗、贪婪；永远，永远，它比人的脊梁坚韧、强劲！

古槐御风过我庄

要说的槐树呢，两种。原本生于我们国土的，官家称"国槐"，民间叫"家槐"。国外移植，已七八百年栽培历史的另一种槐，官俗人等均称"洋槐"。

一字之差，划明了身份，表达了感情。

民间，就某一事物，有缩语习惯。若称槐树和它的材质，只道一个"槐"，你根本不用盘算，说的就是国槐。据此再称别的槐，那一个"洋"字或其他前缀，断乎是省不了的。

以国为姓，千百种古今树木，你看有几例？

槐树的资格，恰和国祚相妥。古代记事较详确，起始于周。周天子在位，以人治天下，国槐被赋予了诸多高贵。"公卿大夫之树"，由周朝而知。所谓"面三槐，三公位焉"，指明皇宫外植槐三株，意味太师、太傅和太保三大臣，耽于国是。谓"登槐鼎之任"，与三公所论持同。古代汉语中槐与官职相连接常见，除了槐鼎，语境还有槐位、槐卿、槐衮、槐宸、槐掖、槐绶、槐岳、槐蝉等等。称槐府，槐第，非平民之居。有唐一代，槐指代科考，通例如：考试的年头，称槐秋；考试的月份，称槐黄；赴京赶考，称踏槐。因了槐隐喻着人臣极品，故给后世士子带来很多奢望；且"槐""魁"字形相近，更予求取功名者以心理动机。

另则槐典，时人知道的不多。早市、夜市、书市、人市、股市可详，而析"槐市"，大有不明其意者在。周朝，最高学府称"太学"，太学之旁簇一大片槐树林。士人和太学士每逢初一、十五，于此以家乡特产或书籍进行交换，称"槐市"。槐市入了典以后，泛指历朝国子监，"槐市众生"，也就是国子监的学生。

一席树木，何值以国相许？我自问，且自答：招槐树为尊，在昌、在吉、在质、在诗、在史、在荫、在寿……诸缘际会，施以国姓定当无疑。

先述其昌。槐树生身之地众矣——广于中原，广于北地，逼至岭南。知之者，周纪年就已很早，然几千年来，何曾见得槐的绝灭？籽实能播，根系能芽，子子孙孙无穷尽，怎不谓其昌？

在吉。前文已述。今日纵观，凡帝都、凡宗祠、凡庙宇、凡名屋，有几多不见槐树？若非至信于此，植它何用？况其貌端庄、大气，树冠如翠亭，树叶若金饼，吉貌黢然。

在质。槐树材质，为刚柔相济，出众者之一。耐磨、耐压、耐日晒雨淋，非樗栎之材可比。且木纹漂亮，纹理光滑恍如金线。举凡乡间所用，譬如矴轮，譬如柁檩，譬如家具，譬如门扉，皆以它当作上品。顶小的用场，见木工的刨床——你见过哪一代木匠，他把槐木块做的刨床磨穿？

在诗。多有所见。北周庾信作《奉和永丰殿下言志》，诗有"绿槐垂学市，长杨映直庐"；唐白居易诗云："人少庭宇旷，夜凉风霜清。槐花满院气，松子落阶声。"宋人陈与义复吟"槐花落尽全林绿，光景浑如初夏时。"以岁时槐风纪胜，历代还有唐代王维、武元衡、元稹，北宋黄庭坚，南宋范成大等多位诗人。

在史者，记录神话。其共同点，均视槐树为神，交集人事。记载槐与人间情事的古籍，有《太公金匮》《春秋纬·说题辞》《汉书·五行志》《南柯太守传》《太平广记》《夷坚志》《继夷坚志》《因话录》，以及《唐山县志》《保定县志》《唐县志》《汾阳县志》等多部地方志书。将槐人格化，看待槐神慈悲善良，古代戏曲《槐荫记》（即《天仙配》）最为典型。毛泽东《满江红·和郭沫若同志》，一句"蚂蚁缘槐夸大国，蚍蜉撼树谈何易"，乃化典临情，使尽人皆知槐魂的元脉。

在荫。树荫之广大，北方树种唯有银杏、大青杨和槐树堪与南国樟树、榕树相比。数百年古槐，遮荫上百平方米。槐叶密实，槐风习习，是人们纳凉的好地方。只要不降暴雨，树阴下该玩棋，玩棋；该耍闹，要闹。当空的细雨，湿不了衣。

在寿。任谁见到古槐，都会肃然起敬。是生命的持久，征服了你。古槐经历了千年，有的剩半个身，有的树身成洞，上面的气象依然枝青叶密。松柏延年，广为人知，可北京民谚的俏皮却若中庭一戏：千年松，万年柏，不抵老槐跩一跩。"跩"字，是北京人形容胖大鸭子走路的，以此莅来描摹老槐慢悠悠恒生之态，与高挺且仿佛健步凌空的松柏作比，显露了智趣。槐树生洞，是久久时间造成的，可容纳三两顽童的树洞，也接纳其他绿植入列，"槐抱榆""槐抱柳""槐抱椿""槐抱紫藤"……寄生的树都育成大材了，老槐还像在青春期，和消亡隔着长长的距离。

　　……

　　槐树的典范生象，上面列举了昌、吉、质、诗、史、荫、寿等优长，但绝不止如此。每人对槐树的印象，都有不同。我认为槐树之所以历代受褒扬，是它浸透了国民性，人们在精神基因、精神标志、精神命脉上的认同。我无法揣测别人怎样想，我端详一株古槐，端详出了温蔼和盛大气象。由它的内敛、温蔼，我想到蔺相如，想到自己的祖父；由它的盛大森然，想到了持金戈、跨铁马的武将。它的老而不衰的精神，我还想到了赤胆忠心的廉颇！京西某村落，一株槐年深日久，干如黑铁，挺青枝，摄影作品制题"大将军"，联想力的确让我赞佩不已！

　　走过大江南北的人，或许因了带槐的地名，对那一地留下记忆。"槐树岭""槐树庄""槐树庵""槐树院""槐树街""槐树巷"……心灵深处，笀着温馨。

　　对于槐的尊崇，民间长盛不衰。给儿孙起乳名，小名就叫"槐"。

　　有古槐的城市，就有悠久的历史；有古槐的村庄，就有深厚的积淀；有古槐的街巷，就有瑰丽的智慧。一地保留着古槐，会使人想到此地民风淳朴，人心向善。

　　在北京市，古槐的数量是很多的。

　　北京城里国子监的古槐，树龄都在七百岁以上，其中彝伦堂西侧的"吉祥槐"，相传为元代国子监第一任祭酒（相当于现在的大学校长）许衡所植。原是清醇亲王府，后为宋庆龄故居的"凤凰槐"，据说栽植于明代。石景山地区，有一村叫衙门口，街巷两侧均为古槐。京西房山有两株古槐，为此地槐树存世代表，一在良乡城纸房村东北处，身腐朽成洞，内中可容四五儿童玩耍；一为窦店村北的东岳庙前的古槐，碑石纪年，阎闾亦擎"尉迟恭下马观古槐"之传，量此槐在唐初就称作了古槐，年代更为古老。

上世纪80年代，槐树被评为北京市的"市树"，作为城市的象征，市民对它的爱戴愈加其深。一百年以上的槐树，都挂了标牌，以示爱护。修西便门路，为了保留一株古槐，宁肯改变线路，在立交桥中心留一块很大的空地儿，维持它生长。来来往往车辆行人，都因见这株古槐，而萌生对北京的敬意。

北京应该算移民城市的祖宗。确切的史料，朱棣定都北京以后，明朝廷采取了多次大的移民行动，北京京门脸子现今叫"营"的地方，大多和移民背景有关。

现在看，生活在一国之都北京，是北京人的幸福。但在数百年前，那个由"窄乡"向"宽乡"的远程迁徙，纯是一场灾难！"问我老家在何处，山西洪洞大槐树。""问我老家在哪里，大槐树下老鸹窝。"这两个类似童谣的句子，当今孩们可能觉得好玩，拍着小手演唱，但在当年岁月，那真是黍离之悲的哀调哇！

多少代下来，父传子，子传孙，记住了大槐树那一端，乃先辈人生养栖身之地。

移民北去，开垦了田，修建了房，原来的大片蛮荒，听得见鸡鸣犬吠，又创造了一个人间。

不忘记先祖，不忘记家乡，在新家的门口栽槐，在新村的路口栽槐，"念家槐"也就释了移民的沉重心怀，通向"无穷的远方，无数的人们"。

自古而今，官是官，民是民。安顿下来的移民，适应了新的生产生活环境，也渐渐磨去心灵痛伤，就往"黄土哪里都埋人"这一处想了。众生所求，安稳过日子，茶、米、油、盐、酱、醋、柴，啥三公，啥六卿，关俺何事？把生活希望捧举于树：门前一棵槐，不是招宝就是进财。

槐树是乡情，槐树是日子，槐树是趣味，影响着一代又一代。

离家远归，一程上思念家乡的物什，远远地看见村口的槐树，一声浩叹：

可见着家啦！

儿孙染疾，甘愿屈身古槐下，求助神祇。

挑水担柴为常事，一条槐木扁担是随身伙计，颤颤悠悠减重，不管担着星星，还是月亮，不觉重量压身，心情还挺美。

家庭里有老人，常见他抚摸槐树，测量树围。大树放倒，他两眼紧盯着木匠的大锯，看他们是怎样为自己准备寿材，眼光里流出无比的快慰……

"槐树槐，槐树槐，槐树底下搭戏台。人家的闺女都来了，俺家的闺女还不来。说着说着就来了，骑着驴，打着伞，歪着脑袋上戏台……"童音绕着大槐树，歌谣伴着满天飞。

还有一首歌谣，与大槐树无关，在大槐树下演唱、打游戏。

游戏动作，四个小孩可男可女，各自倒钩一条腿，勾叠着，每人一只手倒提着屈腿的裤脚，一只手和斜对脸的手拍巴掌，绕着圈朗声唱："盘、盘、盘脚莲。脚莲花，卖棉花。脚莲苦，卖豆腐。脚莲北，发大水。脚莲东，刮大风。脚莲西，捆驴驹。脚莲南，划大船。路水东，路水线儿，大小脚儿去一扇儿。"一边跳，一边唱，中途倘若谁倒钩的腿在跳到"大小脚儿去一扇儿"时候，"吧唧"掉下，就算他"出局"，由别的儿童替补上。瞧他们四只脚倒来倒去，四只手欢扬的样子，恰如一朵团团圆圆莲花瓣儿。简单的游戏轮着玩儿，能玩半晌。于午时或晚晌玩耍当景，常会传来各家母亲唤着乳名，"回家吃饭""回家洗澡"的喊声。娃们能听得出那个熟悉的、清朗的声音，不像着急，像压着乐腔，母亲在宽敞敞的大街放飞她自身的心胸畅明。对此，或充耳不闻，或即刻风流云散，"呱唧呱唧"跑回家去。大槐树像扮演着老爷爷一般亲，用光阴的手抚摸童儿的头，一茬茬娃子，在它眼下一闪一闪长大，长成了大姑娘庄稼汉。大槐树也是乐的！

槐树是真能让顽童增长知识的。六七月开花，九十月结籽，花串密，种子荚也密。花期降雨，槐花落地，仿佛降了槐花雨。槐花顺流而下，漂着金黄，穿过街道，像把一途琥珀送给了江河。种子荚，乡人叫"槐树胆"。串珠种子包藏在"胆"里。槐树胆裹着胶质，黏黏腻腻，不敢多摸，摸了，手指甲、手掌染了黄，久久不容易褪去。因了槐树胆的特性，不光奶奶、妈妈把它当成染料，现代染料工厂也不可缺少。槐树胆在树上能挂很长时间，过了冬，刮起很大的春风，树底下能落一层。乡村郎中也看见了"宝"，槐叶、槐条、槐根、槐角，皆可入药。即使是槐花蜜，品质也与其他蜜种不同。

孩童们的兴趣在昆虫上。念了书的孩子，懂得了他们爱玩的槐树虫，"吊死鬼"的大名叫"尺蠖"，这绿色肉身的细虫子太好玩了。七八月份从槐树枝上垂下来，吊着一根长长的细丝，它能顺丝垂下，还能吸回丝自然而然盘上去。见它将要垂下来，离得还很高，仰头用指头戳着它，跳着脚，口里发出"嘟——嘟——"的喊叫，唤它下来。不知是"吊死鬼"听明白了指令，还是叫嚷声产生的震动，它下降的速度加快。在它垂下挨脑门儿的时候，孩童们就逮它，放在手心、胳膊上，看它一弓身一弓身地爬。瞧它那拱桥式的蠕动，心里太舒服啦。

这个季节，自然少不了天牛。属于鞘翅目的天牛，它头上有两根一节一节连接的须子，像京戏舞台上的演员头盔上的雉尾翎，又晃悠又长。它长着翅膀，并不常飞，两片翅膀掩藏在鞘甲里。它虽然长时间躲藏在槐树上，但孩儿们捉它有办法。三下两下爬上了树，将鞘甲摁住，它飞不起来，听凭小英雄玩耍。看你的天牛和我的天牛抖着须儿掐架，小英雄心里乐开了花。

一片时光，一片语絮，村庄乐无涯。

乡村遍地是学识呀。单是一种槐，就让你嗟讶。了解了槐的品质，槐树的大恩大德，你会心胸开阔，增加"岁月静好，现世安稳"的信奉。唯善而行，唯美而崇，自己强大了自己。投放于社会，投放于流光，便是担当精神的恢宏远大。

亲近乡土，亲近家乡的槐，温习了乡愁，人性的软骨病、多疑病、萎靡病、浅薄病、贪婪病，多种乖谬烟消云散。

多一个老人，多一层福。多一棵古树，又何尝不是呢？

没忘了老树，是你的良心。

草药芬芳

李万华

荆芥

荆芥应该是一位英俊男子的名字，虽然荆类或者芥类不过是些微小的植物。名字就应该是用来寓意美好的，据说周代人取名好以身体特征或者环境来定夺，譬如孔丘，郑庄公寤生，还有晋成公黑臀。我听了诧异。人非生而知之者，同样的道理，人也不是一出生就完美无缺的。不美丽的人多，取个美丽的名字，也是好事。我的名字不怎样好听，我便想，如果让我改名字，一定拿荆芥来用，多诗经。只可惜我已经过了用名字来虚弄故事的年龄。

荆芥喜欢阴凉地方。暗红嫩茎，潜藏的鲜艳体液有随时流出的危险，小叶子黄绿，淡紫的细碎花朵，奇异体香。荆芥骨子里带着水性。南墙根，阳光四季不到，苔藓在那里铺成碧玉，野草杂乱横陈，小虫繁忙。荆芥挤进去，扭着苗条身段，带些微微显摆的姿态，鹤立鸡群一样的醒目。我于是想到荆芥的性子，如同那凤尾森森、龙吟细细之潇湘馆内抿着嘴儿的人冷冷地说："难道我也有什么'罗汉''真人'给我些香不成……我有的是那俗香罢了。"

荆芥在我的记忆中，总是脱离植物的形体而存在。如果每个人都给自己出生的地方取个名字，我还是想用荆芥。这应该是件简单的事情，譬如我曾经给我家的白色猫咪取名林黛玉，给一只老跑来向林黛玉提亲的斑纹大猫咪取名鲁智深，并时常提醒我家黛玉，说鲁智深配不上你，要小心。

当然荆芥也会偶尔长到阳光下去，我想这对荆芥来说是件难堪的事。它在阳光下有些寥落，个儿总是长不高，体香也遗失殆尽。我喜欢阳光，也喜欢植物在阳光下心满意足的样子。荆芥在阳光下一副委曲求全样，仿佛将我这种木讷内向的人抛到人群中，不舒服。

农历八月，连绵的祁连山会渐渐高远，云如同花瓣散去，阳光温暖，河水汤汤，高原清凉的空气里继续弥漫着山果幽香。正是青稞成熟时节，山川匍匐金黄。我们常在午后到田地里去，给大人送些茶水干粮。这是大段的闲散时光，我们原本可以肆意玩耍，但大人们却要我们采摘荆芥。荆芥散布在青稞茬地上，奄拉着叶片。摘两支在手，想偷懒。弯下腰，从裤裆底下往后看，会看见倾斜的金黄大地无比高大，拱起。而荆芥，它们在瞬间长大，叶子抵着天际白云，再无刚才凄楚柔弱模样。那时阳光正好垂下来，罩在荆芥身上，给它们的轮廓镶上闪烁光边，如同它自身发散的光芒。

那时候的许多疾病，母亲都用土方子来治。屋檐下因此挂了许多采来的草药：防风、薄荷、柴胡、党参、冬花……如果感冒，母亲用荆芥薄荷葱白熬出热汤，掰块干燥的白墙土下来，放到火中烧红，将热墙土和红糖一起放进汤中，搅匀，给我们喝。灌一碗下去，蒙被子躺在热炕上焐汗，过一天，感冒大有好转。

如今捉些字来怀念，只显得单薄，还不如一场感冒厚重。

大黄

大黄别名将军。陶弘景说，将军之号，当取其骏快。意思大约是，一罐药快熬好时，有些药物的劲道已经过去，这时放入大黄，便会再次催出它们的药劲来。大黄叶大如扇，宽厚的心形。粗壮肉质茎，叶柄中空。长得有声势，常常覆盖了身边其他弱小植物，在小园子里有一种飞扬跋扈的劲道。在小孩子看去，大黄的叶子仿佛大象的笨耳朵，一只一只扇动在那里，传播些私密。也许是大黄叶子的大大咧咧，不求细节，不求柔美，于是成了植物里的下品，招人侧目。

倒是孩子们不懂得嫌弃与世故。炎热夏季，阳光肆意照射，光线里全是亮晃晃的白。高原上偶尔也有无可躲避的暑热。孩子们摘了大黄的叶子，顶在头上嬉戏。一片叶子成为他们想象中的大伞，有着华丽的伞盖和流苏。流苏垂下来，显得高贵又骄矜，孩子因此成为山野的王。我想着孩子们的愉悦，因着丰富想象，超越清贫寂静。大人们丢失热烈幻想，看透边缘，计较意义，反而不如孩童愉悦。

大黄的叶子在高原植物中是属于叶形较大者。高原固有的寒冷、缺氧、强紫外线，使得一切植物的生长有别于同纬度的其他地区，生命在这里显示出柔弱无力的一面，又显示出倔强彪悍的一面。稀缺，抗衡。这使我格外尊敬那些生长在高原的植物。

我一直觉得大黄是没人专门去种植的。有几年它在菜园子的角落里撑出大的叶片来，过几年不见了，再过一两年，它又在那里出现。仿佛具有流浪者的性格，不肯将一个院子当故乡。我在年轻时向往流浪生活，现在却时刻想着要缩回到一个小村子里，再不出来。因此我觉得大黄终究是年轻的植物，不会老去。

那是爷爷病逝前的一个秋天。高原的风走在水上，也走在云上，山前的松林传出些涛声，大雁越过祁连山，飞向东南。我坐在青石的台阶上，与一院落的阳光相顾无言。然而阳光要比我活泼，它走走停停，摸摸捏捏，带着些悠闲的味道。我看着它最先在屋檐一朵盛开的翠菊上明媚。那朵紫色的翠菊去年就在那里摇曳，仿佛不曾有过萎谢，然后挪到檐下的柱子上。"春雨丝丝润万物　红梅点点绣千山"，旧年的对联，红色斑驳，父亲的柳体。我并没有见过红梅的模样，它只在电影里出现，一树悦然，我因此对红梅充满幻想。后来阳光便照到爷爷的身上。这个沉默寡言的老人，此刻，正在用镰刀将大黄削成薄片。粗糙僵硬的手指，亮光闪烁的刀刃，刚刚挖出洗净的大黄块茎，专注的神情，静谧。我担心下一刻那刀刃便会偏了锋割在爷爷的手上。削出的大黄薄片最后被爷爷串在铁丝上，挂起来，仿佛给柱子带上了金黄的项圈。我于是扭了脖子，看这个院落。马车外带、筛子、旧书包、罂粟种子、塞着油的猪尿泡……它们挂在那里，如同挂在一个古老人物的身体上，成为他的饰物。仰头，我看见树杈间的喜鹊窝、太阳、云朵……它们又成为天空的饰物。我看着爷爷瘦而高的身躯，看着他紫红的脸颊，看着他青筋暴起的手背，想，爷爷也是个饰物，我也同样，我们如同眼前串起的大黄薄片。

但是，我还是有些迷糊，我不知道我和爷爷是时间的饰物，还是大地的饰物。

车前草

车前草总是爬在路旁，身体摊开来，歇息的小兽一样。车前草有些叶子甚至一伸出来就仿佛被牛马的蹄子踩踏过，贴着地，不柔嫩，也不妩媚。它们叶脉粗大，凸起，从背面看，仿佛是老去的手，青筋暴涨，皮肤皲裂。路上总有些过往飞尘，飘下来，罩在车前草上，土沉沉，灰蒙蒙，感觉车前草就是个不修边幅的植物。不修边幅的人我知道一个，王安石，变法失败，但诗厉害；后来还骑着老驴周游，更厉害。

车前草的历史自然芬芳，但从外貌上根本观察不出来。《诗经》里，车前草便葳蕤在平原绣野，愉悦过三三五五的田家妇女。想那些手之舞之足之蹈之的日子里，车前草一定是个梦的载体，而非捕梦者。它跟随那些妇女，并将她们的梦托起来，由此染绿一个又一个清寂的夜。那时车前草的名字也美丽：芣苢。如此古色古香，仿佛纱窗下搁置的半片刺绣。"采采芣苢，薄言之"，芣苢到底也是被宠爱过的。那时候，它们冒出黄绿嫩叶，看旷野无边，阳光成为瀑布，蜂蝶飞翔。它们在那里嬉闹，甚至妄为，一点不为过，仿佛幼稚孩童，在母亲的衣襟里生长，并茁壮。

车前草后来还是混迹在野地上，土路旁，看上去极贫贱。也没人叫它芣苢，只有猪耳朵、牛舌草、马蹄草、鸭脚板、车轱辘菜、驴耳朵菜、虾蟆草……十几个别名密密匝匝地绽放在各个路旁。这边一叫名，那边就齐刷刷地探出些头来。仿佛老院里狗儿、宝儿、大勇一样的小名。

有人说故乡是别人只喊你小名的地方。想着车前草真是一种有人疼爱的草，走到哪里，都有人喊小名。

车前草或者车前子三个字见得多，主要是它贴在药柜上。药柜上也会贴人名，譬如徐长青。更多时候，车前草进不了药柜，而只用来喂猪。这自然是乡下的事情。当然，还有一个车前子，写文章，画画，他的书我都搜罗来，一一细读。

红柳编制的箩筐，泛出一种绛红。因为反复使用，柳条被磨出光泽。背着箩筐，走过村前村后的田野和沟坎。阳光总是温煦明亮，鸟声流水，同时婉转。我拿着生锈的小方铲，独自去挖那些并不葱绿的车前草。其实是带着游戏的心，并不专注，有时会放下小铲去摘野花。

田野盛放寂静，无边空旷。小孩童只是一粒爬虫，没有足迹。

圈里的猪总是被母亲有计划的喂养。一日两顿车前草，是猪得以打发漫长时日的唯一慰藉。便是如此，猪也要挑挑拣拣，先将嫩叶吃完，再勉强吞咽老叶。但后来猪还是会吞光所有车前草。

很多时候，我就坐在青石台阶上，看猪在食槽里咀嚼车前草。那一时，猪是快乐的，车前草却永远没有表情。

被生存惊醒的人

  杨献平

  终究还是这个结果！听完张继虎愤怒与失望的讲述，我脑子里忽然想起一句早就对他说过的话——"猪肉贴不到羊身上！"与此同时，内心还莫名地感叹了一下这句民谚所蕴含经验之犀利，譬喻之形象。张继虎声音刚落，我就说：这些话，这些事儿，以前就对你说过，也警告过你！不光我，还有你嫂子。张继虎语气低沉地嗯了一声。虽然相隔千里，我仍旧能够感觉到他心里的那种失落与惆怅。

  你现在在哪里？我问。

  张继虎说：现在山西和顺。

  具体做什么？我又问。

  张继虎叹了一口气，声音有些嘶哑地说：在一座煤矿等着装煤。可天下大雨，今儿晚上装不成了，等明天。我也叹了一口气，对他说：这个结果是可以预料到的。"猪肉确实贴不到羊身上！"这个道理你早该明白。张继虎嗯了一声。我又说：现在你独自把车拿到自己名下，这样一来，可不就是三五万块钱的事儿了，要是弄不好，二十万块钱就栽进去了！你想过没有？

  这活儿可以，能干，至少不会赔钱。

  无论任何事情，别人如临大敌，瞻前顾后，有的甚至几夜和被褥过不去，翻来覆去地掂量。在张继虎眼里心里，人世间的一切事情都如他刚才回答的那样简单。

  大致是从 2003 年开始，张继虎就利用自己唯一的技能——卡车驾驶技术谋生了。

  河北省沙河市一带，原先也产煤。三十多年前，张继虎所在村里人，谁

家有人入了国营煤矿当工人，那简直就像捡了聚宝盆，种了摇钱树。可三十年后，当初在村里身份显赫的煤矿工人老了，煤也挖尽了。也不知从何时起，沙河市城郊忽然就冒出来一些大大小小的玻璃厂、钢铁厂。一家接着一家，烟囱怒发冲冠，规则地排列在京广公路边上。

玻璃厂要生产，就得要煤炭。小钢厂也是。本地没了煤炭，只好去山西拉运。张继虎很小的时候，就听大人说，山西有些地方，拿手一扒拉，就是煤块子，老百姓都拿篮子簸箕往自家里提、拉、端。等他被人聘用为司机，开着卡车和雇主到了山西，才发现，露天煤矿可能真的有，但那是几十年前的事儿了。现在的山西，产煤区到处井架高耸、黑煤翻滚、卡车轰鸣来去，煤屑就像乌云。一段时间后，做运煤生意的人发现，山西的煤矿也越来越少，前些年人马喧闹的煤矿，几乎都变成了废墟。紧跟着，煤炭价格迅速飙升，严重影响自家的收益。也不知是谁，听说陕西神木煤炭多又便宜，就把车开了过去。

从神木到沙河运煤，赚取差价。旺的时候，每台卡车每一趟，除了油和人在路上的盘缠，利润比雨后春笋还要踊跃和壮观。干了几年，张继虎平均三个月换一个雇主。因为是局外人，对其中原因，不知是他的毛病多，还是雇主挑剔。

张继虎的家在沙河市西部太行山区，一堆大山，数道沟川，零星的村庄就像破裂的巨石一般，横七竖八地挂在半山腰，或者垂在山坡根儿。也不知从何时传下来的风习，南太行山区乡村人总以为自家好，自己的地方"比上不足比下有余"，"哪儿也没咱自己家好"。久而久之，养成了"出门三里就是外乡人"，"金窝银窝不如自己的狗窝"等狭隘的乡土观念。倘若一个人不出远门就可挣钱养家，就是天底下最好的事儿。

世上总有人穷，也总有人富。穷的跟着富人干，一干好多年，俩人没啥矛盾，又都挣下了钱，那更是好事中的好事。像张继虎这样的，三天两头换雇主，或者被雇主辞掉，村人就以为是他这个人有毛病；雇主毛病再大，只要生意做得好，手里边积攒了一些钱，村人就觉得人家不仅有本事，有毛病也觉得没毛病。穷人乐意和愿意指责的，也还是穷人。这好像是百姓们自古以来的一个"鲜明"脾性。如鲁迅在其《华盖集·忽然想到》文中所说："他们是羊，同时也是凶兽；但遇见比他更凶的凶兽时便现羊样，遇见比他更弱的羊时便现凶兽样。"

给人开卡车跑神木，起初每月四千元。后来涨到五千到五千七八百块。可由于老换雇主或被雇主辞掉，再加上几次雇主以各种理由克扣的工资，到2014 年，虽说张继虎开了十多年的车，听起来每月工资也不少，可还是没攒下几个钱。与此相对的是，张继虎和老婆前后生了三个女儿。直到第四个孩子生下来是"带把儿的"以后，张继虎和他老婆的这项隐秘而公开的"造人工程"才真正圆满结束。

农民如草，每天都在长。生长就要消耗。张继虎一个人养四口人。大女儿、二女儿陆续上学，每天都在花销。他父亲前几年去世了，母亲虽暂且不用他供养，但在外人看来，作为一个农民，只能靠打工挣钱，提起来，人都会说张继虎"肩上的担子不轻啊！"这一种口吻是南太行山区乡村人特有的，他们口中的"不轻"即"很重"和"非常吃力"的意思。事实上也是。张继虎自己也感觉到了。

谁不想好好地、多多地挣钱？

每次被雇主辞退，或者被雇主克扣了工资，张继虎就这样说。有一次，张继虎给一个叫刘建军的雇主开了三个月的卡车。张继虎觉得雇主该把工资结清了。雇主刘建军却说，自己手里暂时没钱。张继虎说，那就再等等。又过了十几天，刘建军还说没钱，而且态度越来越恶劣。张继虎一气之下，不给刘建军干了，很快又另找了一个雇主。几天后，张继虎在沙河市一家玻璃厂遇到了刘建军，要求把剩下的一万多元工资付给他。刘建军还说没有，张继虎责问了几句。刘建军也很生气，干脆说不给张继虎工资了。张继虎气急了，上去抓住刘建军的衣领。刘建军也不示弱，挣脱后抄起一根铁棍，就朝张继虎头上抡去。张继虎下意识地偏头一躲，铁棍呼啸而过。

不久，张继虎又遇到同样问题。后来的雇主是本乡人。结算工资时，少给了张继虎三千元钱。张继虎问这是为啥？雇主说：过了年你再来干的话，钱全部给；不来，就算了！张继虎一听就生气，说这事儿做得不地道。雇主说：都是这么干的。张继虎没法。年后，正愁着怎么把工钱要回来，恰好一个亲戚来找他借钱。这个亲戚又是雇主的亲妹妹，张继虎说，把你哥欠我的钱借给你吧！亲戚可能真的急用钱，就到自己哥哥家把钱拿了出来。所幸的是，她还真把钱还给了张继虎。

与此同时，张继虎还想把前一个雇主刘建军欠的一万多块工钱要回来。正要动身去市里找，他一个和当地派出所民警在酒桌上混得滚瓜烂熟的担挑来家里说：刘建军把你告到了派出所，说你打了人家。人家养病花了六七千块钱，你得赔偿。张继虎一听就蒙了，这不是恶人先告状吗？张继虎嗖的一声站起来，一抬手，就把手里的手机狠狠地摔在地上。

手机是自己的！

摔了你还得重买！

张继虎老娘在旁边看到，上前说。

张继虎脸色涨红，怒不可遏。一头冲到院子里，抄起一根木棒，朝停在院子里的摩托车乱砸一顿。

摩托车也是他自己的。

张继虎是一个农民，他发泄心中愤怒的渠道，就是砸掉自己花钱买的东西。

娘看他不但被人损了钱，自己又把自己的东西砸坏了，就咧着嘴，一边哭一边说，傻小子哎，你这样子败家，叫俺咋办？哭着哭着，就一屁股坐在张继虎门前的沙土地上，两手拍着自己的大腿，哭得满脸都是眼泪鼻涕。张继虎看了看白发凌乱的老娘，可能也难过，大喊一声，两手猛拍自己脑袋，然后用细长而干如木棍的十指抓住乱糟糟的头发，使劲扯，嘴大张着，鼻涕往往会不失时机地跳进去，然后再和口水一起，被张继虎噗的一声吐出来。

张继虎继续找雇主，或者雇主来找他。活儿一如往常，从河北沙河市区到陕西神木或者山西和顺、阳泉一带，拉煤炭，卸煤炭。偶尔会带货到山西，挣个油钱。主业还是运煤。忽有一日，张继虎打电话给我说，他想买一台卡车，和他的那些雇主一样，跑神木拉煤炭。一台新的卡车至少要四十多万块钱，我知道张继虎没有那个能力。果不其然，他向我表达了一个意思，就是借钱。他说和他大姨家的表哥的儿子一起买。三股，即他、大姨家大表哥的儿子和三表哥的儿子。

我摇头。主要担心的是，张继虎并不适合独立做生意、干靠与生意人货来币往的活计，原因是他脑袋太简单，性格太莽撞。在他看来，只要买了车，开起来跑就能挣钱。谈到他们三个合股买车后怎么合作时，张继虎说，大表哥的儿子稳重，让他来管账；三表哥的儿子毛糙，让他一起开车。我笑笑。不是他这样的分工有问题，而是他把事情看得太简单。有句谚语说：亲戚搁伙计，最后都是屁！这也是民间的经验之谈。亲兄弟明算账才是真正的民间生意合伙规则甚至铁律。张继虎只是会开车，但车一旦动起来，就是消耗。这还不算，几百里的长路，两三个省、十几个县，村镇少说也有百十个，难保不出点什么意外情况。

没事啊，一直跑了，放心吧。

说到这里，张继虎就用这简短的三句话应对。

我无语。

然后又对他说：怎么保证就一定能赚到钱，维持好亲戚关系呢？

这都是明打明的事儿，跑一趟油钱大致三千块；路上吃喝三百块。每趟除了这些消耗还能剩五千到六千块，谁也骗不了谁！

张继虎说。

我说：做生意不是大概能挣多少钱，也不会是车一动就一准能赚到钱！

没事啊，都是这样干的！

我还没说完，张继虎又说。

我叹息一声，说，那好，两天后把借给你的钱打你卡上。

张继虎嗯了一声。

我和妻子说了情况。妻子也说，这明摆着不行的事儿。张继虎不是做生意的料儿。可是亲戚，唉，拿几万块给他打水漂，买教训吧！

张继虎一直是我最好的兄弟，自小一起长大。成家后，他就一直给人开卡车。我离开乡村后，一没亲戚荫庇，二没钱财保驾，吃苦是必然的。父母都是一分钱掰成两半花的木讷农民，亲戚也都在乡村扛着锄头提着镰刀，专门和大山及其草木过不去，自然也无从帮我。十多年时间，我和后来的妻子靠努力，在城市买了房子，生了儿子，刚过得像个"人样儿"。

在南太行山区乡村人看来，谁家有兄弟姐妹和其他血亲在外混出了名堂，必定要拉扯一下穷亲戚。这种心理，俨然是"一人得道鸡犬升天"的实践。在外混得好的人若是对仍在山里受苦受难的亲戚不问不管，即使相隔三万里，也还能够听到那些在山尖和沟壑跌宕不休的骂声。

就在我向张继虎确认他银行卡号的时候，他告诉我说：车暂且不买了，钱也先不要转过来了。我又喜又忧。张继虎说：不买的原因是，他们看中的那台二手卡车八成新，开始觉得还可以，细一打听，人说那车轧死过人。我恍然大悟。也知道，无论怎样的一台车，要是出过人命事故，再便宜也不能要。张继虎告诉我说：车这个东西看起来是机器，可在很多的事儿上面，就跟人一样。我不明其意。他解释说：一台车有了一次事故，以后还会发生。我问他这是啥原因。张继虎说他也说不清。

张继虎继续给雇主开车。从二十多岁到三十五六，十几年时间，除了和老婆生了几个孩子，父亲于2009年春天去世，似乎没做过别的什么事儿。他自己也说：我就会开车，别的干不了。前些年回到南太行乡村，和张继虎一起聊天时，我就一再说：体力加脑力才能做生意、挣大钱。以后要多用点脑子。张继虎嗯嗯答应。但在做事上面，还是老样子。"没事儿的""就是那样的"，这两句话成了他的口头禅，十多年从没变过。

在他眼里、心里，人世间的什么事儿都应当朝着他预想的方向走，不会转弯，不可能一下子落下去，也不会忽然跳起来。我告诉他一个自己的人生经验：无论任何事，越是想怎么样，它们越是不怎么样，往往和自己的设想背道而驰。张继虎则说：怎么可能？事儿就在那里摆着，不动它，它自己咋会动？我苦笑说：做生意不是给煤炭做，是给人做。世界上最复杂的事儿，就是人事儿！张继虎说：再复杂也还是人。说啥就是啥！还能一直变？

我气得胃疼。

我对他说：你想挣钱，人家也想挣钱。你把煤炭拉到玻璃厂，想多挣运费；人家玻璃厂不是你说多少就给你多少，他们为了节省成本，肯定往下压价。

张继虎说：这个倒真是的！

我说，这就对了，啥事儿也都是同样道理。

说完这些话，我和妻子带儿子离开。张继虎继续给人开车。隔三岔五，我给张继虎母亲打电话问候，每次都要问问张继虎的情况。几乎每次，张继虎母亲都说："上个月，继虎跟着蝉房乡一个人开车；这个月又换了一个（雇主）。继虎说那人太小气，连个店都舍不得让他住，黑天白夜都在车上睡，受不了。"

"跟着册井村一个雇主干了一个月，继虎说那人没水平，挣不了钱，给他的工钱低，觉得划不来，就又换了一个雇主，是邢台县人。干了两个月，继虎说那人也很杂种，说好的一个月结算一次工钱，到头上推三阻四说下个月给。下个月不给了咋办？趁早换人。"

我叹息。张继虎母亲也叹息。

我叹息的是：十多年，上百个雇主，怎么就都不好呢？十多年磨炼，张继虎怎么一直重复一种生活姿态和人际方式呢？

还有几次，张继虎母亲说：继虎还是那个老毛病，一生气就摔手机，砸摩托。然后再去修理和买新的。

忽有一天，我明白了张继虎这种习惯的来源：一个一事无成，始终处在温饱线以下的农民，他发泄愤怒和内心悲怨的渠道，只能是自己和自己的亲人。四周都是生活水平和生存能力高于他的人，他无法触及，也不敢将他人作为自己发泄悲怨的对象，只能对自己和自己的财产下手。

鲁迅先生在其《范爱农》一文中说："人生最苦痛的是梦醒了无路可走。做梦的人是幸福的；倘没有看出可以走的路，最要紧的是不要去惊醒他。"以此话来说张继虎，显然是不合宜的。不过，在我看来，张继虎是一个被"生存"惊醒了的人。尽管他本人似乎一直活在梦中。

生存、温饱、发展。张继虎还在最基础的位置上徘徊，而且处处被动。一个力求突破生存的青年农民，却总是在生存这个层面上被生活捉弄甚至鞭笞。他内心积攒的痛楚与悲伤，是我无法洞彻的，因为我不是他。这世界上，人如此多，谁也不可代替，也包括每一个人的切身生活，以及生活带给他们的苦难体验与灵魂洞彻。

2014 年 5 月，电话响，还是张继虎。他说，他想买车，二手车，十六万块钱。我还是以前的意见，说他不适合独立买车做拉运煤炭的生意。他显然不高兴，对我说，这次是和干姐夫一起买。我哦了一声，潜意识觉得此事比较靠谱。张继虎说：老给别人干，干好了也挣不了多少钱，有时候还受人骗。自己买车自己干，赔、挣都是自己的。说到最后，他的意思还是朝我借钱。

我和妻子商议。妻子也觉得有点靠谱，关键是张继虎干姐夫那人做事稳重。

干姐夫是因为干姐姐才有的。2008 年年初，张继虎父亲癌症晚期，卧病在炕，不久于人世已成定局。张继虎家只有兄弟两个，无姐无妹。按照当地风俗，老人去世后有个闺女披麻戴孝，送个花圈，才是最圆满的人生。经人撮合，张继虎父母决定认邻村一个曹姓女子为干女儿。这个曹姓女子，娘家四川，早年被人拐卖几处，最后与邻村一石姓男子成家，育有一男一女。年纪都长于张继虎和他亲哥哥。张继虎父亲去世前后，干姐姐和干姐夫一家里外照应，做得都不错。通过几次接触，我也觉得干姐姐和干姐夫不错。尤其干姐夫，为人老成持重，说话办事有板有眼，是一个可靠之人。

但我仍旧担心，毕竟是干亲，日常礼道走动没问题，倘若合伙做生意，难保不会闹意见有分歧。挣了钱好说，赔了钱的话，两家人好不容易建立起来的"亲情"必定毁于一旦，甚至成为仇家。

张继虎还是说，没事儿，这都是明的，谁也骗不了谁。

我又打电话给干姐夫，他也表示有同样的疑虑。

正在这时候，我出差到西藏山南错那县勒布沟，那里偏僻，手机信号不好，更没有自动存取款设备。我想，等我出来到山南或者拉萨，再把钱转给张继虎。却没想到，几天后，张继虎和他干姐夫已经把车买到手，开车上路运营起来了。

我想这样也好。

可还没等我从西藏返回，张继虎就说，姐夫太懒了。总是他一个人开车，一天开十几个小时。叫干姐夫开，干姐夫说他没驾驶证，逮着咋办？张继虎说，交警不是总在路上，没有检查的地方替他开一会儿。干姐夫还是不干。我觉得干姐夫这一点做得不对。车可以24小时睁着眼跑，人不是机器。但考虑到大局，就劝解张继虎说：你们买车目的是挣钱，不是生闲气；是合作，不是相互拆台。实在不行，在路上实在困得不行，你可以找个地方先睡会儿再走。

张继虎说，先这样吧，说不定过段时间就好了。

又十多天过去了。张继虎来电话说：（这活儿）干不成了！我和他姓石的实在尿不到一个壶里去了！我又问干姐夫咋回事。干姐夫人聪明，开始啥也不说，后来在语言间表示，张继虎一生气就摔东西，还是手机，或者活口钳子、十字改刀等等。张继虎也说，干姐夫也摔东西，不仅手机，还有水杯子之类的。我哭笑不得，还是劝他们说：一个目的——挣钱，性格方面，磨合一段时间就好了。

从神木返回后，张继虎要开上车再去神木，继续运营；而干姐夫却表示，宁可赔钱卖掉车，也不干了。两人僵持。把车又停回了卖车的地方。

两人各找买主，以少赔钱为要。

张继虎打电话对我说：我想要车，一个人干。我说车不是馒头，吃到肚子里就再不用管了。那是消耗品，即使停着不动，也还要交钱。张继虎说：去年盖房子，欠得哪儿都是钱，不好好干，啥时候能翻身？

这我能理解。

两家请人调解，干姐夫仍旧坚持宁可赔钱，也不和张继虎一起干了。

我对张继虎说：那就卖掉吧，现在赔的是小钱；要是你把车自己买下，干不好，或者有个啥事儿，赔的是大钱。赔三万你还能很快挣回来，赔二十万的话，你一辈子都难翻身！

张继虎说：没事儿，这活儿能干，赔不了！

我无语。

张继虎又说，他和干姐夫商议，把车打给他；干姐夫那份钱他年底归还。可干姐夫和干姐姐都不同意，要立马把车卖掉，赔钱都高兴。

我说：本来是个好事儿，怎么搞成这样了？

我妻子说：张继虎一个人跑车，安全是个大问题，挣钱也是悬念。再说，干姐夫和干姐姐，毕竟不带血缘。这活儿本来能挣钱，现在一下子又散了。人说，上阵父子兵，打仗亲兄弟。干亲，还真是"猪肉贴不到羊身上！"

我也觉得难受。两天后，张继虎再来电话说：车给我一个人了。干姐夫的股份钱年底归还。卖掉的话，起码要每人赔一万多块钱。他现在又开着车到和顺县一家煤矿装煤。可天下大雨，得等明早上了。我苦笑，叮嘱他说：木已成舟，这是考验你个人能力的时候，干得好，挣钱了，一切都好说；干不好，赔钱了，乡邻嘲笑不说，你这辈子也难翻身，孩子老婆都得跟着你吃大苦，还有七十来岁的老娘。

张继虎嗯了一声，说，没事了，和顺这边近，一个人没问题。我失声苦笑，一时也不知道该再说些什么话，就让他好好休息，一定要注意安全。张继虎嗯着答应。挂了电话，我忽然感到一种无以名状的悲哀，好像一群尖利的缝衣针，从四面八方，朝我的心脏扎来。我不知道等待张继虎的是什么，只是想，他能干好，挣到钱，养好他几个孩子和老娘。至于在乡村人群当中，所谓的世俗尊严、荣耀之类的，恐怕一时还难以企及。从本质上说，张继虎和我，都是被严酷的生存深度惊醒，但又无力应付的人。

守候黑嘴松鸡的爱情

艾平

　　猎人老卡迪用他那杆打熊的猎枪，把松鸡妈妈击碎，接着用他不睁眼睛的脚，碾死了四个刚出壳的小松鸡，又把小松鸡的父亲用网套住，活活地吊在风中荡来荡去。后来一只大羽角猫头鹰以饕餮的方式施以仁慈，吃掉了松鸡父亲，磨难与蓝谷里"梆、梆、梆……"的松鸡之歌瞬间销声匿迹，一个物种就这样在冻土带的森林里消失了。这个加拿大作家顿塞讲述的故事叫我心生绝望，而事实竟然与之基本相符，北半球极寒地区的黑嘴松鸡濒临灭绝，已是经年不见。

　　在敖鲁古雅乡的博物馆里，一只雄性黑嘴松鸡标本让我眼前一亮。这大自然的造物比家养公鸡要高大很多，漂亮很多。它通身的颜色近似于斑斓的山野，其颈羽、脊羽由黑渐蓝，再变成绸缎般的绿，而翅膀却突兀地呈现出两片浓重的琥珀色。在身体的最后端，是黑色带白斑点的尾羽，来自根茎的油脂滋养了它通身苗壮丰厚的羽毛，使之熠熠生辉。雄性黑嘴松鸡最炫人的是眼眶上那两抹极鲜亮的大红，衬托出它深陷于渴望之中的双眸。这个松鸡标本雕塑般保持着引颈仰天的姿势，嗉囊凸起，置喙大张，尾羽如宫廷舞会的锦扇展开到极致。看起来仍然置身林间的求偶场，仿佛它头顶的松枝上还有目光，那些非出类拔萃者不嫁的雌松鸡还在注视着它，于是它不惜殚精竭虑，为了赢得爱情叫啊叫啊……

　　敖鲁古雅乡乡长告诉我，现在大兴安岭深处的汗马自然保护区还可以见到这种黑嘴松鸡。我的愿望立刻死灰复燃——我要去汗马！我要将自己变成一株沉稳的大树，悄悄地伫立在黑嘴松鸡旁，静观它远离尘嚣的生活，捕捉它微妙的生存智慧，写一篇黑嘴松鸡的传奇，在原初的大自然离开我们之后，给我们的孩子留下一点美丽的记忆。

汗马位于大兴安岭北部山脊西侧的原始泰加林深处，面积 10 万余公顷，自古以来，除了游猎的鄂温克使鹿部落，这里没有人生活过。天空剔透如洗，地上的腐殖层柔软而丰厚，蕴含着亘古的芳香和潮湿。千年的松树，纤细的白桦、站杆、朽木，丝绒般的苔藓，奇异的云芝山菌，缭乱的灌木……无数草本植物，交织成一片幽深的秘境。汗马有 293 种动物，没有谁是主人，只有生物链。比如一只松鸡，它吃虫卵，吃小昆虫，吃桦树芽，吃松树芽，最后可能被大金雕吃掉，化为泥土，去养育虫卵和树木的种子，周而复始地永生。然而对于每一只松鸡来说，活下去是唯一的信念，保留基因是想都不用想的行动。当然每一种动物都有生育繁衍的绝招，五花八门，千奇百怪，我认为最渊博的生物学家和最先进的红外线摄像机也不能一览无余。

黑嘴松鸡为国家一类保护动物，是汗马的明星物种。平日里它们栖息在密林中，每年的四月末五月初，到固定的林间空地相聚，开始求偶交配，其场面轰轰烈烈，像一场壮丽的歌舞剧。主角当然是漂亮的雄松鸡，它们凌晨就开始了几乎不间歇的鸣叫，还打开尾羽和双翅，低飞曼舞，旋转奔跑，极尽作秀示威晒羽翅之能事，只为招徕期待已久的爱情。成群的母松鸡，千呼万唤始出来，来了也不露声色，蹲在松树枝上不动，像一个员外家的千金小姐，在楼台上久久观望着，存心要把手中的绣球攥出水来。直到雄松鸡们的演出达到淋漓尽致，绝尘一骑鲜衣怒马脱颖而出，雌松鸡才梨花带雨般凑到这只雄性松鸡跟前，开始娇羞亲热。然而爱情的节奏哪能如此简单，一些稍逊风骚的雄松鸡，并不懂什么叫抽身退步早，它们试图横刀夺爱，气昂昂走到母松鸡的旁边作勾引状，显得暧昧又鲁莽。卧榻之侧岂容他人酣睡，得胜的白马王子冲冠一怒为红颜，不惜与同类大打出手。由于荷尔蒙的驱动，雄性松鸡之间的搏杀惨烈无情，最卓越的王子，往往在羽毛散乱、眼睑撕裂之后成为妻妾成群的王侯，而失败者只得偃旗息鼓，却并不以为耻，在一边忍看朋辈成就鱼水之欢。好在他们属于非人类，每年只有十几天的发情期，不会影响森林的治安，绝无涉嫌犯罪可能。于此不由得联想到头狼、种公马的性霸权，也同样是强大者后宫佳丽三千人，羸弱者断子绝孙；又想到欧洲人类历史上曾经的一幕——女人们生了孩子，要氏族长老们验收，身体发育不佳者，随手抛入大水池浸死。这些现象应该都是对基因传承的一种贡献。是不是在动物的世界里其实早已有了别样的文明，正在被我们现有的文化所忽视着？生命是百代千年的结果，物竞天择，优胜劣汰，一代更比一代强，是本能还是理性？这是一个问题。

到了汗马自然保护区的中心管理站，我就连忙问一路陪我们的美女宣传科长杨琨，李晔在哪里？因为曾经在汗马拍摄纪录片的呼伦贝尔电视台副台长松布热事先已经叮嘱，一定要见到李晔，他是个汗马通，不仅通地理，通动植物，还向来考察的自然科学家们学习了不少生态学理论，善于将实践经验与先进理念融会贯通，堪称汗马达人。

一个下午，李晔陪我们步行去塔里亚河岸，他的谈话证明松布热所说没错。我信手从地上掠来点什么，他立即就能说出此物的学名和用途，诸如红端木、柴桦、塔藓、杜香、鹿蕊、黑石耳等等，讲得如数家珍，头头是道；路上看到几处动物粪便，他马上告诉我哪个是紫貂的，哪个是狍子的；遇到一堆散乱的羽毛，他一看就知道那是被猞猁吃掉的花尾榛鸡的残骸。他的谈话主题鲜明，一直在诠释他的生态保护观念，即除了防火防盗伐盗猎，绝不干预大自然，保持其原始状态就是最好的管护。他非常高兴的事情是，新近保护区使用了红外线摄像机，可以在不干扰它们生存的情况下，近距离拍摄动物的活动状况。前几天他使用这种红外线照相机，拍到了驼鹿群的活动，其中一个画面里拍到六只驼鹿，显然那是一个幸福的家族，怡然自得，毛皮油亮。当然，黑嘴松鸡是我的第一话题。李晔果然对松鸡的习性了如指掌，他说明天早上两点出发，安排我们去看松鸡跑圈。跑圈是汗马人对黑嘴松鸡求偶的俗称，也是对雄性松鸡求偶姿态的形象概括。

李晔告诉我，松鸡求偶的时间在凌晨3点开始，到早上7点结束。所以观看者要先于松鸡到场，钻进事先布置好的摄影帐篷。千万不能让松鸡看到人，它们察觉到有人，会放弃求偶迅速离开。幸运的话也可以近在几米之内看到松鸡之舞。他会在凌晨两点来叫醒我们。

我们一行住在唯一生火的房间里。大家和衣而卧，等待凌晨。汗马的地理位置在中国的冷极点上，虽然已是五月，到了夜晚，依然寒冷入骨。大铁炉子里烧着木桦子，散发着温暖，也散发着松油的芳香。已经奔波了一天的三男两女五个伙伴，倒头便发出鼾声，我却激动得久久不能入梦。辗转反侧间，发现身边的乌琼和红梅恬静的睡容是那样清晰，原来光线来自窗外，我想应是管护站不熄的院灯。

我悄悄走出房间，哪有什么灯火，染我一身的原来是千古的星光！星光如水水如天，一朝都到眼前来！处女一般的星空，许多年你远离尘嚣，却原来静静地躲在汗马的天际。让我怎样来描述你呢？像一顶巨大的王冠镶嵌着数不清的宝石？像一袭天鹅绒长裙缀满明润的珍珠？像开阔的舞台上密密匝匝大大小小的灯光？不对，全都不对。汗马的星空不仅璀璨，还是活生生的，熙熙攘攘的，扑朔迷离的。仰望之时，我感觉到那繁星如波的银河，那些兀自璀璨的巨星，那勺子一样排列的北斗七星，都在向我逼近，像明亮的雨滴徐徐坠落，让人感觉到它们雨滴一般的清冷，却不可触及。洁净的光芒是它们伸出的手，在不可知的苍穹里诱惑着我。我的脸慢慢湿润了，我的眼睛也湿润了。我决定不再睡觉，就坐在外面看星星。

你知道坐在原始森林里看星星是多么奢侈的享受吗？你知道在原始森林的星光下守候黑嘴松鸡的爱情舞蹈是多么奇异的体验吗？

李晔准时出现，一身防寒打扮，我们也纷纷穿上最厚的衣服。已经体验了寒冷的我，穿上獭兔大衣，又在外面套上了冲锋衣。两辆车行驶了半个小时，停靠在窄窄的砂石路上。叫我有点诧异的是，不知何因，李晔没有来。一位工作人员打开手电，引领我们走入黑黑的森林。夜未央，温度肯定在零下，脚下的路松软泥泞，还横七竖八地倒着绊脚的残枝朽木，不知道从哪里伸过来的灌木之手，时时拦扯我们的脚步，一不小心就陷入泥水，或者来个趔趄跟头。我们老远就听到了雄松鸡的叫声"梆、梆、梆……"像是一场石头雨，很立体地笼罩着森林，听起来十分硬朗，不像印象中的鸟鸣。这场雨的时间好长，而且紧锣密鼓，一声比一声急迫。

其实我们在林地里并没走出太远，也就不到一公里，但是于黑暗中走得艰难，就感觉走了好久。当工作人员放低了嗓音："别说话，快进去。"我们才发现自己眼前有座迷你帐篷。帐篷很轻，工作人员轻轻一举，便把我和冬海、乌琼扣在了里面，接着又把红梅和双柱扣在了对面的另一座帐篷里，然后踩着落叶簌簌远去了。

乌琼看看手机，凌晨两点半，距离松鸡求偶结束还有四个半小时，在这四个半小时中，雄松鸡随时可能开始跑圈，我们必须有足够的耐心毅力守候观察，才能达到预期的目的。我们蜷坐着不敢动，也不敢说话，只是从四个小窗口向帐篷外看着。所谓林间的空场，依然有树木林立，不过稍微稀疏一些。明亮的星空被一株株树遮挡，到处一片漆黑，几乎是什么也看不见，只听得"梆、梆、梆"的叫声越来越响。我们三人把眼睛看到酸疼，把腿蹲到发麻，就在改变坐姿的一瞬间，从身后窗口发现三米多远有个黑影，无疑是一只高大健硕的雄松鸡。我一惊喜，不由得说话声音大了点："快看，这儿有一只！"我们的三双眼睛挤在一个窗口，屏神静气，死盯着那只松鸡，只盼着它开始舞蹈，只盼着李晔所说的情形赶快发生，给我们一个满足。可是这只松鸡既没有跳舞也没有唱歌，也不展开翅膀，就那么直立着，偶尔踱几步，真不知道它在想什么。

冬海低声说，瞧那小短腿儿还带着毛，肯定跑不快。

乌琼也窃窃私语，我要给我妈打个电话……

我说，打电话叫她给你送来一件裘皮大衣？

乌琼说，才不是呢，我要感谢她一下。

我说，感谢什么？

乌琼说，感谢她把我生到这个世上，让我看到这么好的风景和即将跳舞的松鸡……

我们的耳语，似乎没有惊动松鸡，它离我们如此之近，一动不动地站立了起码十分钟，不慌不忙地迈开它的短腿，以散步的节奏从我们眼皮底下走过，慢慢隐入林中。从汗马回来我查了资料，证明我们窸窸窣窣的声音，还是在某种程度上引起了松鸡的警觉。松鸡对风和声音敏感，但是发情期的松鸡有些痴呆，它叫的时候会失聪，静下来时也不如平常敏感。汗马的松鸡或许对我们陌生的声音有点奇怪，便径自躲开了我们。

黎明，北纬51度的原始森林，即使在春季也是可以冻死人的。当天亮到让我们能看清自己周围的环境时，我们已经是身体僵冷，全靠呼吸的一丝热气来温暖自己了。帐篷矮，我们不能站直身体，只好不断在坐和跪两种姿势间转换，还好有前人留下的几块泡沫板可以当坐垫。地面像冰床一样凉，冬海穿一双镂空的旅游鞋，冷到何种程度可想而知，但是他总是安慰我说，还行。这时我们搞清楚了，"梆、梆、梆……"的石头雨，来自四只雄性松鸡，其中包括刚才躲开我们的那一只。它们各自开辟一块地盘，互不相干，站在四个方位，拼命呼唤着爱情。它们原地踱步的身影，一会儿被树干遮掩，一会儿又出现在树的缝隙间。透过相机镜头可以看到，原来它们鸣叫时喙一直不闭合，全靠喉结的振动发出声音。它们足足叫了三个小时，一鼓作气，矢志不渝，毫无精疲力竭之意，让我们这些守候者挨得又冷又饿又困又焦躁。

根据事先的功课，松鸡在发情期，是每天都要交配的。雌松鸡一直没有露面，什么原因？是不是都已经回去产卵了？李晔要是来了多好，真想立刻问问李晔。

已经是早上五点半了，我们蜷缩久了，终于找到一个办法——哈着腰踱步，虽然坚持不了多长时间，还是可以让血液流通流通。两个年轻人已有了感冒的症状，清鼻涕一把把地流。可是那四只松鸡，一如从前，只是一味原地踱步，一味不停地叫着，一点幺蛾子都不整，大概无一唤来梦中情人。亲爱的松鸡帅哥啊，你倒是跳跳舞，转转圈，像抖搂珠宝那样炫一下羽毛，你倒是挥戈上阵互相厮杀几分钟啊！你老是这么不温不火地叫啊叫啊，不是活脱脱地折磨人吗！

我感觉到自己的信心和热望在一点点降温，也看出冬海和乌琼正在与自己的倦怠搏斗。心想反正松鸡离我们挺远，说话不至于再一次干扰它们，于是我开始搜肠刮肚，胡乱扯起一直烂在肚子里的段子，逗两个年轻人发笑，让时间过得容易一些。笑过之后，向对面帐篷看看，红梅他们也有点难以坚持，每每直起身来，顶着帐篷移动。我说，两位小主儿，咱既然已经千山万水地来了，何不坚持到底？当即获得冬海和乌琼的一致拥护。柔和的晨曦出现在东边，却未带来一丝温暖。看看表，六点了，就是说如果在七点之前没有雌松鸡出现，我们的汗马之行，将抱憾而归，而对于我本人，有可能机会永远不再。

倒计时开始。我们把头探出小窗户，一点点探出半个身子，环视四只雄松鸡，观察它们头上的树枝以及跟前的林地，生怕把不好辨识的雌松鸡遗漏。我不相信自己的眼睛，又让两个年轻人细细观察一遍，认定的确没有雌松鸡到场。这时一向寡言的冬海说："昨天李晔主任说了，咱们只是赶上个尾声，大概雌松鸡都回去筑巢产卵了。"我想想，李晔是说过这话，当时我一味热望，只顾在眼前勾画想象中的精彩，真没太在意。

对面帐篷里的红梅用目光探问我们，我一松口，乌琼向她们招招手，大家举起帐篷，走了出来。有一些终于熬出来了的小轻松，也生出一种怅然若失。恰恰就在此刻，我一眼看到一只雄松鸡头顶的树枝上，落下来一只娇小的雌松鸡。雌松鸡看上去和雄松鸡简直不像一个物种，它羽毛如暗淡的深秋，身子比雄松鸡小很多，头颅的造型像没有鸡冠的家鸡，也看不到醒目的红眼影，毫无姿色可言。这应该也是进化的结果，即使素面朝天，已有君子好逑，又何必花枝招展。朴素的雌松鸡走向雄松鸡，欲作投怀入抱。我们赶紧钻进帐篷，准备静观以下的情节，可惜由于我们一时动作慌乱，引起了这对松鸡的警觉。只见雄松鸡迟疑了片刻，亮了一下美丽的翅膀低低地飞走了，随后雌松鸡也向另一个方向飞去。其他三只雄松鸡没有发现我们，还在"梆、梆、梆……"

我们分析，飞走的那一只松鸡，应该就是这里的白马王子，它赢得了唯一的异性，美梦却未能如期成真，而我们正是棒打鸳鸯的罪魁。

看到那位工作人员还在车上等我们，我心里更加郁闷，这么多人如此辛苦,到底是在做什么?不过是一次对平等生命的惊扰而已。那春天里的爱情,被我们惊扰之后是否还可以重来?假如松鸡脆弱如人类,我们有没有可能致使它们从此失去爱的能力?往深里一想,忽然意识到,松鸡的求偶场,原本就是我等人类必须远离之地。为了活下去,动物会在它的基因里悄然积攒经验,而我们之所来,在松鸡梦魇般的记忆里,将成为抹不去的阴影,被视为威胁和灾难。如果人类最终成为它们生命本能中的敌人,当它的子子孙孙看见我们的时候,其心理状态会像我们的孩子见到了毒蛇、豺狼一样。

在来时的路上,我们的汽车曾遇到两只横穿马路的小驼鹿。据我们后来的描述,李晔认定这两只小驼鹿大约在一岁半左右。其中一只懂得三十六计走为上计,立马闪电般消遁于路基下的密林;另一只初生牛犊不怕虎,像静物那样立在我们刺眼的车灯光线里,支棱着耳朵,瞪着眼睛看我们,让我们清清楚楚看了个仔细。它头顶上长出了小小的鹿茸,浑身的毛皮金黄油亮,脊背的驼峰浑圆凸起,正如一个朝气蓬勃的英俊少年。片刻,它似乎听到了某种召唤,满血复活一般,转身跳下路基,不见了。它的母亲应该就在附近。

回去的途中,我们遇见一只美丽的雪兔,蓝灰色的脊背,雪白的肚皮,身子颀长,生就一对玲珑的大耳朵。不知什么原因,它表现得看起来很友好,也可以说成有点傻,一味呆呆地蹲坐在路边做我们的模特儿,对闪光灯和快门毫无反应,让我们拍了个够,直到摄影家离它已经很近了,它才不慌不忙地一跃而去。

与驼鹿和雪兔的短暂照面,令大家又惊又喜,一路欢呼感叹,发愿下次再来。没有人关心这时刻那些被我们惊扰的松鸡、驼鹿和雪兔们在想什么。

见到李晔,赶紧汇报一路所见。听着我们在松鸡求偶场的遭遇,他略微一笑,似乎欲言又止。他告诉我,其实影像比现场看得更清楚全面。呼伦贝尔电视台的摄制组刚刚离开,可以去他们那里看看片子。我们一路困乏开车三百余公里,当天返回海拉尔,第二天赶紧跑到电视台专题部看片子。专题部主任狄金松和记者胡民,将他们在汗马拍的松鸡求偶场景放给我们看。在他们的片子里,除了有一些近景,可以清晰地看到松鸡的毫发,其他和我们看到的状况没有什么大不同。

小狄和胡民告诉我们，他们蹲了几个早晨也没有拍到松鸡跳舞的热烈场面。不过李晔刚刚来了电话，说是自己拍到了，不日将提供给他们做专题片用。

我就奇怪了。李晔啥时候拍的呢？他们告诉我，也是在昨天早上。原来李晔一路步行，到另一个秘不示人的松鸡求偶场，守候到松鸡求偶的全过程，留下了宝贵的影像资料。

嘿，这个李晔！

胡民告诉我们，李晔说了，松鸡这东西很聪明，人来得多了，就会放弃原来的求偶场。外来的人，都没有经验，难免惊扰它们。所以……

有心眼儿的李晔，敬业的李晔，汗马的李晔，你是对的。

一字藏天机

张金凤

一、点横撇捺

汉字，中华民族的文化密码，从一页历史的陶片中走来，从黄河源头的清澈走来。汉字可一笔贯通气韵，豪气干云，大唱《满江红》；汉字亦繁复多画，需耐心描摹禅心静悟《四张机》。看似简单的一横一竖是乾坤是阴阳是哲学的卷轴，繁如丝绦飘逸，如惊鸿之舞暗藏玄机无数。

点、横、撇、捺，是汉字的经络，它们肢体简约、身量单薄，却蕴含无穷的力量；偏旁是汉字的骨架，是汉字的刀锋，意在笔先，神在形上；部首是汉字丰满的血肉，承载着一个个从远古而来的字的身世之谜，蕴藏着天地的玄机；音韵平仄是汉字的气韵灵魂，形如片羽翩飞，音似气场凝结，一韵轻扬，意指八极。

点、横、撇、捺、提、折、钩组成的汉字，就是易经里的否泰八卦，阴阳平衡，就是诗经里的赋比兴、风雅颂。一个汉字是一口井，连通着巨大的水脉；一个汉字也是一部治国大典，孔子说，一个"恕"字可安天下；一个汉字是一部哲学巨著，"中"字讲的是和谐之美，"淡"字说的是顺应自然。那些或简单或繁复的字，就是一脉脉儒家经纶，道家智慧，佛家禅意，更是一脉华夏的文明圣泉。

孤独的一个汉字是天地间坐禅或讲经的佛，是一口沉思的古井，是一脉文明的源头；两个牵手的汉字是知音相遇，是眷侣神仙，是彼此的扶持、成就和无言的懂得，是相互的搀扶和陪伴；三个字相遇，是万物生，是三点定面，有了无限的拓展，是三足鼎立，构成一个最稳定的和弦；四字成语如椽如柱，经天纬地,如琉璃瓦,金碧辉煌在华屋之立柱,辉耀着栋梁;押韵、对仗、格律,散装的汉字是联,是金线穿珠,是琴瑟和谐,是互补扶持天地相合;韵味、意境、格局,词牌为金冠,一阕新曲一阕民风,在流云里、音韵中飞天般袅袅娜娜。汉字排列成唐诗宋词,是闪烁的珠衫翠服,装扮着华夏文化灿烂夺目;汉字的排列是史书是药典,是厚重的史记春秋,是神奇的草木为医。汉字最长的排列是族谱,从三皇五帝的传说到秦砖汉瓦真实的史迹,蘸着墨,蘸着朱砂,蘸着血迹,蘸着赤诚,真实地标记了中国文脉的传承。

"点"是最小的笔画,别看它小,却是皇冠上熠熠生辉的明珠,是一字千金的诺言,是称提万斤的那点秤砣,没有它乾坤就乱了,再准的秤星都是虚设。点,是点豆腐的那勺卤水,没有它,一缸豆浆永远混沌,不会有质的飞跃。点,是百战浴血的那一枚勋章,是经天纬地的信物玉玺,用来执掌天下,指点江山。没有一个起点,漫长的人生路就是海市蜃楼。没有现实的起点,再美好的蓝图都画在纸上。一个点,在天是闪烁的星星,给仰望者梦想;在地是希望的种子,传承生命,延续香火;在人间,它就是那黑夜中的灯盏,为探索的脚步照明方向。点如水,清纯透亮,是生命的源泉,是漫漫旅程的一个个脚印,是人生仰望高处的灯盏;点,是一枚印鉴,一言九鼎,信安四方;点,是刀口上那明晃晃的钢刃,没有刃,一口钝刀,哪里削得平世间的块垒?没有那一点,不论多么生动的龙都只是画在壁上的色彩,要腾飞,还得有点睛之人出手。说什么自己努力了那么久,那么久的努力只欠点拨的一点,就与飞翔无缘。

"横",那么平,如一碗水端平,如水的无私。横是一架天平,是人良心的一杆秤。当"横"在肩上,它是担当,是一个人堂堂正正地接过责任,此生担当道义,不负重托,不辱使命;当"横"别在腰间,它是约束,是规矩的尺度,是法律的力量,是遵循规律走出天圆地方,是万物参拜太阳生长;当"横"卧在脚下,它就是一道门槛,一条横在眼前的河,挡在面前的壁,对懦弱的人来说,那是一条羁绊的坎,无法逾越的雷池,永远无法突破的壁垒;而对于乐观者,这一横却是拨开杂草和迷雾的藜杖,又是一条通往远方的小路。你勇敢地去跨越，执着地去破壁，就是面前横着一座山，你也会翻山越岭到达远方。

"竖"顶天立地，是一根旗杆威严树立，大旗不倒，信念不倒。竖不偏不倚，竖堂堂正正，是追日的夸父，是补天的女娲。竖不营私、不斜逸，是神农尝百草救病疗伤，是舜耕田亩济天下苍生。竖是一根历史的血脉传承，竖是中华民族文明的薪火代代相传。竖是寂寞的坚守者，艰苦的探索者，竖绝不做墙头上的草，更不做风里的云。竖的信念是扎根红色的土地，用干瘦的身躯，做开花的铁树。

"撇"是缥缈入云的豪情，是侧卧如峰的壮志，是剑走偏锋的智慧，是潜行在大地的隐逸。"捺"是坚实的脚步循序渐进地攀登，如宝剑待机出鞘，是五彩梦起飞的航道。撇捺如手足，当"撇"与"捺"双手相握，就是友谊是力量，是万里长城永不倒，是众志成城无坚不摧；当"撇"与"捺"双足立地、相互成就和支撑，就是最神圣的组合，是"人"在天地间，是登山我为峰，渡水我为舟，是天地万物皆为我用的万物之灵。

"提"，那是从低到高处的一次飞跃，是对凡俗的背叛，对规律的发现。"提"是嫦娥一号探索天空的奥秘，"提"是氢弹爆炸时华丽的蘑菇云。"提"是藏不住的锋芒，掩不住的才华，是岩浆到了熔点火山要喷发，是十月的孕育一朝要呐喊一声"世界，我来了！"已经是沉到谷底了，该是弹跳起来的时候了。哪怕这一跳无法跃上高台，无法回到原来出发的高度，至少是一种态度，一种努力，你已经在奔跑的路上。

"折"，生活告诉执着的"横"，有时候不能一条路走到黑，该回头的时候要回头，该拐弯的时候要拐弯。皦皦者易污，峣峣者易缺，一味追求完美，不如包容残缺的存在。百尺篙竿不如千年的门槛，有时候，一味地战斗，不如走下神坛，融入民间，在路上打个折，拐个弯，也许生活会柳暗花明，不要怕生活因此打了折扣。因为，世界上，真的没有最完美的人生，东隅已逝，桑榆非晚，幸福实际上就在俯仰之间。

"钩"是一帧隐藏的风骨，厚重处的雄心。没有这一"钩"，人生是波澜不惊，多了这一钩，就是峰回路转，就是匠心独具，就是于无声处闻惊雷，就是故事里意外的结尾。那一"钩"，或许是夜幕上皎皎的新月，正渐渐长大，或许是挑开珠帘的那一声叮当的钩环，闺阁的芳馨由此打开。"钩"是水落石出的那一个结果，或者一钩钓取贪食者的布局。"钩"是远走的路上的一个回头，是爱到不能自拔时的一个警醒。也许是败北的马蹄不甘心的嘶鸣，一个回马枪，改写了战争的结局，扭转了乾坤的机关。

三点水，是润泽大地的水，是江流奔涌澎湃起的浪花。它是水，是一件百搭的衣饰，愿意为任何一个寒冷知羞的躯体御寒遮蔽。它遇川成浪，遇洼成泽，遇谷成江河，遇广袤成湖海。它遇干渴成润泽，遇污浊成濯洗。它是乳汁是蜂蜜，是丰收的琼浆；它也是药剂，是墨香，是洋洋洒洒的史书。

绞丝旁，是怎样一枚婉转多姿的绶带，佩挂在勇士的肩头，或者是一枚飘摇的绿色丝缕在绵软的柳枝中荡漾。它是水红色的飘带，在窈窕的淑女裙间优雅；是缥缈游弋的云，是绿肥红瘦的青春。它是绫罗绸缎，在华贵的厅堂赏梅花半开，是棉麻布衣，在乡野的阳光抚摸下扑棱棱长大；它是丝绢，在"扎扎"的织机上成缕成匹成瀑布；它是纱缕，在泠泠的溪涧边浣去尘埃，洗去沧桑，还原清纯，柔滑如初。当遇到绞丝旁，冰就融化成一江春水，欢快歌唱；当遇到绞丝旁，山就披上一件柔和的绿衣，掩盖起严肃的面孔。绞丝旁是修饰着田园的花朵和鸟鸣，是老牛在田埂，脚步比缰绳走得更悠闲；是石头开花，从笑歪的嘴角处流淌出一丛阳光。它是纲常，是伦理，是经纬，是天道的半壁江山；它又是风流倜傥的羽扇纶巾，端庄儒雅，丹青素琴。

四点水，同样是水，却是汪洋恣肆的水，如瀑如洪如兽如魔的水在大地上横行。事不过三，三点水已经是盛泽之水，水多则溢，溢成汪洋，吞田噬物。洪水汹涌，女娲炼石补天是因为雨水过盛，大禹治水也是为缚住苍龙，人们搬来山石土木镇压，水不疏导终成决堤之患，于是，水灾变身成烈焰，变身成火熊熊煎熬。"鱼"字踩着四点水舞蹈，是在水上游，还是在火上飞？世间隐藏着那么多水火无情，水火不容，却又物极必反否极泰来的至境转换和意想不到的玄机，如水之火，燎烤着每一个挣扎的灵魂，每一步成长都有破茧成蝶的痛，都有涅槃重生的煎熬。

"山"是一马平川里的崎岖，是崇山峻岭的巍峨，山挡住了远望的眼睛，挡不住梦想的翅膀。梦想可以飞越万水千山,将山当作闲坐时补墙头的风景，隐居时身后的一帘屏风。山是我们平静生活起了浪花，顺风顺水里的潮涌。山是父亲的脊背，沉静深沉，他遮挡过我们，是为了给我们一个更远大的梦想和未来。

二、流浪的字

最早的文字只是一个意念攀附上了一个载体，是心中的情绪难以宣泄，用一个符号求一种解脱，镌刻下巨大的灾难或喜悦。刻在山石上，给天地阅读；结在藤蔓上，体现自己的悲喜。汉字的奔波，比六千多年的半坡村落还要早，还要艰辛；汉字四处飘零、流浪，跟着聚居之前的原始篝火散落在岁月深处，无法挖掘。在那个半坡氏族的温暖村庄里，50 多种符号聚在一起召开了第一次聚会，庆祝它们结束流浪的步伐。它们整齐地躺在石头上，规律地演唱着快乐的歌谣，汉字脚步在这里积聚，梦想在这里萌芽。朝露晚霜，寒来暑往，那些承载巨大秘密的符号在寒暑里瑟瑟发抖，在风雨霜雪里衰老哀叹，它们多么需要一段坚硬易存的床板安放它浪迹的脚印和疲惫的身躯。甲骨，剥离自血肉之躯的坚硬鞍马，驮上了这些流浪的文字。

甲骨文是隐喻的天机，暗藏的心迹，是一枚大道至简的书签，是一阕洪荒苍凉的印记。一个简单的符号或线条，记录着天地间的秘密，自然界的规律，伟大的发现和进化，记录着部族的兴衰或者蓝图，或者是对天道的虔诚，对地母的尊崇。龟甲兽骨，修竹拓木，因为镌刻了有意义的线条而有了灵魂，因为承载了历史而成就了不朽的价值。

小篆是一场绵延的战火，焚烧了六国的城池和堡垒，焚烧了宝座和虎符，焚烧了林林总总、咿咿呀呀的占山小寇。那些败落的王，被小篆的华美烧得形神俱散。小篆以它的美统一了天下文字，那些粗陋的文字俯首称臣，在岁月里逐渐削去了犄角，隐匿了音信。"书同文，车同轨"，小篆在秦国大篆籀文的基础上羽化，褪去了繁复的笔画，兼收了时代的和谐与华丽。小篆一直如歌舞女子一般优美，它好像在创字之初就不是仅仅担任记录的功效，而是有舞蹈娱目之美。后宫佳丽，民间杨柳，繁复处珠光宝气、环佩叮当；简约处风摆杨柳、临水照花。小篆横平竖直，践行着人立于世间的刚直秉性，却又圆劲均匀，笔画以圆为主，圆起圆收，方中寓圆，圆中有方，表达了人们对天圆地方的崇拜，对方正做人、圆满做事的期盼。

隶书是小篆的近侍，辅佐着文字的传承，最终以绝对优势取代。造字之初，它只是小篆的一个侍女，是小篆的一种辅助字体，身份卑微，只做红袖添香。一个"隶"字，透露着隶书的出身和地位，小篆走着走着因为没有子嗣而将文字的源流让位给隶书。隶书虽起源于秦一统疆域的雄风，却更多地浸染了大汉朝的雍容华贵气度、庄重宽容之美，所以叫汉隶，并以庄重为修行。隶书是扶正的侧室，却没有小人得势的早魃，它具有了母仪天下的气度，书写起来略微宽扁，体现一种宽厚和包容。隶书蚕头雁尾，起笔凝重，大事可托付；它结笔轻疾，干脆利落，不拖泥带水，凡事求圆满。隶书，一辈子不隐藏自己的身世，坦荡担当曾经的卑微，光华却辉耀了千秋之久。

汉字的性格各异，癖好不同，分体书写使汉字的美更是重峦叠嶂，远近高低各不同。篆书是民间的字谜，是绣女手中的锦绣，旖旎婉转，多情汁液满溢；隶是士大夫，满腹经纶，修心追古；楷书如书生端庄儒雅，丹青羽扇，坐怀不乱；行书如剑客急行，锋芒暗隐；草书是炼丹狂士，手执救世的灵丹，天下苍生不入眼，一马伶俜，闲云野鹤。

大约从粗粝藤蔓上一个标记事件的结开始，汉字从萌芽到襁褓，历经甲骨文的青涩童年，钟鼎文的执着印记，由小篆开枝散叶，隶书的花团锦簇，草书的狂放不羁，楷书的修行坚守，行书的洒脱通透，文字在流浪中，变形诸多，留下了芳香的足迹和动人的故事。那刻于甲骨，铸于青铜，凿于石碑，镌于竹简，浸染于棉帛丝绸的文字，是中华文明的烟火传承，那随意的一个转身就是《诗经》，一牵手就是楚辞，一欢聚就是汉赋，一列队就是大唐浩如烟海的诗篇，是宋惊涛拍岸的词牌。它们是汉乐府，是木兰辞，是平平仄仄的楼梯，带你登高望远，吟咏昨夜西风凋碧树；它们是桃花源水，清泠叠玉，澄澈着金玉般的友情；那些被战火烧在赤壁石间的字，被瀑布镌在灵秀庐山的字，被大雪封在极寒塞地的字，只是小号里的起点音，是中国文化的基点。汉字，那些散落的星辰，散开的花朵，零落的玉石，在人的手中排列成星座，排列成园林，组合成奇珍。

那些汉字，阵容强大，组合有序。汉字是碑林，记录着民族血脉的传承；汉字是乡愁，每一个汉字都凝聚着浓重的乡音；汉字是铺展的工笔，流丹的大写意，是一篇篇汪洋恣肆的大赋，是浓墨重彩的《清明上河图》；汉字是金刚，一首短诗，一副楹联，每一个汉字里都蕴含着无底的富矿，洞彻了无涯的乾坤。汉字是口井，是甜水井，滋养生命的传承和延续，那井水是一种药，一旦喂养过一颗淳朴的黄皮肤的生命，这一生他都无法戒掉这思念的瘾。天道皆藏字中，一笔一画都体现风水阴阳，体现教化和传承，一字一乾坤，一语一经典。山川河流入字，文墨精神入字，铮铮铁骨入字，朗朗乾坤入字。孤单时汉字是一首小令，一字千金，枯藤照出四季枯荣，人生跌宕；热闹处汉字是一篇芳华四溢的汉唐大赋，洋洋洒洒，殿宇华屋市井陋室，惟妙毕现。汉字冷了就归隐田园和山林，是禅语一枝，是平常屋檐下的一枝素梅花，开着孔乙己、甲乙丙；汉字寂寞了就重出江湖，一呼百诺，呼啸天地间；汉字是深闺贵胄家的千金之娇，环佩叮当，走一步是繁复之美，舞一曲是霓裳羽衣。汉字在长衫的方巾上镶嵌，在秉烛的灯火里生花，在疾行的快马间军令如山，在血脉的传承里历尽黄沙始见金。

三、以何为贵？

以女为贵

中国字的萌芽是远古时代，传说中，汉字起源于仓颉造字。黄帝的史官仓颉根据日月形状、鸟兽足印创造了汉字。复杂的汉字不可能由一个人发明，仓颉可能只是一个汉字的搜集、整理者，在统一和创新上作出了贡献。仓颉所在的远古时期，是人类向母系社会过渡的时期，女人在生活中占主导地位，人类的尊母情结应该是与母系社会女人的绝对地位关系重大，更与每个人成长中对母亲的依赖和尊崇有关。所以，最早的文字以女为贵。女，在文字中，一直是个简单而神圣的字。甲骨文字形中的"女"像一个敛手跪着的人形。所以，人类一开始就意识到女性忍辱负重的艰辛，从字面上就给了她一个说法和感恩。古代以未婚的为"女"，已婚的为"妇"。甲骨文的"妇"，字形左边是"帚"右边是"女"。表示已婚女子要操持家务，多洒扫事务，比之清纯少女，多了责任和担当。

良女为"娘"，汉字从牙牙学语中的幼儿开始，人类第一个脱口而出的汉字是"娘"。"娘"是撼山动岳的发声。从字面看，娘是无比高贵的称谓，是"良好的女子"才配使用的字。古汉语中"娘"一般指青年女子，多指少女。后来竟然因为它的高贵和美好，成了妇女的统称。古代给女孩子起名，多用娘字，如《千里送京娘》中的京娘，《聊斋志异》中的封三娘、范十一娘；梁山好汉一百单八将中，仅有的两位女子，分别是"母夜叉孙二娘"和"一丈青扈三娘"。即便是四肢粗壮性情凶悍的女孩子，也用了"娘"字，可见"娘"是多么被追捧的美好字眼。美丽的女子叫"秋娘"，追求爱情的女子有杜丽娘，传说中的名妓叫杜十娘；中国唯——一位女皇帝，在人们习惯的称谓里，竟然是"媚娘"，不仅用了"娘"字，连"媚"据说也是她14岁入宫时由太宗所赐，她占用了两个由"女"字旁构成的字。

娘，是古代最美好的字眼，纯洁无瑕的少女之代名词。繁体的娘，是女字旁加"襄"。"襄"意为"包容""包裹"的意思。女性是含蓄的，是不轻易抛头露面的，是藏在深闺的，尤其是年轻女子。另一层意思是：女性是隐忍的，包容的，是温柔温和的。再一层意思，就跳离了年轻女子，这一层包裹是娘字含义的拓展："女"和"襄"联合起来表示"身体包裹了婴儿的妇女"，是腹内怀胎的女子，后来又延展成怀抱娇儿的女子。"良女"是受人尊重的，当娘的崇高出现倍增时，就至高无上。当"娘"双字相叠，成为"娘娘"的时候，不得了，尊卑拓展成了阶级分化。至高无上的那个女子，一人之下万人之上的那个女子，不甘心当芸芸众生里被人尊崇的女子，要双倍的尊崇，于是，她就成了"娘娘"。"娘娘"是皇帝的第一夫人——皇后。接着，万人敬仰的娘娘又披上了神的光环和衣衫。真龙天子的原配，母仪天下的娘娘，渐渐就脱离了凡尘，与女神越来越近，于是，观音菩萨这位佛家至慈至善的女神，也成了"娘娘"，被民间称为"观世音娘娘""送子娘娘"；玉皇大帝的原配叫作"王母娘娘"，人类的缔造者成为"女娲娘娘"；推及其他，有神灵的女神大都佩戴了这一荣誉称号，如"眼光娘娘""痘神娘娘""桃花娘娘""枣神娘娘"等。在凡人心目中，最伟大最高尚的那个人，不是权位至上的皇后、王妃，那太遥远，太冷漠，无法寄托凡俗之人的景仰之情；也不是庙堂之上的威严神像，那太虚幻，也无法完全寄托一个凡夫俗子的尊崇。于是，人们脱口而出的"娘"是自己一生最珍贵、最珍惜的那个人，那个给了自己生命和抚养恩情的女人，那个给了自己一生牵挂和爱的女人，那个在眼前触手可及的时常被忽略却呼之即来的人，"娘"！喊一声娘，空旷的人间立即就温暖如春；喊一声娘，大地震颤，苍穹无语。这世间，还有比娘更伟大的字眼和角色吗？

女性的天性是隐忍包容随和，所以"女"作为偏旁，可以与很多部首搭配成字，可见，女子这一温柔角色，是可以身安于辅佐之位，心安于服从之职的。这也是女性地位使然，一个女人，从少女到青年，总要谈婚论嫁，嫁作他人妇，由一个家庭剥离出来，嫁到一个陌生的环境里去。所以，女子必须适应，必须接受，必须与众多未知的因素结为一体，迅速缔造新的生活关系。在古代，女子出嫁为归，她所出生的那个家不是家，夫家才是她的家，她的出嫁就是女子找到了自己的家。即便是如此开放的现代，女人也将找到可以托付的男人称为找到了归宿。嫁出去的女人，就是新娘，是那个男人另一个像母亲一样依赖和心心相通的人，女人是不可以辜负"新娘"这个词的，她寄托的是男人的家族甚至整个社会对女子的期待。新娘接过娘的责任，对丈夫体贴、规劝、抚慰。相夫教子的女人，第一要务是辅佐好丈夫，第二要务是生养并教育孩子。男人年轻时，称自己的新娘为"娘子"，老了成为夫人。"二人"组成"夫"字，就是说，成家立业的男人才真正是夫，而夫人就是这个"夫的人"。夫人再好听，也仍然是一个从属地位的词。"人"字肩头扛上一道横是"大",就是接过责任,就不再是小孩子,而要对这世间有所担当。"夫"是"人"扛上两道横,那是二,是夫妻两个人,一个人肩上扛了两个人的责任。

女人出嫁就产生了诸多新的社会关系,这些新关系也是女字旁组成的字。如,那个最重要的老女人就是"婆婆",旧社会,婆婆是天,女子们谨小慎微地在婆婆面前行事,年轻的女子就是在最下层慢慢地隐忍着、付出着甚至煎熬着。多年媳妇熬成婆,女子的地位由新妇渐渐熬成母亲,最后又成为婆婆,一旦到了婆婆级,就是人生曙光的来临,执掌天下的日子到了。女子出嫁后还要面临"妯娌"间的打磨,那些出身不同、处境相似的女性,在同一个屋檐下或钩心斗角,或亲如姐妹,妯娌关系实在是非常微妙的人际关系。

最美好的事物出自女子,都由女字旁帮衬。嫦娥是最美的仙子,婀娜是最美好的姿态,嫣然是最美好的表情,妖娆是媚好、娇娆的年轻貌美,是在水一方的佳人,婕妤是倾国倾城的传奇。娉婷之女,妗媛之女,婵娟之女,女子,是世间最美丽芬芳的花。

"委"字有禾有女,是事业家庭双丰收,是物质精神兼得,是神仙的日子。一个女人,甘愿把禾托举在自身之上,是一种献身精神,也是一种自我牺牲精神,人们会替她委屈,因为这世间,人愿意高于物质,虽然依赖物质而生存,但是,谁忽略了人权而过于注重物质,那他是本末倒置的。但是那些女子们,常常是将自身低到尘埃之下,托举着禾和一切需要她的力量的物质而艰辛地存在。"委"又是一种委托和信任,苍天把禾苗和女人交给你,是信任一个男人的责任和能力,这就是为什么男人在社会中总是勇于担当的解释。当一个男人,将女人和家产都托付给你的时候,这是怎样的信任。

女子隐忍到尘埃中的极致,是一些令人伤心的女子,她们是奴是婢,那些出身卑微、处境可怜的女人,带着刑枷行走的女子,血管里流着泪水。解除了奴婢制度的社会,才是真正有人性的社会。女遇残酷的生活变故,就如禾苗遇霜而凋萎,女遇霜则天塌地陷。在男人为天,男人执掌天下的社会,一个女人一旦失去了丈夫,成为"孀",就像一株霜中苟延残喘的禾苗,已然没有了生活的图景。即便还能够仰望太阳，遭受霜打的植物，是否还有一个灿烂的秋天？

以田为贵

中国有一部漫长的农耕史，历来以田为贵。

度过母系氏族，漫长的中国历史就由男人来主宰，那个伟大的"男"，是有力量的人傍田而立。"男"字结构"从田，从力"，表示用力气在田间耕作的人。现代的伟男大都远离田园了，那"田"蜕变成一扇扇写字楼里的格子窗，一张张工作台上冷漠的电脑。是造字之初先人就这样预言了男人的归宿，还是造化巧合？

田字无疑是象形字，广袤的一片田野，要有边，没边的可能就是荒芜之地，边就是疆域，代表了开垦，代表有主人。于是，一片大野，被篱笆围起，被田埂界定，成了封地。人来人往地耕种，那些错综复杂的小路出现了，文学词语叫阡陌。"阡"是指南北走向的埂；"陌"是指东西走向的埂。一块大田，有了阡陌才有了"田"字。这是通俗意义上的田。如果把田放在人类的生存史上看，那么"田"字就是"口中有物"。在漫长的农耕时代，民以食为天的哲学空间里，有了田地就是有了生存的根本，有了糊口的粮食，蔽体御寒的布帛，总之，有了田地，就"横""竖"都有了。田字暗含有五个口，四个小口和一个大口，那么田就是人口的吸乳之处，是哺育的根基。田有四个日，横两个，竖两个，在人们崇拜诸神的岁月里，太阳神尤其重要，日光一照，天地有彩，一旦出现日食，古人惶惶。万物生长靠太阳，日头藏在田地里，自然蕴含丰收图景。

在男尊女卑的封建社会，最尊贵的男人的"男"字，就是田与力气的组合。一个有力气足以举起、胜任田亩劳作的男人才是真正的男人。富贵是不足炫耀的，但男丁是可骄傲的，因为，有男丁才有耕田的劳力，才有了生活的保障，"一夫不耕，全家饿饭；一女不织，全家受寒"。而今天的田地上，已经基本上没有靠力气劳作的人了，用的是机器，大工业时代取代了男人的神力，也蔑视了男人的存在，一个个远离田园的男子是抑郁的。渐渐地，无田的男子也没有了力气，萎靡不振的一代，垮掉的一代，是谁之过？谁能回答历史的诘问？

男人的男，另一种解为"甲"与"刀"的组合。甲是铠甲，刀是兵器，所以男人，在和平时代是耕田的劳力，在战争来临的时候必须是士兵，披甲带刀，捍卫家园。在构字上，男与女截然不同，它不轻易给任何一个字做偏旁，也几乎不与别的字一起组合成字，他是独立的，就像天地间的男子汉一样伟岸。一个含有"男"字的字是"外甥"的"甥"，是伟岸的男人身边跟随着一个小童，是男人慈爱一面的展现。"无情未必真豪杰，怜子如何不丈夫"，不管一个男人在外面的世界如何呼风唤雨，他终究是一个有感情的人，是一个家庭中的角色，是儿子，是父亲，是祖父，是叔叔，是舅舅。在晚辈绕膝的生活层面上，他既是一个小孩子的偶像，也是他们的亲密玩伴。一个男人，不要以任何事业的借口疏远你的孩子。作为一个伟男，唯一可以堂堂正正俯下身来的事是与童子嬉戏，这是远古时代，祖宗造字的时候就推崇的。还有一个男字组成的字是"嬲"，属于生僻字，现代汉语已经不多使用，是戏弄、纠缠、骚扰的意思，这个字看起来就没有正能量，两个男人欺负一个女人的事，是世间男人们最唾弃的行径了。

"田字出头"即为"甲"，甲是拆的意思，指万物剖符穿甲而出，是天生万物，破冰成溪。甲的本意是指种子萌芽后，所带的种壳，幼苗破壳而出，必然生机勃勃。甲的字形就是意喻"扎根的田"，是种子发芽，是那片最有希望的田地。所以，甲，这片有希望的土地被作为天干十个字的开头之字。春雷动，雨润百谷，雷声是农耕时代的图腾之音，造字的先祖视为天下丰收的福音，于是，雷字构造是"田"地之上降甘霖——"雨"。种子发芽，雨水勤勉，田地就茂盛起来，就有了"苗"，禾苗蓬勃，丰收有了扎实的基础。

有田处，有人留，居有粮出有车为富，五谷丰登、六畜兴旺是福。东风与便，万事完备，田川风景如画卷，子孙贤孝笑堂前，人生的每一样福祉，都与田川有着千丝万缕的关系。以一个农民的子孙回望我的田亩，给我乳汁给我口粮的田亩啊，与樽前的娘亲一样的尊贵。

生活家

陈奕纯

家属院有一排绿化带，是月季的地盘，内有冬青间隔。

每到四月，月季开硕大的花，势头很旺。过了几年，月季开始退化，再开花已不比往昔，更有甚者，有几棵月季长出篱外，工人为了整齐美观，将篱外月季根部周围糊上了水泥。这下月季惨了，被"钢筋铁骨"紧箍住，再生长就难以伸展了，别别扭扭地活着，越长越单薄。

家属院绿地是公众场所，面积非常有限，除了一排月季冬青，门前一块种着小叶女贞。这逼仄的绿地在小区里甚是金贵。

可是有人偏偏在月季丛中撒菜籽，种葱蒜。人们路过时，会突然发现冒出一小片青菜，但不见人经营，只是过一段时间就生出另一片。

这样下去就有管理院子的人员出来干预，在篱笆上写了纸条：公共绿地，不得私用！

去年春天，篱笆内长出几棵花椒苗，不上一个月蹿出一米多高，我以为是楼上有人无意间把花椒籽掉到楼下，野生野长起来的，并没有在意。

却说今年，春天里生出几棵绿叶子的植物，没过几天，又是一米多高，大叶，多秆儿，生机盎然，是油菜又觉得不像。眼看长势强劲，一天一个样，于是又见纸条：伍元！这分明是罚单，意思是说，如果再不拔除，一株罚伍元。可是没有人出来认账。又过了七八天，那绿枝条洋洋洒洒开起金黄色的花，这一下有人说，可不是油菜花嘛，还真漂亮，只是和咱当地的油菜花不一样，新品种吧？

说说就过去了。油菜花开花落又结籽，由着性子任来去，种的人神龙不见首尾，神秘得似乎在捉迷藏！

　　忽地，哪一天，不经意地冲那绿地瞭望一眼，目光立即就被一道色彩吸引住了，那地里生长出一种小植物，不高，贴着地皮长起半尺多，暗绿色的尖齿叶片带着白茸茸的细毛毛，茎梗托着一朵小花，很纯正的深紫色，花朵形似郁金香，但比那小好多，就如一只小巧的高脚杯，也像一只张开的小喇叭，脸冲天粲然绽放着。可是不到几天，那花朵就谢了，花蕊变作一个小巧的圆球，披撒着密密的雪白的细丝，那白，没有一点点的杂质，白得那么彻底，那么优雅，犹如端庄大方的佳人，虽迟暮，但那美还在，更显风韵气度。它甚至比开花的时候更让人喜欢，从人们啧啧赞叹的口中，得知，这植物叫老婆婆花，也叫白头翁。多么好的名字啊！它不就是一首写在黑土地上的诗吗？如果哲学家的思想像心电图一样可以描绘，那它不就是哲人的思绪吗？ 花，转眼就变作翁，那翁依然气势夺目！你说高大的胡杨坚韧伟岸，那么再看看这纤细的小草花，不也昭示着一种生的雄伟吗？花有花的姿容，翁有翁的华贵，美丽始终！我仔细察看那花翁，它只有四棵，它绝不是在这片小小的土地上根生地长的，它是被人挖成四个小土团，再移植过来的。

　　进入五月，大规模的种植开始肆无忌惮地招摇起来，黄瓜搭了架，瓜架下长出苋菜、荆芥，整个一套立体种植模式！这还不算，向日葵、指甲花也摇摇摆摆长起来。尤其是向日葵拥拥挤挤地植在一起，黄花初绽，色彩明丽，成了一道鲜亮的风景！

　　毕竟是公共绿地，怎能肆意而为！没过几天，工人在剪枝除草时，把黄瓜架扯掉了，黄瓜登时塌了架。不过人们不明白，那瓜秧青青弱弱的，一抬手它就会被连根除掉，可他们怎么就没有把它拔掉？是那手指头长、顶着小花、带着毛毛刺的小黄瓜，让他们下不了手？还是那清凉的黄瓜香，让他们不忍心？反正，扯了架的黄瓜还是那么好好地长在那里。

　　背后种植的那双手，还真执着，几天后树枝搭起的架子再度立于不败之地，再几天黄瓜秧又往上爬，又见更高更牢的架子拔地而起。那两三株黄瓜秧堂而皇之地长起来，好像有了正式户口似的，落地生根不卑不亢得很！

　　我开始佩服这些背后高手，他们住在闹市，咋知道什么季节种植什么？

咋知道适时播种适时搭架子？他们还有锲而不舍的精神，不怕摧毁不怕打击！

就在向日葵和各色花草蔬菜热热闹闹生长着的时候，不知道什么时候，又有一种植物，飘飘摇摇地长起来了，苍翠的长条叶片，有点像稗子草，但又决不是稗子草，就在人们端详辨别中，它自身也悄然地发生了变化，它墨绿的叶片，颜色变浅了，有点发白，是透着一点浅绿的白。变了色彩的叶片，似乎在一夜间变幻魔术般，托出一枚圆筒形状的茎秆，那茎秆晶莹透亮，如纤纤细手捧着一炷香，亭亭玉立。更让人感到神奇的是，那茎秆三五天内就生出很多细小的枝杈，那枝杈是对称的，左边一个右边准有一模一样的一个，且那小枝杈子又快速分生更细小的枝杈。奇巧的是，那大大小小的枝杈上，很快挂上了毛茸茸的小穗子，呈疏松伞状，高低有序，错落有致。这东西一天一个样，它的造型就像一棵微型树，或者经过高级园艺师精心修整的盆景，飘飘洒洒，那么的楚楚动人！

这是什么？

没有人能够回答它是什么。

它就更加神秘而稀奇，如明星那样靓丽着，生长着。

上班下班的人，都忍不住匆匆地瞄它一眼。饭后乘凉遛弯的人，站在那里打量，都说：怪好看的！

那日，傍晚，一院子人围着那一小片东西看，旁边的石头凳子上，坐着一个老人，这人青裤子，灰褂子，花白寸头，面目洁净清爽，神态宁静淡然，样子像是刚从山间放牛回来的乡村老汉。他点燃了烟杆，冲一圈子人笑笑。

"那是莜麦。"他说。

"什么？"

"莜麦！"

对，北方的大山里专种它，大寒，大旱，它也能长呢，顶花带穗直劲往高处蹿……

老人笑着，眼睛看着花坛里的那一小片莜麦，犹如一个溺爱孩子的老人望着他的孩子，在向人们介绍：那是我儿子。然后说他的脾气秉性，能耐作为。

我用眼瞅它，"你种的？"

老人摇了摇脑袋，摆了摆手。

但那笑，仍在面颊的纹路里奔跑，好像灌溉的田地里，一条条细细的欢畅的水流……

人家不说是自己，你就不好意思再问了。

在这样的大楼上，你知道谁谁，把种莜麦的父母，弄到这里来看孩子或者享福，颐养天年。眼前，在这楼下花坛边、小路上游走着的陌生老人，你不晓得哪个前天还在草地上放羊，或者在乡村的田园里锄地。

如今，世界变成地球村，城市与乡村也这样界限模糊地相交相融着。你不看有人写生活在天上的母亲，说是在城市里发达了的儿子，把大山里的老母亲接到城里，住进了20多层的高楼上，看不着鸡狗，坐不了电梯下不了楼，见不着泥土日月的老人，如霜打了的庄稼，整天病快快的。后来儿子在阳台上种了一盆棒子，母亲天天看着那几棵永远也甩不开须子，结不了籽实的棒子秧，倒像精神烦躁的人吃了安定，安然地待在天上。

一段时间里，我看着这些横生出来的稀奇古怪的植物，心里不怎么舒爽。心想，这小小的绿地，是公共的地盘，是用来种花种草，养人眼目的，是让这钢筋水泥禁锢的空间有一点自然的气息，岂容个人随意侵占胡乱栽种。

我越来越想知道这些神秘人物究竟为何方神圣？难道总共不足3平方米的土地里，能生出金子，能生出可观的买菜钱，值得他们去"苦心经营"？

后来，我的目光有了些许的变化，因为，我发现那些花，一直那样盛开在那里，从开到谢，没有什么人把它掐回去一朵。我似乎也从没有看见哪个人，在采摘蔬菜瓜果。也是，就那么几棵，能够收获到什么呢？

我渐渐觉得那花坛里有别于惯常的点缀，为院子里带来生机，为长居于水泥建筑里的我们带来了农桑意识，为院子里的季节披上了时装。比如他们把原本是田野上的油菜花、老婆婆花、向日葵、莜麦带到我们的日常生活中，他们使院子里从此有了蜜蜂和蝴蝶，为单调的日子增添了许多意想不到的情趣。

看着那小小花坛，我不止一次，头脑中忽然想到一句话：诗意的栖居！

的确，现在人们生活水平提高，吃的、住的，都在向高档次靠拢。人们住上了高楼，身居在华丽舒适的空间，可人的心、人的神，还要有个寄托。的确，生活中每颗心，都有自己的繁华，挥鞭子放牧的牧人，花开如潮、牛羊点点的辽阔草场，就是他的繁华；田园里侍弄过五谷菜蔬的庄稼人，瓜熟果落、五谷丰收，就是他们的繁华。可一当这样的繁华远离生活，他们就会设法寻找那繁华的影子，哪怕是一丝隐隐约约的痕迹，哪怕是一点点微弱的气息！

那么，那花坛里的油菜花、老婆婆花、黄瓜、莜麦……或许就是，哪个人为看看那植物存在的影子，或者渴望回味一点那植物的气息！也或许有展览和追怀的意味，而播种在那里的吧！

也或许，那一片小小的绿地，呼唤了他们什么，就如那歌声中唱的："梅兰梅兰我爱你…… 看到了梅兰就想到你……我要永远的爱护你……"也许在家属楼区里的人们，这歌词可以换作："土地，土地，我爱你，看到了土地，我就想起了你……也许，人们看到了那黑黑的土，人们就想到了花，想到了蔬菜，想到了庄稼，想到了家园……于是，那小小的一片土，就有了姹紫嫣红，就有了千姿万态……"

好一片小小的绿地，它让你在俗常的日子中没有平凡的心，它告诉你，别把谁谁看得简单粗陋，其实，谁谁的心里都在寻找着自己的精神原乡；它告诉你，生活中，哪个热爱生活的人都有可能成为智慧的生活家。那小小花坛中，花香、菜香、麦香……都是脉脉心香！

不是吗？你从那小小的土地上，从那色泽不同的微微绿意中，看到眷爱，看到心智，看到情趣，更有那看不见摸不着的、如烟如雾的乡愁……

图书在版编目（ＣＩＰ）数据

北京文学年度散文集. 2016年 / 北京文学月刊社主编.
—— 北京 ：光明日报出版社，2017.7
ISBN 978-7-5194-3099-3

Ⅰ.①北…Ⅱ.①北…Ⅲ.①散文集－中国－当代Ⅳ.①I267

中国版本图书馆CIP数据核字(2017)第163447号

北京文学年度散文集. 2016年

主　　编：北京文学月刊社

责任编辑：谢　香　李　倩　　　　　　　责任校对：傅泉泽

封面设计：谭　锴　　　　　　　　　　　责任印制：曹　诤

出版发行：光明日报出版社

地　　址：北京市东城区珠市口东大街5号，100062

电　　话：010-67078248（咨询），67078870（发行），67019571（邮购）

传　　真：010-67078227，67078255

网　　址：http://book.gmw.cn

E-mail：gmcbs@gmw.cn

法律顾问：北京德恒律师事务所龚柳方律师

印　　刷：北京世汉凌云印刷有限公司

装　　订：北京世汉凌云印刷有限公司

本书如有破损、缺页、装订错误，请与本社联系调换

开　　本：889×1194　1/16

字　　数：260 千字　　　　　　　　　　印　　张：19.5

版　　次：2017年7月第1版　　　　　　　印　　次：2017年7月第1次印刷

书　　号：ISBN 978-7-5194-3099-3

定　　价：59.00元